风起江南

陆春祥／主编

墨庄问素

王楚健 著

文汇出版社

图书在版编目（CIP）数据

墨庄问素／王楚健著. -- 上海：文汇出版社，
2024. 11. -- ISBN 978-7-5496-4371-4

Ⅰ. I267

中国国家版本馆 CIP 数据核字第 2024AX2446 号

墨庄问素

著　　者／王楚健
责任编辑／邱奕霖
装帧设计／书香力扬

出版发行／**文匯**出版社

　　　　　上海市威海路 755 号

　　　　　（邮政编码 200041）

经　　销／全国新华书店
印刷装订／四川科德彩色数码科技有限公司
版　　次／2024 年 11 月第 1 版
印　　次／2025 年 1 月第 1 次印刷
开　　本／880×1230　1/32
字　　数／255 千
印　　张／11. 125

ISBN 978-7-5496-4371-4
定　　价／66. 00 元

我们将整个世界视为自己的花园

陆春祥

1

这里是富春江畔、寨基山下的富春庄，地图上却没有。进大门，过照壁转弯，上三个台阶，两边各一个小花岛，以罗汉松为主人翁，佛甲草镶岛边，杂以月季、杜鹃、丁香、朱顶红、六月雪等，边上，就是一面数十平方米的手模铜墙。

墙上方主标题为：我们将整个世界视为自己的花园。

小说家、诗人、散文家、报告文学作家、文学评论家，这些作家，有的已入耄耋，有的则刚过不惑，手模有大有小，按得有浅有深。经常有参观者这样对我说：看这位作家的手模，手指关节硬，粗大有力，应该是工人或者农民出身；看那位作家的手模，手指细小，浅纹单薄，应该是个没有劳动过的知识分子。我往往惊叹：谁说不是呢，手模不就是作家的人生吗？五十五位作家的铜手模，在正午的阳光下，会发出耀眼的光芒，看模糊了，再看，那些手模，竟然纷繁如灿烂的花朵一样。

所有的优秀写作者，不都是将整个世界视为自己的花园吗？

话说回来，既然是花园了，那还不得草木茂盛？

现在的富春庄，建筑面积一千多平方米，花园也有一千多平方米。植物是花园的主角。它们就像挤挤挨挨的人群，只是默默无语罢了。除前面提到的一些外，还有山茶花、红花继木、榔榆、海棠、红梅、鸡爪槭、枸骨、竹子、青艾、芍药、六道木、菖蒲等。比如我住的 A 幢旁边计有海桐、枸骨等灌木，月季、杜鹃，墙角的溲疏、绣球花、萱草，一棵大杨梅树，萼距花、菊花、迷迭香、南天竹、石竹、黄金菊、水鬼蕉、朱蕉等，林林总总，竟然有百余种。如果有时间，真的很想写一本《富春庄植物志》，在我眼中，它们都是山野的孩子。

春夏季节，草木们似乎都在比赛，赛它们的各种身姿。那些花们，熬过秋冬，在春天争艳的劲头，绝对超过小姑娘们春天赛美时与别人的暗中较劲。而四季常青的雪松、冬青、枸骨们，则显得极为冷静，它们就如村中那些见惯世面的长者，默默地看着身边的幼者，时而会抚须微笑一下。时光慢慢入秋，前院后院那些鸡爪槭，我叫它们枫树，则逐渐显现出无限的秋意，细碎的红，犹如撑开一把把大伞，那些春季里曾开出过傲慢花朵的低矮植物，此时都被完全遮蔽。其实，鸡爪槭春天绽放出铜钱般的细叶，也令我无限欢喜。

无论是花的热烈、浓香，抑或是树的成熟、伟岸，草木们其实都寂然无声。有时经过树下，一片叶子会轻轻搭上你的肩头，那也是悄无声息的。不过，在我眼中，每一种植物，都有蓬勃与盎然的生命，它们既是我的陪伴者，也是我的观察对象。我知道，它们都有独特的生命演化史，也有自己的生存与交流语言，虽非常隐晦，或许人类根本观察不到，我却认为那一定是意味深长的。

淳熙十一年秋，退休后的陆游在家乡山阴满地跑，那些与他相视而笑的植物，不少被他收入诗囊中。比如《剑南诗稿》卷十六的《山园草木四绝句》，紫薇（钟鼓楼前官样花，谁令流落到天涯），黄蜀葵（开时闲淡敛时愁），拒霜（木芙蓉，何事独蒙青女力，墙头催放数苞红），蓼花（数枝红蓼醉清秋）。一路行，一路观，借植物既抒感情，也言志向，信手拈来。

今日清晨，我经过小门边，忽然发现，围墙上的月季太张扬了，花朵怒放，铺天盖地，想霸占周围的一切领地。我立即戴上手套，收拾它一下。我只是想让被遮盖的绣球花们，呼吸顺畅一些。我希望庄里的植物们，与天与地与伙伴，都能默契，共生共长。

2

我们将整个世界视为自己的花园。

这个标题中有三个关键词。

"我们"是主角，是观察的人，是写文章的人，但仅仅是我们吗？

"我们"还是"他们""你们"。"他们""你们"，是没写文章的绝大多数，是阅读者，是倾听者，是家人，是朋友，"他们""你们"构成了这个社会的主体，而"我们"，只是极少数的表达者。

"我们"还是"它们"。"它们"，是动物，天上飞的，地上跑的，水中游的，有脊椎的，无脊椎的，形形色色；是植物，有种子的，无种子的，种子有果皮包被的，无果皮包被的，有茎叶的，无茎叶的，一片子叶的，两片子叶的，有根的，无根的，琳琅满目。"它们"以自己的方式交流、对话、思考，"我们"观察"它们"，"它们"也同样与"我们"对视。"我们"与"它们"同属一个星球，同享一个太阳，共照一个月亮，"我们"与"它们"，其实在同一现场。1789年，英国博物学家吉尔伯特·怀特在《塞尔彭自然史》中这样说：鸟类的语言非常古老，而且就像其他古老的说话方式一样，也非常隐晦。言辞不多，却意味深长。

"整个世界"，是重要的辅助，是"我们"的观察对象。世界之大，无奇不有，写作者要寻找的就是这个"奇"字。"奇"乃不一样，奇特，奇异，怪异。奇人、奇事、奇景，总能让"我们"兴奋，激动，灵感爆发。

这个世界说大也大，说小也小，千变万化，"奇"也复杂。那些表面的"奇"，一般人也能观察到，但优秀的探索者，往往能将十几层的掩盖掀翻，从而发现自己独特的"奇"。不奇处生奇，无奇处有奇，方是好奇、佳奇。

"自己的花园"。有花就会有园，你的，我的，他的，关键是"自己的"。一般的写作者，很难形成自己的花园，东一榔头西一棒，学样，跟风，别人家的花长得好，自己也去弄一盆，结果，东一盆，西一盆，南一盆，北一盆，表面看是花团锦簇，细细瞧却良莠不齐。其实，植物的每一种生动，都有着各自别样的原因，个中甘苦，只有种植人自己知道。

契诃夫说：世界上有大狗小狗，它们都用上帝赋予自己的声音叫唤。那么，"我们"面对"整个世界"，就照着自己的内心写吧，脚踏实地地写，旁若无人地写，"春种一粒粟，秋收万颗子"，直到"自己的花园"鲜花怒放。

3

风再起江南，这个系列的第三季，又朵朵花开。

这数十位"我们"，皆将整个世界视为自己的花园。

"我们"，是王楚健、桑洛、林娜、陆咏梅、郑凌红、陆立群、陈羽茜、张梓薇、张林忠、黄新亮、金坤发、金凤琴。

王楚健的《墨庄问素》，肆意行走，勉力挖掘，与山水互为知音，赋予草木与风景精魂和魅力，并与深厚的人文精神相交融，写人，写事，写物，均古今勾连，字里行间蕴聚了灵性与内涵，文章蓬勃生动，气象万千。

桑洛的《一院子的时光》《总有一缕阳光温暖你》，他一直在追逐着光，他的足迹遍及浙江大地、中国大地，甚至世界大地。人满世界飘，内心却沉静，文字也随之简洁，句式简短，散散的，疏疏的，干净朴素，思维随时跃动毫无拘束，行走时不断碰撞出的火花也不时闪现，思想的芦苇，时而摇曳。

林娜的《醉瑞安》，是一个游子的近乡情怯，亦是一个游子的乡愁总爆发。故乡的人事，故乡的风物，故乡的山水路桥，故乡的角角落落，故乡的任何一处，都会将她的激情点燃，继而汹涌澎湃。故乡即旷野，她在旷野上矫健奔跑。

陆咏梅的《今夜月色朦胧》，在深夜，细数家乡的菜园子，一页一页翻寻，一帧一帧浏览，幸而，已镌刻在心灵的图籍上。漂泊异乡的游子，能做的，就是翻寻昨日残存的记忆，刻下一个历史的模子，留给孩子。然后，修筑心灵的东篱，让童年的骊歌落下。

郑凌红的《红尘味道》，食物的讲义经久不散，不同的食物，就像人生的一面面镜子。青蛳的气质，可以作为清廉的美食代言人。它在岁月的历练与淘洗中，成了家乡味道的外溢，糅合了岁月和人间烟火的智慧，构成与天下食客人生轨迹交融的一部分。

陆立群的《轻舟已过》，在一路的冥想中，走过了孩提、少年、青年、中年，所失与所得，都交还给了时间。记忆与现实，皆需要用脚步去抵达。人生的意义，是各自按审美织就的波斯地毯，季节会带来新的风景。只有那些剩余的梧桐，有着最深的记忆，时而繁盛，时而萧索。

陈羽茜的《壹见》，读小说，读诗歌，读散文，观影剧，看评论，作者博览群书，徜徉在文学的海洋中，肆意吸吮，天上地下，古今中外，人事物事，林林总总，就如一只辛勤的蜜蜂，繁采百花，进而酿出属于自己的蜜。大地上的炊烟，弥漫着经久不息的诗情。

张梓蘅的《无夏之年》，多棱镜般的世界，驳杂的人生，眼花缭乱的影像，羞涩的行走，温暖的过往，少年用她纯净而清澈的双眼观察社会、人生及她所遇到的一切，她在阅读中寻找自己的快乐，她在表达中呈现稚嫩里的成熟，优美与识见如旭日般升起。

张林忠的《杭州唯有金农好》，作者横跨书法、评论、作家三界，对"扬州八怪"核心人物金农做了多角度、全方位的探索。金农的人生、学问、艺术根基，寻求仕途的渴望，终无所遇，他却在另一个王国里创造了自己的辉煌。一个立体的金农，栩栩如生地伫立在我们眼前。

黄新亮的《心中的放马洲》，故乡的风物与山水，一物一事，一草一木，皆让作者心心念念。领悟百味人生，玩赏沿途风景，畅游浩繁书海，呈现质朴的表达，流露真挚的感情。在大地上不断寻找，于细微处探微求知，白云悠悠，满山青翠，富春江正碧波荡漾，春正好！

金坤发的《会站立的水》，在不经意的小小遭遇里，水并不单是谦虚的化身，还充满着神奇与积极向上的进取精神。只有当它融入另一种生命，它才能让万物苏醒，让垂危的生命出现转机。它在每个生命背后都默默地站立与护佑，世界因此处处万紫千红，生机勃勃。

金凤琴的《唱给春风听》，酸甜苦辣，喜怒忧恐，像极了音乐中的七个音阶，生活中的零零碎碎、丝丝缕缕，其实可以谱成一首首声情悦耳的小曲。所有过往，皆为序章，时光，情愫，心态，温馨的，忧伤的，细细的，淡淡的，一曲一曲，都悠悠地唱给春风听。

4

画作永远没有风景精彩，无论多么优秀的作家，都做不到百分百还原繁杂多姿的生活，写作就是一场漫长的修行。我们将整个世界视为自己的花园，梅花三万树，园中春深九里花。

癸卯腊月十八
富春庄

（序者为中国散文学会副会长、浙江省散文学会会长、鲁迅文学奖得主）

目　录

目　录
CONTENTS

卷一　家在天台雁荡间

游龙飞凤 / 003

诗路巅峰的芳菲 / 014

俯瞰沧海桑田 / 019

无边风月楼外楼 / 024

访梅记 / 029

朝圣富春山 / 035

浙东山水 / 040

牛场头里的越剧 / 043

夕阳下的鉴洋湖 / 049

和合前童 / 055

古井乾坤 / 059

在江湖与庙堂间 / 064

古寺里的精灵 / 069

芥子园探幽 / 074

景星岩上凝初心 / 077

守望这片海 / 082

突出重围 / 094

军马的故乡 / 100

父亲的高粱酒 / 105

老母亲的抖音时代 / 110

造梦工厂 / 114

大陈岛之恋 / 119

卷二 无尽意

城市印记 / 143

天台雅集 / 148

寄旅孤山苏曼殊 / 154

旷世的爱恨情仇 / 159

"孤岛"时期的一次雅会 / 171

《寒梅图》里的近代史 / 177

镜心亭的翰墨沉香 / 181

兰香添墨写春联 / 192

竹林七贤：道不尽魏晋风度 / 195

笔阵书谱：矫若龙蛇妙趣生 / 198

永和九年：断髩犹传晋禊帖 / 202

风尘三侠：英雄美人家国梦 / 204

米家山水：烟岚云岫隐碧霞 / 207

海屋添筹：雅俗共赏传经典 / 210

富贵寿考：中兴名将写传奇　　　　　　　　　/　213

二十四孝：尊亲美德永流芳　　　　　　　　　/　215

劝农诗画：安定社稷意蕴深　　　　　　　　　/　218

卷三　青色风雅

千峰翠色萦梦中　　　　　　　　　　　　　　/　223

青藤论茶悟妙道　　　　　　　　　　　　　　/　229

壶里乾坤心自在　　　　　　　　　　　　　　/　235

沐手焚香读经典　　　　　　　　　　　　　　/　241

天圆地方且融通　　　　　　　　　　　　　　/　251

汉韵晋风塑灵趣　　　　　　　　　　　　　　/　256

略施粉黛点绛唇　　　　　　　　　　　　　　/　262

暗香浮动月黄昏　　　　　　　　　　　　　　/　269

琴瑟诗酒趁年华　　　　　　　　　　　　　　/　275

梅子初青荫游鱼　　　　　　　　　　　　　　/　284

青袂绿裳流宋韵　　　　　　　　　　　　　　/　288

卷四　品读与对话

赓续楹联文化　弘扬国粹艺术

　　——《常江文集》有关对联专著读感　　/　297

经典的助读与传承

　　——读张传玖《君子不器》　　　　　　/　302

诗书联璧　意气相投

　　——陈叔亮石鼓文集字对联赏析　　　　/　305

澄怀观道　翰逸神飞

　　——张斌书法欣赏　　　　　　　　　　/ 308

谁非过客　花是主人

　　——《藏着的中国》漫读有悟　　　　　/ 311

文化版的文字缘　　　　　　　　　　　　/ 314

一个文人的回归之旅　　　　　　　　　　/ 316

融合之美

　　——文旅、地学、文学在台州　　　　　/ 319

江南追梦人

　　——散文作家王楚健访谈录　　　　　　/ 327

三重缘（跋）　　　　　　　　　　　　/ 334

卷一

家在天台雁荡间

　　我真想知道，多少朝代婉约、豪放的诗词曾在桥上吟唱，多少余音袅袅的琴曲曾在水中流淌，多少爱恨悲欢的故事曾在桥畔演绎……西桥是否会储存记忆？是否会向我们默默诉说？

——《游龙飞凤》

　　华顶峰的云海雾涛瞬息万变，常和浩瀚花海辉映成趣，恰好幻化为云中漫步、蓬莱赏花的奇景，给人一种远离红尘的超脱感。

——《诗路巅峰的芳菲》

　　朱砂梅风情万种，玉蝶梅高贵典雅，宫粉梅娇艳欲滴，黄蜡梅风姿绰约，洒金梅清丽脱俗，绿萼梅疏枝缀玉，墨梅浓色如黛……我闻着芬芳幽香，循着曲径缓步而上，浮想梅林间亭子里如有高士倾情弹奏古琴、汉服佳人翩翩起舞最为应景。

——《访梅记》

　　澎湃的海浪像是在战鼓声中冲锋的千军万马，带着无尽的能量滚滚而来，倾泻而下，发出震耳欲聋的轰鸣声，持续不断地将"蓝眼泪"卷起来，抛入广阔的海面。这天地间的蓝精灵一波又一波地在风浪中翻涌起舞，又幻化作一圈圈巨大的涟漪，烟花般消散在茫茫夜色中，循环不息……

——《大陈岛之恋》

游龙飞凤

　　夜已深，月色昏黄，秋风渐凉。我从黄岩西江河对岸的苏小木茶屋返回，借着河岸护栏灯的光亮，踏上连绵起伏犹如游龙戏水的西桥，鞋底摩擦着一块块龟裂的青石板和一级级疙疙瘩瘩的石阶，产生一种演练舞龙走步的错觉。江风拂面，隐约送来一曲古琴声，我不禁扶着一根雕着覆莲纹的望柱驻足探寻，唯见桥畔五凤楼飞檐翘角的轮廓格外灵动，几扇窗棂黑黢黢的。不远处，高楼大厦的霓虹灯倒映在河水中，扭成一条条忽明忽暗的红绸带，渐渐化为幻影奇境，诱引我开启久违的回忆之门。

一

老辈人常念叨的话又在耳边回响："咱们黄岩老城关哪，过去是江南首屈一指的水乡古镇，每逢集市日，那繁盛的景象极像《清明上河图》。"故乡自古河流众多，水网密布，北宋伊始，东官河、西江河、南官河、永宁江宛若青龙、白虎、朱雀、玄武"四大神兽"守护在城墙外，上通溪涧、下达海洋，并与城关内河贯连，穿过水门，流经纵横交错的 36 条街，街与街之间通行则有赖于延伸出的 72 条巷子和 40 余座石桥。四面八方的水护城而来，穿城而出，形成小运河格局，捭阖有度，进退自如。

古代陆地交通不便，通常水路极为畅达的地方即是漕运要道、盐运要津、商贸重镇，经济文化繁荣，社会昌盛。老城关的街与河相倚，街随河展开，河随街曲转，四通八达的水路舟楫相渡，此来彼往，络绎不绝。但凡街口，必有埠头，无论物流还是客运船舶都极为便利。面街背河的民居，多数为上宅下店，前铺后仓；深巷里弄，则在不经意间藏有一些多代同堂的高门大户，或是宗亲聚居的兴旺人家。

我们这些生于 20 世纪 70 年代的晚辈，从小只晓得故乡黄岩蜜橘名闻遐迩，却从未见过老城关延续近千年的内河，对水乡古镇的印象完全空白。因为我们降生之前，四面古城墙早已被拆成环城路，内河被填作街道，古桥也就荡然无存，只有柔桥、三板桥、卷洞桥、东禅桥、桥亭头、施平桥里等众多小地名，依稀残留小桥流水的印痕。在成长的岁月里，我们眼看着故乡经济飞速发展，一轮接一轮的旧城改造推动城市化进程，成片成片的老街巷消失了，连入选"中国民居"邮票的古建筑都未能获得"丹书铁券"。随着高楼大厦星罗棋布，残存的老街巷大多蜷缩在阳光照不到的角落。

比起根生土长的老城关人，我属于外来户，读初中时跟随工作调动的父母进城。上学途中，我骑着自行车穿过纵横交错的巷弄，总会瞥见一座废圮的深宅大院，门口的小池塘漂浮着乱蓬蓬的水草和生活垃圾，一群鸭子拍打着浑浊的池水撒欢，这个情景似乎成了老街巷颓败的缩影。有个周末，我和同桌老门出城往西去钓小龙虾，竟然遇见西江河上横跨着城关唯一幸存的古桥，据说是宋代所建，人们因其有5个拱形桥孔而称其为五洞桥，却忘了它"西桥"的真名。老门家住在城关中心地带县前街，顾名思义，即老县衙旧址所在的街，以其为辐射，往东是大寺巷、曾铣巷、管驿巷、天长街等；往西是西街，西街尽头直抵由西城墙拆成的环城西路，路对面便是架在西江河上的西桥了，桥的西端还紧挨着一条呈扇形张开的街，由于黄岩地势西高东低，乡人以西为上，取其名为桥上街。西桥既是古护城河桥，又是西出城关的咽喉，其意义不言而喻。过了桥，穿过桥上街继续西行，便是一望无际的柑橘园，三国东吴时期开始栽培、唐宋时被选为贡品的优质柑橘就生长在那一方沃土上。那片柑橘园阡陌纵横，与古驿道相连，可通邻近的永嘉、乐清、临海、仙居等县。

二

我第一次踏上西桥，没感受到一丝古风古韵，六七十米长、四米多宽的桥面被浇筑了厚厚的混凝土，只剩下极少的石栏杆裸露在外，残缺不全的望柱上加固着锈迹斑斑的铸铁支架。听说在西江河公路桥建造之前，西桥一直发挥交通枢纽作用，却因不堪机动车的重负，桥面、桥墩相继出现裂缝，机动车禁行后虽有修复但已面目全非。桥上街有间临河民居，不知何时擅自扩建到了桥脚，造成桥西岸第一个桥洞被水泥封堵，五洞桥变成四洞桥。只有站在岸边望其侧面，缀满青苔、爬满藤蔓的桥身还能让人感受到岁月的印迹。

那时的西桥，像极了一位饱经风霜、伤痕累累的老人，却依旧胸怀慈爱、宽容，无私地托举着子孙后代在西江河两岸生生不息。春天里，西桥是品闻橘花香的最佳地点。城外的柑橘园里，花开得密密匝匝，洁白而又娇小玲珑的橘花纷纷躲藏在茂盛的枝叶下，羞赧、含蓄地透散出淡雅的清香，轻风徐徐往东吹，空气里弥漫着清新甜美的幽香，犹如集中提取的橘花精油倾洒出来，在西江河两岸久久萦绕，沁人心脾，让人沉溺其中，欲罢不能。盛夏的傍晚，西江河上清风拂来，水面泛起层层鱼鳞似的波纹，暑气渐渐散发，西桥便成了乘凉的好去处。与我同龄的苏小木读高中时就是能歌善舞的知名帅哥，他常与一众舞友聚集在西桥边，头系红飘带，身穿宽袖衫，在劲爆的舞曲声中狂跳当时非常流行的霹雳舞，为无数个乘凉之夜增添热烈的娱乐气氛。金秋时节，黄岩蜜橘产销旺盛时，西桥上熙来攘往，橘农肩挑手推来城关果品市场卖橘子，也有各路商贩争相过桥去村里收购橘子，雇来运输的木板船如约候在桥东埠头，将一筐筐新鲜的橘子销往全国各地。冬季，尤其逢上元旦、腊八等节日之夜，可以在西桥上欣赏放橘灯的盛况，只见成群结队的橘农来到西江河边，将一个个橘子皮上端割开口子，挖出橘肉，插进小蜡烛点火成灯，陆续放入水中，祈佑来年风调雨顺，橘子高产丰收。星星点点的橘灯浮在波光粼粼的河面，浩浩荡荡地穿过桥洞，一片璀璨夺目地漂向永宁江，漂向入海口。每逢元宵之夜，人们便拉着兔子灯，提着莲花灯涌至西桥畔，放飞一盏盏写着心愿的孔明灯，绚烂的灯火照亮西江河、柑橘园上的夜空，与满天繁星交相辉映。

关于西桥的历史，我曾懵懂了好些年，直到 20 世纪末在黄岩报社担任文化版编辑，接触到一批致力于地方文史研究的老先生，才搞清来龙去脉。西桥距今约有 930 年历史，北宋元祐年间，县令张孝友见出城往西唯有西江河的西浦渡口行船，交通十分不便，便率众以块石砌桥墩、条石架桥面，建成一座虹桥，百姓感念其恩德，称之为孝友桥。百余年后的南宋庆元年间，孝友桥遭水患倾塌，桥上街住着一位辞官归乡的士大夫，名叫赵伯沄，他慷慨解囊并组织人力在原址重建一座石拱桥。赵伯沄是"靖康之乱"后南渡迁居黄岩的皇室宗亲，他为了减轻洪涝对桥体的冲力，依据北宋建筑学家李诫的《营造法式》将桥墩设计成梭形，以 5 个大拱孔为桥基孔，用大型条石砌筑桥身，按拱孔连绵起伏形状铺装桥面，两旁设置护栏、设窍排水，两头筑有石墩台，工程材料用量十倍于旧桥，建成后将其命名为西桥。光阴荏苒，重建的西桥在 530 年后的清朝雍正初年摇摇欲坠，镇守黄岩的总兵吴进义带头捐俸薪并委托县城明因寺僧人世月主持重修，地方士绅百姓也纷纷出资相助。世月和尚在原桥主体架构基础上加以改进，仍以大型条石砌筑，次年完成整体修复，全长63.5米，宽4.3米，五孔等跨，每孔净跨均为8.7米，沿用至今，其间数次局部修整。

20世纪末，经济蓬勃发展的黄岩撤县建市，并荣登过全国首届百强县市榜，数年后随台州撤地建市而并入主城区。我在报社工作5年间，恰是见证黄岩设区后旧城改造的加速阶段，老县前街没了，西街没了，大寺巷没了，曾铣巷没了，管驿巷没了……城关西北片只剩下贯连西桥的桥上街孑立在废墟的对岸。在这些老街巷拆除前，擅长摄影的报社同事张良、王根法忙着为老建筑在历史舞台谢幕前留影，我也参与其中，挖掘传统文化的素材。有一天，我们来到距西桥仅五六百米的后巷，碰见两个古玩商贩正往小货车装运一批雕工精湛的老红木家具，采访中得知他们从待拆区域疯狂扫货，收购古董字画的业务应接不暇。我们蓦然想到后巷里有一处文物保护单位，它原是晚清林姓知县宅第，其后代捐出部分房产创办了一所淑德女子义学，后改名为淑德小学，还发生过"红色传奇"故事。赶紧跑过去一瞧，眼前两层砖木结构的歇山式建筑略显衰败，但工艺精致的门楣石匾、石花窗和其他木雕、砖雕、灰塑构件及青砖黛瓦基本没有缺失，五对错落有致起翘的飞檐呈现出五只展翅欲飞的凤凰意象，这就是古建筑中颇具稀缺性的五凤楼。我们拍摄了诸多照片，与一批有识之士互相呼应，提出保护这座古建文化遗产的建议。几经周折，五凤楼最终以易地迁建的方式留了下来，所有榫卯结构的建筑材料被完整拆卸下来，逐一编号、登记，暂时寄放在黄岩孔庙大成殿门前的空地上。

三

不可否认，城市让生活更美好。世纪交替之际，中国东南沿海地区迅速形成一个个城市群，大家共享着城市发展红利，幸福感不断提升。但是，大拆大建却引发出"千城一面、万楼一貌"的共性问题。在坚定文化自信的新时代强音下，保护文化地标获得集体认知觉醒，为了留住城市的历史记忆，社会各界纷纷付诸行动，找寻久违的乡愁。

桥上街以西，受粗放型工业化扩张而不断萎缩的柑橘高产区，重新擦亮"中华橘源"金名片，建起了万亩中国柑橘博览园、柑橘博物馆和柑橘风情小镇，再现"一年好景君须记，最是橙黄橘绿时"的勃勃生机，赋能"黄岩蜜橘"产业振兴。桥上街鳞次栉比的民居修旧如旧，白墙黛瓦错落有致，庭院栽满花卉，花窗清雅精致，青砖衬托素净极简，墙角的青苔绿意盎然，充满烟火气息。从医三十多年的苏小木特地在西桥的西南角租了一间临水小院，办成友人经常聚集的茶屋，他闲暇之余常会跷着二郎腿，倚靠在窗边的藤椅上，在氤氲茶香中凝眸河水从桥下汩汩流淌，怀念一番已经流逝的青春岁月。

缘分真的妙不可言，会创造跨越时空的奇迹。

2016 年初夏，就在西桥修复工程被黄岩区提上议事日程之际，距西桥 23 公里一个名为"前礁"的小山村里，一户杨姓人家正在老宅基地上翻建新房，挖地基时竟掘出一口朱红棺椁，经考古专家考证，下面是一座南宋古墓，墓主正是重建西桥的赵伯沄及其夫人李氏。墓中除了出土投龙玉璧、水晶佩环、沉香等风雅文物以外，还有几十件不同形制的宋代士大夫丝绸服饰，织物品种齐全，纹饰题材多样，纺织工艺精湛，被誉为"宋服之冠"，当年就在 G20 杭州峰会惊艳亮相。

几个月后，西桥终于卸下枷锁般的铸铁支架，厚厚的混凝土被撬开，露出龙脊一般嶙嶙峋峋的桥面。在修复时，石匠逐一更换破损的石板，施工进行到第三个拱形桥面，意外发现石板下竟藏着一件瓷器文物，那是一个青花云龙纹圆形带纽盖盒，蓝底画面衬出一条腾云驾雾的五爪白龙，栩栩如生。打开盖盒，里面装着 10 枚圆形方孔铜钱，分别为顺治、康熙、雍正、乾隆、嘉庆通宝各 2 枚，无疑是两套常用来镇煞、辟邪、祈福的民间风水至宝五帝钱。以五帝钱年代最晚的嘉庆通宝来推断，此盖盒当属清代晚期烧制，时人修缮西桥将它作为"镇桥之宝"放置进去。

西桥畔的苏小木茶屋充满怀旧气息和文艺沙龙氛围，常会吸引一批老城关长大的朋友前来闲坐，道不尽前尘往事。我第一次来茶屋，便听见围坐的茶客正在谈论这件"镇桥之宝"，有人认为五爪龙纹装饰的器物专属皇家，因而盖盒定是御赐之物；也有人提出疑问，清晚期距今时间不长，若有重大事件为何缺乏文献佐证。我听了心里痒痒的，忍不住凑上去解释，《清史稿》中有记载，景德镇御窑场督陶官唐英上奏折请示乾隆帝，五爪龙纹瓷器民间是否可用，乾隆帝批复：除正黄色瓷外，有瑕疵的五爪龙纹瓷器可以变卖民间。因此这个盖盒与皇家没任何关系，盒上的五爪龙是游动舒展的形态，名为"过桥龙"，属清代晚期景德镇官窑烧制，尚不失为珍品。

苏小木介绍我是"市文博专家库成员"，座间顿时有人来征询"过桥龙"的寓意。我以一家之言抛砖引玉，古代传统云龙纹图案变化多端，名称各异，细分为坐龙、蟠龙、团龙、立龙、行龙、水龙、旱龙、飞龙、过墙龙、过桥龙等，相传凡是江河桥梁完工都须经蛟龙检验，龙不能从桥下过，否则触犯天条修行尽毁，于是兴云施雨，等到水漫桥面后从桥上游过去，到达对岸即会雨止天晴，洪退河清。这时的桥依旧巍然而立，无磕无裂，方算合格。至于西桥桥面依照五个桥洞形状连绵起伏如波浪沉浮的设计，究竟是为了迎合蛟龙过桥呢，还是为了表达蛟龙过桥时的显化形态，不得而知。众人一听，皆领悟"过桥龙"实则蕴藏架福桥、求龙佑、祈祥瑞的含义。有人甚至说，乡人俗称西桥为"五洞桥"，名字太直白，不如"游龙桥"更为贴切。

我起身来到茶屋二楼窗口，眺望夜幕下波光粼粼的西江河，有游船慢悠悠地驶过，两岸流光溢彩，人头攒动。近在咫尺的西桥上，人们或站在桥中央相互吸烟聊天，或坐在栏杆上静静地聆听流水的声音，或抚摩着望柱美滋滋地品赏夜景，此刻的他们是我目光所及的风景。随着黄岩启动"官河古道"宋韵文化工程以来，近百年间遭受淤塞、断流的古护城河先后得以疏浚、复原，并以仿古和现代多元风格营造两岸的新貌，不断延伸构建出绿道、天桥、廊桥、水街、文创园、亲水平台。

然而，较之新打造的文化设施，具有历史厚重感和文化沉淀感的古建筑终究不可替代。西桥如此，距西桥千余米远的孔庙亦如此。自宋以来，孔庙为历代儒家学子的朝圣之地，也是黄岩历史上有过"南宋望郡""东南小邹鲁"美誉的见证，无愧为千年城市文脉，只是长期被包围在车水马龙的市井中，有些颓败。近些年，黄岩孔庙历史文化街区建设启动，一排灰砖黑瓦的马头墙，将黄色琉璃瓦装饰、重檐歇山顶建筑的大成殿与喧嚣的街市隔开，拆迁周边大量民舍，依托史料对名宦祠、乡贤祠、孝友祠、棂星门、西角门等单体建筑进行复原，与西桥一同成为宋韵文化地标。就在孔庙修复如火如荼之际，从淑德小学整体拆卸的五凤楼建筑材料重新进入人们视野，多年来它们被散乱叠放在大成殿门前，经受日晒风吹雨淋，长满青苔、杂草。在几番论证之后，西桥的西北角被腾出一块地，作为五凤楼迁建的地方。

五凤楼择日乔迁之时，桥上街的居民纷纷早起洒扫庭院，贴福字、挂红灯笼，迎接这位新邻居。新落成的是一进青砖围成的四合院，一扇古朴庄重的台门，一个铺着青石板的洁净天井，一座木雕、砖雕、石雕点缀的二层小楼，高低错落，左右呼应，檐下花卉纹瓦当精巧如月，五对飞檐延出，如凤凰般轻盈展翅，在一片天青色的背景下，产生欲飞苍穹的美感，将中华传统文化追求"天人合一"的理念演绎得淋漓尽致。墙里墙外，栽有各种花卉绿植，我一眼瞥见其中几株牡丹，虽然尚未开花，但能读懂它想要表达一种"凤穿牡丹"的意境，赋予富贵祥瑞、和谐幸福的象征意义。

四

西桥与五凤楼，从原本没有任何交集到如今相依相守，历尽千帆，洗尽铅华。它们蕴含着游龙戏水、凤凰齐飞的寓意，被坊间奉为龙凤合卺、盛世呈祥之处。苏小木经常望见一对对新人穿着各式婚庆礼服，在亲友团的簇拥下，来西桥头与五凤楼前拍摄精美的照片、视频。这般情景，常令他感慨人世间最美好的莫过于此。

　　桥上街邻里关系非常和睦，他们喜欢在日落黄昏时分搬到河岸聚餐，将各自的菜肴合并在一起，有肉有鱼，有酒有茶，有说有笑，分享着天南地北，家长里短。有几位古稀老人，拉得一手二胡绝技，一开音，或欢快喜庆，或悲凉凄美，或圆润纯净，极富穿透力，引得不少票友前来会聚，洞箫、竹笛常会加入伴奏，委婉动听的越剧唱腔便响彻西江河两岸。

　　夜幕降临，勾勒出西桥、五凤楼轮廓的五彩灯带亮起，与西江河两岸的护栏灯光、周围高楼大厦的霓虹灯和谐共融，河堤、垂柳、游船、民居、游人若隐若现，一片桨声欸乃、灯影绰约、莺歌燕舞。

　　我更喜欢烟雨蒙蒙的清晨，徜徉在苏小木茶屋门前，西江河、西桥、五凤楼、桥上街此刻都沉浸在慵懒的慢时光里，寂静无边的空气中弥散着淳雅清古的吴越风韵。明净如镜的河面上，常有水鸟在浅水一方秀着细长腿儿，把尖尖的嘴伸进水里，仿佛在打捞穿越千年依然如冰似玉的青瓷。水鸟搅起一圈圈涟漪，随波荡漾，充满江南水墨画的意象。

　　我真想知道，多少朝代婉约、豪放的诗词曾在桥上吟唱，多少余音袅袅的琴曲曾在水中流淌，多少爱恨悲欢的故事曾在桥畔演绎……西桥是否会储存记忆？是否会向我们默默诉说？

2022 年 11 月作于墨庄

（摄影：喻跃翔）

诗路巅峰的芳菲

　　这些年，我屡次陪同来自五湖四海的诗友畅游天台山，深入"浙东唐诗之路"目的地，在田园、山居和林泉中触摸中国古典诗歌全盛时期的流风余韵。

　　我们从蜿蜒的沿溪山径尾随洄游的鱼群迤逦而上，途经犹如苍龙卧川、千堆雪舞的石梁飞瀑总要驻足抒怀，然后听着鸟唱虫鸣，踏入草木清幽的徐霞客古道。越往高处，越能望见天台山四面群峰环拱，状如八叶莲花台，海拔 1098 米的主峰华顶烟翠叠嶂，恰好处于"莲花台"顶部，传说佛陀曾端坐其上拈花微笑。

　　通往华顶的路上，儒、释、道各界人士络绎不绝，僧侣和居士满怀虔诚地前往天台宗祖师智者大师拜经台、千年古刹华顶讲寺朝圣；道士和信士健步如飞地赶往道教天师葛玄、上清派领袖司马承祯修炼处瞻敬；儒家弟子自然要追慕古典诗歌全盛时期的先贤，峰上那座三开间的茅篷是"诗仙"李白读书堂，众人大汗淋漓地寻访到此，流连良久，似乎得到了不少灵感。

　　当山水草木与深厚的人文精神相融，就相得益彰地蕴聚了灵性与内涵。遥想当年，除了李白，《唐才人传》里三分之二的人物游历过天台山，杜甫、王维、白居易、孟浩然、贺知章、刘禹锡、李贺、元稹等都在其中，名不见经传者更是不计其数。唐人仰慕潇洒闲逸、率真脱俗的魏晋风度，他们读了孙绰"掷地有声"的《游天台山赋》，听了"书圣"王羲之华顶访道学书、高僧支遁峰峦弈棋、山水诗鼻祖谢灵运伐木开径、刘阮桃源遇仙等故事，对这个儒、释、道三教糅合，参禅悟道、怀古隐逸的乐土充满憧憬，成了"浙东唐诗之路"的缘起。大唐的文人墨客从黄河流域的繁华都市一路南行，风尘仆仆踏入江南，乘舟渡过钱塘江，经浙东运河转入曹娥江，再沿剡溪溯流而上，直抵天台山之巅。他们凭高临风，放怀吟咏，让"一座天台山，半部全唐诗"传为佳话。

当唐诗在天台山之巅绽放出智慧的火花、思想的精华、人性的灵光，被吟咏千万遍以后，仿佛渐渐凝聚为风驱不散的玄妙之气，华顶就成了诗魂圣境。而今，我们说不清最初是山水草木激发了人的诗情灵感，还是人文精神浸润提升了山水草木，只能饱览华顶芳菲无尽，畅享诗意盈然。

且看早春的华顶，晴雨天气转换频繁，时而阳光明媚，云蒸霞蔚，时而弥漫在一片朦胧烟雨之中，肥沃的砂质壤土生长出乌药、黄精、白术、石斛等名贵药材，更是漫山遍野滋养出风韵独特的绿茶——天台山云雾茶。我每次从台州市区来天台，都不忘自备超大玻璃杯用来泡春茶，既赏心悦目又喝得过瘾。最钟情明前茶，形如莲子里嫩绿的小芽，名为"莲心"，随着煮热的泉水注入杯子，一片片像曼妙仙子飞天舞，氤氲茶香随之盈盈升腾，浸润后变得饱满的茶芽逐渐沉淀下来，齐刷刷亭亭玉立着，一片青翠绿碧。"莲心"汤色清澈微绿，香气浓郁持久，口感醇厚，鲜爽回甘，冲泡数次仍余味悠长，丰富的茶多酚令人心旷神怡。

据文献载，天台山云雾茶由三国时期葛玄天师培植，唐朝时道家南宗祖庭桐柏宫、佛教天台宗祖庭国清寺同创茶道文化，以仙茗、佛茶名世，"茶圣"陆羽将其写入《茶经》；北宋文学家苏轼任杭州知府时，考证出西湖龙井源自谢灵运引种天台山茶树的史实，"江南茶祖"地位由此确立。不仅如此，唐朝晚期，日僧最澄到台州取经并创立天台宗日本分宗，新罗国遣唐使金大廉来中国留学，他们各自引天台山茶种归国培植，"日韩茶源"美誉由此产生。

好茶除了生长环境、种植技术，离不开采摘和加工技艺，我曾听人神乎其神地说，华顶的春茶由清一色的妙龄少女用嘴唇衔住采撷，这样避免手指掐伤嫩芽。我将信将疑，专程前来观看开采谷雨茶"旗枪"的场景，一探虚实。明媚的阳光下，黛翠欲滴的茶园里，采茶姑娘们身穿蓝印碎花布衬衫、头戴细篾斗笠，腰挎精致的小竹篓，体态轻盈得像飞舞的蓝蝴蝶，我分明瞧见她们微弯着腰，兰花指在茶丛中不停滑动，举止优雅如弹古筝。云雾茶属半烘炒绿茶，沿用古法炒制过程也极具诗意，但见古稀之年的非物质文化遗产传承人心无旁骛地坐在大炒锅前，将摊青后的鲜茶叶倒入其中，一双布满粗厚老茧的手在锅里翻转，杀青、摊凉、揉捻、炒二青、理条、复烘提香……工艺烦琐，火候难控，但他好似掌握乾坤，运转太极，将近一小时，手中动作不间断，浓郁的茶香从指间溢出，弥漫满室。

立夏过后，山下落英缤纷，华顶的云锦杜鹃却独领风骚。这是世上最高大、最茂盛的一片杜鹃林，两万多棵丛丛簇簇的杜鹃苍古奇特，树干粗如碗口，虬枝如钩曲折向上，大多四五米高，最高的有八九米，浓翠的繁叶间，绯红、粉红、淡紫、茶白色的花朵纷呈绽放，花型与牡丹、芍药、芙蓉相近，满目姹紫嫣红。这也是迄今最古老的人工栽植的杜鹃，始于晚唐，年份最长的树已存活上千年，平均树龄也有 300 多年。好多次，我闻着沁心的馨香，在绚烂缤纷的花海中踏访，努力扬起头细细品赏，那伞盖似的树冠上不时可见数十朵、几十朵花团聚合成大花球，满目花团锦簇。在我眼中，云锦杜鹃既有牡丹的雍容华贵、芍药的千娇百媚、芙蓉的清丽脱俗，又独具温婉典雅之美，像古代的名门闺秀，略施粉黛，便仪态万千，风华绝代。

行走在杜鹃林中，偶遇几位头戴书生帽、身穿直裾袍的小伙子，潇洒地摇着折扇或吹着洞箫；身穿对襟齐胸襦裙的长发姑娘，淡扫蛾眉，手执团扇，袅袅婷婷穿梭在花海中，恣意绽放的花朵映衬着花样年华，情景交融，演绎了一场风雅诗意的汉服秀。华顶峰的云海雾涛瞬息万变，常和浩瀚花海辉映成趣，恰好幻化为云中漫步、蓬莱赏花的奇景，给人一种远离红尘的超脱感。

每当盛夏，湛蓝晴空万里无云时，在华顶极目远眺，能望见宛若一条银色玉带的东海岸。滨海的小城名为宁海，四百多年前的农历三月末，"游圣"徐霞客自宁海出西门，沿着宁台古道奔赴天台山，开启了慕游名山大川的万里遐征；四百余年后，国务院将那个有意义的日子命名为"中国旅游日"。略存缺憾的是，徐霞客到达华顶的时候处于谷雨至立夏之间，比云锦杜鹃开花早了十来天；十九年后故地重游时更提前至谷雨时节，终究与云锦杜鹃擦身而过，一生无缘相见。

金秋时节，华顶层林尽染，叠翠流金，尊徐霞客为鼻祖的驴友们常常踏着月色登上峰顶露营，在灿烂星空下进入梦乡。清晨，天高气爽，驴友们爬上峰尖，眺望东方泛起鱼肚白，绚烂的朝霞拥着一轮红日从海面冉冉升腾，继而跃上云端，绽放出耀眼的光芒，刹那照亮人们的内心。大家接受日出的洗礼，满怀希冀，纷纷在朋友圈分享这高光时刻。

来华顶的驴友多了，常给驻守山上的派出所带来各种求助电话，民警曾在深夜接到"一对露营的夫妻被狼群包围"的电话报警，飞速赶到现场，发现是一场虚惊，几头野鹿正在帐篷边悠悠啃草呢！

常年驻守华顶的几十名护林员，巡山之余拍摄了不少风光照片，挂在林场办公楼的走廊，使老房子散发着浓厚的文艺气息。其中，一组《华顶雾凇》呈现冬日奇观，远景里，满山林木披银戴玉，无数洁白的"琼葩"开满枝头，层层叠叠，挨挨挤挤，浓浓淡淡，好一个冰雪仙境、梦幻世界；近景里，盎然怒放的"冰花"簇拥在一起，像银菊，像梨花，像雪绒花，像珊瑚丛……千姿百态，皎洁晶莹，堪称大自然的杰作，天地间的造化。

当代著名诗人胡红拴曾六游天台山，每次登上华顶都心潮澎湃。他说，这里草木山水无言无语，却始终饱含真趣性情，仿佛被赋予一种精魂和魅力；烟岚云岫无穷无尽，却总是充满蓬勃动感，频频呈现万千气象，蔚为大观；自然和人文从来都是相互成就的，在天台山几近极致。

"龙楼凤阙不肯住，飞腾直欲天台去。"两年一届的中国徐霞客诗文大会已固定在天台山举行，络绎不绝的文朋诗友吟着千百年来脍炙人口的诗句，循着古人的脚步，走进这座郁郁芳菲的诗山，寻访精神的家园，采集优秀传统文化复兴的种子。

2021 年 2 月作于墨庄

俯瞰沧海桑田

时值春夏之交，浙东括苍山脉深处仙居县的神仙居景区云蒸霞蔚，青岚弥望，奇峰危石、古松崖柏、碧樟翠竹若隐若现。文化旅游考察团成员们乘索道上山，沐着朦朦胧胧的雨雾，沿着天梯、栈道、索桥鱼贯穿行海拔近千米的绝壁断崖，恰似在云中漫步、雾里看花，有一种超凡出尘、飘飘欲仙之感。

一路上，仙居国家公园管委会主任吴宏伟如数家珍般介绍，当地颇具文化特色的景点有白垩纪恐龙化石、与河姆渡文化同期的下汤文化遗址、夏禹时期的蝌蚪文摩崖石刻、道教第十洞天括苍洞、千年皤滩古镇、高迁古民居……景区建设就像穿针引线，长年累月串连起这些珍珠般散落的景点。

"真是天下奇秀，秘境仙乡啊！"浙江工商大学教授徐建春对周围胜景连声赞叹，并向随行的几位大学生讲解，神仙居是世界最大的火山流纹岩地貌集群，记录了亿万年前一座复活型破火山演化的历史，地质构造险峰林立，层峦叠嶂，沟壑纵横，洞深石怪，处处凸显大自然的鬼斧神工。

"你们在悬崖峭壁上铺路搭桥，将关山变通途太不容易了，如意桥、卧龙桥凌空飞架，太极台、莲花台高空悬挑，一出场便成了网红。"浙江省徐霞客研究会副会长王俊友拍着吴宏伟的肩膀说。吴宏伟在县国土资源局任职时，王俊友恰是市局领导，他们一起见证了仙居县旅游项目逐一从规划到落地，神仙居由深山老林逐步变身为国家级 5A 旅游景区的发展史。

"神仙居开发的过程像是一场马拉松接力赛，这二十多年没有停歇过，我只是在前人栽的树下乘凉而已。"吴宏伟谦虚地说。

我们深知，仙居县"八山一水一分田"，自古以来人们聚居在四面环山的盆地渔樵耕读，世外桃源般的生活虽然充满诗情画意，却严重制约着经济发展。20 世纪末，仙居人普遍意识到再也不能守着"金山银山"过着穷日子了，他们坚持绿色发展，生态立县，把旅游作为战略性支柱产业来培育，推动绿水青山走出"深闺"，大做"显山露水"文章，不断打造集农业观光、文化传承、生态保护、休闲康养为一体的综合类旅游景区。最初的景区建设工程堪比挑战极限的攀岩运动，工作人员在高峻峡谷风餐露宿测量作业，在荆棘密布的危崖开凿栈道，伤筋动骨或受毒蛇猛兽惊吓的事常有发生。淳朴的乡民看在眼里，对景区建设群体赞誉有加，在口口相传中添了不少传奇色彩，仿佛票友们在追捧实景出演越剧《定军山》《大破天门阵》的武生，在相当程度上激发起了全社会的精神动力。

众人来到南天顶，蓦然发现绝壁断崖处泊着一艘悬空的"宇宙飞船"，凑近才看清是双层结构的大型玻璃观景台。吴宏伟疾步奔到观景台前端，指着对面雾霭中忽隐忽现的柱形山峰朝我们呼喊："那就是观音峰，神仙居的标志性景点。"

大家蹑手蹑脚踩在一大片玻璃板上，耳畔有疾风袭来，脚下是令人发怵的万丈深渊，不禁倒吸了一口凉气，陆陆续续站上"船头甲板"，一个个衣袂飘飘，乱发飞扬，皆望着白云苍狗变幻无穷，怔怔出神无言。

随着风流云散，眼前山峰犹如揭开神秘的面纱，宛若一尊巨大的观音菩萨侧面坐像，头戴天冠，身披青绿璎珞，面朝西北，双手合十，庄严宁静，似在俯瞰大地，普渡众生，让人惊叹于天地造化竟然如此神秀与壮观。

一位带旅游团经过的导游小姐戴着耳麦侃侃而谈，称观音峰高919米，是国内迄今发现最大的天然佛像，而观音菩萨出家日正好是农历九月十九，数字神合简直是早有天意，因此这个景点定名为"慈航普渡"。

我无意中听见，在神仙居深度开发之前，这座山峰远离人间烟火，人们只能遥遥眺望，因视角关系，看上去一柱擎天，高耸入云，被称为天柱岩。"天柱岩"三字顿时让我想起多年前的一桩地名之争的公案，缘起唐代"诗仙"李白的一场梦游，留下一首千古名诗，也留下"天姥山"无尽的悬念。为了争夺这个品牌资源，先后有四地加入混战，新昌县以天姥山之名由来已久而大力宣传，天台县认为当地天姥峰即天姥山，仙居县则考证天柱岩为天姥山，邻省福建更是抛出福鼎太姥山就是天姥山的观点，一时争论不休，"口水仗"愈演愈烈。好在仙居人除了争论之外，从没停下务实探索的脚步，当"天路"铺到天柱岩跟前，每个人在近距离观瞻了这座惟妙惟肖的大自然雕塑之后，早就将"观音"以外的名字抛在九霄云外。

"发现这座举世无双的观音峰，不枉二十多年的接力赛。"我感奋地说，"她既浓缩了地质文化的背景，又蕴含中华民族传统文化的元素。"

姑且将此刻称为神仙居论道吧！自古以来，儒、释、道三教形成传统文化的主流，彼此求同存异，和谐相处，其中最能起到融合作用的莫过于独特的观音文化。世人心目中观音菩萨拥有无量的智慧和神通，大慈大悲普救人间疾苦，凝聚着儒家的仁爱精神、释家的慈悲精神、道家的慈爱精神，她以至高无上的东方女神形象，打破了固有的宗教概念，激励着儒家弟子积极入世、释家弟子修心养性、道家弟子贵生济世。

"观音峰守护这方水土亿万年了。"吴宏伟由衷地感慨，"直到亿万年以后，才等到我们翻山越岭来到她的面前。"

"你来，或者不来，观音大士都在这里静静地等待。"我浮想联翩诗情纷飞，"她坐看云卷云舒，静听花开花落，任凭沧海桑田。"

王俊友为"沧海桑田"这个成语拊掌而笑，皆因其典出仙居。成语故事讲述的是古时候，仙道王方平吩咐仙居籍弟子蔡经在家里准备酒席，宴请仙女麻姑。麻姑姗姗来迟，说自己得道成仙以来，已经看到东海三次变成桑田，刚才经过蓬莱又发现海水浅了一半，这些地方大概都要变成山陵陆地了吧。王方平叹息道，仙界的圣人都在说，东海不久又将扬起尘土了。

徐建春教授听后，阐明许多神话传说并非空穴来风，科学考证海陆变迁在地球的历史上真实发生过，青藏高原和新疆戈壁滩至今都有海洋生物化石的遗存，中国东部在最近十几万年中确实经历了三次"沧海桑田"的巨大变迁，而这尊亿万年的"观音菩萨"肯定比麻姑看到天下沧桑巨变的次数更多。

女大学生小赵突然冒出一个问题："从来都是别人拜观音，那么这尊观音双手合十是在拜谁呢？"众人对这个问题始料不及，一时发蒙。徐建春教授打破沉默，说同样的问题北宋大文豪苏东坡与挚友佛印法师也曾讨论过，佛印法师解答观音是在拜自己，为的是点化众生，明白求人求佛不如求己的道理。

所谓大道至简，大家醍醐灌顶般颔首称许。

不知不觉，阳光穿过云层，驱散了所有的烟岚雾霭，洒下万丈金光，辉映得千峰万壑更加巍峨壮丽。观音峰犹如披上一件锦襕袈裟，阳光为其勾勒出愈加优雅逸致的观音菩萨坐像轮廓，她依旧保持着俯瞰的姿态，淡若青莲，自在安然，进而渲染着遗世独立的气质。在她的前方，层峦叠嶂，莽莽苍苍，峡谷深处无数溪泉如一条条白玉锦带，伸向村庄、田野、河流。她一定会看见，淡竹原始森林里野笋在疯长，广袤的茶园翠绿如染，成群的鹭鸟翔集于绿油油的稻田，漫山遍野的东魁杨梅又将迎来成熟季；她一定会看见，高速公路宛若巨龙穿越在山川原野间，高速铁路已经延伸到神仙居脚下；她也一定会看见，农文体旅深度融合的"金丝银线"，正在串连起一条名贵的"珍珠项链"，光华四溢，璀璨夺目……下一场沧桑巨变就在眼前，就在行则将至的未来。

2022 年 6 月作于雅集楼

无边风月楼外楼

　　每当与同道挚友相聚杭州，我总要约定在西湖孤山下的楼外楼菜馆共进晚餐，因为这家跨越了三个世纪的"老字号"，蕴藏着杭州最风雅的文化。

　　楼外楼是一座翘角飞檐的古典式楼阁，背倚孤山，面朝西湖，门厅总是一派熙来攘往的景象，且从不接受席位预订，我唯有趁着斜阳尚在，提前赶至，直奔二楼占个靠窗的桌位。然后，一边坐下来欣赏窗外的湖光山色，一边不紧不慢地翻着菜单。每当点完了菜，起身踱到露台上，才算找到最佳的赏景方位，极目远眺，可以将半个西湖尽收眼底。

　　最近一次携友人登楼，是在丁酉立秋后不久。那天午后下过一场雷阵雨，驱散了燥热的气温，顿觉神清气爽。于是，我们在楼外楼上遥望连绵群山青黛素雅，如国画般的淡墨意蕴；雷峰塔、小瀛洲、湖心亭等景点在淡淡的夕阳下轮廓清晰，似细笔勾勒；苏堤像一条卧波的长龙，堤上六座间隔不远的拱桥呈波状起伏，仿佛弓起的龙身，富有灵动感，堤岸两旁花木葱郁，姹紫嫣红，整体如画笔涂抹的写意色彩。近看平坦如镜的湖面上，偶有游船划过，泛起层层涟漪，揉碎了一方秋水。更近处，荷叶田田，顺着湖岸边蔓延，荷花亭亭玉立，被沿岸的青青垂柳映衬着，如一群在微风中翩翩起舞的红粉佳人，显得格外绮丽。最令人心旷神怡的是，极具江南园林风格的西泠印社、俞楼就在楼外楼西侧，俯瞰可见修竹娇花，假山叠石，清泉池沼，亭台楼榭，让人情不自禁地浮想起近代文人在此雅集，群贤毕至共论金石之道的情景。

返回楼内餐厅，墙上的风景又是另一番旖旎。最里面的中厅，醒目地挂着现代"海上画派"名家唐云的巨幅国画《松鹤图》镜框，画心长近4米，宽近1.5米，以工笔加小写意的笔法，描绘一棵雄伟挺拔的苍松下，分别生长着一丛丛幽兰、灵芝和翠竹，一只丹顶白鹤孤傲地立于巨石上回头唳鸣的情景，表达了北宋高士林和靖隐逸孤山放鹤种梅的意境，又饱含着祝福楼外楼万古长青的吉祥寓意。唐云的单幅作品多数不超过四尺整张，这幅画无疑是其一生难得的大手笔。移步至大厅，却见墙上的视觉冲击力更强，一幅更巨大的镜框内装裱着名为《百花齐放》的国画，画心长近6米，宽近3米，工笔重彩描绘牡丹、玫瑰、芍药、玉兰、紫藤、海棠、桃花、蔷薇、杜鹃、水仙、鸡冠、梅花、菊花……世间妍丽的花草不分季节地集聚其中，缠绕在松石之间，铺陈在山涧之中，色彩浓烈奔放，充满令人震撼的妍丽。这是现代画家张天奇创作于20世纪60年代的精品，非凡的花鸟画功力，在此独放异彩。

趁着就餐高峰期尚未来临，我们俨然在美术馆观赏书画展似的，把楼上楼下的墙上风景阅览一遍，连楼梯口都不放过。书法真草隶篆行齐全，赵朴初、沙孟海、沈定庵、朱关田等名家大师书法下笔有神，遒劲灵动，令人过目难忘；国画山水花鸟人物均有，吴湖帆、肖峰、王伯敏、刘国辉、吴山明、何水法等颇具影响力的画家作品流派纷呈，风格迥异，各具鲜明个性。我们美味佳肴还没有品尝，精神上已先享受了饕餮大餐，心情格外愉悦。

天色暗了下来，客人渐渐多了起来，正宗的杭帮菜开始亮丽登场。打开一瓶红酒，往高脚杯上各斟浅浅半杯，边漫谈边啜饮，须臾工夫，美食就陆陆续续地端上了桌，那些菜品里藏着乾坤。

杭帮菜以清淡为主，特别讲究食材的品质和新鲜度，佐料则发挥锦上添花的作用，尽可能不掩盖菜品的原味。我特别钟情于传统名菜西湖醋鱼，总要选鲜活的鳜鱼为原料，它肉质鲜嫩且腥味少，加上厨师纯熟的剖切刀功，放入沸水中煮到七八分熟，沥去多余的汤汁，配上姜末、葱白、酱油、黄酒继续蒸烧，装盘后浇淋一层糖醋汁，酸爽甜鲜合一，色香味俱全，让人吃得无限惬意。龙井虾仁也是一道少不了的菜，精选出的淡水虾仁个个晶莹如玉，放在锅里热炒到半熟，再将浸泡开了的上等龙井茶撒在一起继续炒，掌握火候，最后加点蛋清、黄酒，上桌后色泽素淡，入口鲜爽脆嫩，唇齿间香郁缥缈，诠释了杭帮菜的精致雅趣，让人舍不得大口大口地吃，拿筷子的手顿时放慢了节奏，举止变得优雅起来。叫花童鸡也是楼外楼非常热门的名菜，传说是南宋时期"丐帮"帮主洪七公首创的，用荷花叶、透明纸严实地包着精盐、黄酒腌过的三黄鸡，加上各种配料，又用酒坛泥碾成粉裹住，放入烤箱烘烤数小时，熟后敲掉泥封再上菜，剥开荷叶的瞬间，一股馥郁香气袭来，鸡肉软嫩得仿佛入口即化，能让人大快朵颐，红酒便多饮了三杯。而放在精致的紫砂罐里炖出来的东坡肉，是将五花肉切成块，用葱姜垫底，加上酒、糖、酱油，罐置于存水的大锅中，在文火上慢焖，端上来每人一份，色泽红亮，入口香糯，肥而不腻，味醇汁浓，软烂而形不碎，自然妙不可言。另外还有蜜汁火方、宋嫂鱼羹、油炸响铃、菌菇炒菜心等也都是开胃佳肴，凸显大厨的手艺和匠心，他们似乎早已将一道道菜当成一件件艺术品来做，没有一丝敷衍。

曾有人问我，其他饭店也能做正宗杭帮菜，为什么偏偏要选择楼外楼？我总是笑笑，坚定地认为在充满儒雅之气的楼外楼，饱览窗外湖光山色，欣赏室内名家书画，品尝席间美酒佳肴，三者合一就是品味绝无仅有的江南文化。遥想当年，楼外楼中曾经演绎了无数经典的故事，留下许多名人的佳话：吴昌硕慧眼鉴赏店匾书法，孙中山宴席上激情演说，徐志摩微醉思念陆小曼，郁达夫深情吟咏西子湖，鲁迅欣然推崇杭帮菜，丰子恺欢度银婚日，周恩来九度宴请国际友人，梅兰芳盖叫天欢聚品醋鱼，金庸翰墨题词赞名楼……政要名流、大师泰斗、文人雅士在这里把盏话茶，举杯言欢，吟诗作对，泼墨挥毫，成了一块块无形的金字招牌。

然而，对我而言这些都并非最重要的，最重要的是和谁一起赏西湖，品书画，饮美酒，享佳肴。我想，只有与同道知己置身此间，才是找到了人生至乐，极度风雅。我们高谈阔论着琴棋书画儒释道、风花雪月诗酒茶，思想在碰撞中不断闪烁着智慧的火花，不时因灵感交汇时产生的惊喜，发出会心的一笑。就这样回味彼此的妙语，交流各自的心得，推敲对方的观点，有些思索，有些领悟，有些感触，又情不自禁地举起了各自的酒杯，眼眸中闪动着一些晶莹的东西。渐渐地，有了一些醉意，我知道其实那不全是酒精的催化，更多的是心灵交集的醉，以至于周边客人散尽了也浑然不觉。

走出即将打烊的楼外楼，意犹未尽的我们正好搭上末班小游船。艄公摇着橹，将船慢悠悠地驶向明月辉映的西湖心脏。清风徐徐，送来丝丝凉爽，耳畔不时传来鱼跃出水面又自由落体的声音，飘来男女青年纵情欢唱的歌声。在这深情的夜色中，回望依然灯火耀眼的楼外楼，刚才还是我欣赏西湖的地方，现在成了我在西湖里流连的璀璨风景。

2017 年 11 月作于墨庄

访梅记

己亥正月，料峭春寒中的江南冷雨纷飞，恰似梅雨季提前降临，让众芳摇落的时节更显寂寥，唯有梅花独领风骚，给人世间增添几多生机，几许风雅。

自古以来，将赏梅当作人生至乐的痴人不少，我即是其中之一。寻梅不难，公园、山野、河畔、路旁、墙角随处可见，访梅却需要一分情怀，一腔诗意，一些雅趣，一种意境。在数个假日，我披烟沐雨，踏上与孟浩然、林和靖、王冕、吴昌硕等往哲先贤跨时空的共鸣之旅。

一

正月初三，我携家人游览无锡浒山梅园。这个上千亩规模的江南赏梅胜地，满目是山水园林景致，梅树倚山临池密布。

在梅园漫步，恍若进入大自然"神来之笔"创作的国画长卷里，但见水墨绘枝，以勾勒法淡墨细线写出梅的朵朵花瓣，敷以素雅亮白，再施以各种重彩染色，这边是白里透红，那边是粉色如霞；近处是艳如胭脂，远处是流金点缀……雨霏霏，雾茫茫，浸润梅花，丹青味就显得更为浓郁。以园景为画心，梅花始终是主景，点缀其中的太湖石、灵璧石、翠竹、幽兰、老藤、古松等客景，与亭台楼阁、轩榭廊舫、厅堂馆楼融为一体，处处流溢着诗情画意，抒发着高古清逸的韵味。

　　梅花虽只开了三成，但仍不失仪态万方，朱砂梅风情万种，玉蝶梅高贵典雅，宫粉梅娇艳欲滴，黄蜡梅风姿绰约，洒金梅清丽脱俗，绿萼梅疏枝缀玉，墨梅浓色如黛……我闻着芬芳幽香，循着曲径缓步而上，浮想梅林间亭子里如有高士倾情弹奏古琴、汉服佳人翩翩起舞最为应景。正忖着，音响里传来醇厚的女中音演唱南宋词人李清照的《如梦令》，也是某部热播古装电视剧的主题歌，指示牌标注浒山梅园正是该剧主要拍摄地，我与妻子相视一笑，荧屏里俊男俏女游园的场景仿佛浮现眼前。

　　我们轻松抵达山腰的念劬塔，塔顶是最佳赏景处，俯瞰四周，疑是神仙不小心打翻了调色板，满目泼彩般的疏影花海，密而不杂，繁而不乱，不禁感叹这恢宏大气之美、大家闺秀之美、倾国倾城之美。

二

　　当晚，无锡静悄悄地下了一场小雪。

　　正月初四早上，拉开窗帘，我们便惊喜地望见屋顶、树梢、远山上积起一层皑皑白雪。

　　天空飘起时有时无的毛毛雨，雪随之渐渐消融，化成屋檐水滴落。

老城区的二泉广场上，竖立着现代民间音乐大师瞎子阿炳的铜像，刻划出他头戴破毡帽，身着褴褛的长衫，坐在石头上痴醉般演奏二胡的形象。铜像上披着一层未融的雪，增添了主人公命运坎坷的意象。

不远处的道观是阿炳的故居，里面除了他的遗物和生平介绍以外，最吸引我注意的是墙角那株蜡梅，瘦枝疏斜，却繁花满缀，素黄裹雪，幽独超逸地傲立着，清香四溢，别具风韵，真是一幅生动的"雪梅图"。

故居播放着阿炳的传世名曲《二泉映月》，忧伤而又意境深邃的二胡曲调如泣如诉，如怨如恨，如歌如吟，回味悠长。在此情此景中赏梅，是一种非常特殊的心灵体验，我驻足在蜡梅前，想象它就是阿炳的化身，正向我们倾吐自己一生的辛酸苦痛、悲惨遭遇、爱恨情仇。我用心品读它，读出了凄冷之美，孤寂之美，哀婉之美。

三

回到台州黄岩家中，雨仍然淅淅沥沥没消停。挨到正月十二早晨，我推窗一看，天空就像好不容易止了哭闹的孩子，难得天阴无雨。

正逢周末，我便散步去九峰公园，兴致勃勃地观赏报春园里的梅桩盆景。"黄岩梅桩惊天下"的美誉并非空穴来风，数百盆紫砂、陶瓷、石质花盆和托盘，衬托着盘根错节、虬曲苍劲、龙鳞鹤膝、枯峰突兀的古梅桩，点以峰石，敷以苔藓，营造出悬崖式、临水式、丛林式、附石式、文人式、砚式盆景等众多类型，凸显古拙、典雅的风骨。梅枝之上疏花点点，千姿百态，白的秀而不媚，红的妍而不妖，黄的娇而不俗，雅趣盎然。这些都是盆景艺术师以慕古之心解读宋代《梅谱》，效仿古代国画中的梅花造型精心设计，几十年来锲而不舍培育的艺术作品。

我透过园墙漏窗，将园景视作一幅幅清雅的国画小品，品读出"剪取东风第一枝，半帘疏影坐题诗"的意蕴。其时，满园淡雅幽香，游客寥寥无几，这静谧自怡的光阴值得倍加珍惜。

正出神地品味着，发觉细雨再次飘落，只好避到廊檐下，但烟雨遮不住暗香浮动，挡不住美妙心情。

细雨交织如丝，如蒙上一层神秘的薄纱，宛若小家碧玉的梅桩盆景更添古典韵味，透散着娉婷婉约之美、婀娜恬静之美、矜持内敛之美，让人百赏不厌，久久不忍离去。

四

正月的最后一个周末，还是细雨绵绵。

我突然想去临海的江南长城上访梅。这座始建于晋代、扩建于隋唐、修缮于明代的城墙，沿山临江，足有6000多米长，俨然是北京八达岭长城的浓缩版，明代名将戚继光曾在此抗击倭寇，留下九战九捷的传奇。紧挨城墙内的小山坡上，有一座小梅园，200多棵梅树枝干纤细修长，纷纷与城墙比高，花色红、白、粉、黄缤纷而至，深浅相间，花含雨更显娇艳欲滴，令人悦目赏心。

古城墙与梅花搭配堪称天造地设，它们不但在审美视觉上刚柔相济，相得益彰，而且其精神内核都象征着中华民族坚韧不拔、自强不息、铁骨冰心的意志与气节。在台州人的心目中，它们还有另一种美好的隐喻，江南长城是民族英雄戚继光的象征，梅花则是戚夫人的化身，将门出身的她随夫征战杀敌的故事至今仍在广泛传颂。

我伫立在烽火台上，勾起悠悠怀古之情，并从倚城绽放的梅花中感受到巾帼英雄之美、铿锵激越之美、坚贞豪迈之美。

五

意犹未尽。午后我驾车几十公里，从临海抵达天台山麓的国清寺。

古木森森，流水潺潺，环绕这清幽静穆的隋代古刹。从大雄宝殿右侧的小拱门进入，就见那棵名显于世的隋梅盘根错节傲然挺立，树皮状如龙鳞，粗干苍老道劲，苔藓封身，虬枝盘曲，无数分枝斜出墙外，伸展于空中，绽放密密麻麻如雪的白花，幽香沁人，生机盎然。它多像一位满头银发、须眉皆白、饱经沧桑的老龙王，正襟危坐，铁骨铮铮，静默地注视着我，迎接我的又一次造访。

那日之前，隋梅刚送走寺里圆寂的老方丈，凄风冷雨中落花铺地如霜，是在表达对故友的怀念吧！1400多年了，自从天台宗五祖章安大师将它亲手栽植，隋梅与多少人经历了辞迎送别的日子。唐代时，它眼见寺里的诗僧寒山和拾得情深谊厚，留下佳话，被民间推崇为"和合二仙"；南宋时，它目睹永宁村少年李修缘来寺里出家，法名道济，乐善好施，后来转投杭州灵隐寺，迄今还能听到人们尊称其为"活佛济公"，流传他扶危济困、惩恶扬善的故事；明代时，它望见"千古游圣"徐霞客风尘仆仆而来，白昼登临天台山，晚上在禅房奋笔疾书撰写游记，在流连多日以后，重又踏上万里征途……更多的岁月，隋梅静听晨钟暮鼓、渺渺诵经声，闻着袅袅香烟，接受佛法的沐浴，结下千余年的佛缘。它永远是那样神采奕奕，似乎通了灵性，生发出独特的禅意。

雨渐渐停了，一阵风吹来，梅花纷纷飘零。我站在隋梅冠盖下，产生无限的遐想，感慨万物在它面前都不过是匆匆过客，寒来暑往，朝代更迭，也只是过眼云烟。

"天地寂寥山雨歇，几生修得到梅花。"只有宋人谢君直的禅诗才能表达出这般空灵之美、玄秘之美、无极之美。

六

原本还想去余杭超山寻访十里"香雪海"，忙完琐事后，蓦然发现天放晴多日，气温也上升了，早樱、迎春花、杜鹃、广玉兰、杏花等竞相开放。

梅花行将凋零，只能留待来年再寻访。妻从花店里买了最后几枝蜡梅，插在龙泉窑青瓷花觚里，置于书案上，与砚台、笔洗、菖蒲、寿山石摆件相伴，活像一幅《清供图》。蜡梅缕缕幽馨弥漫在书房内，闻之心旷神怡。我凝望着它，领悟让懂梅者敬为知己、惜梅者奉若珍宝、爱梅者寄托情愫的，终究是梅花在不同的环境下产生的不同意境，其超凡脱俗的神韵，高标孤洁的气质，能与人互相品读、对话，甚至是灵魂的碰撞。

回味在烟雨中访梅的情景，何尝不是一种至真至纯的境界？

2019 年 3 月作于墨庄

朝圣富春山

大暑时节，我从桐庐七里泷码头上了早班画舫，游赏在富春江小三峡。此时，晨曦初露，雾气尚未散尽，江面拂来习习凉风，倍觉神清气爽；清澈如镜的水面下，鱼群游动的身影时隐时现，也不时可见它们跃起的瞬间闪耀着鳞光；两岸青山叠嶂，满目葱茏，峭壁陡立，山花烂漫，飞瀑流泉；一阵阵清脆的鸟鸣在峡谷中回荡，只闻其声而难觅其影。置身这虚静空灵的胜境，极容易产生神思遐想。

的确，我的梦里无数次出现过如此诗情画意的场景。这次我怀着朝圣的心情，专程来拜谒富春山这隐者的超逸乐园、儒生的精神故乡。

戴上太阳镜，眼前景物恍如发黄的宣纸上铺展开来的水墨画，两旁峰峦向后缓缓移动，引我渐入元代画家黄公望旷世名作《富春山居图》里的意境，那远近、高低、虚实、浓淡、疏密且错落分布的山水景致，淋漓酣畅，带来一种清幽淡远的小写意情趣，空气中弥漫着隐逸超脱之气。摘了太阳镜，只见山川风光都恢复了颜色，有的似工笔重彩的青绿山水，有的似素雅青淡的浅绛山水，有的似气象宏阔的泼墨山水，几种不同风格组合起来却又显得那么协调。想起宋代大文豪苏轼"三吴行尽千山水，犹道桐庐景清美"的诗句，我亦有了共鸣，深感这里浓缩着江南的精华。

画舫驶入龙门湾，江面愈显舒展，水势平缓，江岸竹林堆青叠翠，遥望临江处一对奇峰巍然对峙而立，半山腰两块平坦的大盘石分列东西，这画面令我感觉格外熟悉，这不正是王原祁、翁嵩年、张大千、黄宾虹、李可染等一大批古代和现代国画大师描绘过的主题——严子陵钓台吗？东汉初年，高士严光（字子陵）谢绝少时挚友光武帝刘秀的封官之邀，退隐在此，悠然垂钓，闲云野鹤，超凡入圣，两千年来引得无数文人墨客络绎不绝而来追思慕古，"山水诗祖"谢灵运来过，"诗仙"李白来过，"茶圣"陆羽来过，"宋四家"来过……留下了2000多首脍炙人口的诗词。

靠了码头，我急匆匆地上岸，经过各种牌坊、碑刻、群雕、亭台、祠堂、茶轩、庐室、回廊、小桥、竹林，都无心逗留，一鼓作气登上山腰那海拔百余米的东台，只见一棵虬龙古松下，有座凉亭，亭前立着一支近十米高的石笋，状如高士傲立，俨然是天然的严子陵塑像。东台左侧有个名为棋盘石的石坪，可容纳数十人一起练太极，据说严子陵经常在这里与友人对弈。在东台上远眺俯瞰，风光独好，令人心旷神怡，那群山莽莽苍苍，峰岭间云蒸霞蔚，江水如翡翠腰带环绕，舟楫往来划出一道道雪白的水痕，乡村房舍沿江傍水，平畴沃野成片碧绿橙黄，一派世外桃源的景象，与高士清高脱俗的气质十分融洽，让人情不自禁地念出北宋名相范仲淹的名句："云山苍苍，江水泱泱；先生之风，山高水长。"

相距几十米处的西台，更因"千古一哭"而闻名。七百多年前的一个腊月初九，正逢南宋右丞相文天祥慷慨就义的第九个忌日，老部下谢翱邀上严子陵后代严侣等几位知己，登上西台设灵祭拜，从午后一直哭到黄昏，恸哭之声惊天地泣鬼神。一片云飘来，阴湿郁结的雾气罩住了整座山林，加重了悲哀的气氛，也好似神灵在暗中庇护，以至于元朝军队的巡逻船经过都没有发现。我怔怔地望着西台上那些龟裂的大青石，眼前仿佛浮现出义士悲愤地用竹如意敲击着石块，演奏楚歌招魂的情景，最后那竹如意破碎了，青石浑身也充满了裂痕。

正在幽思冥想时，被随后登台的那些游客打断，他们啧啧嘈嘈，纷纷质疑着"岭上钓鱼"的可能性。然而，我觉得严光先生是坚守特立独行人格的真隐士，不至于故弄玄虚玩假深沉，可能在他终老若干年以后，凭吊者找寻不到他的故居和遗迹，而东台和西台很符合钓台的意象，那么就约定俗成地延续下来，其象征意义远远大于考证价值。

从登钓台的原路返回，我这才把刚才忽略的各个景点浏览一遍，特别是阅览古今名家大师留下的碑刻、匾额、对联，可谓饱尝了书法的饕餮大餐。只是，受不了同船走马观花者的催促，我意犹未尽，坚持独自留下，继续按图索骥地怀古探幽。

世所公认，《富春山居图》最精华部分就在富春江小三峡，那么严子陵钓台附近的村庄，就极可能是黄公望隐居过的地方，因为同样是独立世外的隐士，他对严子陵必然比别人更为景仰，"追星"的脚步也会比别人更勤。

于是，钓台隔江相望的村庄勾起我的好奇心，沿着一片婆娑杨柳岸，走过一座石拱桥，寻访到家家临水、户户办民宿的芦茨村，只见一座座被细心改造过的房子，带着多种风格，有的保留了柴扉小院、古旧的外墙，怀古之情浓郁；有的原木结构依山而建，与山连成一体，好似自然生长；有的白墙青瓦小筑，掩藏在绿树翠竹丛中；有的是三面落地玻璃，青藤缠绕，视野开阔，让房内的人与外面的风景融合。村庄里的山珍、野味、江鲜十分丰富，无公害蔬菜也清新可口，美景加上美食使来此休闲度假的游客趋之若鹜。只是，对我这个"老古董"来说，这样的环境稍显现代，也太过热闹。

爱闹者、喜静者的旅游口味各不相同，而桐庐的上百个村庄打造着多种农家乐的模式，适应着不同的品位。经过一番打听，我重新踏上一条鹅卵石铺成的古驿道往山野深处走，一路赏着碧波潺潺的溪水，闻着野草花香，抵达邻近充满徽派建筑的茆坪村，古桥、古树、古街、古井、古民居、古庙宇、古书院、古祠堂、古戏台、古族谱……一件件古物展现了这座建于南宋的古村落深厚的文化底蕴，诉说着它的悠悠过往。不少粉墙黛瓦马头墙的古民居里贴着《富春山居图》的印刷画，村民们深信黄公望是隐居在他们的村子里创作出这旷世之作的，口中谈论的黄公望好似自己先祖一般亲切。

黄公望是否真的在茆坪村生活过已不那么重要，难得的是村庄里渔樵耕读的和谐生活，延续了将近九百年，当一批批画家进村写生，一拨拨摄制组驻村拍影视剧，一队队驴友纷纷前来野营，村民依然司空见惯地延续着恬淡宁静的慢生活节奏，在房前悠闲地摇着蒲扇聊着农事家常，脚旁大黄狗依然懒洋洋地吐着舌头，老母鸡依然优哉游哉地在草丛中觅食，大白鹅依然得意地在溪水里浮游……

我像个桃源问津的渔人，既兴奋又好奇，在四周转悠得口干舌燥，为了坐下喝几口茶，便寻到村中的小店。小店标识挂在一座古时大户人家的高墙外，里面确实别有洞天，三透九门堂的格局，清代雕梁、牛腿、花窗、石础、家具都还在，青砖嵌铺的天井特别大。我买了点零食，讨了点茶叶，借了口青花碗，坐着镶嵌螺钿的老硬木椅子上，惬意地泡着茶，翘首望望天井外蔚蓝的天际，心想清坐使人无俗气，虚堂尽日转春风，抛开凡尘琐事，就在这儿发发呆又如何？

隔墙有悠扬的二胡声传来，怀旧感的音乐像梭子一样在空气中游来荡去，有激越，有低沉；有急促，有缠绵；有欢快，有忧伤……我不由得闭目倾听，情绪渐渐地随之悲欣，为之痴醉。在这远离喧嚣的地方，一切仿佛都已凝固，好似万物都不存在的远古，我情不自禁地幻觉自己白衣广袖，仗剑行吟，泛舟江湖，吸纳天地的灵气，在林泉间追寻先贤的遗风。

睁开眼睛，发现光阴悄然无声地偷袭了我，刚才还是绚烂的阳光已经变得暗淡，瓦当的影子在青砖地上慢慢消退，以至于屋顶上升起了袅袅炊烟。

夕阳西下，鸟雀归巢……

2016 年 10 月作于墨庄

浙东山水

久居浙东沿海台州城区，闲暇时我便会想念几十公里外环峙的天台、雁荡、括苍诸山，以及外围的四明山、会稽山、剡溪等名山胜水，回味那些寄情于山水间的惬意日子。在我眼里，浙东的山虽无泰山巍峨、无华山险峻、无黄山雄奇，却千峰竞翠，万壑绵延，飞瀑流泉，深邃奇崛，刚柔并济，自成清逸隽永的气韵。

无论是沿着谢公古道、兰亭古道，还是循着唐诗之路、盐帮古道、徐霞客古道进入山水深处，目光所及之处皆是地质构造奇特的火山流纹岩地貌，大自然的鬼斧神工美不胜收。而上古时期的神话传说，历朝历代的人文遗迹，更如山道旁的藤蔓信手拈来，如溪流中的鹅卵石俯拾即是。

茂林修竹间，常会遇见前来写生创作的画家及美院师生，只见他们娴熟精道地驾驭笔墨的轻重、浓淡、疏密、聚散，山水的意境、格调、韵味和色调跃然纸上，清丽生动。中国山水画的艺术审美与西画美学截然不同，并不注重原原本本的写实，而重在写意、写心，极其考验功底的深浅与格调的高低，展现画家灵魂妙境中最为厚重的积淀。1400多年前，隋代画家展子虔的《游春图》问世，被公认为中国山水画开山之作。画家以青绿、泥金、赭石等颜色全景式描写青山叠翠，草木葱茏，野花烂漫，间有士人策马山径或驻足桃红柳绿的湖边，兴致盎然；曼妙的仕女泛舟波光潋滟的湖面，陶醉于和煦的春风中；整个画面，游人在山水间纵情游乐的景象扑面而来，一种独特的山水精神、山水心境、山水情怀呼之欲出。初唐时期，展子虔的画风深受文艺全才王维、宗室将军李思训效法，一个用笔圆柔疏散，飘洒自如；一个用笔精丽谨严，细入毫发，分别成为中国山水画南、北宗鼻祖，将山水画的笔韵墨趣传承发扬。

坐在松石流泉边，聆听潺湲之声，我想起唐代高僧青原行思的禅语：看山是山，看水是水；看山不是山，看水不是水；看山还是山，看水还是水。那三层意境，富含哲理，人生百态似乎皆能包蕴。譬如有位画家与我谈及山水画的审美，仅能看见山水实景的，是初层次；融入山水，静观自然，唤起更多审美意识的觉醒，是中层次；与自然对话，获得参禅般的启迪感悟，是高层次。譬如处世，可解读为涉世之初，限于认知，看见的都只是表象和具象；社会阅历丰富了，重新认识世界，看得见意象和抽象的事物；历尽沧桑后，回归初心，看淡所有事物本质，活得坦然自若。

我自忖与这片山水是互为知音的，置身其中悦目娱心，恍如游子归乡。而这片山水也从不吝啬，以变幻多姿、气象万千来回馈我的倾慕之情，纷呈而来的景色仿佛一幅幅经典山水画：天朗气清之时，满目是清幽兼具富丽的青绿山水；阳光灿烂之时，变成重彩浓烈又不失典雅的金碧山水；云蒸霞蔚之时，宛如柔媚明艳的没骨山水；秋高气爽之时，全然是素淡雅逸的浅绛山水；烟雨蒙蒙之时，化为一片水墨场景里空灵静谧的米家山水；雨过天晴之时，充满梦幻逸放的泼彩山水；银装素裹之时，便是冷逸高洁的雪景山水……

"浙东多山，故刚劲而邻於亢。"清代《浙江通志》里这句话概括了浙东地区山地多，因而乡人刚健强劲，但秉性偏向傲气的特征。一方水土养一方人，我们深受浙东山水的滋养，从中获得山水精神的熏染，血液里总是流淌着山水情怀，因而凝结了鲁迅先生称道的"台州式硬气"。

透过钟灵毓秀、人杰地灵等赞美之词，我时常在书画展会发现钤印在部分作品上的几方闲章，书体多样、风格各异但文字相同，均为"家在天台雁荡间"，这七个字是精于翰墨丹青的近现代台州乡贤对故乡的集体怀恋。他们当中，有曾在朝堂上与康有为辩论变法的晚清榜眼喻长霖，有曾与齐白石合作书画的爱国名儒柯璜，有参加过延安文艺座谈会的革命文艺家、教育家陈叔亮，有电脑"华文行楷"字模书写者、书法名家任政……闲章虽小，方寸之间却显意境，富深情，为各自的作品增添了几分诗意和故事感，也一次又一次钤印在我心上，一次又一次催使我情不自禁地策杖山水间。

在溪山行旅中，我邂逅过一些奇人异士，有隐身山野采药坐诊的中医，有风餐露宿采摘加工荒野茶的茶人，有追求养生苦练易筋经的长者，有徒手挑战极限的攀岩运动员，有包租民宿昼夜上网的证券投资人……他们远离俗世生活，不惧寂寥，依然精勤不倦，保持积极入世的态度，令人青眼相看。

我想，所有寄情山水者都有着各自理解的山水精神，融入各自的山水情怀，从而萌生无限能量。他们一定感受得到自然宁静超凡的意境，与自我心灵产生和谐共鸣，从而渐入佳境，获得更多更深的感悟，成就更多更远的梦想。

2023 年 2 月作于雅集楼

牛场头里的越剧

我对小时候最早的记忆，是 5 岁那年趴在黄岩县横街镇老家的窗台，望着斜对面的牛场头里彩旗飘展，敲锣打鼓，既舞龙又舞狮的情景。后来，游行队伍高举粉碎"四人帮"的漫画、标语，浩浩荡荡地经过我家门口，转入老街，消失在视野中。

牛场头留下我童年太多的欢乐，它占地面积十几亩，建有一排可以遮阳挡雨的简易棚屋，旁有高出地面一米多的露天水泥台子，其余都是泥沙地，像一个可指挥操演的小校场。离开故乡后，梦里常会出现台上越剧表演的场景，有一次梦见自己扮演杨宗保，身披铠甲，背插令旗，手提银枪，与英姿飒爽的"穆桂英"演一场比武的对手戏哩。

牛场头即耕牛交易市场，在"浙东粮仓"温黄平原，牛的重要性不言而喻，每逢集市日，台州、温州一带的牛贩子云集过来进行黄牛、水牛交易，场边则有鸡鸭鹅羊买卖。听老辈人说，牛场头有上百年历史。牛场头给镇上带来了兴旺景象，也带来了丰富的小吃，一出门就可买到泡虾、馄饨、芝麻糖、糖炒栗子等，让儿时的我充满幸福感。

每当午后散场，牛场头会留下遍地的牛羊粪，对附近的生产队来说，这是免费的纯天然肥料，发动农户又铲又扫，又挑又扛，片刻工夫就清理干净了。

只要是晴天，牛场头当晚必定有露天电影或戏曲演出，市场管理费成了丰富群众文化生活的经费来源，特别是古装戏，观众喜闻乐见。尽管来镇上流动演出的都是越剧草台班，还是收到场场爆满的效果。

近水楼台的邻里都早早地吃了晚饭，搬着凳子去水泥台子前占位置。男孩子看戏总是以凑热闹为主，有时台上相公小姐咿咿呀呀唱个没完没了，我却在台下摇头晃脑地打瞌睡，被大人唤醒时已是散场时分。我家姐姐就不同，上小学五年级的大姐对越剧十分钟情，常听见她放学回家，口中哼唱"我家有个小九妹，聪明伶俐人钦佩，描龙绣凤称能手，琴棋书画件件会"；二姐则无师自通狂画越剧人物，课本的边边角角、旧作业本的空白处都是形态各异的古装美女图。越剧雅俗共赏，使得那时人们对其迷恋程度，绝对不亚于现如今的中年人追剧、青年人追星，虽然当时的人们学历普遍不高，但却听得懂诗歌化的唱词，看得懂舞台人物的各种肢体语言，这就足够了。

最让我记忆犹新的是越剧电影《红楼梦》放映那晚，牛场头可以说达到了摩肩接踵的地步，连与其紧邻的食品站墙头都骑满了人。散场后，放映员甚至从地上捡到了几十只被踩扁了的鞋子。一段时间里，我听见过路的人都在哼唱："天上掉下个林妹妹，似一朵轻云刚出岫……"

我彻底告别看戏打瞌睡的历史，是从《白蛇传》上演那晚开始，搞不懂是故事情节太吸引人，还是"盗仙草""水漫金山"等演出片段太精彩，我突然奇妙地学会欣赏越剧了，还常兴致勃勃地往后台跑，和草台班的人渐渐熟络，耳濡目染，瞧出了不少门道。

牛场头里的简易棚屋就是草台班的后台，里面遗留的牛羊骚臭味永远散不开，演员们早就习以为常，稍做打扫，支起大锅就可以生火煮饭，拉几条布帘子就隔成化妆间、更衣室、休息室。我和小伙伴们常会好奇地瞧瞧各种演出道具和乐器，总觉得领奏的主胡很神奇，琴声特别悠扬，极有穿透力，每次演出时，技艺最高的老琴师一拉主胡，其余锣鼓琴萧就如百鸟朝凤一般跟着奏响。一场戏演下来，别的乐器中间各有停歇，主胡却一直跟着演员的唱腔节奏、情绪变化进行伴奏，凸显真功夫。我们也常会怔怔地注视着一张张素面通过涂脂抹粉、描眉画眼变成小生、老生、花旦、青衣、丑角等。越剧演员的妆容、服装比较淡雅清丽，保持柔婉的江南画风，一般不会出现大花脸，不过也有例外，当"包公"第一次蓦然亮相时，那张另类的黑花脸吓得我们转身顿作鸟兽散。

演主角的小生、小旦都是女演员，她们会趁着闲暇工夫在后台练练声，唱唱选段，把生活中的吴侬越语转化成台词，简直就是口吐莲花、软酥酥、甜腻腻、情切切、意绵绵，产生非常艺术化的味道；她们的唱腔更是优美动听，一会儿珠圆玉润、柔和舒展、明快伶俐，一会儿跌宕婉转、哀怨断肠、意韵悠长，近距离听着就是一种非常美妙的享受。别小看这些草台班，真的藏龙卧虎，总有一两个台柱子唱念做打功底十分了得，能征服那些内行且挑剔的观众。

黄岩方言说："做戏癫，望戏呆。"说的是演员入戏深，演技精湛；观众沉浸在剧情中，迷醉在越剧唱腔的韵味里。文化生活单调的小镇，因为有了越剧而丰富起来，戏里通常将仁义礼智信、温良恭俭让、忠孝廉耻勇等传统文化精髓融入跌宕起伏的故事情节中，宣扬惩恶扬善，因果报应，对人们的价值观产生了潜移默化的作用。《珍珠塔》上演后，姓方的小伙子被别人取绰号"小方卿"；上演了《盘夫索夫》，姓严的姑娘被大家唤作"严兰贞"；就连我父亲供销社的同事老梁，也被人戏称"梁山伯"。一次吃晚饭时，邻居小两口在吵架，女人骂男人是"陈世美"，男人骂女人是"王熙凤"，互相拍桌子又摔饭碗。婆婆赶紧来劝架，她笑嘻嘻地握着儿媳妇的手，学着老旦的腔调唤了声"媳妇大娘"，竟然唱起《碧玉簪》的选段："我格心肝宝贝啊，叫声媳妇我格肉，心肝肉啊呀宝贝肉……"众邻里听得鸡皮疙瘩掉了一地，但见其效果立竿见影，儿媳妇破涕为笑，小两口和好如初。

小小舞台演不尽人间悲欢离合、酸甜苦辣，能将处世之道注入人们的意识形态，这草台班演员不就是人生的导师吗？可是，他们却又那么默默无闻，默默无闻到几乎没能被观众记住名字。每晚散场后，演员们就在简易棚屋里卸妆、洗漱，然后以草席、毯子打地铺就寝。他们在舞台上演绎不尽帝王将相、才子佳人，当帷幕落下，曲终人散时，脱去戏服，洗尽铅华，仍摆脱不了江湖漂泊、风餐露宿讨生活的境遇。

那时的我们不懂得现实生活如此艰辛，只晓得疯玩取乐，装扮自己的粉墨童年。我们常戴着自己制作的纸帽子，学着戏里文官慢条斯理踱步、武将风急火燎骑马的模样出场，手握木头刀枪，裹了毛巾毯做披风，上演陆文龙大战金兀术；拿了一个放大镜演高度近视的祝枝山，四处寻找男扮女装的周文宾；抱了一个算盘，扮作何文秀桑园访妻……

穷开心的日子一天天过去，不知不觉到了上学的年龄，父母被调往十几里外的新桥区工作，我随之进入区中心小学读书，横街镇就成了老家。新桥区有一个新建的电影院，隔三岔五放映影片以外，偶尔也有戏曲演出。印象最深的是县越剧团在此演出《泪洒相思地》时，专门发送精美的戏单，上面印有剧情介绍、选段唱词和演职员表，舞台灯光、扩音效果都特别好，生旦扮相俊美，戏服华丽，故事充满浓烈的爱恨情仇，演到情深恨长处，高亢嘹亮的唱腔加上声泪俱下的悲情，让人为之动容，台下唏嘘一片。

每个寒暑假回横街镇，发现乡亲们一次比一次忙碌，不断冒出家庭印染作坊，生产出商标、包装纸、饭菜票、作业本……真是五花八门。自从农村包产到户后，人多地少的浙江沿海地区，人均半亩左右的薄田只能勉强养家糊口，为了发家致富，人们从事工商业的积极性受到激发，进而形成家庭作坊式企业"村村点火，户户冒烟"的格局。

牛场头似乎是一夜之间萧条的，草台班自此再也没来演出，不知踪迹。上中学后，我家搬往县城，意外地听到县越剧团已解散的消息。我走在大街上，发现空气中飘荡的都是港台流行音乐和非常直白的"西北风"歌曲，心里产生了极大的疑惑，这个时代就没有越剧容身之地了吗？

故事讲到这儿，上中学的儿子忍不住问："那个牛场头还在吗？"

牛场头早已不在了，成了工业园区；老街也拆旧建新，车水马龙。农村急速地推进城镇化，那些令人怀旧的东西渐渐消失了，找不到一点儿归属感，成了回不去的故乡。

"越剧消失了吗？"儿子又问。

20 世纪 80 年代以来，许多小剧团、草台班解散了，但是越剧并没有消失，作为非物质文化遗产，始终在坚守梦想的演员中代代传承，也深藏在戏迷们的心里。这么多年，我作为忠实的越剧迷，还经常观看电视上浙江小百花越剧团的精彩节目，听收音机里的越剧经典选段。在公园里，每逢越剧票友们聚在一起切磋交流，我总有一种说不出的亲切感，出神地倾听他们的演唱，会产生当年县越剧团和草台班的演员就在其中的错觉。

其实，世间并不缺"凤凰"，缺的是"梧桐树"。近些年，社区、村庄纷纷建起文化广场、文化礼堂，"梧桐树"有了，越剧这个"凤凰"也就飞回来了。

吴山越水间，常有古典清雅的旋律奏响，温婉圆润的唱腔回荡，袅娜娉婷的身姿轻舞，云裙水袖飘逸……诗意的江南，原本像一幅静态的水墨国画，越剧让这画面活色生香，充满抒情、柔媚、雅致。光阴荏苒，岁月更迭，越剧魅力不减，历久弥新。

2018 年 8 月作于雅集楼

夕阳下的鉴洋湖

太阳如南红玛瑙球悬在苍穹之西，赤焰将半边天的云朵烘染得红彤彤的，霞光似万支连弩箭射进明镜般的湖中，微风轻拂，水光潋滟，犹如无数条朱丹色和浅绛色的绸纱在舞动。空气中散发炎炎暑气，能闻到浓郁的稻花香、淡雅的栀子花香；湖岸边的一行垂柳风姿绰约，蝉藏在柳枝上"知了，知了"地叫个不停；湖汊的芦苇丛莽莽苍苍，青蛙间歇发出呱呱的叫声，只闻其声不见其影。一条小木船悄悄地闯入这宁静的画面，给湖面上留下一道道波痕，不停地荡漾开来，有受惊的鲤鱼"哗"地跃出水面，继而发出"啪"的落水声……

小木船漂浮在汉代东瓯古城与北宋黄岩青瓷窑址旁的鉴洋湖上，舞勺之年的我和阿明奋力划着桨。35 年来，这个情景常在梦里再现。

"瞧，好多银鱼呀！"湖区长大的阿明手往前指，我瞥见湖光水影下，千万条色泽如银、细若粉条、纤柔剔透的小鱼忽隐忽现。我在当地的喜宴上第一次品尝到银鱼煎蛋，感觉精致可口，香嫩美味，据说银鱼繁殖力极强，营养丰富，是经济实惠的家常菜。

　　喜宴上，一老者谈起鉴洋湖的由来。镜子古称鉴，传说王母娘娘在天宫梳妆时不慎跌落一面菱花宝镜，掉在浙东沿海的温黄平原，变成这1.25平方公里的淡水湖，湖水清澈如镜，从此方圆几十里饮水、灌溉不愁，粮食高产，人丁兴旺，成为"鱼米之乡"。一中年汉子却说，洋指的是海洋，两三千年前是个海湾，因海平面逐渐下降，滩涂变成沃土，岛礁变成丘陵，海湾被沉积的泥沙隔断，演变成淡水潟湖。一位戴眼镜的青年插话说，鉴洋湖处于平原，一头汇集山林溪流，一头通往江海，发挥着维护生态平衡、调节气候、涵养水源、蓄洪抗旱的功能，是天然湿地，说白了就是"地球之肾"。众人对他的说法闻所未闻，便以为是"书糊腾腾"臆想的，个个都笑趴了，戏嘲他"肾火旺"。

　　湖面上，菱形的绿叶层层叠叠地铺陈着，叶片间还开着一些黄色小花。阿明将船靠过去，抓起大把连着紫红色茎的叶子，倒翻过来，几颗两头尖尖、全身红色的菱角就露了出来。他摘下菱角，剥出洁白如玉的果肉，塞进嘴里生嚼得津津有味，我学着品尝，果然脆嫩鲜爽。

　　倏忽间，不远处一只近似小水鸭的鸟儿疾速掠过水面，没来得及让人看清它的模样，就衔起一条小鱼嗖地飞进芦苇丛。阿明说，这是小䴙䴘，是鸟中潜游高手、捕食快手。

　　正说着，迎面漂来一叶竹筏，筏尾坐着一位头戴斗笠的渔翁，筏舷站着四只羽毛乌黑与铜褐色相间的鸬鹚，个个威猛彪悍，随着渔翁手中竹竿一撑，它们便一齐"噗噜噜"跃入水中，扎猛子潜水，湖面上飞溅起朵朵金色的水花。须臾工夫，鸬鹚纷纷浮出水面，有的嘴叼一条拼命摆动尾巴的大鱼，有的喉囊鼓鼓，它们拍着翅膀，跳上竹筏，朝主人摇摆着，一副邀功献媚的样子。渔翁揽过鸬鹚的脖子，将"战利品"分别装进箩筐，随手奖赏几条小鱼，它们便重又神气活现地下了水。

阿明与渔翁亲热地打招呼，渔翁笑眯眯地从箩筐里拣出一条足足三指宽、形似小黑鲤、全身斑斓的鱼相送，这是我们的心爱之物，名为花皮鲤丹，宜养在玻璃缸里观赏，虽然在野外河沟、稻田随处可见，但是用簸箕铲到过的，均不及一个大拇指宽，可见这条花皮鲤丹属于同类中的鱼王级别了。

在不知不觉中，夕阳收起刺眼的光芒，变成一个圆润大蛋黄，缓缓往西山下沉，金灿灿的晚霞渐渐地褪成橙黄色，显得特别妩媚，远处连绵起伏的丘陵仿佛被涂上了一层琥珀色，格外瑰丽。

岸上的村庄已升起袅袅炊烟，宛若无数条小青龙徐徐穿过茂密的柑橘林，渐渐地飘散于空气中，四面八方的飞鸟仿佛收到集结的信号，纷纷翔集于湖岸边，叽叽喳喳个不休，这意味着鉴洋湖的晚餐时间来临了。阿明细心辨认各种鸟类羽毛的色彩和动听的叫声，能逐一区分出麻雀、小云雀、大山雀、翠鸟、褐灰雀、树鹨、斑文鸟等十多种个头差不多的鸟，这些鸟喜欢在山野、树林、田地里找昆虫，偶尔会到湖边泥涂、浅滩捕食小鱼小虾。

半空中，一只比喜鹊体形稍大的红嘴蓝鹊拖着长尾巴在滑翔，姿态飘逸而又惊艳，像是天外飞仙。它轻盈地降落在一处小沙洲，却换了一副凶悍的模样——尖利的嘴拼命啄击草丛，并用爪子撕扯出一条不断扭动身体的油菜花蛇，趴在附近石头上的一只螃蟹显然受了惊吓，慌忙跳湖逃生。

小船向前轻轻地漂荡，只见浅水中每隔几十米就有一只白鹭冷静地站立着，一个脚挺直，另一个脚弯曲，犹如芭蕾舞剧里四小天鹅出场的造型，一旦鱼儿游近，那又尖又长的嘴就会迅速而又准确地将其啄住，熟练地生吞起来。

　　我们划过一大片漂着浮萍的水面，转个弯竟然如临仙境，那碧澄澄的莲叶衬托着婆娑翩跹的莲花，大红的、粉红的、雪白的色彩纷呈，有的恰如娇羞的少女含苞待放，有的含蓄地绽开了两三片花瓣，有的热烈盛放亭亭玉立，沐浴在夕阳下，被晕染得醉了一般，美得让人心动。一只白鹭像一朵飘落在莲花丛中的白云，俯首而立的模样像极了名为《一路连科》的朱红漆画，那是湖区古民居的老家具上常见的吉祥图纹之一，鹭与路、莲与连同音，寄予子孙连登科甲、事业有成的美好愿望。

　　夕阳渐渐褪色为黄玉盘一般缓缓西沉，淡淡的余晖洒在被微风吹成鱼鳞纹的湖面上，湖水倒映着祥云密布的天空，在水天一色的美妙画卷中，一对鸳鸯在戏水，一群蜻蜓在湖上飞翔，一条大花狗在岸边追逐几只麻鸭，还有一条黄鼬从田埂上一闪而过……

　　忽然就发现到了湖的尽头，一座堤坝型的三孔石拱桥横亘在眼前，每根望柱上分别雕着狮子、莲花等图案，桥墩由参差不一的条石错缝相叠，萋萋藤蔓长在其间，看上去十分高古。这是有着几百年历史的桥，名叫镇锁桥，干旱时像水闸关住水，洪涝时能往下游河道排水，直通航运水道金清港，最后流向波澜壮阔的东海。

　　镇锁桥两头连接着温黄古驿道，显然是湖区的交通枢纽，桥面上有荷锄而归的老农牵着黄牛经过，有中年汉子挑着担子路过，有青年人骑着自行车穿过……桥头冒出一排脱得赤条条的顽童，朝我们欢呼着，然后扑通扑通地跳进湖里，个个像浪里白条。阿明受不了诱惑，一个猛子扎下去，浮上来时已在 10 米开外。

　　我已经记不得是怎么回家的，只记得最后一抹晚霞消失后，天空犹如泼墨大写意，黄昏的大幕徐徐降下，四周不见灯光，数不胜数的萤火虫在我们身边飞舞，闪烁着微弱的光亮照着乡间小路，和满天的星星互相映衬，充满了梦幻的色彩。

　　光阴荏苒，岁月如梭，浙东沿海在世纪之交实现经济腾飞，接二连三诞生出全国百强县市。然而，经济发展与生态、资源、环境一度产生了激烈的矛盾冲突，大片稻浪滚滚的耕地消失了，取而代之的是宽广的公路街道、拔地凌空的高楼大厦、鳞次栉比的厂房、车水马龙的市场。鉴洋湖，昔日的芳菲世界、游鱼乐园、飞鸟天堂也变得面目全非：不断产生的塑料废弃物污染了水环境；农药过度使用导致银鱼绝迹；纵横交错的水网长期未经疏浚，淤泥沉积，水患频发，成了当地人口中的低洼地、水窟塘。

　　彼时，雾霾、沙尘暴、水污染等问题正在华夏大地轮番上演，有识之士力图处理好经济发展与生态平衡之间的矛盾，纷纷寻求良策，直到"绿水青山就是金山银山"理念深入人心，终于柳暗花明。

　　近几年，在浙江全面实施治污水、防洪水、排涝水、保供水、抓节水等"五水共治"中，鉴洋湖逐渐变宽变深，变活变清，并入选国家城市湿地公园。

　　庚子年晚秋，我和同事前往鉴洋湖对接项目规划，湖区层林尽染，橙黄橘绿，橘农们忙着采摘、装运黄岩蜜橘、青皮甘蔗，呈现一派丰收的景象。野生鸟类监测点的工作人员报告，湖区连续多年发现丘鹬、戴胜、领角鸮、游隼、松雀鹰等国家二级保护珍禽，国家"三有"保护鸟类则多达40余种。

　　大家登上观光船绕湖考察，我望着风中摇曳的一大片芦花，听见长空传来的雁鸣声，一种浓烈的怀旧感涌上心头。湖水澄澈如镜，俯首便能照见自己的脸，我禁不住掬一捧清冽微凉的水，水从细小的指缝间渗出，恍若古时的水漏，在悄无声息中带走了岁月。我双眼湿润，抬头远眺，又是夕阳西下时，天光云影聚在湖中，水天融为一体，映衬着一只宛在水中央的白鹭，它昂首目送着一群冬候鸟迁徙的身影，曼妙的姿态遗世独立，仿佛在道别：我愿留守这片浮世清欢的湖，待到春暖花开时，迎接你们归来！

有些东西可能在失而复得后，更令人珍惜。

此刻，一幅"梦里水乡"的未来生态画卷在我心中缓缓展开：山色空蒙，湖水澄碧，蒹葭苍苍，花海漫漫，鸥鹭翔集，船歌轻唱……这是人与自然和谐共处的家园。

2021 年 3 月作于雅集楼

和合前童

当我初次踏进前童古镇时，梅雨季节的一场大雨刚停，天地之间都是湿漉漉的，远远望去，四面环绕的天台山脉势如游龙，林壑幽绝，浮云不散，薄雾弥漫，宛若北宋书画家米芾所创风格独特、酣畅淋漓的"米家山水"。

那天，我沿着"游圣"徐霞客《游天台山日记》中的宁台古道，"自宁海出西门""三十里，至梁隍山"，惊讶地发现，"遂止宿"的地方，是一座明清原版、活色生香的江南水乡古镇；更惊讶的是，这个名为前童的古镇，竟是近 800 年前，我的乡贤童潢从百余里外的黄岩举家迁徙而建的。当地童氏后人说，时值南宋绍定六年（1233），深谙风水之道的迪功郎童潢在游历中偶然发现这块"山环水绕、围而不塞、藏风得水"的风水宝地，遂萌生归隐之心。而今，镇内人丁兴旺，聚居着 3000 多户人家，2 万多名童氏后裔。

似曾相识的建筑风物，相通的方言，回老家走亲戚似的感觉油然而生。踩着鹅卵石和溪石铺成的街巷，漫步精雕细琢的小石桥，穿过青砖黛瓦的四合院，仰望高耸的马头墙，抚摩着精致的石门当，端详着考究的木花窗，品读着数不清的匾额书法，我感受到古镇鲜明的渔樵耕读的文化色彩。渐渐地，从中寻觅到发端于天台山，儒、释、道三教融合、包容、并蓄的"和合文化"的痕迹，解读出中华传统文化的丰富内涵。

前童古镇似道家出世之处，具有超然清净、逍遥无为的气质。站在高处，清晰可见象征四方神兽的四座青山，塔山、鹿山在古镇东西方向峙立，俨然是左青龙、右白虎；南北有石镜山、梁皇山横亘，形成前朱雀、后玄武的格局。崎岖古道通往山外，外人很难发现里面的乾坤，加上古时江南以水路进出为主，前童简直就是世外桃源，占尽天地、山水、自然、空间之利。布局伊始，童氏家族就注重"天人合一"的理念，经过几代人的精心谋划，建成几百条迷宫似的大街小巷，各自独立却又相互通达。族人还按照回字九宫八卦式布局，顺着街巷挖开水渠，引白溪、梁皇溪汇流之水，淙淙流经家家户户门前。水的源头，可以追溯到天台山主峰，那座东汉道教天师葛玄植茶、东晋"书圣"王羲之临池、唐代"诗仙"李白读书作诗过的华顶，千百条小溪在奔流中聚散开合，流经道教全真派南宗祖庭桐柏宫，淌过古镇的日日夜夜，潜移默化地将道家"无极生太极，太极生两仪，两仪生四象，四象生八卦"的思想渗透到人们的理念中，生生不息，繁衍传承。"水八卦"中，红鲤鱼、锦鲤随处可见，它们成群逆水上游，带来"金玉满堂"的象征意义。

前童古镇如佛家避世之所，有一种隐逸修心、自悟圆融的气场。汉代太史令司马迁曾评说"天下熙熙，皆为利来；天下攘攘，皆为利往"，然而前童始祖童潢追求的是"爱得我所"，决意退隐之时早已视名利权钱如敝屣，况且南宋晚期，朝纲不振，危机四伏，并非有抱负者就能力挽狂澜。人各有志，所规不同。童潢致仕那年，台州同乡、那个被后世诟为"蟋蟀宰相"的贾似道却刚刚入仕，踌躇满志地开启了攀登权力巅峰之旅。远离繁华，隐忍孤寂，确实是心灵深处的一种修炼，方圆几十里内，寺庙众多，聚集千僧万侣，天台山下，隋代古刹国清寺晨钟暮鼓；太白山下，晋代曹洞宗天童禅寺香火旺盛；梁皇山下，南朝皇家寺院梁皇寺岁月沧桑；香岩山下，元代修持佛法宝地广德寺高僧辈出……静听梵音，修习佛法，对童氏家族产生过深远的影响。可是，800年来，红尘之中你争我夺，江湖之间打打杀杀真的全被阻隔在山外、世外了吗？前童人躲过了蒙古铁骑的践踏，避过了清兵入关的杀戮，却在晚清同治年间，只因拒绝与太平天国的一支武装合作，发生了激战，800余人罹难，70多户被灭绝，损失了古镇当时的半数人口。太平军撤退后，幸存者在悲恸欲绝中重新挺立，意志在惨痛中变得越来越坚定，默默地开悟：求人不如求己，求己不如求心。就这样，他们在互相扶助中重建家园，延续着童氏的血脉。

前童古镇尊崇儒家入世思想，藏着修身、齐家、治国、平天下的大格局。前童人好读书，源于"耕读传家""奉礼完课"的祖训。明代初，童氏家族筑石镜精舍，聚六经群书数千卷，曾礼聘天下闻名、被鲁迅先生称为"台州式硬气"的大儒方孝孺课教子弟，并请他设计了童氏宗祠，题写"诗礼名宗"匾额，至今完好无损。还有那传承礼义孝悌的明经堂、气势恢宏的宰相楼、古朴典雅的进士第、鲤鱼化龙雕饰的举人府，无不在默默地述说过往的辉煌。儒家文化的根深蒂固，造就了古镇人杰地灵。南宋晚期至清代，童氏一脉凭科举获取功名者达200多人，现代还出现了教授、书画家、作家、表演艺术家、医学家、高级工程师等上百人。前童人引以为豪的，还有不少革命志士，辛亥革命元勋童保暄，曾指挥杭州光复，首任浙江省临时都督，"二次革命"时，又发动"讨袁护法"，宣布浙江独立；抗战时期，前童成为浙东革命基地，童氏国民自卫队多次击退进犯的日伪军，守护着自己家园；解放战争和剿匪反特的年代，在浙东冲锋陷阵的铁流中涌现了一大批前童的青年，有的人长眠在鹿山顶上的烈士陵园里。不由得让我想起上下五千年历史中，多少志士仁人、英雄豪杰，在太平盛世里渔樵耕读，笑傲江湖；却在乱世红尘里，只听得有人振臂一呼，便纷纷出山，怀着一腔报国志赴汤蹈火——这不也是前童人的真实写照吗？

当另一场雨来临时，我打着伞久久地伫立在童氏宗祠的天井里，在淅淅沥沥的雨声中，回味正厅内瞻仰过的祖训碑、圣旨碑、寿屏、古籍、对联，那些内化于族人的价值理念和行为模式的文字，彰显着深厚的文化底蕴；感受大厅里如中国象棋的棋子严密分布其上的 32 根柱子，折射出童氏家族一盘棋般超强的凝聚力。然后，我的视线定格在古老的大戏台，这座挑角飞檐如凤凰展翅欲飞状的五凤楼建筑，曾经演绎过多少兴亡盛衰，多少悲欢离合，多少爱恨情仇，而今喧嚣已寂，繁华落幕，一切归于平淡，只有数位老者或蹲或坐于台角，沉浸在楚河汉界怡然自得。

就在这一刹那，我仿佛从脉络清晰的历史时空里走出来，读懂了眼前这个浓缩了和合文化精髓的江南古镇，并引以为可以安放灵魂的家园。

2018 年 2 月作于雅集楼

古井乾坤

　　我从家出发，往东行走三里路便是黄岩永宁山麓的九峰公园，庚子年初，生活节奏放缓了，两点一线散步的时间就多了起来。自立春伊始，过眼处，公园里梅花风姿绰约然后朵朵飘零，广玉兰沐着春雨绽放尔后缤纷撒落，桃花在春风里含笑……我没有心思为它们驻留，却总要到甘泉亭里坐坐，望着亭下拉着的一条条警戒线和被封盖的古井，怀念往日人来人往汲水的热闹场面。

　　甘泉亭位于公园北门旁，这段时间周围异常寂静，能清晰地听见林间黄雀的脆鸣、灌木丛里鹁鸪的啼唱、石缝中山蛙的呱呱鼓噪，瞥见松柏间松鼠追逐跳跃、草堆里野兔探出脑袋的情景。很显然，没有人类聚集，动物们壮了胆纷纷出山，来这里开起了沙龙。

　　古井名为铁米筛井，方方正正的大"口"字形，一般人舒展双手都不及井沿每一边的长度，因是永宁山九座峰峦的清泉汇流而来，井水清澈纯净，甘甜爽口，从不枯竭。"一口井滋养一座城"这句话用于铁米筛井和黄岩最贴切不过了，老城区如果哪户人家没有在这里汲过水，哪个人不曾喝过此井里的水，那绝对是一件不可思议的事。

史载唐高宗上元二年（761），黄岩依山傍水置县，山是东边的永宁山，九座峰峦三面环绕老城区，以母亲般博大的胸怀守护世代黄岩人；水是括苍山脉自西往东百转千回而来的永宁江，它出城后汇入椒江，直奔苍茫大海。九峰公园前身是晚唐时建的瑞隆感应院，俗称九峰寺，北宋时期，在此出家的净真和尚常到寺院门口的瑞隆感应塔中打坐，因遇见乡民艰辛地沿着崎岖山道去上游挑水，遂萌生了挖一口井为民造福的念头。他根据山势地形和溪水的流向进行勘测，推测出九峰溪流地下汇合处在一片低洼地旁的葱郁树林，便率僧众、信士开凿水井，挖掘到四米左右深度后，地底下果然有清泉汩汩冒上来。为了保持井水永久清澈，净真和尚用无数根铁条打制成米筛一般细密的窗，尺寸和井壁相同，压在井底阻隔泥沙，这口井因此名为铁米筛井。

20 世纪 90 年代，我在黄岩报社当要闻版编辑时，编发过的新闻数不胜数，至今唯独对同事洪晓燕写的一篇报道记忆犹新，内容是九峰路改造施工现场出土了宋代石涵管，一头连接铁米筛井，另一头通往老城区，是黄岩历史最悠久的供水管道，印证了史料记载净真和尚在开凿铁米筛井后，制石涵管 500 丈引水进城，与梯云坊的惠泉井沟通，方便民众就近汲水的事实。昔日的惠泉井早已干涸，但记录历史的石涵管从此珍藏在黄岩博物馆里，供世人思源感恩，追念净真和尚的功德。

黄岩人拥有这口"聚宝井"带来的优越感，就有了对其他水资源各种挑剔的底气。古往今来，水路交通纵横穿城，街巷里弄水井密布，尤其是 20 世纪 80 年代以来家家户户都有了自来水，但是街坊邻里大多嫌江水有咸腥味、地下水有苦涩味、自来水有漂白粉气，用以洗涤为主，饮用水则当仁不让首推铁米筛井里的甘泉。有嗜茶之人曾将各种水烧开后沏茶比较，评出铁米筛井水第一，永宁江水第二，里弄井水第三，自来水最差。若干年后，由于引水工程管线改接浙江第三大水库黄岩长潭湖，才使自来水的排名跃上第二。

以往人们去铁米筛井汲水，标配是每人一辆自行车，龙头搭一只系有绳子的铝桶，书报架两侧挂了特制的铁架，各插一只可装10斤至20斤水的塑料壶，骑行到井边的石板地，将自行车靠边一停，拎了铝桶，卸下塑料壶，喜滋滋地排队等候。一般情况下，一支烟的工夫就可轮到。汲水者到井沿边矮身站定，往下探视，只见清澄如镜的水面不停地荡着涟漪，倒映的天空、树木飘忽不定，一刻都不能平静。汲水时，站在不同方位的四人可以同时往井里投铝桶，在此起彼伏的"扑通""扑通"声中，各人娴熟地将绳子一抖，桶口便歪斜着扎进水里，绽放出一朵朵白色的水花，待桶缓缓下沉，直到整个没入水中，复将绳子猛地一提，双手交替用力，随着无数飞舞的水泡从水下喷薄而出，桶"哗"地窜出水面，像汽水瓶盖子被拧开的刹那。

老城区人对铁米筛井水需求量大，让贩卖井水的行当应运而生。送水客们干的是力气活，拉着手拉车或骑着人力三轮车，一桶桶将井水注满一堆50斤装的方形塑料壶，然后一手各抓一只壶把柄奋力提起，黝黑的臂膀肌肉粗壮地鼓起，青筋暴出，直到水壶整整齐齐排满车斗。一个时期，叫卖"九峰山水"的吆喝声在街头巷尾回荡着，几元钱一桶的送水价让大家觉得还算公道，没时间、精力亲自汲水就纷纷购买服务了，这样使得送水客们生意越来越红火，忙得每天都要来回运水十几趟。

随着时光推移，人们生活条件不断提高，交通工具发生了很大变化，路程远的人开着轿车、摩托车来九峰公园，往停车场一泊，先去晨练、游玩，尽兴了再去汲水。送水客也"鸟枪换炮"，开着电动三轮车、小四轮货车跑运输，加微信联系送水。汲水的效率提高了，铁米筛井依旧静静地等候在这里，无论晴天阴雨，水量不增不减。

距铁米筛井二三百米远的桃花潭畔有个茶楼，每逢晴朗的周末总是茶客爆满，楼里楼外，大家一边饮着铁米筛井水冲泡的绿茶、乌龙茶、红茶、白茶、黑茶、花茶等，一边聊天、听音乐、打扑克、下棋，热热闹闹但互不干扰。我喜欢坐在树荫下，品着茶点，仰望满天祥云下黛翠欲滴的永宁山，欣赏回廊里越剧票友开腔演绎嘉年华，享受一种慢生活的惬意。

有一阵子，茶楼门庭冷落，茶客们闻出茶水里有股洗衣粉味，纷纷拂袖而去，追溯原因，竟是一群大妈大婶经常出没在溪流上游，带着一大堆脏衣服洗刷刷导致的。园林管理处费了九牛二虎之力，总算"荡平"了这些"游击队"。无独有偶，这边刚清除了污染源，那边又有一些送水客见利忘义，竟带着水泵到铁米筛井里无度抽水，泉眼供水远不及抽水速度，导致古井几近干涸。最要命的是水泵上的机油渗入井里，使原本洁净透亮的水面漂着一层五彩斑斓的油花。这种缺德行为激起了公愤，现场屡起冲突，直到园林管理人员昼夜值班巡逻，并调来消防车对铁米筛井全面清洁处理，才使水质恢复如初。自那以后，古玩市场里有泉友传闻，消防泵在对古井清洗时，竟然从井底吸出几十枚古钱币，有"皇宋元宝""庆元通宝"等宋钱，和"嘉靖通宝""康熙通宝""乾隆通宝"等明清钱哩。

有铁米筛井的相伴，老城区人度过多少茶香四溢、闲逸悠然的日子。可是，谁曾想到，刚迈进庚子新年却会喝不到古井的水呢？在延长的假期，我每次散步在空荡荡的九峰山麓，来到和铁米筛井同样古老的瑞隆感应塔下，瞧见有人逆着淙淙溪水去上游汲水的背影，就会联想这就是净真和尚当年萌发初心的地方，隐约感受到一股气场引我走近他慈悲的精神世界。

清明节的蒙蒙晨雨中，九峰公园的紫藤优雅地挂满枝头，香樟树艳红的落叶稀稀疏疏地铺在甘泉亭下的石板地上，我终于望见铁米筛井启封了。以往的我们真像一群没心没肺的孩子，无数次来去匆匆，只为汲取古井流淌不尽的甘泉，却从未认真端详它千年沧桑的样子，而今和它隔离得太久了，才懂得它已深深融入我们的生活，成为不可或缺的一部分。此刻，我把它当作国宝级文物细细品鉴，双手轻抚着井沿黄褐色包浆和龟裂的石纹，发现缀满井壁的青苔悄然爬上了井口，青苔下依稀可辨浮雕的瑞兽图案，水位比往常满，平静的水面能清晰地照见自己的脸孔，还可瞅见几尾晶莹剔透的小溪虾在轻盈地舞动。

我从口袋里摸出一颗鹅卵石，橙黄橙黄的，光滑圆润，那是在瑞隆感应塔下捡到的，不知它是否见证过千年前的那段往事。在起身之际，我不由自主地松开了手，随着水花飞溅，落下的石头击破了井中天地，水面漾起一圈圈波痕，产生诗画的意象，那些变得依稀的倒影产生了一种蒙太奇般的纷杂感，渐渐幻化成净真大师仁爱、慈祥的脸。

2020 年 4 月作于墨庄

在江湖与庙堂间

驾车穿行于雁荡山脉和括苍山脉之间的雁楠公路，通往楠溪江一路都是旖旎的风光，赏景最佳的时机当在春夏之交，朝雨浥尘时，惠风和畅，峰峦叠嶂，茂林修竹，落英缤纷，鸟雀翔集，飞瀑散珠，溪流淙淙，让人心旷神怡。

抵达楠溪江的代表性景区狮子岩，倏忽之间恍若仙境，只见千顷盈盈碧波如练蜿蜒舒展远方，缠绕黛色的群山；山间烟雾缭绕，像纸上浓浓淡淡渲染开来的墨晕，在旭日映衬下云蒸霞蔚；水平似镜的近水中，倒映着一大一小两座天然盆景似的浦屿，其中一座浦屿如昂首盘踞的狮子，绿色的"狮毛"在微风中拂动；鹅卵石时隐时现的浅滩上，一群白鹭轻舞翩跹……这条古名瓯水的温婉之江，像是掀开了红盖头的绝代佳人，妩媚含羞地呈现在眼前。

多年来，我频频畅游楠溪江，有赖于它的所属地永嘉与我家乡黄岩相邻。我最喜欢烟雨天游楠溪江，雾岚氤氲，细雨蒙蒙，给天地之间披上一层朦胧的纱帘，如梦似幻，像是中国水墨画里的大片留白，看山不是山，看水不是水，花亦非花，鸟亦非鸟。每当此时，我想化身为"烟销日出不见人，欸乃一声山水绿"中的渔翁，披戴一身蓑笠，泛一叶扁舟，吹一支短笛，执一根钓竿，孤傲独立，与世无争。

　　晴天游楠溪江，碧空如洗，乘槎浮水，在数百里水天一色的江中顺流而下，远望两岸鬼斧神工的深谷峭壁，葱郁幽邃横无际涯的滩林，依山傍水绵延不绝的古村落，集中连片浅绿或金黄的田园，还有岸上奔跑的大黄狗和忙于潜水捕鱼的鸬鹚，仿佛在现代艺术大师林曦明的设色山水画中游。林曦明生于斯长于斯，从楠溪江走入广阔的"海上画派"，故乡的风景始终是他创作不尽的源泉，他常用虚实相间、简约疏朗的构图，明丽雅致、酣畅淋漓的写意笔墨表现心中丘壑、腕底风云，充满对流年时光怀恋的情结。我从他的画中读出了淡然物外的山水真趣，这种真趣绝非熟谙绘画技能可表达的，只有深受这"画中有诗，诗中有画"的山水的熏染，才能厚积薄发，笔随意转，气韵生动。

　　我追求诗意的生活，但从不迷信远方，只因江南的基因早已渗入骨髓。楠溪江流域无疑就是一个浓缩版的江南，这便是我乐在其中的本源。我在竹筏上效仿坐禅，沐浴着阳光与微风，放下自我，心无旁骛；出神地注视着清澈见底的楠溪江水，试着感知成群小鱼自由自在遨游的欢乐；登岸寻访原汁原味的古渡口、古民居、古牌坊、古街巷、古戏台、古井、古塔、古桥、古亭、古城墙、古窑址，挖掘其中的人文历史和逸闻趣事；也在山间竹林里、飞瀑流泉旁品茶，回味中国山水诗鼻祖、东晋名士谢灵运在此留下的饱含玄学禅意的诗句。

　　楠溪江流域有许多鹅卵石、块石铺成的古道，沿崖临水而建，既有陡峭的小径，也有宽阔的坦途，是山与山、村与村的互通之路，路旁古树名木资源丰富，百年以上树龄的黄楠、银杏、苦槠、樟树、古松、柏树、红豆杉等随处可见。不过，水路才是古时贯穿崇山峻岭内外的主要交通运输线。楠溪江发源于永嘉之巅大青岗，千泉万壑涓流成溪，九溪十八涧聚合成江，舒缓的江水缱绻于群山茂林中，百转千回之后，流经永嘉中心腹地，汩汩淼淼汇入浙江第二大江瓯江，浩浩荡荡奔向东海，通达四面八方。无论顺流还是逆流，出行还是归来，竹筏、舴艋舟就是江上别无选择的交通工具，这让楠溪江流域像极了传说中的世外桃源。

楠溪江流域确是古代避世者的天堂，这里最初属于百越蛮夷之地，民风彪悍，直到西晋晚期，"五胡乱华"打开了中原大地上百年的乱世之门，一股"衣冠南渡"的洪流从北方涌来，宗亲结伴避难的流民纷纷迁入，聚族成村，依山傍水星罗棋布，然后开枝散叶，繁衍生息。外来人口的增加，也引进了三纲五常、四维八德，中原的文明在此播种、萌芽、扎根、生发。诚然，人的潜意识里都藏着一颗渴望安定、自由、不羁的心，向往逍遥遨游于天地间，过一种无忧无虑的生活，楠溪江半隐半俗的生活形态无疑修复了流民在战乱中遭受的创伤，逐渐形成了独特的渔樵耕读文化。南朝时期，在楠溪江隐居多年的高士陶弘景留下不少脍炙人口的山水隐逸诗，也留下陶公洞、真诰岩等神秘的遗迹，他满腹经纶却志在游历名山大川，拒绝挚友梁武帝的出仕之邀，只通过书信参谋国事，人称"山中宰相"，与东汉稳坐钓鱼台的严子陵可以平分秋色。

常言道：乱世多隐士，盛世多进士。人生终究如围城，有人冲进来，就有人冲出去。人自从呱呱落地的那一刻起，难免会被赋予各种俗世的价值观，在熙来攘往的凡尘中追名逐利。每当太平盛世来临，楠溪江流域崇尚诗礼继世、耕读传家的村落里便会涌现一大批饱学之士，舴艋舟载着士子们"平步青云，光宗耀祖"的愿望、

"达则兼济天下"的人生抱负,送他们出山贡赋,登科及第,出将入相,高居庙堂。两宋时期,楠溪江流域还诞生了中国务实思想流派"永嘉学派",出现了中国文化史上有着一定地位的诗歌流派"永嘉四灵"。

纵观上下五千年,战乱和统一、盛世和乱世交替出现已成历史的规律,拯救苍生的人物总是适时横空出世。《三国演义》中,曹操与刘备青梅煮酒论英雄,以龙喻英雄"能大能小,能升能隐;大则兴云吐雾,小则隐介藏形;升则飞腾于宇宙之间,隐则潜伏于波涛之内"。钟灵毓秀的楠溪江流域,古人在修文以外兼重习武,英雄豪杰在此未曾缺位,只是慷慨中多了一些悲壮。南宋晚期,蒙古铁蹄南下,进士出身的楠溪江人陈虞之回乡招募义军,策应朝廷撤往福建,据险与敌鏖战三年之久。其宗亲陈宜中以左丞相身份亲赴占城国,筹划南宋流亡政府迁徙事宜。风雨飘摇的时局,右丞相文天祥不幸兵败被俘,南宋最后一支劲旅在崖山海战中灰飞烟灭,十多万遗民相继跳海殉国。孤立无援的陈虞之坚持至弹尽粮绝,率残余义军近八百人集体跳崖自尽。而陈宜中为了复国,奔走暹罗国借兵,徒劳无功后抱憾离世。

几千年来,楠溪江水流淌不息,如同中华民族在一次又一次分分合合、改朝换代中砥砺前行。楠溪江流域遗存着上千年历史的书院学堂、名寺古刹、洞天福地、古碑石刻,默默地诉说着儒、释、道三教调和兼容,相辅相成,文脉深厚积淀的过往。似水的流年,淘尽了多少世事沧桑,多少悲欢离合,多少风流人物,但自然风光和人文美学融合的古典精神源远流长,生生不息。两岸的关山和悠悠楠溪江水,为世人提供了进退自如的环境,似在昭示既可以入世追求功成名就,又可以出世寻求逍遥自在;庙堂之高并非高不可攀，江湖之远亦非遥不可及；境缘从心，清心如水，可修清净心、平等心、平常心、慈悲心。

五百多年前，明代著名书画家、太仆寺少卿姜立纲魂牵梦萦故乡的楠溪江，他在京城的府邸里挥毫创作了一幅青绿山水画，并题诗一首："功名早已绣为衫，万里青云入笑谈。回首九峰天际碧，可能无梦到江南。"感叹度过了这大半生，功名利禄犹如衣衫都是身外之物，一切在谈笑间皆成过眼云烟，多么想回到故乡的山水之间，坐看云卷云舒，闲看花开花落，以至于这些场景常在梦境里出现。

五百多年后，置身于楠溪江的我暂且远离了俗世，摆脱名利的束缚，抛开尘嚣的困顿，放下心上的压力，只剩下与近处风物的对视，与远年灵魂的对话。

"山静似太古，日长如小年。"我在静谧中冥想，逐渐领悟到"上善若水"的人生境界，并在不断拓展的格局中重新认识自己，塑造自己。

2019 年 8 月作于雅集楼

古寺里的精灵

　　早春，天台山巅的皑皑冰雪、茫茫雾凇与山野间霭霭岚气、淙淙流泉、苍苍新绿相映成辉，别样胜景宛若水墨丹青描绘的仙境。天台山麓，郁郁松柏、亭亭翠竹掩映下的千年皇家古刹国清寺里，那株几乎与寺同龄的隋代古梅玉蕊初绽，香雪缤纷，我在它奋力舒展的蟠螭虬枝下流连不已，不由自主地转着圈仰望，恍若正在沐浴虚空中飘落的法雨天花。

　　隋梅背后斑驳的院墙上，一双乌溜溜的眼睛不时注视着我。

　　嘿，小精灵，你来了！你裹着一身灰褐色的皮毛，竖着杏叶般的小耳朵，翘着毛茸茸的长尾巴，就贴在缀满青苔的墙瓦上，两只前爪捧着一个松果，粟红色腹部早已胀得圆鼓鼓了，小嘴巴里露出的两颗龅牙仍在嗑个不停。与几年前的夏日初见时玲珑敏捷的身姿相比，你明显发福了，胖了一大圈。

　　那天，我正陪同一个参访团来国清寺，方丈允观大和尚在会客室内热情接待，我无意中瞥见窗外有一棵参天古松，你以倒挂金钟的姿势趴在树干上，懒洋洋地啃咬着坚果，真是个自得其乐的小精灵。风吹落叶或是鸟雀飞过产生了动静，使你警觉地腾闪挪移几下，无意中与我交换了一个眼神，这一秒便是我们相识的开始。

我将注意力重新转移到座席间，参访团中有位老先生正扶着眼镜提问："贵寺全名叫国清讲寺，说明重视佛学研究，以讲经说法为主，那么请问目前留下了哪些重要学术著作？"大和尚正襟危坐，笑答："桃李无言，下自成蹊。"我不禁为他竖起大拇指。

随后，大和尚请大家品啜天台山佛茶，细细讲述其为"江南茶祖、韩日茶源"的典故。当我再次转头望向窗外时，你已全然不见踪影。

我偕同一行人观瞻了大雄宝殿，欣赏了隋梅，沿着坡地拾级而上，来到药师殿与法乳千秋亭之间。天台山资深文化专家许世琪先生向大家介绍，这里是最佳观景点，可以清晰地看见国清寺的中轴线，寺院依山就势而建，由南往北层层递高，依次为弥勒殿、雨花殿、大雄宝殿、药师殿、观音殿等，贯穿一个占地2万多平方米的古建筑群，还可以远眺九级隋塔，近观千年隋梅，布局颇具匠心。

我又发现了你，此时你神气活现地在大雄宝殿重檐歇山顶的正脊上溜达，偶尔停下来，像是有了佛性，身体直立呈行礼作揖的姿态，俨如一尊俯视众生的瑞兽。见大家纷纷惊讶地瞅过来，并对准你频频拍照，你便飞速跳上脊端的鸱吻，显摆几下飞檐走壁的功夫，眨眼间便闪进一棵古樟树上隐匿了。

自那以后，我记住了你。为了再次邂逅，我出差来天台县城时，特意下榻离国清寺不远的温泉山庄。翌日清晨，我顺着国清路绿道散步，远远望见层峰幽谷之下铺陈开来五六十亩绿油油的稻田，这是国清寺以农禅并重、自给自足的方式来维持僧众日常开销的佛田，也是他们坚持不收门票的底气。来到寺院墙外溪涧上的丰干桥，一名头戴斗笠的居士恰好牵着五条黄牛经过，我侧身让行时，领头的老牛抬头"哞"了一声，像是跟我打招呼。大门口的两尊汉白玉石狮子旁，一名小沙弥在扫地，我觉察到公石狮子脚下所踩的石绣球变成毛茸茸一团，走近细看竟然是你将其团团环抱，貌似抱着稀世珍宝不放。我吹了吹口哨，你像个顽童，转头瞄我一眼，迅即松开石绣球，跳下石狮子底座，一溜烟就跑进了弥勒殿。但我知道你并未跑远，因为你是这儿的原住民，东晋永嘉太守孙绰《游天台山赋》里描写这一带地理环境"藉萋萋之纤草，荫落落之长松"，作为世代与松柏共存的生灵，你的先辈在此生息的历史肯定比隋代兴建的寺院更为悠久。

我在大雄宝殿前的圣寿无疆青铜炉下找到了你，这是天坛祈年殿造型的大炉，当年乾隆皇帝为太后祝寿而铸造的。你依靠在一只雕着狻猊的炉腿上，惬意地跷着二郎腿。我方才明白，但凡寺院里动物的雕塑，无论面目狰狞还是一脸和善，都是你的玩伴。

那个早晨，我跟随你走走歇歇的脚步游览清幽静谧的寺院，你引我来到一口长满薜荔、铁线蕨的六角古井旁，让我在清澈的井水中照见一方碧空和自己的面影，不禁进入几分钟冥想状态，仿佛荡涤了心灵。你引我走进三贤殿，让我瞻仰寒山、拾得"和合二仙"与唐代高僧丰干的塑像，重温墙上经典的寒、拾问答：世间有人谤我、欺我、辱我、笑我、轻我、贱我、恶我、骗我，该如何处之乎？只需忍他、让他、由他、避他、耐他、敬他、不要理他，再待几年，你且看他。你还引我来到"书圣"王羲之独笔"鹅"字石碑前，使我伫立良久，悟出攀越艺术的高峰需要独辟蹊径的毅力，以及练就一气呵成的功底。

当我从放生池畔返回出口时，你跃上树顶，似在目送我离开。自此以后，我和你有了知交的感觉。

后来有一次，我陪同耄耋之年的母亲来国清寺礼佛，也为了见见你。母亲一进大雄宝殿，就摆脱我们的搀扶，佝偻着身躯来到释迦牟尼佛脚下的供桌前，从塑料袋里取出一堆橘子、苹果、桃子，一名长相清秀的年轻和尚见状连忙递来几个托盘。

老母亲问：小师父，供品怎么摆放？

年轻和尚答：一切随意。

母亲听说这里的僧人从不劝游客烧香，素食餐厅供应的斋饭只收两元一份，她从国清寺庄严、神圣、古朴、厚重的侧面，感受到浓浓的人情味。

在大雄宝殿的另一角落，我窥见骑着六牙白象的普贤菩萨像前供桌上趴着一个长尾巴的小家伙，便以为是你，凑近一看却是你的同类，一只浑身棕色皮毛的松鼠在吃供果。它竟然没有闪躲，在年轻和尚默许的微笑中继续啃食一颗樱桃。

我忍俊不禁，知道你也绝对没少干过这类调皮捣蛋的事。

年轻和尚说，寺里松鼠挺多的，它们活得逍遥自在，树上、屋顶、草丛、走廊……无所不在，除了常来大殿找食物之外，好奇心又特别强，有时会咬破厨房里的蔬果、僧房里的衣服，连方丈室的毛笔也被咬秃过。但是，僧人从不刻意驱赶这些小家伙。

唉，有了你们这些淘气的毛孩子，整个寺院增添了许多灵动之气息。佛陀菩萨塑像的笑容好像因此变得喜气洋洋，甚至带点幽默风趣；怒目圆睁的金刚罗汉塑像仿佛变成佯装生气的模样，他们更像亲切的长者，以宠溺的眼神俯视绕膝环足的小精灵，彰显豁达包容之气度。

我陪着母亲来到梅亭里小坐，然后对着树林吹了吹口哨，果然，你以飞翔的姿态在树枝间腾空跳跃而出，施展轻功飘逸地落在院墙上。我掏出一把花生朝你招手，你便顺着虬枝藤蔓蹦跳下来，在离我两米远的地上乐颠颠地剥着花生，把自己的嘴巴塞得鼓鼓的，津津有味地咀嚼，发出嘎嘣嘎嘣的脆响。

母亲看见你萌萌可爱的样子，惊奇地问："它怎么会识得你？"

我说，已见过很多回了，可能初次遇见就比较合眼缘，隔一两年重逢也不妨碍交情，我们是竹林之游，君子之交，彼此心照不宣。

母亲喃喃地说，世间一切，因缘际会。

2023 年 10 月作于墨庄

芥子园探幽

庚子年末，我途经金华兰溪，下榻的酒店能望见兰荫山麓一处古朴精巧的江南园林。一打听，竟是当地为纪念乡贤李渔而仿建的芥子园。

刹那间，我脑海里忆起小时候临摹《芥子园画谱》的情景，我的国画创作和鉴赏得益于该书的启蒙。清朝康熙初年，名满天下的文学家、戏剧家、出版家李渔迁居南京，购地三亩营造别具一格的山水宅园，喻其微如芥子而取名芥子园。在园中，他和女婿沈心友邀请数名画家，潜心编绘出版了这套画谱，成为一套通俗易懂的中国画技法入门教科书，风行三百多年经久不衰。

20多年前，我第一次去南京就专门寻访过芥子园，因得悉它早已湮没在历史的风烟中而扼腕叹息，此番终于可将积攒多年的心愿寄托。于是，我穿过街道，直奔兰溪博物馆旁的绿荫小道，至尽头，便瞥见一座黛瓦白墙的清式徽派建筑，一对石鼓立于大宅门前，门楣上的匾额题着遒劲的行草"芥子园"。从大门进入，发现庭园内处处藏着不动声色的匠心，先是瞅见一棵苍古的龙爪槐，枝条盘曲向上，仿佛一条螭龙将要游出墙外；分列门后檐下的两棵山茶树上缤纷绽放着洁白温润的花朵，给百花萧瑟的隆冬增添了一丝暖意；影壁墙下，五株盆栽铁树一字排开，秀出蓬勃雄伟之姿，数十盆幽兰则小鸟依人般挨在一旁，或妩媚，或秀挺，或飘逸，好似刚从画谱中脱出来，浑身透散着无可名状的神韵。转个弯往里走，出现一块竖立着的太湖石假山，上面镌刻着篆书"须弥"，象征佛教传说为诸山之王、宇宙中心的须弥山，寓意"生如芥子，心藏须弥"，折射出主人参禅悟道的境界。

"须弥山"旁，干枯的凌霄藤蔓延了一片园墙，我透过回字纹的漏窗朝里张望，浏览到斑驳光影中的园中之园，回廊、亭台、楼阁、碧池、水榭、石桥、小船等一应俱全，形状各异、姿态万千的置石、叠山点缀其间。穿过拱形圆门，呈现眼前好似广角镜下的纵深空间，苍松、翠竹、寒梅、冬菊、石榴、杨柳、桂树、睡莲、菖蒲等植物遍布四周，除了菊花独领风骚、寒梅含苞待放以外，其他的花卉都休眠了，但仍可想象春回大地时花红柳绿、莺歌燕舞的景象。我一直觉得画谱里的一些景物，就是芥子园的缩影，如今更得以确认。

移步赏景，方寸之间乾坤无限，回廊的墙面，每隔几步就能欣赏到一幅镶嵌着的金石小品；亭台楼阁，随处可见对仗工整、平仄协调的楹联；松竹之间，有一对松鼠追逐嬉戏，忽隐忽现，像是轻盈舞蹈的精灵；一只灰鸽子"扑棱棱"从远处飞来，落在桥畔李渔铜像的肩上，乖巧地陪伴这位端坐沉思的慈祥"老人"……点睛妙笔之处，莫过于艺术借景，收纳了兰荫山的精华部分入园，碧池倒映着山顶聚利塔的倩影，几尾红鲤鱼穿梭而过，泛起微澜，增添了灵动之美。

临水楼阁门前，有一排包浆浑厚的石栏杆及石桌、石凳，我坐在一张石凳上，静静地感受笠翁的流金岁月，寄情于园林、戏曲、书画、美食、养生的精致生活。笠翁在芥子园先后生活了八年多，创作了中国第一部倡导休闲文化的专著《闲情偶寄》，白话小说《连城璧》《十二月楼》，诗文杂著《一家言文集》等，并撰写《凰求凤》《慎鸾交》《巧团圆》《琵琶记之寻夫》等一系列剧本，指导家庭戏班排演昆曲，通过公演广为流传，经典曲目至今仍在昆剧、越剧、楚剧、花鼓戏、莆仙戏中频频演绎。

我隔池凝望空荡荡的水榭歌台，浮想这里曾经笙歌达旦，上演了无数悲欢离合的故事；台下曾经灯火璀璨，高朋满座，筵席终究会寂然散去。回望身后楼阁上的匾额题写着"燕又堂"的堂号，分明已将"无可奈何花落去，似曾相识燕归来"的意境十分贴切地表达出来。

浮生碌碌，世象繁纷，李笠翁以大隐于市的态度，追求审美品位和闲情逸趣，在小空间里营造出一种宛如在田园林泉中的大境界。我们穿行在繁华的城市，奔波在喧嚣的社会，快节奏的生活，快餐式的情感，恰恰缺乏这种优雅、恬谧、洒脱、散淡的生活家的心境。如有闲暇，去芥子园走走，可以让荒芜的内心感受传统生活的诗意之美。

2021 年 7 月作于墨庄

景星岩上凝初心

几辆皮卡、吉普、越野车排成一个车队，穿行于连绵起伏的丘陵、山峦间，颠簸在蜿蜒的山路上。车窗外，满目森森古木和葱翠的淡竹林，正当大家被晃动得昏昏欲睡时，蓦地望见一座孤峰拔地而起，卓然不群地矗立着，大自然的鬼斧神工将它劈成关隘的形状，仿佛登顶就可摘星捧月。

"这就是景星岩。"副驾驶座上瘦小精干的陈副镇长转过头对我说。

那是 1999 年的春季，浙江省第一地质大队派出一支小分队，前往台州市所辖的仙居县白塔镇勘查火山岩地质遗迹，我负责对接相关的宣传工作。

车队止于四面峭壁的景星岩下，我们徒步攀登名为十八盘的石阶山路，抵达海拔 740 多米的峰顶，顿见地势平坦，视野开阔，各类坚硬的流纹岩、凝灰岩质奇石被岁月雕塑成无数天然作品，如雄狮揽球、金龟探月、高僧诵经……真是一座地貌景观丰富的地质公园。

地质队员们顾不上歇息，卸下背包，取出罗盘仪、测量仪、定位仪、地质锤、放大镜等专业工具，像工蜂采蜜似的四处采集土壤、岩石、矿物标本。

夜幕降临，我们下榻峰顶的招待所，坐在满天星光下稀里哗啦地饱餐面条，站在猎猎晚风中衣袂飘飘地赏月。陈副镇长连声感谢地质队帮助当地挖掘地质科普的旅游资源，并歉意地表示招待不周。

带队的林工捋着被风吹得乱成鸟窝似的花白头发说，地质队有着以献身地质事业为荣、找矿立功为荣、艰苦奋斗为荣的"三光荣"传统，大伙儿在野外作业，早已习惯了风餐露宿，不要紧的。

我有些困乏，便回客房洗了个冷水澡，枕着一抹月光入眠。未曾想，这次偶然的踏访，会深深地影响自己此后的人生走向。

次日凌晨，我在一片虫吟鸟鸣中醒来，窗外是茫茫雾海，随风摇曳的山杜鹃若隐若现。独自走出房门，看不清几米外的景物，恍若置身仙境，漫步云中。穿过一片幽深又茂密的竹林，呈现于眼前的是一座朱红色古刹，建筑典雅而又庄重，寺门未开，我绕着黄色垣墙寻找侧门，却见旁有一间青砖黑瓦的平房，显得十分古朴。

平房的木门敞开着，门内一缕香烟袅袅缥缈而出，门楣有块红漆褪色的牌匾，细看是篆书"胡公殿"三字。我迈进门槛，发现空无一人，抬头打量殿内端坐堂上的人物塑像，头戴珠冠，红脸美髯，面含微笑，身穿黄龙袍，像越剧里演的帝王模样，认出是赫赫有名的胡公大帝。胡公大帝既不是神，也不是佛，他本名胡则，浙江永康人，北宋初期名臣，《宋史》介绍他进士及第后从政 47 年，清正廉明，宽刑薄赋，兴修水利，兴学育才，政绩斐然，在百姓中威望极高，是"为官一任，造福一方"的典范。

环视殿内，除了一张硬杂木供桌上摆着糕点、苹果等供品以外，地上还立着一个鼎式青瓷大香炉，它胎体浑厚，有半米多高，炉内填满香灰，有三炷香正燃着青烟，周围插满香脚。

我正在寻思高山上建胡公殿的缘起，一位皮肤黝黑的花甲老汉叼着一支烟，轻松地提着一桶水走进来。他坐在板凳上和我漫谈，讲述胡公逝世后，百姓感其恩德，纷纷立庙祠，敬圣人之礼，宋高宗顺应民意为庙额题写"赫灵"两字，从此民间改尊称为胡公大帝，浙江全境现存胡公庙、殿、祠多达数百座。

老汉还透露，仙居当地还流传"皤滩女婿胡公帝"的故事，因胡夫人娘家就在景星岩下不远的皤滩乡，乡人深感骄傲，就在山上、山下各建一座胡公殿，专请胡公守护乡里，扶正祛邪。

我再次抬头瞻仰胡公塑像，禁不住思索，自古以来除了佛道等宗教以外，从朝廷到民间立下不世之功的人物被后人建庙殿祠阁的不乏其人，孔庙、岳王庙、包公庙、杨府殿、医圣祠、戚继光祠等无一不是如此，这些圣贤英雄，代表着中华民族高尚的道德情操、人格精神与民族气节，百姓供奉、祭拜他们，不仅表达一种缅怀、敬仰之情，更具有一种传承优秀传统文化的意义。

告别胡公殿时，东方晨曦微露，云雾渐渐消散，我极目远眺，一览黛翠的众山伏于脚下，成片油菜花田如黄地毯铺陈，溪流江水如白练飞展，村居民舍如星罗棋布……一幅多么美妙的青绿山水画长卷！

蓦然理解了古时仙居百姓的用心良苦，景星岩孤峰突兀，星月为伴，不正是胡公清静淡远、孤傲独立的写照吗？悬崖峭壁，高山流水，不就是"壁立千仞，无欲则刚"的寓意吗？让胡公塑像矗立在巅峰上俯瞰人世沧桑，倾听民间的呼声，不正是期望涌现更多的清官能吏为民造福吗？

　　我如同破译了密码，心情愉悦。当天继续随同地质小分队去现场考察，见识到队员们搜寻蛛丝马迹的特殊本领，只见他们熟练地运用各种仪器记录原始数据，系着地质绳索猿猴般灵活地攀爬绝壁、陡坡，收获了不少惊喜：在断崖下的野草丛勘探到冬暖夏凉的"神仙洞"，里面流淌的温泉正冒出袅袅水蒸气；敲开云片糕似的页岩层，发掘出成片的海底水草化石，石纹上记载着沧海桑田的地球历史……

　　陈副镇长带大家来到一条岩体裂隙宽不足一米、底深不可测的悬崖沟壑边，称这里是神奇的响铃岩，凡是将石头投进壑中，会在下落过程不断撞击岩壁而发出银铃般的震荡声，余音持续很久，传说时间越长就越吉利，越会心想事成。地质队最年轻的队员小徐捡起一块椭圆形的石头，陈副镇长让他捧在手心许个愿，再投向壑中，只听得里面果然发出清脆的"铃声"，余音叮叮当当响了不止半分钟。

　　大家纷纷尝试，各自许下"全家老少安康""孩子考上重高""孕期母子平安"等心愿，脱口而出的吉言都是祝福家里的亲人。

　　林工说，我们长年在野外工作，无法照顾家庭，最亏欠的就是家人了。他再过2年可以退休了，最大的愿望是以后多陪陪老伴。

　　我细细回味"三光荣"传统，深感其中沉甸甸的分量，地质队和其他行政事业单位编制相同，但是工作性质使他们长年累月跋山涉水，舍小家，为大家，践行着的不正是胡公精神吗？

　　这是我走得最远、最深的一次心路历程，胸襟里有了心灵洗礼的感觉。我站在响铃岩旁，面对苍茫河山默许心愿，确立清正廉洁、勤勉敬业的人生坐标。

　　我郑重地投出一块棱角分明的石头，听见它在沟壑中撞击，清晰地回荡着风铃般的声音，感觉时间凝固了，余音似乎持续了一个世纪。

自从心中升腾起一股浩然正气，顿时有了砥砺前行的动力，一晃 20 年过去了，我庆幸自己坚守如磐的初心，保持本色不变，方得人生一片坦途。

进入 21 世纪以来，仙居县旅游开发如火如荼，建成集休闲养生、观光度假、科普教育于一体的国家 5A 级景区，在省内外享有较高的知名度。以景星岩为主题的摄影作品常被选为仙居旅游画册的封面，图中云烟缭绕着绿水青山，亭台掩映葱茏间，一眼望去就是自然与人文完美融合的妙境胜地。

我自景星岩之行后，一直没有故地重游。如今，眼看儿子即将长大成人，寻思着适当时候带他专程踏访一次，因为景星岩上有人生特别的一课在等着他，恰似我凝结初心时的情景。

2019 年 11 月作于雅集楼

守望这片海

一

"你在边防派出所里打篮球，篮球会不会蹦到海里去？" 20 世纪 90 年代初，我刚被分配到与普陀山隔海相望的朱家尖边防派出所，几位同窗好友就不约而同地在信中提出这样一个问题。

我在回信中解释，朱家尖是舟山群岛的第五大岛，比家乡的城区还要大好几倍，篮球有时会蹦进一墙之隔的镇政府，但永远蹦不到海里。

刚加入武警边防部队时，大家都是十八九岁的年纪，经过 3 个月集训后分配各边防派出所，白面书生都被练成皮糙肉厚的汉子。就在别人误以为我身处孤岛茫然环顾大海时，我正身着橄榄绿的警服，意气风发地驰骋在人生的疆场。

舟山群岛由 1300 多个大小岛屿星罗棋布组成，其行政体制是每个大岛兼管周边诸多小岛而设立。当时大多数海岛均未设立公安派出所，边防派出所发挥了绝佳的替代作用，严格的军事化管理且包揽了户籍管理、治安管理、刑事侦查、船舶检查等任务，大大充实了警力。忙永远是边防派出所的主基调，无论白天黑夜，随时一个电话就能打破日常生活节奏，但这些并不会降低我的工作热情。

我选择当边防警，源自两位表哥的影响。大表哥蒋文斌 1978年从军加入驻守安徽合肥的陆军野战部队，1983 年 4 月，中国人民武装警察部队成立，他所在的部队整体改编。正处于桀骜少年时期的我初见有别于解放军的橄榄绿色戎装，顿时萌生了好奇心，缠着文斌表哥问这问那。不久，我在电影院观看了一部反映武警部队的纪录短片，被银幕上武警官兵弹无虚发、擒拿神功、飞车绝技等惊呆了，生发了许多羡慕之情。那一年，东北"二王"特大持枪连环杀人案件震惊全国，大街小巷到处张贴着通缉他们的告示，公安、武警先后出动 3 万多人，跨越 9 个省市连续追捕 7 个多月，终于将这两名罪大恶极的悍匪击毙在一处荒山中。文斌表哥也参与过追捕行动，他绘声绘色讲述围歼"二王"的经过，令我对公安工作充满崇敬。当时，我国处于改革开放初期，百业俱兴，欣欣向荣，"二王"案件一度引起社会恐慌，加上这一年全国刑事案件激增，有些地区发生犯罪团伙大白天公然拦路抢劫、侮辱女青年等恶性案件，严重危害社会治安秩序，促使决策层采取霹雳手段，作出严厉打击刑事犯罪的决定，先后通过三年时间组织三次战役，从严、从重、从快惩治犯罪分子，全面整顿、恢复和加强社会治安工作。

小表哥蒋健在这次轰轰烈烈的"严打"斗争中考上浙江省人民警察学校，毕业后一度在省公安厅机关工作，后主动要求下放基层一线工作，在杭州钱塘江大桥派出所担任指导员。钱塘江大桥是第一座由中国人自行设计建设的双层式铁路、公路两用桥，20 世纪一直作为长江以南的重要交通枢纽，由重兵把守，公安系统的各大警种几乎集结齐全。与钱塘江大桥派出所配合最为密切的是担负全天候守桥任务的武警中队，当时担任中队指导员者恰好就是保卫该桥牺牲的蔡永祥烈士之弟蔡永红，他继承兄长的遗志而从警，长期坚守烈士原来的岗位。蒋健表哥和蔡永红经常在滚滚车流中联合处理各种应急案件，结下深厚的友谊，多年以后工作调动，依然互通建功受奖的消息。

二

朱家尖与沈家门、普陀山呈三角分布，在没有跨海大桥的岁月里，水陆交通兼而有之，每次去位于沈家门的普陀区公安分局出差，当日往返耗费在路上时间太多。为避免我搭乘充满烂鱼味的个体面包车，已领到边三轮摩托车驾驶证的阿涛常会拉风地开着"长江750"送我到凉帽潭码头，我再乘渡船抵达对岸的半升洞码头。比起乘坐风驰电掣的摩托车，我还是喜欢上岸后搭上慢腾腾、晃悠悠的三轮摩的，拂着滨港路咸腥的海风，饱览海鸥翔集、桅樯林立的沈家门渔港胜景。到公安分局办完事，当天下午原路返回会看见滨港路旁早已摆开一字长蛇阵似的海鲜夜排档，绵延好几里，摩登女郎、时髦小伙陆陆续续往这边集聚，而我从未停下来饕餮一番，只想着早点从车水马龙中突围出去，赶上回朱家尖的末班渡船。

比起沈家门的繁华，那时的朱家尖要清冷得多，当地以渔业、农业生产为主，仅有的两条小街空荡荡的，一眼就能望到头。朱家尖旅游资源丰富，山峦、海湾、沙滩风光旖旎，有"东方夏威夷"美称，但是"养在深闺人未识"，适逢一代伟人发表了"南方谈话"，迎来全国加快改革开放的时间节点，获得与普陀山共同创建国家级风景名胜区的机遇。随着诸多工程项目启动，我们"为经济建设保驾护航"的任务越来越重。

1992 年初夏，白山景区发生一场火灾，万能的边防警充当了消防员，和当地干部群众一起前往扑救。我从未爬过如此险峻、崎岖的山，搞得精疲力尽。当浓烟散尽，这才惊艳于奇峰耸翠、怪石林立，处处是大自然的造化、天造地设的地质景观，尤其是眼前呈现一块四面凌空的巨石，形状极像猪头在眺望波涛汹涌的莲花洋，有人介绍这是"八戒望海石"，大家连赞神奇。我们惊叹大自然的鬼斧神工之余，了解到亿万年前天崩地裂，火山爆发，地底下的岩浆慢慢冷却凝固后形成花岗岩，在地质造山运动的碰撞、伸展中形成这些千姿百态的奇岩、怪石和奇洞。

我第二次登白山，是和公安分局治安科的干警带着地形图攀越到山顶，面对山下一览无余的舟山民航机场工地，逐一标注，排查安全生产隐患问题。这一带过去是盛产黄泥螺的海涂，名为顺母渡，每天早上潮水一退，人们就三五成群来赶小海，捡拾摸挖各显神通，美味小海鲜就会装满篮子或塑料桶。然而，向海要地求发展的过程必定有得有失，随着多年来大规模的海涂围垦工程持续推进，赶小海的景象消失了，一个稻浪翻滚、金谷遍野的国营农场和一个凭海临风、向阳花开的共青团中央夏令营基地诞生了，机场项目也从规划图上落地，重型机械像装甲兵团一般隆隆开进现场。

一个闷热的黄昏，我和阿贵在值班室里下象棋，听见班长邱文杰在走廊高呼国明、济军的名字，众人匆匆发动老吉普，拉响警笛呼啸而出。一个多钟头后，他们大汗淋漓地返回，阿贵问："去抓什么人，咋空手回来？"

文杰说："刚才接到报案说有人盗挖乌石塘的石头，我们到现场扣押了两个人和装运的小货车，已交给镇综治办处理。"

"乌石塘在哪儿？是什么样的石头？"我好奇地问。

"就在樟州湾海岸，全是又大又黑的鹅卵石。"济军说，"盗挖的人趁着旅游管理机构还没健全，想偷运到上海当装潢材料卖。"

周末，我和阿贵来到乌石塘，分别见到两个凹形的砾石滩，大片乌黑发亮的鹅卵石呈斜坡状分布，随着浪潮不停涌动，齐刷刷地发出哗啦哗啦的声音，上一波被海浪卷下去，下一波又被海浪推上来，此起彼伏，循环往复。樟州湾有着乌龙报恩变成乌石塘守护苍生的传说，因而自古以来渔家人将其作为神圣的场所，扬帆出海前习惯于在此晒晒网，图个吉祥。我们躺倒在一尘不染的乌石塘怀抱里，沐着习习的海风，听着海浪一遍遍亲吻鹅卵石演奏出大自然壮丽的背景音乐，望着远处帆影点点、飞鸟在海天间自由翱翔，心灵如白云般纯粹。

自那以后，我每当情绪不佳时，就常来乌石塘走走，融入大自然的美妙音画场景中，忘了疲惫，放飞心灵，获得精神的愉悦。

三

在经济建设大潮下，朱家尖人逐渐破除因循守旧、安于现状的观念，积极投身到商业活动，两条小街在延伸、扩张，临街的住宅无一例外地挂起招牌，开办起旅馆、餐厅、商店。

对于社会治安而言，市场经济是一把"双刃剑"，特别是在新旧体制转型过程中尤为突出。当朱家尖首个旅游旺季来临时，游客络绎不绝地涌入，以及外来经商务工人员增多，打破了海岛宁静的生活，喧嚣和浮躁的气氛变得浓郁起来。刚发展为旅游区的硬件配套设施一下子难以完善，软件管理方面也存在不少漏洞，给社会治安带来诸多压力，镇里虽然新招聘了十几名联防队员配合边防派出所工作，但是我们仍然忙得不可开交，常常突击检查工地、旅馆，不时查到社会丑恶现象，抓获外地警方协查通报里的在逃人员，还要处理突发的打架斗殴案件，调解民事纠纷。有个晚上，我们接到电话报警，称一家歌舞厅发生群殴，我和阿涛、老乐各持一根折叠式电警棍火速赶到现场，发现已有人受伤，当机立断将为首挑衅的"长发男"用电警棍镇住并铐在窗台上，一边吩咐群众将伤者送医，一边喝令参与斗殴人员双手抱头蹲下，控制了局面。类似的治安案件处置多了，就会行云流水一气呵成。

在普通群众眼里，警察是"守护神"般的存在，但是干公安工作还是有一定危险性。有一次，我们捣毁一个聚众赌博窝点，现场非常混乱，其中一名涉赌人员暴力拒捕，发疯似的操起一把铁铲砸在老乐头部，老乐当场倒地，鲜血泉涌般染红了警服。我们控制住犯罪嫌疑人，对老乐采取急救措施，并赶紧调来面包车将他送往舟山海军医院急救。一个多月后，暴徒已被绳之以法，剃着光头的老乐又生龙活虎地归队了，还惟妙惟肖地模仿海军医院里的护士们各种表情包，逗得大家开怀大笑。

从警的日子五味杂陈，随时面临突如其来的严峻考验。渔民在海上作业，有时打捞到外海漂来的无名尸体，会第一时间向边防派出所报告，我们就一边用对讲机呼叫公安分局刑侦大队，一边赶到渔船码头做前期调查。但凡第一次瞥见被海水浸泡得腐烂不堪的尸体的，都会忍不住反胃呕吐。虎背熊腰的干事陈龙岳总是叼着烟在现场引导新入行的警员：慢慢地就会习惯了，谁让我们是干这行的呢？

一个寒冷的深夜，大洞岙某建筑工地发生恶性爆炸案件，全所人员立即赶到满是肢体碎片的现场，向公安分局刑侦大队报告案情。由于早班渡船是六点钟以后，我们只能克服恐惧，忍受着刺骨寒风和扑鼻而来的血腥味，保护惨不忍睹的现场。天亮以后，当刑侦大队人马赶到时，我们已经根据现场目测和旁证陈述，初步判定是一名中年男子因家庭矛盾事先身上绑上雷管炸药，闯进建筑工地职工宿舍找到其妻与之同归于尽的案情。通过法医在现场细致勘察并将断肢残体逐一拼接，刑警在犯罪嫌疑人的住处搜查到一封遗书，证实了我们的推断。有了这次经历，我和战友们顿觉金刚护体，浑身是胆，办案也老练了许多，只是食堂里的荤食连续几天根本没人碰，全都喂给了路上捡来养着的那条大黑狗。

我们身处海防前哨，守护的是敞开的国门，因此紧绷神经枕戈待旦，注重情报信息网络，加强辖区的敌、社情分析，凡是发现远洋捕捞的渔船归航，都要去了解海上作业情况，检查有无敌对势力传播的海飘、传单、书籍等。一个初秋的傍晚，我和阿涛、老乐从大青山麓的箬箕湾渔村办事返回，饥肠辘辘，途经青沙海滩边蓦然发现无数只海龟被翻涌的海浪推上来，爬满了沙滩。我们连忙将边三轮熄了火，屏住呼吸，聚精会神观看海龟们扒拉着沙子，各自挖出一个洞穴，趴进去气喘吁吁地产卵。见证这一神圣的时刻，我们忘了饥饿，抬头望见一轮明月像鹅蛋黄一般从海平面绚烂升起，"海上生明月，天涯共此时"的诗意顿时在心中油然而生。

四

我是边防派出所的"笔杆子"，当内勤为主，不像其他战友天天风雨无阻跑外勤，他们带回来的各种新闻常搞得我心里痒痒的。

有一阵子，大家争着去南沙治安警务室蹲点现场办公，皮肤晒得黝黑锃亮还欢呼雀跃的样子让我觉得事出反常。

南沙是朱家尖"十里金沙"景区的中心，那里海水清澈，沙滩平坦，沙粒纯净细腻，摔打滚爬都不觉得疼，难道他们每天在沙滩上苦练绝世武功不成？我接连递了几支烟，从现场办公频率最高的国明、济军这儿问出了究竟。原来，自从南沙建起了海滨浴场，一到旅游旺季，游客令人目不暇接，其中不乏来自天南地北的靓妹；即便是淡季，也常会碰到演艺公司组织演员、模特前来拍摄镜头，有一部电视连续剧还原地取景半个月，让他们过了一把群众演员的瘾。除此以外，海滨浴场附近由中国工商银行投资兴建的淡风林度假村里，服务员正在集中上岗培训，一眼望去全是 20 岁左右的小姑娘。

爱美之心人皆有之。国明和济军究竟是钟情这美丽的海岛，还是钟情美丽的海岛姑娘不得而知，总之他们直到办了退伍手续仍然不肯回老家，在卜所长协调下，当了镇政府的招聘干部，便义无反顾地扎根朱家尖，娶妻生子，安居乐业。

轮到我抽调到南沙执勤，是担任二级甲等保卫任务，哪里还有心思去欣赏那些亮丽的风景线，连续几个小时一丝不苟地坚守哨位，眼观六路耳听八方，汗水湿透了制服后背都全然不顾。好不容易望见一列车队开到跟前，连忙挺直胸膛敬了个标准的军礼，其中一辆中巴车的窗口伸出一只手朝我挥舞，并探出一张我在荧屏上见过多次的笑脸，顿感自己鼻子一酸，泪花模糊了双眼。

随着朱家尖开发规模越来越大，前来视察的高级领导也越来越多，这使我有多次机会参与安保工作，阅历变得越来越丰富。

就这样，我在朱家尖度过 700 多个忙忙碌碌的日日夜夜。此后，我参加了海上缉私清剿行动。许多个寂寞的早晨，战友们在登陆艇甲板上任海风劲吹，也不在意浪花飞溅在身上，眺望着波涛起伏的海面仿佛无数莲花开放，鱼群在浪涛里跳跃，海鸥在海空翱翔，一起迎接绚烂的海上日出，生发出"大浪淘沙始见金"的豪迈之情。

相比在茫茫大海上的寂寞时光，晕船不知要可怕多少倍。远离本岛的海域无风三尺浪，一旦遇上强风，那翻天覆地的巨浪无休止袭来，登陆艇顿时就像一片叶子，我们仿佛一群蝼蚁，在剧烈摇晃中头晕目眩，把黄胆水都吐出来了。但是，经验丰富的老边防说，越是恶劣的天气，走私船铤而走险的概率就越高。猎手与狐狸较量除了拼智慧，还要拼毅力。

缉私战场上真正短兵相接的过程比较简单，没有影视片里硝烟弥漫、惊心动魄的场景，两艘登陆艇在距公海不远处包抄了一艘烟草走私船，船艇在此起彼伏的风浪中靠拢又分开，分开又靠拢，每次都有一瞬间的跳帮机会，但稍一迟疑就有可能掉进海里，在两船夹击中轻则致残，重则丧命。所幸全副武装的我们都标准地完成了这个动作，那些被吓傻的走私分子只好在船舱里束手就擒。

缉私回来后，一纸命令将我调往舟山群岛的第三大岛六横。当渡船驶离朱家尖凉帽潭码头时，我发现海洋浅水区域已经搭建了钻孔桩施工平台，沈家门至朱家尖的跨海大桥工程开始进入试桩阶段，想到自己和战友们为这座海岛倾注不少心血，洒下无数汗水，心里感到一阵热乎，也感到依依不舍。

五

我退伍以后，逢公事出差机会回过几次舟山，感受到第二故乡日新月异的变化。数年前的仲夏，我开着商务车载着一家老少专程重游已成为国家级风景名胜区的朱家尖，徐徐怀旧，细细恋新。当年长途跋涉来海岛看望过我的父母，感慨这全长三千余米的朱家尖海峡大桥让沧海变成坦途。

经过蜈蚣峙码头、民航机场、白山观音文化苑等处，我特地将车开得慢一些，让二老找寻一下过去的记忆。乌石塘仍然透散出一片乌黑发亮的光泽，大青山仍然是一片绿水青山，而大洞岙一带成了繁华的街市，东沙的海景别墅林立，南沙度假酒店、民宿、餐馆鳞次栉比……处处都是绿色发展的真实写照。

我们经过南沙的一个规模较大的餐馆门口，留着络腮胡子的老板在热情招揽生意，当他瞄了我一眼后，惊喜地喊出当年的称呼："王警官。"我一愣，只听他说："我是阿龙呀，过去老是混社会，多亏了你的教育，现在我开饭店干了十几年，生意还不错。"我虽已经忘记了"阿龙"是谁，但还是礼节性地祝贺他生意兴隆。

南沙海滩正逢一年一度的国际沙雕艺术节如火如荼进行中，我赤脚踩在满地的沙子上，欣赏着每一件作品，找回无比亲切的感觉。曾经和阿贵在这里奔跑、冲浪，互相把对方埋进沙子里，只露出个头仰望蓝天，傻呵呵地大笑，扯开嗓门歌唱，畅谈理想，谈爱情，谈事业，甚至谈生死，青春真是豪迈、洒脱。

此刻，头顶的苍穹之上有一架民航客机飞过，我想起当年阿贵发出"人生天地间若白驹过隙"的感叹。海浪自远处哗哗地涌上海滩，漫过我的脚背，留下一圈圈白色的泡沫，又轻轻地退去，好似人生的起伏沉浮，使我情不自禁哼起那首《爱拼才会赢》的老歌。

六

"叔叔，这是我平生获得的第一面锦旗。"微信里，赫然出现堂侄子王钧波接过群众送锦旗的照片，他身着藏青色公安警服，多了几分成熟干练。

堂侄是时代的幸运儿，2016 年冬季应征入伍当上边防武警，戍守有上海城市后花园之称的中国第三大岛崇明岛。2018 年末，公安边防部队改制，现役官兵退出武装警察部队序列，成建制划归当地公安机关。经过考试，一部分成绩优秀的士兵转为公务员编制的公安干警，双肩佩戴银光闪亮的警衔，他就是其中之一。

此后，他在崇明三岛距大上海最近的长兴岛依水园派出所工作，辖区青草沙水库为全国最大的江心水库，也是上海城市供水的主要水源地。他深感责任重大，铆足了劲积极工作，不断提升自己，夜深人静时远眺大上海的万家灯火，常在微信中和我这个老边防警谈思想、聊人生。我从他身上看到自己青春年华的影子，记忆不由自主地闪回到过去的从警岁月。

2019 年"八一"建军节，中国台州网发布光荣榜，新兵连睡在我下铺的战友叶辉肩佩上校警衔的照片赫然出现榜首。他从警近 30 年，踏遍了浙江沿海的海域、岛屿，一直在"蓝色国土"上风雨兼程，公安边防部队体制改革时他转到浙江省海警总队任副参谋长，因带队成功侦破一起特大走私案件，荣立二等功。那年国庆长假期间，叶辉难得有两天时间回老家探亲，几位老战友欢聚在海鲜大排档，满腔热忱地谈论中华人民共和国成立 70 周年大阅兵的壮观场景，一致希望他争取参加 10 年后更宏大的国庆阅兵式，让大家借借光，添添彩。

那晚和叶辉道别，我蓦然想起自己离队时，与他共唱《真心英雄》的情景，情不自禁地写下一首诗《我是枪》：

我是枪
一把铁骨铮铮的冲锋枪
远离霓虹灯闪烁的港湾
驰骋于怒海狂涛
为民族复兴保驾护航

我是枪
一把退役的五四式手枪
身躯虽然老去
忠诚永不褪色
铁血熔铸的胸膛里
始终装着一颗
滚烫的子弹

有了边防警营不平凡的经历的人，骨子里就多了坚韧不拔、迎难而上的精神，把各种挫折都看成小菜一碟。近 30 年来，离开警营的战友们凭着永不言败的自信，各自实现了人生的价值。

现在，我把这首诗分享给堂侄子，希望他接力我们的梦想，恪守内心的从容和淡定，尽情挥洒热血汗水，谱写自己的青春诗篇。

2022 年 1 月作于墨庄

突出重围

2022 年 5 月 2 日下午，一声突如其来的霹雳将私家车里的我从梦中打醒，其山崩地裂般的气势令我心跳加速。车窗外，大雨依然哗哗啦啦下个不停，透过雾气弥漫的玻璃，只能看见四周呈现一片朦胧的绿意。

若非车行半路遇上不期而至的瓢泼大雨，我不会随意停靠在村道边，更不会在车上呼呼大睡。这一年过得特别累，儿子高考冲刺，二老先后患病住院动手术，新买的房子装修……各种烦琐事纷至沓来，正逢知天命之年的我循环奔波在家庭、学校、医院、单位、陪读公寓、装饰市场之间，应接不暇，成了不敢停、不敢累、不敢垮的"马拉松运动员"。

86 岁的老父亲在台州医院东院区做了胃间质瘤切除手术已 4 天，距儿子高考倒计时还有 35 天，而医院和陪读公寓之间足有 30 多公里的路程，中间是临近东海岸的几个乡镇。我在这一头当孝子，在另一头当慈父，疲于奔命。手术当天，由于医院实行常态化防疫管理，只允许一名家属守在手术室外，我在那儿徘徊了三个多小时。手术结束后，病房只能一人陪护，禁止探视，我们雇请了专业护理员，保持电话联系。老父亲术后一段时间无法正常进食，整天平卧位插胃管接受营养输送，难受程度可想而知，加上他的脾性越来越"返老还童"，常趁人不注意把长长的管子从咽喉里拔出来，引起自己干呕不止，医务人员因此手忙脚乱。不仅如此，他还不时吵嚷着要回家，我只好与护士长软磨硬泡，几次三番与护理员换班进入病房，煞费苦心稳定其情绪。有时候，我白天才把老父亲哄得安心，半夜三更却在陪读公寓接到护理员的电话，说老爷子又不听劝告，执意自己下床走动，身体产生震动不利于伤口愈合。我怕吵醒住在隔壁房间的儿子，连忙披衣而起，拿着手机去厨房通话，直至劝导到口干舌燥，睡意顿消。

那天下午，我要去接儿子放学，抓紧吃了晚饭还要送他去培训班补课，于是在医院把"接力棒"交给姐夫，急于赶往学校。东部沿海地区春夏之交多雨潮湿，原本还是天晴闷热，半路上却乌云密布，狂风大作，不一会儿便大雨滂沱，挡风玻璃外的视线一片模糊。我将车靠边停好后，调节驾驶座椅靠背，半躺着歇息。身体往后仰的刹那间，眼皮已在打架，一股疲惫感袭遍全身，顿时昏昏沉沉地睡去，梦境似电影镜头，闪回我和儿子腾渊之间产生"代沟"后诸多摩擦的片段。尤其是处于叛逆期的腾渊，上高二时接连因在校玩手机被老师发现，副班长职务被撤，连我也被学校政教处约谈。事后，腾渊当众顶撞班主任："既然犯小错误都要受重罚，为什么我为学校争光却得不到一点奖励？"他所称的"争光"是文章入选中宣部学习强国平台主题征文，在全省中学生写作竞赛获得三等奖，按理说提出这样的质疑并非"大逆不道"，恰逢班主任是一位初出茅庐的女教师，不擅长做思想工作，恼恨腾渊不知悔改，竟简单粗暴地把他生物课代表也撤了，师生关系顿时几近冰点。从此腾渊"破罐子破摔",上课走神,在作业本上写满了放飞想象的网络小说,导致成绩直线下降。我作为学生家长,虽对学校以惩戒为主的教育理念颇有异议,最终还是选择隐忍,但这种憋屈感诱发我常犯偏头痛,在六神无主之时想起工作中认识的台州双语学校总校长洪仙瑜,遂向他请教对策,这位全国劳动模范、全国特色教育先进工作者宽厚地一笑说:"我们的校训是和而不同、有容乃大,孩子写作好,说明有上进心,可塑性强,不用担心的,交给我吧。"于是,腾渊在高中最后一年从黄岩二中跨入台州双语学校当借读生,家校之间的距离由先前的3公里变成此后的20多公里。

刚借读时,腾渊寄宿在学校,周遭陌生的环境、生疏的面孔,以及紧张的学习气氛令他无所适从,焦虑的情绪压得他连连失眠。开学第四天,腾渊就在学校打电话给我,迫不及待地想找医生心理疏导。我帮他请了假,一起来到台州恩泽医院。

"我就像汪洋大海中的一条小船,在浓雾弥漫的黑夜航行,看不到任何光亮,找不着一点方向。"我在门外断断续续听到腾渊向医生倾吐的话,心如刀割,却在他面前装作若无其事的样子。那位姓张的中年女医生和蔼可亲,教他学会自我缓解压力的方法,开了点安神补脑的药,还悄悄告诫我对孩子多一些理解、陪伴,少攀比成绩和强调结果。

高三第一次摸底考试是在开学的第二个星期进行,腾渊语文一考完便打我电话,称不想参加其他几科考试。我慌了神,赶忙跑到学校找班主任李老师,李老师一下子看出端倪,说:"腾渊刚将2门选科更换了,一时成绩提不上去,是怕出糗的心态在作怪。"我与李老师耐心劝导他,但他始终执拗不改,无奈之下,我只得找洪校长诉苦。洪校长顾不上吃中饭,通知李老师约腾渊来办公室,和颜悦色地与他谈心。了解原委后，洪校长表示理解腾渊的苦衷，相信他会努力进步，当场同意他此次只考主科，不考选科，把他感动得涕泪交加。自那以后，腾渊从心底将双语学校认作母校，学习自觉勤奋起来，我则在学校附近租房，开启了陪读模式。

这期间，房子装修的事有赖于妻子操持，她是高级工程师，平时工作忙忙碌碌，8 小时以外很想静静地过日子，却常为居住在公共设施落后、各种噪声混杂的老旧小区而苦恼，换新房就成了改善生活质量较为迫切的问题。

我从电闪雷鸣中醒来时，全身大汗淋漓，伸了个懒腰，长叹了口气，不由得回想起自己在垂直管理的国土部门干纪检监察 16 年之久，勤勉精进，如履薄冰，一幕幕往事五味杂陈，头脑里浮现出自己监督检查、调查取证、接待群众、加班写材料、立功受奖等画面，逐渐变换到秉公办事遭受干扰，婉拒请托被人嘲讽，车底下被人偷偷安装了定位追踪器，家人埋怨"何必得罪人"等情景……胸中意难平。初任正科级职务时，在全系统同级中最年轻，但因多年陷于事业"瓶颈"，数次错过进一步提拔的机会，熬成同级资历最老的干部，直至机构改革、部门职能合并重组才晋升为副调研员，协助分管一些综合性事务。而今，我跨入 50 岁的关隘，血压升高、视力下降、体重增加、睡眠不佳、记忆力衰退等问题接踵而来，体检报告里各种小箭头上窜下跳，又要面对上有老、下有小的家庭状况，深感承载的责任变得越来越沉重，中年危机似乎已漫进体内，恍若眼前风雨交加的情形，产生了一种无助感。

渐渐地，挡风玻璃外的景物变得清晰起来，牛毛细雨纷纷洒落在田野里，产生雨花涟涟，成片齐刷刷的秧苗生机盎然，好像一望无垠铺陈的绿地毯。

突然，一阵隆隆作响的声音传至耳畔，我放下车窗探出脑袋，瞥见一名身披雨衣的中年汉子正驾驶着一台翻耕机，在不远处的几亩尚未耕种的农田里来回穿梭作业，长满杂草的土壤留下一条条线谱般的耕痕。更令我惊诧的是百余只头部橙黄、羽毛洁白的牛背鹭纷纷翔集而来，一点儿也不惧怕机声的嘈杂，反而紧跟着翻耕机的行进节奏在周围嬉戏觅食，构成了一幅人与自然和谐共处的生态画卷。

我情不自禁地下了车，撑起雨伞走到田边仔细观察。

"师傅，它们真像你家养的宠物，为什么会不怕人？"我大声对那汉子说。

汉子听了，将翻耕机速度放慢，让机声变低了些。他笑呵呵地说："这些鹭鸟啊，过去专门与水牛做伴，水牛犁田翻出藏在土里的泥鳅、蚯蚓、昆虫，成了它们的美食，后来'大铁牛'代替了水牛，它们很聪明，晓得与时俱进，一听见机器响声就主动飞过来。"

"咦，别人家的稻田都已经完成春耕春种，你家怎么才开始呀？"我疑惑地问。

"还不是忙呗，我们平时在外地做生意，两个孩子分别上初中和小学，都交给老人管。"他刮了刮雨衣上的泥水说，"老人年纪大了，身体越来越差，干不了农活，所以我这几天特地回来抓农时赶春耕。"

"生意还好吧？"我问他。

"传统生意越来越难做啊。"他说，"毕竟我们开夫妻店，什么活都自己干，人工成本节省，赚大钱不可能，养家糊口还行。"

"家家都有家家的难处，咱们中年人不容易啊！"我似乎找到共鸣者，心情舒畅起来。

"是啊，该来的，不该来的，都要面对。"他长吁一口气说，"最重要的还是我们自己身体健康，才能当好家里的顶梁柱。"

"对的，只要我们身体健康，心态良好，全家就有希望!"我微笑着赞同。

雨后初晴，拨云见日，碧蓝的天空竟然出现一道彩虹，犹如七色天桥横跨于田野上。我望着汉子开着翻耕机远去的背影，和煦的阳光为他全身披上橙黄色的光环，仿佛赐予一股神秘力量，让他顷刻间变身为铠甲勇士，不惧命运无常，驾驶战车迎风而上，突出重围，奔向绚烂的彩虹。他的身后，那群牛背鹭不时扇动翅膀轻舞翩跹，似乎为他喝彩鼓劲。

湿润的空气中充溢着新鲜泥土的气息，散发出淡淡的青草味，我不禁想起阳台上两只装满土壤的泡沫箱里栽种的向日葵，那是我和腾渊在早春时节撒播种子，它们从萌芽到长成幼苗，再到枝叶繁密，而今纷纷含苞待放，在高考前定将灿烂花开。向日葵以"夺魁"的谐音，代表着阳光开朗、积极向上，饱含一种美好的祝愿。

生活就是这样，心存希望，豁然开朗。我回到车里发动引擎，一路播放着动感音乐，行驶在风景如诗如画的路上。

2023 年 8 月作于雅集楼

军马的故乡

越野房车穿过张掖宏大壮丽的七彩丹霞地貌群、狭长岑寂的河西走廊、巍峨绵延的祁连山，在驰出峭壁夹峙的扁都口峡谷时，豁然开朗，祥云舒卷的湛蓝天空下，青碧无垠的山丹大马营草原呈现在眼前。

数年前的盛夏，我和亲友租驾房车沿着大西北青甘小环线旅行，饱览"丝绸之路"中段独特绝美的自然风光，寻访古战场遗址，激活血液里的英雄情结。

车子进入大马营草原，便在砂石古道中缓行，两旁出现朱紫泼彩似的格桑花田，叠翠铺金般的油菜花海，澄澈如镜的湖泊河流，宛若珍珠撒满山丘的羊群，像雕塑着沧桑岁月的烽燧。繁茂的燕麦草丛中，几匹浅棕色的烈马奋蹄撒欢，鬃发和尾巴飘逸飞扬，像风一样自由。

我们几次三番驻足畅游摄影，以至于抵达焉支山麓的山丹军马场度假营地时天色将晚。夕阳的余晖将此间风物镀上一层琥珀色，恰如其分浓缩了大西北的雄浑瑰丽，我的思绪不自觉地被引入久远的时空，耳畔仿佛传来风卷战旗的猎猎声、征战的号角声、纷杂的马蹄声，脑海的蒙太奇浮现出汉匈战争、唐击吐谷浑战争等场景。

　　围坐在桌前，我们学着豪爽的西北人高声谈笑，开怀畅饮，大快朵颐。与营地管理员攀谈得知，祁连山北部盆地养马的历史最早可以追溯到3000多年前的西周时期，山丹军马场则是西汉骠骑将军霍去病所建。2100多年前，霍去病大破匈奴，攻克焉支、祁连两山，收复河西走廊，封狼居胥，一举打通横贯欧亚大陆的"丝绸之路"。随后，汉武帝下令沿河西走廊建造长城，设立张掖、酒泉、武威、敦煌四郡，拉开了中国对接世界的大格局。冷兵器时代，骑兵是战斗力最强、机动性最高的兵种，深谙此道的霍去病在焉支山、祁连山之间2200平方公里的大马营草原屯兵戍边，牧养战马，建立这个地跨甘青两省、毗邻三州六县的皇家军马场。从此以后，山丹军马场引进了无数西域名马杂交改良，驯养出的战马伴随历代将士驰骋在边塞苍茫的土地上，抵御外敌，开疆拓土，见证着中华民族的崛起。这个世界上历史最悠久、规模最大的马场，凝结着历史厚重感和沧桑感，难怪会让人不经意间产生一种浓烈的穿越感。

　　据说来到山丹军马场，不可错过观赏"万马奔腾"的盛况。次日，当太阳从地平线上升起时，我们就在营地外的道路旁翘首以盼。随着国防现代化建设的推进，骑兵已退出了历史舞台，军马场在21世纪初也实现了"军转民"的嬗变，整体移交给上市的大型农牧企业中牧集团，得以踵事增华。终于听见远处响起一阵唿哨声，牧马人纷纷吆喝着将各自的马群驱赶出来，一匹匹膘肥体壮、没套鞍上嚼的骏马依次井然有序地行走，络绎不绝。大家都不懂相马术，无法识别马的品种优劣，仅仅凭借马的皮毛颜色煞有介事地评论，将它们分别归类到古典文学里名将的坐骑上，报出项羽的踢雪乌骓、赵子龙的照夜玉狮子、关云长的赤兔马、秦叔宝的黄骠马、尉迟恭的抱月乌龙驹、程咬金的铁脚枣骝驹、李元霸的万里云龙驹、林冲的霜花马等一连串名儿。

不到半个钟头，营地附近就集中了上千匹马，各马群的领头马昂首嘶鸣着，带领自己的队伍散向青草地悠悠吃草，靠得近些甚至能听见它们鼻孔发出一片"呼哧呼哧"的响声。原本想象"万马奔腾"是气吞山河，势如攻城略地、夺关拔寨，扬起滚滚尘烟的场景，哪知道马儿们吃饱后，有的去湖边饮水，有的跑向小树林嬉戏，有的互相蹭蹭脖颈，有的兀自在泥地里打滚，活生生的一幅《马放南山图》。

既然来到军马场，那便不能错过骑马的体验。几位牧马人早就准备了十几匹套鞍上嚼的高头大马，这些马儿体形匀称，雄健剽悍，任我们挑选，我选了一匹体型很帅气的白花马，与大家各自踩镫攀鞍上马。一位身穿迷彩服的汉子骑着一匹黑骏马慢悠悠地引领着，众人坐在马背上摇头晃脑地徐徐跟进，马脖子上挂着的铃铛一路响个不停。穿过郁郁葱葱的草地、森林，登上高低起伏的山丘，脚下满是鲜嫩的野生蘑菇，更有大片大片娇艳的山丹花向阳而开。在高处驻马远眺，好似鹰隼雄立俯瞰，视野所及一览无余，只见连天碧草的牧场上，散开的羊群恰似流动的云朵；数个水天一色的湖泊，仿佛一颗颗镶嵌在草原上的蓝宝石，不计其数的飞鸟在湖畔栖息；弯弯曲曲的河流，由青黛色的焉支山潺潺溪流汇聚而来，犹如缠绕草原的一条玉带，滋养万物生长。这里真的是马匹繁衍、生长的天堂。

中途离鞍下马歇息时，我请教那位"迷彩哥"，一行人骑的究竟是什么品种的马。他黝黑的脸上绽着微笑说，现在这里养的马都叫"山丹马"，速度和耐力非常优良，那是长期引进阿拉伯马、英纯血、顿河马、汗血马等杂交改良培育而成的军马新品种，20 世纪 80 年代初曾获得国家和军队科技进步一等奖，是当时解放军骑兵部队的主要马种，现在则是民用驮载、骑乘、竞技的良骥。我推算，当年山丹马正在培育的时候，影响了整整一代人的电影《牧马人》恰好在山丹军马场取景拍摄，故事以下放牧场劳动的知识分子许灵均与离别 30 多年的华侨父亲在北京相认为主线，回忆了牧区生活的艰苦和身边人们的真善美，他舍不得离开现代化建设中的祖国，毅然放弃了海外丰厚家业的继承权，返回了牧场与家人团聚。艺术来源于生活却高于生活，也许正是有了很多像许灵均一样默默无闻、淡泊名利的科研人员，才会迎来山丹马的横空出世。

听说山丹军马场"军转民"后，人们在保护草原自然生态的前提下，选择适宜开发农业的低平处种植春小麦、大麦、青稞、豌豆、油菜等，栽培了许多人工草场，除了养马和养羊，还养殖牦牛、奶牛、毛驴、白唇鹿、梅花鹿等经济价值较高的牲畜，圈养了家禽，他们就像《牧马人》里的女主人公李秀芝一样，对生活充满激情，蕴含着极大的活力，以执着的信念、勤劳的双手摆脱贫穷，创造自己幸福的生活。

骑马回程中，我努力将身体前倾，紧抓缰绳，接连发出"驾"的指令，白花马就是一副撒不开腿、使不出劲的样子，令我不禁纳闷起来。"迷彩哥"解释，驯服了的马极通人性，对人有着契约般的忠诚，它们非常聪明，能识辨骑手的水平，先要确保"菜鸟"的安全，倘若发现你是个喝醉酒都能稳坐马背打瞌睡的高手，它必定会带你纵横驰骋，追星赶月。说罢，"迷彩哥"双腿一夹马腹，黑骏马便向前一跃，疾速飞驰，转瞬间消失在我的视线之外。过一会儿，"迷彩哥"纵马复返，在我前面两三米处潇洒地一勒缰绳，那黑骏马扬扬得意地长嘶一声，两只前蹄腾空而起，落地以后即消停下来。

此刻，我不由得想起甘肃博物馆的镇馆之宝汉代铜奔马，一匹骏马矫健腾空，昂首扬尾，一只蹄正踏在凌空展翅的飞燕上，精妙绝伦的雕塑艺术，把天马行空的意境表现得淋漓尽致，充满豪放、浪漫色彩。这尊铜奔马出土于"河西四郡"之一的武威雷台汉墓，它的原型无疑来自山丹军马场。

自古以来，我们的先辈十分崇尚马文化，以马为吉祥、完美的形象，胜利、成功、英雄的象征，马亦被视为一种昂扬向上、威武不屈、奋发有为、自强不息的进取精神，这也是灿烂的中华传统文化的重要组成部分。我望着山丹马矫健的雄姿，会意到它们无疑就是中国马文化的代表，融入并渗透在中华民族的灵魂之中，承载着一代又一代人抒发家国情怀，扛起时代担当，实现民族复兴的梦想。

2021 年 12 月作于墨庄

父亲的高粱酒

庚子年末，耄耋老父心脏有一根动脉血管出现堵塞，在医院做了冠状动脉造影和支架植入手术。这本是比较平常的老年病，父亲却在出院半年来一直茶饭不思，以往油光锃亮的脸上渐渐失去了光泽。

母亲看透父亲的心思，无奈地对我们姐弟仨说："老头子当了大半辈子军人，身体一直硬朗，从不跟医院打交道，第一次住院心里过度紧张，以为自己生了重病。"

这期间，家人轮番劝导仍然起不了丝毫作用，执拗的父亲总是精神萎靡地靠在摇椅上喃喃自语："老了，没啥用了。"

转眼临近建党百年的纪念日，我和妻儿趁周末去看望父母，一进屋竟发现父亲瘦削的脸上神奇地泛起了红晕。父亲有意挺直腰杆，好让我看清胸前挂着的那枚金灿灿的纪念章。

"瞧，全国 50 年以上党龄才有资格获得，我党龄已经 62 年啦！"父亲掩饰不住内心的喜悦，"昨天，党支部书记专程上门来给我授章。"

"爸，这是全家的光荣啊！"我捧起这枚"光荣在党 50 年纪念章"欣赏起来，"等会儿咱们喝几盅，庆祝一下。"

这时，擅长烹饪的二姐已在厨房里张罗着。她从橱柜里翻找出两瓶包装陈旧的酒瓶，好奇地问："爸，这酒很多年了吧，要喝吗？"

"哎呀，我的宝贝高粱酒，别乱动。"父亲脱口而出。

"高粱酒，是 52 度高度白酒呀。"二姐说着闻了闻酒瓶，"嗯，有香味。"

"快拿过来，这是老茂送给我的。"父亲急得站起来，涨红了脸，颤巍巍地要过去抢夺。

我连忙扶住父亲。父亲戴上老花镜，双手郑重地接过二姐递来的酒瓶反复擦拭，端详。好一会儿，父亲扬起头，眼眶湿润地说："我们一别几十年，见面时都老了。"

满脸沧桑的父亲打开了话匣子。往事碎片正逐渐拼接成完整的故事，里面是他的成长历程、流金岁月……

父亲出生于浙东台州沿海，那年正逢日寇全面侵华，兵荒马乱；年幼时，爷爷病亡，父亲成了随奶奶改嫁的"拖油瓶"，来到黄岩县横街乡，童年就替地主放牛、割草。所幸他结识了邻家大哥老茂，经常一起捉鱼、捕鸟、掏蜂巢、斗蟋蟀，度过一段穷开心的日子。

新中国成立初期，闽浙沿海匪患仍然十分猖獗，败军残部勾结海匪盘踞在星罗棋布的海岛上，经常劫掠过往船只，破坏海上交通及渔业生产。老茂第一次跟渔船出海就杳无音信，和他订过娃娃亲的阿花为此终身不嫁。

人民解放军持续不断进剿，攻克不少敌占岛屿。1954 年，解放军源源不绝地开进横街乡，建成军用机场和大片营房。次年年初，一发发炮弹轰鸣出膛，一架架轰炸机呼啸升空，一艘艘舰艇乘风破浪……我海陆空三军联合发动解放一江山岛渡海登陆战役，以摧枯拉朽之势全歼岛上守敌，周边岛屿顿时失去外围屏障，所有目标都暴露在我军大炮的射程之内。大势已去的残敌裹挟数万海岛居民登上军舰，仓皇败退至海峡另一边的宝岛上。至此，东南沿海岛屿迎来真正的解放。父亲当时并不知道，他儿时的朋友老茂就在被迫渡海流落他乡的人群里。

这个重大历史事件影响了父亲一生。他告别亲人，热血沸腾地追随滚滚时代洪流，成为守卫东海前哨的一名海军炮兵。后来，他在福建边防前线经受了血与火的考验，被提升为副排长。

父亲在第二年被部队选送南京炮兵学校学习；第三年回家探亲，与在供销社当营业员的母亲一见钟情；第四年炮校毕业，升任排长，迎娶母亲……

母亲笑吟吟地走过来对我说："你参军去武警部队以后没多久，失踪40多年的老茂竟然回老家探亲来了，这两瓶高粱酒就是他送给老头子的礼物，老头子一直当成宝贝疙瘩珍藏着。"

父亲回忆，从1988年开始，大陆积极推进两岸交流终于得到响应，陆续迎来海峡对岸同胞由第三地辗转而来的探亲团。没念过书的老茂直到1991年才费尽周折与老家亲人取得联系，转道跨越几千里回到故乡。当年他出海遭遇海匪，整船人与渔货都被强制扣留了，与亲人天各一方，身不由己。从前的小伙子回到家乡时已两鬓霜花，终于见到快熬成花甲老太的阿花，千言万语化作抱头痛哭。

久别重逢，父亲请老茂来家中小聚，精心炒了一大桌好菜。老茂从背包里取出一个金黄色的盒子相赠，里面装的便是这两瓶高粱酒，父亲喜滋滋地接过来塞进橱柜，然后捧出家乡最有名的白酒宁溪糟烧招待。两人细斟慢酌，又是笑又是哭又是唱，喝得眼饧耳热。意犹未尽之际，老茂娓娓讲述了他与高粱酒之间一段不寻常的缘。

那是抵达海峡对岸的第三年冬天，在船上辛苦打工的老茂积攒了一点钱，他从渔人码头上岸购物，看见一家高粱酒酿酒作坊热气升腾，酿酒师傅们正在蒸锅前进行起锅、出糟、晾晒等工作。空气中弥漫着高粱的香气，又带有一丝糯米的香味，久而不散，他闻着有一种特别愉悦的感觉。酿酒作坊老板是陕西人，他招呼过往的人都来尝一口这晶莹剔透、清香扑鼻的高度高粱酒，说酒里有故乡的味道，喝了不会上头，浑身热乎乎的。老茂也试着端起碗品尝，高粱酒入口浓烈而不辣，甘洌香醇，回味悠长。他十分认同老板的话，也敏锐地捕捉到商机，倾囊采购十几箱高粱酒带到船上，运至下一港口出售，结果不消片刻便被抢购一空。

于是，老茂干脆改行当高粱酒经销商，定购高粱酒雇船装运到各个城镇，所到之处均供不应求，生意越做越大，许多阔别故土的人成了回头客。大家都说，喝了高粱酒，感觉到一种温暖和亲切，带来了放松和舒适，能消除疲惫，宽慰思乡的心灵。无论是在亲友聚会还是重要的节日中，高粱酒逐渐变成人们餐桌上不可或缺的饮品。

老茂摇摇晃晃地凑近我父亲，说自从他打开了高粱酒销路，酿酒作坊也越做越大，发展成了当地最大的酒厂，后来酿酒学徒们出师了自立门户，岛上高粱酒厂办得越来越多，各自注册了品牌。

中国所有的优质白酒似乎都离不开高粱，自古高粱被称为"白酒原料之王"。随着高粱酒产量逐年提高，原料的需求量也越来越大。老茂向酒厂老板们建议，为了避免同行业原料竞争，成立商会，统一收购高粱，以明显高出水稻、小麦、玉米的价格收购高粱，提高当地农民种植高粱的积极性。由于高粱耐旱、耐涝、耐瘠，易种易管，产量高，在较恶劣的环境条件下也能栽培，岛上农民非常乐意，加上来自大陆的高粱种植能手参与，高粱种植面积扩大，稳健走向产业化发展。有些地方所产高粱具有颗粒小，表皮较厚，蛋白质成分高，酸和脂含量较普通高粱高，更成为优质高粱酒的基础原料。

老茂最喜爱天统牌高粱酒，他说华夏盛世秉天时、得地利、应人和，乃是天意。高粱酒里确实有故乡的味道，多少人是喝着酒，流着泪，眺望大陆的方向，寄托思乡的情感。

老茂首次回乡探亲的翌年，海峡交流基金会、海峡两岸关系协会达成"坚持一个中国"原则为核心内容的"九二共识"。又经过多年磨合，两岸在新世纪之交打破封锁，实现了小规模的通邮、通商、通航，俗称"小三通"。2008年11月，两岸迎来"大三通"时代，台州玉环大麦屿港海上航线和宁波栎社机场民航客机均可直通宝岛，从此老茂每年数次往返，探亲之路越来越便捷。

新中国成立70周年的前夜，重病缠身的老茂在宝岛的医院离开了人世，临终时念叨着"回家，回家"。他的儿女遵照遗嘱，将其骨灰送回故乡埋葬。

"可惜，老茂生前没等到真正回家的那一天。"父亲喃喃地说。

"爸，我知道您有个心愿，希望有生之年亲眼看到两岸统一。"我趁机鼓励父亲，"所以，您要坚定意志，吃好睡好，健康长寿，别留下遗憾。"

"好，我要在那一天喝老茂送的高粱酒，来和你们一起庆祝。"父亲认真地说着，眼睛里泛着光。

2023年1月作于墨庄

老母亲的抖音时代

　　母亲步入耄耋之年，依然耳聪目明，闲不住的她，读书看报看电视一样不落，大到天文地理、小到鸡毛蒜皮都要关心，操持起家事更是乐此不疲。然而，去年一场意外导致她摔倒后颅内出血，经过抢救手术才挽回生命。康复休养期间，她对各种噪声极其敏感，焦虑、烦躁加上伤口的疼痛，严重影响了她的睡眠质量。全家人一筹莫展之际，妻子送给她的智能手机竟然成了"仙丹妙药"。

　　母亲在康养期间，不仅学会了微信聊天，还学会用手机看新闻、看网络小说、听戏曲。每天睡觉前，总要刷上个把小时的抖音，没想到这居然起到了安神助眠的作用。

　　善于主动学习，能快速接受新知识、新事物是母亲这辈子最大的优点，也是她人生不断实现逆袭的源动力。

　　母亲童年的背景音乐，全是织布机"呱嗒、呱嗒"的声音。母亲还不满一周岁时，外公因病撒手人寰，年轻守寡的外婆领着两个女儿在浙东沿海老家相依为命。家无男丁，孤儿寡母尝尽了世间的人情冷暖。苦难的岁月里，外婆的织布机不分昼夜地飞梭走线，才撑起生活的一片天空。

母亲6岁就学会烧饭、干农活和帮外婆纺线；7岁无师自通学会打架，能把欺负自己的熊孩子打得屁滚尿流；8岁能把欺到门上、尖酸刻薄的邻家妇人骂得躲回自家屋子——独立、泼辣是母亲保护自己和家人的铠甲、盾牌，由于出了名，就连学堂上的小霸王也不敢招惹她。

由于生活贫困，母亲小学没毕业就辍学学做小百货生意，用来贴补家用。每逢集市，她都会步行十几里路去赶集，批发些针线、手套、袜子、铅笔、发卡、皮筋、纽扣等物品，在自家临街的门面上售卖，以换取微薄的收入。

早些年，无论遇到什么困难和干扰，母亲从未停止过小百货生意，性格也变得更加坚韧。有一回赶集，她与结伴的人走散了。恰逢突降暴雨，一片昏暗中，她一个人背负包袱往家赶。经过"天心狐狸"的山脚时，民兵岗哨的班长见一个小姑娘淋成了"落汤鸡"，怕出意外，就派人护送我母亲到了家。浑身湿透的母亲又冷又饿，在门口翘首以盼的我外婆见状心疼得直哭。

母亲16岁那年，适逢公私合营，于是她告别小商贩的身份，成为镇供销社营业员，吃上了"公家饭"。两年后的一天，母亲遇见了一位解放军青年军官，这位"最可爱的人"在挑选钢笔，见他一时无法抉择，母亲就热情地做起了介绍。对方付了钱，还磨磨蹭蹭不走，母亲彼时情窦初开，心里忽然有了一种悸动。

翌日，家里来了一位媒婆。原来，那位解放军军官回家探亲经过供销社时，竟对我母亲一见钟情。他与家人一说，便立刻派媒人提亲来了。这位军官，就是我的父亲。他们完婚后，母亲便多了个"军嫂"的身份，也就意味着选择了付出和奉献。随着我两个姐姐的相继出生，母亲除了上班，还要操持家务和抚育孩子，整日不得片刻清闲。

从小生活的不安定，使母亲的危机感非常强烈。她不愿总是混日子般坐柜台，因此挤出时间去学习了财会知识。我出生的时候，母亲已经调到镇食品公司当出纳员两年多了，我父亲也转业回到地方工作。

五口之家，挤在 20 多平方米的房子里非常不方便，母亲决定自建房子。但是，家里积蓄和父亲的复员费也不够啊，于是母亲又开口向亲戚借了些钱。当二层楼砖瓦房拔地而起时，有人赞赏我父母有魄力，也有患"红眼病"的人告黑状，但当工作组来调查时，母亲翻开账本，建房用的一角一分，包括一包水泥、一块砖的来去都写得清清楚楚，终于让举报的人无话可说。

母亲待人热情大方，工作一丝不苟，年年获评先进。1984 年县工商银行成立，母亲也因此走上新的工作岗位，更加兢兢业业，每逢岗位技能比赛都会赢得点钞、打算盘等单项的好名次，以至于干到退休还被银行返聘多年。

随着孩子们先后长大，一生要强的母亲真的老了。可是母亲不服老，她仍保持良好的学习习惯，潜移默化地引导子女正心明道，行稳致远。平时，母亲把多次患病住院的父亲照顾得细致入微，不给子女添麻烦。不认命的母亲，在"鬼门关"前走过一遭都没有流过一滴眼泪，开颅手术后麻醉药效散尽都没有喊过一声痛，反而会在捧着手机听越剧时，为剧中人物的悲剧命运唏嘘不已。

有了智能手机，母亲或在家庭微信群里发表即兴讲话，或与老朋友语音聊天，也会在我们面前大谈抖音里的笑话，偶尔还会玩点简单的手机游戏。最难得的是，母亲通过抖音短视频看时政新闻，竟然能记住"人类命运共同体""坚守十八亿亩耕地红线""一带一路""高质量发展"等名词,也会不自觉地口吐"绝绝子""柠檬精""我太难了""硬核"等抖音流行热词。

今年春节期间,保姆回老家过年去了,烧得一手好菜的二姐回家照顾父母,我们一家三口自驾去外地度假。正月初四晚上,我回到家就与母亲通电话,感觉她说话有气无力的,她说自己这几天总是眩晕,血压也有点高。第二天,我连忙带着母亲去医院,医生没一会儿就找到症结所在——久坐玩手机、刷抖音导致颈椎压迫神经,造成失眠,继而产生眩晕,才引起血压升高。

自此以后,母亲缩短了玩手机的时间,而且经常仰着头听越剧、广播剧、养生讲座,但她始终不忘刷抖音和在直播平台上购物。她原本就喜欢种花卉绿植,如今足不出户,就能买到各色花卉。于是,家里便又多了蝴蝶兰、月季花、格桑花和观音竹等,老房子也在这个春天变得格外生机盎然。

每当我晚上有空来父母家陪他们聊天,总是看着老母亲靠在沙发上专心刷抖音的模样,像极了一个假期在家赖床的中学生。

2023 年 5 月作于雅集楼

造梦工厂

初秋，儿子大二生活开启，我和妻子开车送他回百余公里外的温州商学院。在驶入甬台温高速公路之前，经过国道旁原青春工艺品厂原址，有一种时过境迁，沧海桑田的感觉。

"这是我梦想与现实第一次交汇的地方。"我不禁对儿子讲述三十多年前的往事。

1990 年夏季，我怀着喜忧参半的心情迎来 18 岁生日，喜的是接连在畅销青春杂志《女友》《少男少女》发表小说、诗歌，忧的是高考名落孙山。在当时能考上大学的普高应届生简直是凤毛麟角，多数同学选择去读高复班，我却不想走"独木桥"，在家继续做着"作家梦"。待业 3 个月，参加过几次文学社团活动，逛过几次图书馆，跳过几次霹雳舞，写作却陷入"瓶颈期"，终于被长辈一句"文学写作不能当饭吃"的话点醒。所幸我的家乡处于浙江东部沿海，改革开放以来，民营企业如雨后春笋般冒出来，只要不太挑剔，就业是比较容易的。我复印了一堆已发表、获奖的文学作品，凭着"初生牛犊不怕虎"的劲儿，去多家企业应聘，竟被城郊一家名为青春工艺品厂的企业看上，当上厂办秘书。

青春工艺品厂最初从村集体创办的一家木制品加工厂起步，由于借助上海进出口有限公司平台走外向型经济发展模式，对外争抢海外订单拓展市场，对内重视培养专业技术人才，生产规模不断扩大，三五年间就已成长为集设计、生产及销售为一体的工艺品制造企业，一跃成为全市的"明星企业"，媒体宣传其为"不断蜕变，化茧成蝶"。我初出茅庐就在这样的企业当"白领"，起点自然不算低，有点春风得意，在精神力量驱动下，即便每天骑自行车来回一个多小时上下班，也丝毫不觉辛苦。

青春工艺品厂有员工近千人，在当时的民营企业中规模不小。厂里年轻人居多，就连业务科长、车间主任清一色都在30岁以下，工作氛围轻松活跃，彼此交流学习机会较多。厂长姓施，当年四十出头，高大魁梧，常常挂在嘴边的一句话是"沧海横流，方显英雄本色"。他脾气比较固执、急躁，但处事又比较开明通达，知人善用，不拘一格，能发掘每个人的长处，激发大家的潜能，高薪聘请的助理是闯荡过深圳、海南的名牌大学毕业生，厂办主任是摆脱体制"下海"的中学教师，常务副厂长是从一名车间工人跳级提升的，驻深圳办事处主任是21岁的小伙子，新提拔的设计室主任竟是个18岁的小姑娘……提供实现个人价值的平台，用事实告诉人们一切皆有可能，这就是使企业充满活力且在社会上声名鹊起的诀窍。

我主要配合负责生产的常务副厂长应顺江，掌握生产进度、质量和新产品开发、设计情况。应顺江不喜欢坐办公室，经常带着发现问题的眼光，深入一线转转，当场抓整改落实。我第一次跟他进入样品室时，但见大大小小的胡桃夹子玩偶琳琅满目，有外国童话故事里的国王、王子、将军、士兵、骑士、鼓手、海盗、小丑、圣诞老人……令人不禁浮想起俄罗斯古典芭蕾舞剧《胡桃夹子》里浪漫的场景，于是我把青春工艺品厂称为"造梦工厂"。工厂根据外贸订单，以生产圣诞木制工艺礼品为主，除了胡桃夹子玩偶，产品还有小摆件、小挂件、动物蜡烛、音乐盒等，仿佛每天在制作童话剧场的道具。设计室也会研发一些有创意的新产品，在广交会上亮相，其中圣诞树系列产品为工厂带来不少意外的订单。

我除了当厂办秘书，还是厂刊《青春》的执行主编，能书善画的厂团委书记叶军生当起美术编辑，发动年轻职工积极投稿，把一本内部刊物办得有声有色。厂工会、团委还经常举办联谊舞会、唱歌比赛、篮球比赛等活动，使青年工人始终保持生龙活虎状态，干劲十足。那时的青春工艺品厂，已经有了超前的经营理念与初具规模的企业文化，在当地最早导入企业 CI 战略，根据企业视觉形象识别设计，包括企业名称、标识、标准字体、色彩、象征图案等方面系列策划，将生产经营理念与精神文化传达给每位员工，从而在企业内部产生比较一致的认同感和价值观，充分体现团队精神，塑造企业良好形象。

我在"造梦工厂"一眨眼就工作了半年多，学到不少全新的理念和知识，原本以为自己会长期在这个企业干下去，然而，好景不长，在一次与厂长产生观点严重分歧后，我顿时丧失信心，决定辞职。事情源自一份有关企业中长期发展的调研报告，我来到车间、科室、分厂调研，发现企业蓬勃发展的背后隐藏着劳动密集型、产品技术含量低、安全生产隐患、缺乏自营进出口能力、管理层"臃肿"、用人"近亲繁殖"、业务员接私单屡禁不止等"硬伤"。那时电话没有普及，我周末骑自行车去一位车间主任家联系生产任务，无意中发现他家的三层楼房里密密麻麻地坐了二三十个大妈大婶，正在用油漆涂抹胡桃夹子玩偶半成品，这里俨然是一个工艺品加工点。见我诧异，这位车间主任满不在乎地说，别的车间主任大多数也在干私活，都是为了赚点"外快"嘛。这份调研报告装了一大堆问题，直言不讳"治疗手术"迫在眉睫，却在一片溢美和逢迎之声中触犯个别人"逆鳞"。

离职那天，我在人事科遇见一位正在办理入职手续的女孩，名叫冯素莲，她落落大方，眼神中充满独立自信，没有一丝怯生感，竟好奇地问我："这个厂很多人都挤破头想进来，你却为什么一定要离开呢？"我随口说："可能人总要在多次选择以后，才真正找到适合自己发展的环境吧。"她听了若有所思，认真地在笔记本上记录了我的话。

几年以后，青春工艺品厂在激进式扩张中因资不抵债而破产，令人扼腕叹息。此时，互联网时代悄悄来临，不断影响和改变人们的生产和生活，民营企业的诞生、崛起、壮大或被淘汰出局，似乎也在加快速度。21 世纪初，我国加入 WTO，给民营经济带来了更多的发展机遇和风险挑战。这么多年，我们只是仰望成功的企业家在顶峰相见，听他们在镜头前坐而论道，高睨大谈，却似乎忽略了那些黯然退隐江湖的失败创业者，以至于我在近年来看到互联网一份抽样调查显示"中国民营企业平均寿命仅 3.7 年，中小企业则更低"，不禁为之骇然。回想起老厂长念叨"沧海横流，方显英雄本色"这句话时的情景，就变得极为悲壮。可想而知，在波谲云诡的市场经济大潮下，企业随时面临着各种风浪、旋涡、暗礁的考验，几十年来多少"航船"遇险沉没。然而，这些"沉船"并非白来世上一趟，它们源源不断为后来者贡献了成功的案例，也输送了具有警示意义的惨痛教训。

随着青春工艺品厂的消失，当地仿佛一夜之间就诞生了几十家新的工艺品企业。青春工艺品厂好比行业中的"黄埔军校"，它的过往让许多曾经的同事们吸收了诸多经验和教训，自立门户风生水起，有的通过不断转型升级，推进智能制造，跨界发展，办成远近闻名的集团公司。据说原来的老厂长，在痛定思痛之后回归初心，从头再来，重新办了一家工艺品企业，并手把手教会儿子经营管理之道，然后放手让后辈"勇立潮头"。多年以后，我重新碰见在青春工艺品厂办离职手续时认识的冯素莲，得知她一直勤奋好学，锐意进取，先后跳槽到多家重点骨干企业担任中层、高管，后来自己创办一家名为珀然股份有限公司的生产企业，并担任董事长，现已成了国家级专精特新"小巨人"企业。

只是，我当年离开"造梦工厂"不久，就穿上边防武警的戎装，装着另一个梦想巡行在万里海疆，走上与工商业截然不同的路，可是在灵魂深处，始终保留着最初入职时积极造梦、求真务实、努力向上的初心。我将青春工艺品厂作为涉世起点，30余年间主动求变，通过自学考试提升学历，不断更新知识积极入世，更换过多种职业，兢兢业业，稳健向上。

儿子问我，如果有机会重回青春时光，会不会重新选择？

我说，我依然会珍惜"造梦工厂"带来的全新经历和深切感受，也依然会坚持当初敢讲真话、敢做实事的选择，只要人生充满自信，积极进取，越挫越勇，无论从事什么行业，想要成为强者又有什么难的呢？

"好大一碗心灵鸡汤哟！"儿子朝他妈妈眨眨眼，会心地笑着。

2023年9月作于墨庄

大陈岛之恋

浩瀚无垠的东海之上，湛蓝的天空恬静得如一面明镜，夏日阳光金灿灿地投射在起伏的碧波中，映照出忽隐忽现、千姿百态的水族，从客轮的观光甲板俯瞰，宛若欣赏铺展开的《海错图》巨幅长卷。

"刚才跃出海面的是什么？海豚吗？"

"哇，一大群鱼在咱们的船旁边游，为咱们护航呢！"

"快看呀，一大片都是海鸥，俯冲到波涛中叼起了很多鱼。"

朱红色"大陈岛"号客轮航行在台州湾东南的脚桶洋外，海风拂过甲板，既清凉舒爽又调皮奔放，在四名温州商学院学生的脸上狂吻，弄乱了他们的头发，拉扯着他们的衣衫，又不时朝他们泼来点点浪花，逗出一阵阵畅意开怀的笑声。

晓渊和欣欣展开地图，上大陈、下大陈双岛及周边小型岛礁屿滩仿佛两条半潜半浮于东海中的蛟龙，首尾相接，鳞爪俱现。图上标注，从台州海上客运中心七号码头坐船去大陈岛行程有 29 海里，而大陈岛距离公海仅有 12 海里。

"这就是东吴将军卫温船队浮海夷洲的中转站，海上丝绸之路的重要港口，戚继光率领大明水师追剿倭寇的前线。"阿强说，"也是新中国成立后，中国大陆最后解放的地方，当时只留下一片荒岛。"

"后来，温州、台州467名青年志愿者响应共青团中央'建设伟大祖国的大陈岛'的号召，先后成为大陈岛垦荒队员，把荒岛建设成绿岛。"菲菲接着说。

"来大陈岛游览的提议不错吧?"晓渊得意地说，"不仅有红色之旅，还有蓝色经济业态，碧海、绿岛、白浪、大黄鱼。"

"我最喜欢吃黄鱼了，这里是著名的大黄鱼之乡啊!"欣欣满脸喜不自禁的神情。

一

"呜，呜……"随着汽笛长鸣，经过 2 个小时的航行，客轮的速度缓缓慢了下来，靠近大陈岛海上客运码头。正值休渔期，远远地能望见停泊在梅花湾避风港的渔船红旗飘扬，桅杆林立。

码头边，咸湿的海风伴着一股浓郁的鱼腥味扑面而来。一位头戴白色宽檐遮阳帽，身穿粉色花边领衬衫、薄款浅蓝牛仔裤的时尚少妇正朝陆续下船的人群张望，与菲菲一对视，两人同时招手示意。

"她就是抖音主播'大陈岛小鱼儿'。"菲菲向其他三位同学介绍，"我看过她推广大陈岛风光、大黄鱼养殖和民宿景观的直播，互相加了关注，晚上咱们就住她家。"

"大陈岛小鱼儿"真名叫杨小平，是澜庭民宿的女主人。她指着不远处梅花湾畔的灯塔说："我家民宿就在那边，走几分钟就到了。"

"小鱼儿姐姐肤白貌美，身材曼妙，岛上太阳晒、海风吹好像对你一点儿都没有影响耶。"欣欣赞道。

"这幺妹嘴可真甜。"杨小平掩住口笑弯了眉毛，"岁月是一把杀猪刀，我儿子都上小学三年级了，哪能和你们青春无敌的美少女比呦。"

"海岛人普通话一般，不像你说得那样流利，你不是本地人吧？"晓渊好奇地问。

"我老家在川西高原，离这儿有两千公里呢，当初傻傻地嫁到这个举目无亲的小岛，和老公一起辛辛苦苦打拼事业。"杨小平轻声叹息，眼眸里却闪动着一丝幸福的光芒。

"从祖国大西南来到东部海岛创业，很有励志故事的新时代女性呀。"欣欣竖起右手大拇指说，"你家先生是本地人吧？"

"他是土生土长的大陈岛人，对这儿的一草一木都非常熟悉。"

杨小平说，"他早上去公司谈业务，等他回来，开电动观光车带你们环岛游览。"

"好啊！海岛面积有多大？"菲菲问。

"整个上、下大陈加起来不到 12 平方公里，这里是卜大陈，镇政府所在地，居住点比较集中，面积 4.9 平方公里，主干道是一条 15 公里长的环岛公路，全程用不了半个小时。"杨小平说。

"我算过了，这里有 9 个温州商学院或者 19 个鸟巢体育场那么大。"阿强比画着。

"不愧是学会计专业的，等一下数字沙盘要制作出来了。"晓渊打趣道。

他们聊着聊着就来到梅花湾街区。梅花湾是一个形如梅花的海湾避风港，这里依山傍海的石厝房鳞次栉比，错落有致，家家户户门口晾晒着的各类鱼干，各种坛坛罐罐见缝插针般栽种着蔬菜、花卉。临港步行街店铺林立，吃喝玩乐应有尽有，真可谓"麻雀虽小，五脏俱全"，是岛上的"中心商务区"。梅花湾最高的建筑是一座红砖砌成、十几米高的灯塔，它醒目地矗立在避风港一侧，为返港的船舶指引方向。

从灯塔下再走 50 米左右就是澜庭民宿，其外观令人眼前一亮，这是一幢极具设计感的两层海景别墅式建筑，穿过白色的矮墙，从种满绿植、花卉的庭院到疏朗开阔的门厅，洋溢着简约时尚的现代轻奢风，大面积落地窗布局，充分运用借景手法，让空间通透敞亮，迎接自然光的洒落。在客房里，拉开窗帘便可见蓝天大海，部分屋顶还有启闭式电动通风天窗，一打开便可听见惊涛拍岸声，使环境更加灵动，人与自然风景融为一体。

据杨小平讲解，这是他们夫妻俩长期租用村民的几间旧房子，请装修公司专业设计，历时 3 年，耗资 500 万元改造而成的。岛上物资匮乏，小到螺丝钉、电线、水龙头，大到钢材、瓷砖、地板、玻璃、家电、家具等，所有物资、材料都是从市区运输过来，到码头后凡是笨重物品还得使用吊运机，因而成本就高。有时天气原因导致无法及时进城采购，整个过程装装停停，每个细节都费尽心力。民宿建成后，设有套房、亲子房、大床房、标间等 15 间不同类型的客房，以及餐厅、酒吧、咖啡屋。虽然累，但是值得，比起当年垦荒队员艰苦创业战天斗海，现在已经非常幸福了。

她说，大陈岛垦荒史近几年在全国声名鹊起，岛上游客年年增加，渐渐成为"红色旅游"胜地，家家户户都被带动着从事商业活动，有办民宿的、开大排档的、开酒吧的，投资少一点的就开小超市、早餐店、烧烤店、奶茶店、干水产品店、棋牌室，呈现多元化发展态势。

"在大陈岛，'妇女能顶半边天'是毫不夸张的，男人从事渔业生产或经营企业为主，女人就是发展第三产业的主力。"杨小平说。

杨小平与丈夫孔庆磊是十几年前在互联网上认识的，那时她在四川老家做电子商务，他在大陈岛当各类工程建设项目的承包人，尽管天各一方忙忙碌碌，然而夜深人静时互相总有聊不完的话，越谈越投机，越谈越有感觉，异地恋不知不觉持续了两年多。其间，他们选择在成都、重庆等大城市见过几次面，随着彼此加深了解，感情不断升温，自然到了谈婚论嫁的地步。杨小平趁着初冬季节的空闲时间，决定来一次实地考察，她穿过"长三角"充满现代气息的城市群，一路往东，舟车劳顿不说，第一次踏上岬角和海湾交错的大陈岛时，她有种身处天涯海角的失落感，忍不住流下委屈的眼泪。那时的下大陈看上去就是个人烟稀少的渔村，镇上的老街冷冷清清，只有零星的小卖部、小餐馆开门营业，坐在街角抽烟的老汉、织网的大妈都是一种悠闲慢生活的样子，偶尔跑过一条狗、一只鸡，大家都会认得是谁家的。岛上生活的单调与枯燥，与繁华的台州市区产生强烈的反差。

杨小平解释："过去，岛上的年轻人耐不住寂寞，纷纷到市区找工作，下大陈常住人口不到 500 人，直到近几年，陆陆续续返乡创业的人才渐渐多了起来。"

孔父是一位老船长，算得上是岛上德高望重的人物，人称孔老大。杨小平第一次登岛时，"孔家来了一位漂亮的川妹子"的消息一下子传开了，邻家大婶们纷纷赶来凑热闹，嘘寒问暖，连夸孔庆磊找女朋友有眼光，热情邀请杨小平去做客，使她走到哪儿都成了焦点人物，像大明星出场。

菲菲和欣欣好奇心爆棚，忍不住问杨小平，是什么原因促使她安心地留在岛上？杨小平抿了抿嘴说，除了超级喜欢吃海鲜以外，主要是被海岛人的淳朴善良打动，大家相处比较简单而又融洽，加上孔庆磊那时已经开始在大陈岛创办海上货运公司，事业千头万绪，需要她留下来做"贤内助"。后来，儿子出生了，公公婆婆主动接过抚养孙子的重任，在市区里买了一套住宅，陪读模式从幼儿园就开始了，只为了让小夫妻放开手脚干事业，没有后顾之忧。

菲菲对杨小平说，看来是姐姐终究抵挡不了孔先生的魔力，爱屋及乌，我们更要见见他的尊容了，瞅瞅是否近似网络小说中英俊多金且深情的"霸道总裁"。

二

中午，晓渊、阿强、菲菲和欣欣去梅花湾三角街大排档用餐。正处休渔期，不少货架空空，好在养殖水产品和海钓所获的海鲜还比较丰富。菜肴明码标价，主菜自然是一条清蒸大陈黄鱼。大黄鱼通体金黄，唇部橘红，寓意富贵吉祥，且口感鲜美，营养丰富，是老少皆宜的珍馐美馔，台州、温州等地更是流传"无黄鱼不成宴"的说法。大陈海域受冷暖流交汇，潮流畅通，温盐适中，饵料丰富，特别适合大黄鱼生长，养殖的大黄鱼肉质坚实，鲜香肥美，没有土腥味，一斤多重售价不到百元，性价比较高。除了大黄鱼，他们还点了梭子蟹、跳跳鱼、蛏子、辣螺等特色海鲜，这里的厨师不一定厨艺高超，但是做菜速度很快，由于原材料鲜活，无须香辣重口味的佐料，放些葱姜蒜以旺火家常焖烧，即可做出一道道佳肴美味。台州、温州的做法普遍是以保证其鲜美原味为主，配以米醋做蘸料，就可让食客吃得很惬意。

回到澜庭民宿，他们见男主人已端坐在庭院里，手持紫砂壶泡着工夫茶。孔庆磊留着平板头，皮肤略显黝黑，脸上有轻微络腮胡印痕，浓眉大眼间透着一丝冷峻。他身材高挑，穿着白衬衫、休闲裤、运动鞋，十分动感，精力充沛。杨小平介绍四人和孔庆磊认识，两个女生连赞孔大哥好酷、有型，小鱼儿姐姐眼光真好。

孔庆磊微笑着招呼他们坐下喝茶。涛声澎湃，茶香氤氲，还没喝几口，晓渊、阿强便急不可耐地请他讲讲大陈岛垦荒故事。

孔庆磊说，那是爷爷那一辈人的故事了，他从小就耳熟能详。

爷爷是温州乐清人，1941 年家乡遭受日寇入侵，家园被毁，血气方刚的他毅然加入新四军，拿起武器抗击侵略者。自此以后，爷爷在江浙闽地区抗战前线冲锋陷阵，战功卓越，后来又被编入华东野战军南征北战。中华人民共和国成立后，他仍然浴血奋战在浙东剿匪一线，直至 1955 年 2 月迎来大陈岛等浙江沿海岛屿全部解放，30 多岁的他浑身伤疤，体内还嵌有几片无法取出的小弹片。眼看烽火已靖，家国安泰，他主动申请转业，决定留在大陈岛安家落户。

奶奶曾告诉孔庆磊，刚到大陈岛时，虽然满目疮痍，但是对于在硝烟弥漫的岁月里相濡以沫的夫妻来说，生活安定感战胜了一切。当时，岛上各种设施都遭受严重破坏，村庄被烧毁，码头被炸毁，水井、水池、水库均被炸或被投毒，各个角落布满地雷，解放军在岛上集中各路工兵部队，三天三夜共排雷 1.6 万多颗，付出 20 多名战士伤亡的代价，排除了岛上大多数隐患。孔庆磊的爷爷奶奶和附近小岛迁来的几十名渔民成为第一批岛民，他们和驻岛部队在一片废墟上风餐露宿，就地取材垒砌石厝房，开荒种地……

孔庆磊的父亲就出生在这一年，是驻岛部队的军医帮忙接生的。翌年早春，首批 227 名青年志愿者扛着共青团中央授予的锦旗，意气风发地踏上大陈岛，开启了 4 年多的大陈岛垦荒生涯。随着志愿者分批加入和黄岩长潭水库库区移民等迁入，街坊邻居不断增多，沉寂的荒岛变得热闹起来。垦荒队员们豪情满怀，心往一块想，劲往一块使，为了防止被遗漏的地雷炸伤人，他们每开垦一块荒地都先赶着牛羊探路，垦拓后因地制宜种上花生、土豆、番薯、棉花等作物，生活自给自足。短短几年间，他们克服重重困难，植树造林，涵养水源，挖掘水井，修建水库，兴修水利，发展畜牧业，开展海洋捕捞，还办起水产加工厂、食品加工厂、砖瓦厂、五金修配厂等新产业，使大陈岛重新焕发了生机。昔日的飞鸟匿踪的童山秃岭，在 60 多年后的今天已变成郁郁葱葱的花果山，森林覆盖率近 60%。

在成长的历程中，老一辈垦荒的故事早已深深地烙在孔老大和孔庆磊父子心中。生于 1984 年的孔庆磊，与改革开放共成长，他和同龄人都比上两辈人生活条件优渥，然而岛上居民长期被淡水匮乏、台风肆虐、物资短缺、运输困难、教育医疗条件落后等问题困扰着，就业压力也随着近海渔业资源的衰退而加大，成了制约进一步发展的"瓶颈"，也成了"80 后""90 后"留不下来的主要因素。孔庆磊眼看着一个个离开海岛的身影，他理解伙伴们追求城市生活的选择，却总觉得一种精神的感召力在驱使自己主动担当责任，留在家乡创业。

孔庆磊 15 岁开始跟随父亲出海，长了许多见识，24 岁当建筑工程队领头人，早早具备了吃苦耐劳、实干担当的素质。创业之初，孔庆磊组织施工队参与大陈岛范围的各类工程建设项目，所带的工人最多时达 70 余人，他严把施工质量关，注重安全生产，项目大多数以优秀的评价通过验收，赢得乡亲们的信任。在这期间，孔庆磊积极向党组织靠拢，表明要用毕生的精力建设家乡的坚定态度，光荣地加入了中国共产党。

有了工程施工的经验，他敏锐地觉察到国家基础建设的加速发展，国内海运物流业正在崛起，继而大胆贷款开办海上货运公司，租购结合利用集装箱船奔忙在上海港、深圳港、广州港、天津港、厦门港、舟山港、大连港等沿海港口。闯荡海洋久了，孔庆磊眼光越来越远，他从 21 世纪以来国内方兴未艾的海钓运动，判断其有演变为群众性休闲体育项目的趋势，认为积极推进旅游业、渔业融合的大陈岛不可缺席。他的想法得到台州市钓鱼协会同行的支持，经过群策群力，2015 年 6 月，国家体育总局社会体育指导中心、中国钓鱼运动协会、浙江省体育局主办的大陈岛国际海钓邀请赛暨全国海钓锦标赛如期举行，大陈岛还被授予"全国海钓竞赛基地"牌匾。中国钓鱼运动协会负责人实地考察时评价，大陈岛有较为丰富的海洋渔业资源，融入旅游元素，发展蓝色经济潜力巨大，为塑造城市品牌形象和渔民生产方式转变带来了良好效应。

不久，当选为台州市钓鱼协会海钓分会会长的孔庆磊着手创办大陈岛碧海休闲渔业有限公司，吸收固定员工 50 多人，将海上货运业务、水产养殖与游艇出租、休闲渔船、钓鱼船等休闲渔业整合，进行多产业融合，形成新型渔业产业形态，真正规划"经略海洋"的蓝图。

碧海休闲渔业有限公司刚成立时，适逢台州乱弹剧团正在筹划大型现代戏《我的大陈岛》，剧组人员登岛采风，踏遍岛上的每一寸土地，走访了每一位老军人、老垦荒队员及其后代。这时，孔庆磊的爷爷奶奶相继离世已有十多年了，孔庆磊的父母回忆起从小耳闻目睹的往事，点点滴滴还原岛上垦荒事迹，毫无保留地向剧组人员提供资料和信息。2021 年 6 月，《我的大陈岛》从国家大剧院首演归来后，在台州市椒江剧院再度拉开帷幕，孔庆磊、杨小平也受邀到场观看。当 20 世纪 50 年代那段激情燃烧的岁月生动地演绎在舞台的时候，孔庆磊在强烈共鸣中泪流满面，双肩颤动，不能自已。杨小平紧握丈夫的手，在这一刻更加理解丈夫内心世界的真挚深沉，读懂他砥砺前行的动力来自潜移默化的大陈岛垦荒精神。

孔庆磊对自己的选择深感欣慰。近几年，"艰苦创业、奋发图强、无私奉献、开拓创新"的大陈岛垦荒精神已经升华为台州城市精神，成为这座城市具有穿透力、引领力、生命力的"灯塔"，引领着文化、传统和信仰，联结着高质量发展，凝聚区域发展新动能。

三

茶过三巡，齿颊留香。孔庆磊戴上墨镜，开出电动观光车，载上大伙儿环岛游览。下午的阳光依然炙热，好在环岛路旁郁郁葱葱的树木起到一定的遮荫作用，车子开动清风徐徐而来，也消解了不少热浪。

杨小平坐在副驾驶位置，举起手机自拍，口中念念有词："欢迎来到'东海明珠'大陈岛，这里是国家 4A 级旅游景区、国家一级渔港、全国海钓竞赛基地、全国青少年教育基地及少年儿童夏令营基地、省级海岛森林公园，岛上气候宜人，风光独特，景色秀美，海产丰富，民风淳朴，祝愿诸位有个愉快而又难忘的旅程。"

孔庆磊笑她"鲜答答"（台州方言，意为嘚瑟）。杨小平说："想去考个导游证，我要成为大陈岛金牌导游。"

大学生们纷纷为她鼓掌。观光车经过岛上民居，阿强十分奇怪地问，为什么凡是屋顶有瓦片的房子，房顶上都会压着很多石块或砖块。孔庆磊叹了口气说，岛上常年刮风，特别是强台风破坏力大，会刮走屋顶的瓦片甚至掀翻房顶，所以老百姓迫不得已而为之。阿强连说海岛居民真不容易。

观光车停下，眼前是一处狭窄的水道，名为浪通门，海蚀地貌奇特，基岩纹理交错，到处怪石嶙峋，强风浪汇集于此，轰鸣雷动，民谣称其"无风三尺浪，有风浪滔天"。孔庆磊手指对面如画屏般突兀的山峰说，这是屏风岛，它与本岛中间隔着的水道仅百余米，形成一个自然的小喇叭口，此处狂风怒号，波涛汹涌，过去曾有巨石和钢筋混凝土铸成的大坝连接两头，却在 1997 年遭遇"温妮"超强台风，滔天巨浪最高时竟然达到 36 米，将大坝往前平推了 10 多米，击打成一堆砂砾。海岸旁，一座记录"世界巨浪之最"的石碑就是当年所立的。

远眺屏风岛外侧洋面，清晰可见那里密布着方形、圆形网式围栏，好似镶嵌在蔚蓝大海里的一条条、一串串精美的"珠宝首饰"。孔庆磊说那就是深海大黄鱼养殖基地，以重力式网箱、桁架类网箱及养殖平台等大型渔业装备为主体，采用机械化、自动化、智能化技术在深海进行规模高效水产养殖。

"说到大黄鱼养殖，又是一个沉重的话题。"杨小平接着说，"他总是称之为救赎。"

"难道不是吗?"孔庆磊收敛笑容，点了一支烟，神情变得严峻起来。

孔庆磊小时候常听父亲说，我国沿海是世界上最适合海洋生物生存的海域之一，20 世纪 60 年代至 80 年代初是东海渔场的鼎盛时期，大陈岛周围海域作为浙江省第三大渔场，也迎来最辉煌的时光，每年冬汛，来自闽、浙、沪、苏沿海的 5000 余艘渔船云集而来捕捞东海特产带鱼，上岛出售鱼货、补给物资，其盛况一如"海上闹市"。

大黄鱼是东海盛产的另一重要经济鱼类，每逢春天，繁殖期的黄鱼群从深海结群洄游，到浅海产卵，整个海面上大黄鱼密密麻麻，翻腾不散，甚至在夜航中，老一辈渔民还见过大黄鱼鱼群在月光反射下形成的金色波浪。除此之外，响亮的叫声是大黄鱼的绝活，它们在交配产卵或集群游动时，发出"呱呱"或"咕咕"声，终日不断，高分贝声音有点像打鼓声、呼哨声，会吓退海上大型鱼类。但是，这一切都因一种名为敲罟作业的灭绝式捕捞而改变。20世纪50年代至70年代，渔民大范围传播使用成本低、效率高的敲罟作业，由于石首鱼类的头盖骨中有两枚豆瓣大小、起平衡和听觉作用的耳石，人们利用声学原理，通过两条母船和几十条小船将鱼群围起来，不断敲击绑在船上的竹板，引起它们的耳石共振，大黄鱼恍如听唐僧念"紧箍咒"的孙悟空，被震得晕头转向，竟然全部浮上海面，捕捞变成了举手之劳。因此，敲罟作业又称敲黄鱼、敲梆作业、敲竹杠，曾有几次被禁止，又几次因粮食短缺而恢复，导致大黄鱼种群在20余年间遭受灭顶之灾。

孔庆磊的父亲不到14岁就开始出海捕鱼，参加过敲罟作业。他亲眼看到野生大黄鱼离水即死，由于产量过高供大于求，缺少冰库保存，没及时制作黄鱼鲞处理的只能任其腐烂，贱为农田的肥料，因此市场价一跌再跌，竟跌到每斤一角钱、几分钱的地步。人类竭泽而渔最终自食其果，野生大黄鱼鱼汛已不复再现，零星的也极少露面，于是物以稀为贵，大黄鱼价格水涨船高，年年飙升，以至于后来远远超过燕窝、鱼翅、鲍鱼、海参等价格，由家常菜变成奢侈品，难以端上寻常人家的餐桌。

孔庆磊刚出生之时，人们正在以实际行动向大自然忏悔，努力还债。大黄鱼工厂化育苗和全人工养殖技术试验在福建首获成功，海上养殖随后陆续在东南海兴起，浙江开展了大黄鱼野生亲体采捕、保活、育苗、养成及种质库项目建设，开始以人工放流方式促使野生种群数量增加。大陈岛养殖大黄鱼始于 1998 年，后来居上，历经普通网箱养殖、抗风浪网箱养殖、水泥桩铜网围海养殖、钢管桩铜网围海养殖等多个阶段更新换代，至今已一跃成为浙江省最大的大黄鱼养殖基地，养殖大黄鱼的品质也在不断提升，曾经的奢侈品重新以亲民价回到家家户户的餐桌。

孔庆磊张开双臂做了个舒展的动作说："别小看钢管桩铜网围海养殖，不仅抗风浪能力超强，而且单个网箱面积可达上万平方米，由于养殖的大黄鱼活动范围大，其色泽、体型和肉质都接近野生大黄鱼。"

他还介绍，目前最先进的养殖方式是大型养殖工船，去年夏季，首艘 10 万吨级智慧渔业大型养殖工船在大陈岛出现，"船载舱养"模式使大黄鱼适应良好，游泳状态、集群性与野生大黄鱼更趋近，被称为半野生大黄鱼，今年一上市就受到热捧，售价要明显高于其他养殖大黄鱼。

"孔大哥，大陈岛家家户户都参与大黄鱼养殖吗？"阿强问。

"绝大多数直接或间接从事黄鱼养殖产业，比如我们是入没在亲戚家的形式。"孔庆磊说，"渔民转产转业能促进渔业资源可持续发展，去年，大陈黄鱼年产量达 6000 多吨，产值 8 亿多元，在全省遥遥领先。"

"哇，这么多，名副其实的乡村振兴，共同富裕啊！"晓渊露出一副惊掉下巴的神情。

"是啊，除了养殖，镇里组织了一个线上销售大黄鱼的团队，我也是其中一员。"杨小平冒出一句话。

"当然喽，你是魅力无限的网红主播。"菲菲说。

"考考你们，为什么我经常在晚上直播销售大陈黄鱼？"杨小平狡黠地眨眨眼说。

大家众说纷纭，莫衷一是。杨小平解答："黄鱼的身体原本是银白色的，随着光线变暗鱼皮上会分泌一种色素，使通体变成金黄色，养殖户一般都在夜晚戴上灯帽捞大黄鱼，一条条摆放整齐用冰速冻，让色素定型，然后开始销售。"

"原来是卖相好加保鲜，价钱才高。"晓渊好奇地问，"难道活鱼销售就没办法？"

"也有少数养殖户专门做活鱼销售，把大黄鱼装进一种特殊的塑料袋里，灌进海水，注入氧气，放进箱子密封发快递，至少可以存活一天一夜。"杨小平说，"不过，活的大黄鱼在自然光下不呈现金黄色，所谓鱼和熊掌不可兼得。"

"收到快递，看见大黄鱼活蹦乱跳也蛮有意思的。"欣欣一脸惊喜。

四

离开浪通门，步行不远就可望见大陈岛代表性景观甲午岩。甲午岩景区是一片海岸礁石区，其中两块巨礁巍峨耸峙，险峭雄奇，合起来看仿佛一艘扬起两片风帆正在航行的船舶，不得不令人赞叹大自然的鬼斧神工。甲午岩底，惊涛拍岸，在一片雷鸣般的巨响中产生"卷起千堆雪"的雄浑壮阔之美。这片礁石长期受海水侵蚀形成竖状沟槽，富有层次感，好似历经千雕万琢，有了自己的骨骼和经脉。

大家小心翼翼地踏上蜿蜒险峻的悬崖栈道，站在悬空的玻璃观景平台俯瞰，甲午岩依旧峻峭壮美，几棵松树从嶙峋的石缝间顽强地探出躯干，傲然屹立于"风帆"顶部。

晓渊感慨，站在这里眺望四方，有了曹操"东临碣石，以观沧海"的旷达之情，有了李白"长风破浪会有时，直挂云帆济沧海"的豪情壮志，也有了杜甫"台州地阔海溟溟，云水长和岛屿青"的诗情画意。

"甲午岩的名字，难道与甲午战争有关系？"阿强好奇地问。

"古时候，人们看到这两块礁岩形似船上加固桅杆的基座——夹杵以及挂起风帆的样子，取名夹杵岩。"孔庆磊笑着说，"由于渔民普遍读书少，常念白字，把'夹杵'误读作'夹午'，时间久了便演变为甲午岩。"

"原来如此。"阿强扑哧一笑。其他人也受感染一笑，竟忘了身处高空，精神放松了许多。

"当初，解放军就是从甲午岩登陆大陈岛的，标志着浙江沿海迎来一个崭新的时代。"孔庆磊满怀激情说，"人们老是称甲午岩是东海第一盆景，但它在我的心里却是两座不朽的丰碑，很神圣，很庄严。"

杨小平接过话茬说，孔庆磊是听爷爷讲述红色故事长大的，从小在心底里就埋下了勇敢进取的种子。他经常与小伙伴们在甲午岩下海岸遗存的碉堡、坑道、战壕和隐蔽工事中玩打仗游戏，退潮时跑到石滩抓螃蟹、鳗鱼，早已练就过人的胆魄，现如今在创业中折射出较强的胆识和谋略。

孔庆磊腼腆地笑着，连说杨小平也挺不容易，在娘家她是大姐，过早扛起家庭的重担，为父母分担生活压力，养成不服输的个性，当过好几家企业的工人、销售员，接触电商后才如鱼得水，业绩做得非常亮丽，付出的却是没日没夜的辛劳。

"原先以为你对孔大哥只是爱屋及乌，是我太粗浅了，其实你们是互相吸引、携手并进、双向奔赴的爱情。"菲菲对杨小平说，眼睛不由得瞟向阿强。

阿强挠了挠头，问杨小平："小鱼儿姐姐，你们当初异地恋期间是怎么维系感情的？"

"最好的缘分是两个人三观一致、志同道合，如果不能，那就退而求其次，相互理解、相互成就，也能天长地久。"杨小平非常坚定地说，"除此之外的感情，没必要留恋。"

"这既是经验之谈，也是至理名言。"欣欣拊掌而笑，朝菲菲扮了个鬼脸。

五

日落时分，一行人回到澜庭民宿。

杨小平让服务员搬出烧烤炉，放在庭院里，开始了烧烤场地的搭设。烧烤食材是刚才经过菜场买的，大家分别挑选了自己喜欢的食品，有养殖的大黄鱼、海鲈鱼、鱿鱼、扇贝、牡蛎，也有烧烤专属食品鸡翅、猪排、火腿肠、鱼丸、花菜、香干、蘑菇、土豆、玉米等，十分丰盛。

大家一边在清洗食材，一边将烧烤酱、番茄酱、孜然、五香粉、香醋、大蒜、姜、葱等调料摆上，啤酒、可乐、雪碧、凉茶也陆续到位，加炭、生火、扇风……一系列操作，有条不紊。

盘旋了一天的暑气已散去，风从海面吹来，拂在脸上仍带着一丝和煦的余温，用阿强的话说"感觉像谈恋爱"。这时，橘红色的晚霞铺满天际，充满梦幻、浪漫之美，烟波浩渺的海面也被染成了一片醉人的橙黄色，细浪跳跃，满目是散金碎银，绮丽无比。在日落余晖的光影里，菲菲、欣欣互相起劲地拍照留影，她们长发飘飘，形体轮廓线条越来越清晰，侧颜尤为婀娜多姿，让阿强、晓渊看呆了。

"罗丹说得太对了，世界上不是缺少美，而是缺少发现美的眼睛。"晓渊与阿强相视一笑说，"幸好，我们发现得还算及时。"

孔庆磊给他俩递来啤酒说："看来我这个过来人准备传授经验了。"

杨小平笑着白了孔庆磊一眼，说："要你瓜娃子去教，小青年都懂的，水到渠成顺其自然最好呀！"

四位大学生第一次在海边露天烧烤，大快朵颐，手舞足蹈的样子，其乐融融。杨小平说，自己也难得这么开心，许是被他们的青春气息所感染，许是在岛上长期积压的寂寞感在此刻得到排遣。

"人生风景在游走，每当孤独我回首，你的爱总在不远地方等着我；岁月如流在穿梭，喜怒哀乐我深锁，只因有你在天涯尽头等着我……"孔庆磊哼唱起老歌，粗犷的声音由低到高，充满激情，引得众人侧耳倾听。

杨小平努努嘴，悄悄告诉两个女生："他就是用这首《最远的你是我最近的爱》把我从西部高山'骗'到东海小岛的，让我心甘情愿跟着他办公司，做电商，打理民宿，操持家务，活生生把柔弱女子改造成无所不能的女汉子。”

见两个女生吃吃地笑，杨小平又说，忘记是哪位名人名言，只记得这句话挺好：不畏将来，不念过往，不负余生。这些年，岛上的人们满怀对美好生活的向往，努力提高生活质量，生态环境变化挺大的。就讲这梅花湾吧，过去满是“生态疮疤”，村庄房屋凌乱破旧，道路泥泞难行，生活垃圾污水直排大海，近年来随着海湾生态修复，街区道路修整，房屋外立墙面改造，截污纳管、路灯亮化等工程施工，沿岸亲水栈道、观景平台等建成，“蓝色海湾”雏形已呈现出来了。

孔庆磊听了，凑过来说，海岛生态环境的持续好转，也让绿色低碳生产生活方式深入人心，岛上停用了汽油车，投入共享电动单车和新能源巴士；提倡垃圾分类，垃圾不入海，逐渐形成人岛和谐共生的良好状态。

令杨小平印象颇深的是大陈岛旅游度假区规划，她特别留意梅花湾的未来，作为大陈岛的门面，政府将其定位为商业文化示范港口，设置渔人码头、“非遗”工坊、风情商业街、美食街、水上集市、滨海生态廊道、未来休闲沙滩……海岸线生态环境将锦上添花。

“在大陈岛，正在产生的惊喜无所不在。”孔庆磊一脸神秘地说，“还有更精彩的，在即将到来的时间里。”

六

晚上九点一刻，孔庆磊来敲晓渊和阿强的房门，邀他们出去散散步。另一边，两个女生以为去大排档吃夜宵，提不起兴趣，磨蹭了好一会儿。

杨小平说，一起去看"蓝眼泪"吧，那是夏夜里海岛最独特风景。

一轮明月挂在苍穹，周围是漫天繁星，星光下的大舞台里只有柔和的晚风陪衬着汹涌的涛声。大家沿着亲水栈道来到一处观景平台，刹那间仿佛打开一个奇幻世界之门，只见漆黑的海面上闪烁着一道道璀璨的蓝色荧光，随着海浪拍打岸边的礁石，荧光的蓝色就愈发密集，愈发浓厚，宛若无数蓝宝石纷纷坠落。

这就是"蓝眼泪"，在潮汐的作用下，夜光藻、海萤等体内含有荧光素的浮游生物在不断发光。杨小平说，夏季海洋温度升高，光照充足，潮汛带给海中浮游生物丰富的淡水和营养盐，使其大规模繁衍，涨潮时不计其数会发光的浮游生物被海浪推向海岸，在冲击中被激发出蓝色荧光，从海面发散开来，就产生了成片成片的"蓝眼泪"。

满天星光与海面上的"蓝眼泪"相映生辉，海天融为一体，让人仿佛置身玄妙无穷的茫茫星河。时间似乎就此静止。

"那是数以万亿计的蓝色小精灵啊！"欣欣由衷赞叹。

"我怀疑美人鱼马上要浮出海面唱歌了。"菲菲说。

"美人鱼不一定会来，但是大黄鱼'呱呱'叫的时代已经来了。"晓渊说。

"对的，前不久大陈黄鱼地理标志品牌形象'小金鳞'发布了。"杨小平说。

"孔大哥好比是一条坚定守护这片海的大黄鱼，返乡创业的青年们好比是洄游的大黄鱼。"阿强说，"那么，小鱼儿姐姐就是天府之国的美人鱼，她相中了大陈岛的大黄鱼，千里迢迢排除万难游到东海。"

大家笑着夸阿强想象力丰富，比喻很形象。

"你们不常来，再遇见'蓝眼泪'就不知道得等到什么时候了。"孔庆磊说，"许个心愿吧，我在许多次彷徨的时候，对着蓝眼泪倾诉，找回了自信，重新振作起来。"

每个人顿时将双手十指相扣置于胸前，默念自己的愿望。

"孔大哥，那你现在的愿望是什么呢？"晓渊问。

"大陈岛发展目标是延伸黄鱼产业链条，打造集体验、垂钓、捕捞、观光、餐饮为一体的休闲渔业基地，我必然紧跟这个目标走。"孔庆磊连珠炮似的说出自己的想法，"我承租了 17 艘休闲渔船，再多添几条海钓船，还要把附近闲置的石厝房租用过来，启动民宿二期建设，继续利用抖音推销深海养殖大黄鱼，一定会把渔旅融合做大做强。"

"如果这些都同步实现，还得招收好多员工，是不是要让岛上更多的人进你的公司？"晓渊好奇地问。

"我没有很远大的抱负，唯有很深的家乡情怀，我希望父老乡亲和我一起圆富裕生活的梦，迎来大陈岛更美好的未来。"孔庆磊非常肯定地说。

"坚守海岛，向海图强，追梦不息，孔大哥，我真佩服你！"阿强说。

"我们互相见证吧，五年、十年甚至二十年以后都不要忘记此时此刻。"孔庆磊说，"回到这里的时候，我们都要变得越来越好，越来越强。"

话音刚落，六双手像叠罗汉似的紧握在一起。

澎湃的海浪像是在战鼓声中冲锋的千军万马，带着无尽的能量滚滚而来，倾泻而下，发出震耳欲聋的轰鸣声，持续不断地将"蓝眼泪"卷起来，抛入广阔的海面。这天地间的蓝精灵一波又一波地在风浪中翻涌起舞，又幻化作一圈圈巨大的涟漪，烟花般消散在茫茫夜色中，循环不息……

2023 年 7 月作于墨庄

卷二　无尽意

黄昏时分，一钩残月在朦胧的夜空中若隐若现，如黛的青山环绕着一湖春水；堤岸垂柳依依，像少女的秀发随风飘拂；湖畔古道上，一位头戴毡笠、身着蓝袍的高士骑着黑驴踽踽独行……

——《寄旅孤山苏曼殊》

当我们不经意间打开那段尘封在历史中的爱恨情仇时，看见的并非俗世中那些纷纷扰扰、是是非非、长长短短，而是流年染墨，岁月沉香。

——《旷世的爱恨情仇》

穿过岁月沧桑，石库门建筑中西合璧的拱形堆塑花饰外观构成了这座大都市别具一格的海派韵味，里面蕴藏了无数老上海的往事，仿佛不经意间的触碰就能拨动心弦，引人怀旧。

——《"孤岛"时期的一次雅会》

特别是晴朗的日子，阳光透过竹林的缝隙，泻下一缕缕斑驳光影，投射在碧绿的潭水中，一尾尾红鲤鱼推波逐浪，鳞光闪耀，能让人勾起零碎的思绪，怀念那逝去了的旧时光。

——《镜心亭的翰墨沉香》

城市印记

　　光荣退休的二姐决定放飞心情去旅游一阵子，首选地是重庆。她置身于这个充溢着麻辣鲜香烟火气的繁华山城，遇见火锅一般火辣外向、豪爽耿直、热情喜气的本地人，欣赏不尽璀璨夜景，品尝不完遍地美食，乐而忘返。

　　尤其是她看见重庆的形象标识（Logo），两个欢喜的人合成一个"庆"字，又仿佛两个火锅形状，象征"人人重庆""火锅之都"，觉得简直太贴切不过。

　　今后的旅程，她会优先选择个性鲜明、气质独特的城市，周游一遍。在旅途中，秉承这个观点的人挺多。

　　的确，很多城市各自散发着独特的魅力。有着3000多年建城史与850余年建都史的"博物馆之城"北京，高度开放和包容的"魔力之都"上海，世界四大文明古都之一并被誉为"不朽之城"的西安，充溢着繁华多元的"千年商都"广州，半城山色半城湖的"人间天堂"杭州，诗意典雅的"园林之城"苏州，散发着浓郁烟火气的"天府之城"成都，充满欧式风情的"东方瑞士"青岛……总能令人过目难忘。

然而，全国现有近 700 座大大小小的城市，绝大多数知名度、辨识度并不太高。穷源溯流，是缺乏一种专属印记所致。

印记，乃篆刻印章，钤盖在书画作品中，起到画龙点睛的作用。方寸之间藏乾坤，散发古拙庄重的金石气息和生动简练的艺术魅力，蕴含着中华民族的哲学思想、道德观念、审美情趣等丰富内涵。

每一枚城市印记的镌刻过程，烦琐复杂程度不亚于提炼稀有金属。

一座城市，但凡经过各类资源要素不断聚集、交流、融入、整合，都会逐渐产生历史文化积淀，形成鲜明的精神、个性、气质，但要准确提炼其精华很难。直白地说，我们对于自己家乡的历史文化、风土人情、风味美食，基本上都能了然于胸，如数家珍，倘若用一句话概括或极简洁的笔画描绘其特征，则非常不易。

时代不同，城市发展的理念不同，城市印记也不同。

20 世纪 80 年代，中国城市化进程刚刚起步，城市印记大多数以标志性建筑或者雕塑为主，天安门华表象征北京，外滩象征上海，五羊石像象征广州，拓荒牛铜雕象征深圳……小县城一般选择当时的最高建筑、最繁华地带，诸如钟楼、水塔、火车站、百货公司之类。

世纪之交，随着推进城市化步伐加快，特别是一股"城市广场热""大草坪热"风靡全国，催生了大量以金属材质创作的景观雕塑作品，流畅的线条、抽象的形态或具象的形象，营造出一种现代艺术氛围，其中石家庄解放广场的《胜利之城》、长沙芙蓉广场的《浏阳河》、青岛五四广场的《五月的风》、济南泉城广场的《泉标》等雕塑较为出名，成为当地的标志性建筑。

可是，在大规模城市建设中，中小城市竞相对大城市模仿，导致千城一面，万楼一貌，个性越来越淡化。当景观雕塑成为一种时髦，便迅即流行开来，大量复制、雷同的作品如雨后春笋般冒出来，表现腾飞、团结、奋进、拼搏等千篇一律的主题，不是几何图形交织一起，就是抽象物体托举圆球造型，或是擎天柱顶着长针直刺云天。产生审美疲劳的人们，常以调侃语言表达不认同的意见。有位朋友曾谈及他的家乡有过一座景观雕塑，主题取自孔雀衔来树苗报答恩人的民间故事，由于不锈钢材料制作得过于抽象，人们横看竖看老是把"孔雀"看成穿长裙的护士，把"树苗"看成针筒，但凡团建活动常发信息约定在"护士打针"雕塑前集合。

若干年以后，许多景观雕塑悄然消失在人们视野之中。

进入新时代，随着一次城市化进程收尾，二次城市化方兴未艾，全国城市之间的竞争"八仙过海，各显神通"，激烈程度前所未有，刺激着各种产业不断优化和创新，为区域经济发展带来无穷活力和动力。

这是一个信息化时代，也是一个流量时代，"酒香不怕巷子深"的传统理念早已不合时宜，自娱自乐的表演更不会赢得众人喝彩，想要引来"金凤凰"，不仅要优化"梧桐树"，而且要重在品牌定位，提炼、塑造城市人文精神，提升城市文化辨识度、传播力和营销能力。

每当早餐时间，打开 CCTV-13 新闻频道，大小城市就如生旦净末丑粉墨登场于《朝闻天下》栏目，滚动播放的城市形象广告视频每段大致在几秒钟至十几秒，风景名胜、城市建设、生态景观、工业园区等镜头一闪而过，不超过 10 个字的广告词跳跃而出。每当人们吃完一个包子或一根油条，喝完一杯牛奶或一碗豆浆，头脑里就已经储存了好几个未曾去过的城市的名字。

在电视里，我的家乡不断闪烁"制造之都，浙江台州"八个字，宣示着一个民营企业占比高达 99%以上的经济活跃城市，力求做大做强制造业，推动高质量发展。与我们相邻的温州精选了雁荡山、楠溪江等一批景点，打出"神奇山水，传奇温州"的品牌，推介自己不仅是充满传奇的商业城市，而且是神奇秀美的旅游城市。另一近邻绍兴，是历史文化名城、古越国中心，遂以"名城绍兴，越来越好"作为城市品牌。大家都在摒弃"大众脸谱"，重塑独特而又个性鲜明的形象。

还有更丰富的早餐佐料，即省域竞争舞台也纷纷搬上荧屏，大打文化旅游品牌，高度凝练出"好客山东""灵秀湖北""晋善晋美""诗画江南，山水浙江""心灵故乡，老家河南""魅力新疆，美丽无疆""我在香港，找回本色"等名片，都在争取更多"出圈"机会。

近年来，城市的竞争激发出城市形象标识（Logo）的设计灵感，各地纷纷采取全民征集、大众投票的方式，让人人成为参与者，人人来当评委。城市的 Logo 好比城市的眼睛，能看到这座城市的历史文化、人文精神、丰富内涵等软实力，讲述着城市发展的故事，更具有推广城市形象、增强城市吸引力的作用。

成都借用古蜀国图腾太阳神鸟金饰图案，代表城市宛若朝阳冉冉升起，朝气蓬勃，周而复始。

无独有偶，无锡以市花梅花与山水纹勾勒外形，战国文物"玉飞凤"为主体造型，喻示祥瑞腾飞，山水秀润，宜居宜业。

杭州以汉字"杭"的篆书进行演变，巧妙地将航船、城郭、建筑、园林、拱桥等诸多要素融入其中，整体大气舒展，淋漓尽致地展现出江南特色和西湖元素。

西安以红丝带构成中国结、大雁塔造型，代表其为古"丝绸之路"的起点，历史悠久，人文厚重，表达了其继续向国际化大都市迈进的态度。

沈阳以一朵红色祥云和市花玫瑰的叠影，烘托正中的沈阳故宫剪影，展现历史文化名城与活力之都的风采。

厦门以绿、蓝、白三色表现一只展翅飞翔的白鹭鸟与海浪融为一体，象征以开放包容之姿迎四海来客。瞥一眼就让人知晓，咱是一座碧海蓝天、风光旖旎的生态城市。

在新一轮城市竞争中，多元化融合让城市更繁荣，个性化创新让城市更具魅力，城市印记将会越来越清晰地显现，令你我赏心悦目。

2023 年 11 月作于墨庄

天台雅集

魏晋以降，文人墨客聚在庭院园林、山野溪畔，焚香抚琴，烹泉煮茗，翰墨丹青，吟咏诗文，谓之雅集。东晋永和九年禊日的兰亭雅集，成就了天下第一行书《兰亭序》；唐朝上元二年重阳节的滕王阁雅集，诞生了不朽名篇《滕王阁序》；北宋元丰初年的西园雅集，构建了理想中的精神家园……己亥年清和月，于浙东天台举行的一次当代雅集，具有传承中华优秀传统文化，推动地学文学实现当代价值的意义。

"中国旅游日"期间，一台"研学天台山，诗路霞客行"的文旅系列大戏拉开帷幕，中国徐霞客研究会、中国自然资源作家协会邀请的文化名家、精英人士云集，下榻地温泉山庄，位于"诗仙"李白、"游圣"徐霞客钟情的天台山之麓，毗邻儒、释、道三教和合之地赤城山，靠近蜚声海内外的隋代古刹国清寺。只因活动内容丰富，有神秀山水和主流文化的融合，有古今文化跨越时空的对话，有新时代文学创作的畅叙交流，故称之为天台雅集。

满头银发却精神矍铄的楹联诗词大师常江先生在雅集中很引人注目，这位儒雅宽厚的长者，作为第二届中国徐霞客诗歌散文奖的首席评委，与中青年作家交谈平和风趣，不时发出爽朗的笑声。我向常老爷子介绍，在明代陈继儒经典龙门对里描述的九大奇观此地就占其二，登临天台山华顶峰可远眺"沧海日"，赭色丹霞地貌与绚烂云霞交相辉映的"赤城霞"就在眼前，他拊掌笑赞来到了风水宝地。天性率真的常老爷子在文学名家论坛上却收起笑容，言辞犀利地发了一通"连珠炮"。他说，现在很少看到具有中国传统文学意义上的华美诗篇了，有的新诗根本看不懂，为什么有那么多所谓的诗人要把看不懂当成好的呢？为什么那么多的人对"皇帝的新衣"装作看懂了呢？有人颠覆传统，颠覆了"五四"以前的，又颠覆"五四"以后的，再颠覆"文革"以前的，甚至连朦胧诗都颠覆了，最后就剩下了自己；我们要多学习传统文化，古体诗的含蓄、押韵、对仗都值得吸取，比如对仗体现中国哲学的对立统一思想，新诗为什么一定要抛弃传统呢？

天台雅集的主要组织者、中国自然资源作家协会副主席兼诗歌委主任胡红拴力挺常江先生的观点。他说，何谓文化？从象形文字去理解，"文"是一个巨人分腿站立，"化"象征一个人持剑守卫阵地，作家、诗人作为精神产品的制造者，应当坚定文化自信，坚守中华民族根和魂，继承优秀的传统文化，抓牢当代热点，推出具有时代价值的作品。

以小说名世的作家鲍十先生针对地学散文，谈到好作品不可缺乏细节的问题，提倡写散文要观察独到的细节，洞察别人看不到的细节。这让人想起 20 年前，看了电影《我的父亲母亲》以后，再读鲍十的原著小说，书页里跳出来的细节全是章子怡初上银幕时纯美的微笑，传递含蓄质朴的爱情，蕴含着东方独特的审美。

文以载道，从诗歌散文漫谈到徐霞客研究。

中国徐霞客研究会会长王宝才说，徐霞客除了是伟大的地理学家、地质科考家、探险家、旅行家、文学家以外，还具有"热爱祖国，献身科学，尊重实践"的精神，并已成为中华民族精神的重要组成部分，中华世纪坛伫立着40位中华文化名人塑像，徐霞客就是其中之一，我们要通过笔墨，更好地弘扬徐霞客精神，传承中华民族的精神。

浙江省徐霞客研究会会长张国斌就中国旅游日"文旅融合、美好生活"的主题，认为天台山作为徐霞客的首游地、《徐霞客游记》的开篇地、国家5A级旅游景区，既是自然秀美的绿水青山，也是人文滋养的"金山银山"，文旅融合非常有意义，这也是两年一届在天台举办中国徐霞客诗歌散文奖活动的主旨。

中国自然资源作家协会主席陈国栋说，文学创作要不忘初心，砥砺前行，走在新时代前列。近年来，他率先垂范，身体力行，与作家王晶飞抵茫茫南海中的"可燃冰"试采一线——蓝鲸1号平台，撰写出中篇报告文学《中国南海的冰与火》，恰逢党的十九大胜利召开，《人民文学》首开"新时代纪事"专栏推出该作品，引起社会关注和文坛的强烈反响，人们普遍认为该作品体现了报告文学作家的使命感和勇于承担重任的时代精神。《中国南海的冰与火》进一步拓展后，将以长篇报告文学形式出版。陈国栋主席向我们透露，今年他还将深入一线，挖掘事关国计民生的新的重大题材，创作更多高质量作品。

第二届中国徐霞客诗歌散文奖颁奖仪式非常隆重，有精彩的文艺表演，还有浙江广播电视集团知名主持人小强、雪莲的专业主持，著名播音员唐克、全国金话筒奖得主维琳为获奖作品倾情朗诵。陈国栋先生向大家介绍，本届诗歌散文奖自去年年底启动以来，受到海内外文学界广泛关注，征集到 1500 多位作者的 3200 篇（首）来稿，其中不乏中国作协和省部级作协会员作品，还吸引了一批来自欧美、东南亚国家及中国港澳地区华文作家的来稿，参赛作品涉及地理、自然、生态、旅游、地学科普等题材，在一定程度上代表了中国当代地学诗歌、散文的总体水平。来自长沙的诗歌一等奖获得者刘卫穿着一身红裙子，喜气十足地上台领奖，她由衷地感言："大自然赋予我诗的灵性，让我在青山绿水的语境中觉醒，使我活得不盲目、不迷茫、不彷徨，诗像是我心灵的回声，不管多么平淡的生活，诗都在点化着我、激发着我，使我有了积极向上的精神追求。"

散文一等奖得主肖元恺是加拿大著名华人作家，因故不能出席，特发来视频，远隔重洋的他面对镜头深情地说："1980 年我上大学第二年的暑假，第一次从首都北京到浙江游学，从杭州、绍兴、宁波、台州到温州一路走来，小桥船橹的美丽水乡给我留下难忘的印象，与《徐霞客游记》中的描述交相辉映；30 余年过去，书写神州的散文在徐霞客游记的起点得到奖掖与提携，这是以前未曾想到的，又有种因缘际会的感慨，感慨文化传承的时空跨越是如此顽韧，也感慨文字书写的妙谛与伟力，其间一切生途上的磨砺和文创上的苦旅，都得到了回报与释然。"

《中国诗人》杂志主编、一级作家唐成茂担任本届诗歌散文奖的评委，央视电影频道导演、编剧王海滨则以散文二等奖作者的身份出席活动，他们都是第一次来到天台，惊叹天台山的钟灵毓秀，也惊叹大家对文学的执着和热爱，深感不虚此行。在华顶峰的云锦杜鹃林、徐霞客古道、王羲之墨池，以及石梁飞瀑采风，我和他们边走边谈，很是投缘，探讨最多的话题是具有高雅审美情趣和高度审美品位的主流文化。

书画楹联沙龙是天台雅集的压轴环节。

暮色笼罩下的黄昏夹着烟气微雨，从温泉山庄步行到和合人间文化园只需几百米，新中式建筑风格的园内装饰着许多明清时期古民居里留下的牌匾、花窗、屏风、家具、牛腿、雀替、石鼓，古意盎然。厅堂早已搭起个小舞台，一古装女子在弹奏古琴，琴音如林间小溪潺潺，和静清远；还有一唐装男子吹奏洞箫，箫声似天籁，空灵缥缈；台下中间摆着铺了书画毯的若干张长桌，笔、墨、纸、砚、洗、水盂、笔架、印泥等一应俱全；两侧茶席一字排开，铜炉已在焚香，茶点奉上，嘉宾纷纷落座。在胡红拴先生将主客互为介绍的同时，常老爷子已在酝酿楹联佳句，挥毫创作的第一副是行楷书房对"学蠹搜书寻妙处，闻香读月梦酣时"，结字章法有度，联句对仗工整，整体墨韵无穷。老爷子稍作歇息，又蘸浓墨书写"正直刚柔修身三俊，蜂莺蝶燕四友穿花"，正当有人疑惑上、下联存在对仗问题，只听常老不慌不忙地讲解，应对的词语在不合平仄和韵脚要求的情况下，可采用交错对的形式，其中"三俊"与"四友""修身"与"穿花"就是把词语错开的，众人顿时恍然大悟。

来自苏州的昆曲表演艺术家吕成芳在一旁观摩，感受到常老爷子的书法既散发着浓郁的书卷气，又饱含一股浩然正气，连问为什么他和大多数当代书法家不同？

我说，老爷子写的是翰林书法，馆阁体的功底非常扎实，这来自家学渊源，他的曾祖父是近代东北"四大书圣"之一成多禄，曾外祖父是晚清抗俄殉国的寿山将军。

吕成芳惊得嘴巴好一阵子合不拢，表示更深刻地理解了文化代代传承的道理。

另一张长桌旁，擅写行草书的著名军旅诗人、书法家吴传玖将军运笔如风，潇洒落墨，翰意神飞，气脉流畅生动。写书法好比练气功，曾经在对越自卫反击战中冲锋陷阵的吴将军个头虽然不高，但是耐力极强，连续写了两个多小时也不觉得累。

被誉为"作家中书法一流，书法家中写作一流"的修成国先生，年近七十，有着著名歌手孙国庆式的光头造型，挥毫之间行书雄健挺拔，气韵连贯纵横，线条活泼圆润，结体布局自然。但修先生谦称自己写不好，虚心地与天台本地的书画家互动切磋，在笔墨中恣意抒发情怀。

隔壁的书房，陈国栋、杨沐、徐峙、叶浅韵、孙大顺等一众自然资源作家品茶论艺，妙语连珠，欢笑声随袅袅炉烟、氤氲茶香飘出花窗。

不知不觉，窗外潇潇雨下。

厅堂舞台一隅，一位妙龄女子怀抱琵琶弹奏《忆江南》，琴声悠悠，道不尽小桥流水几多欢乐几多愁。

雅集过后，终会曲终人散。然而，传承和弘扬中华优秀传统文化的共识度不断提高，徐霞客精神的高度、地学文学的厚度获得了提升，是留在历届中国徐霞客诗歌散文奖永久颁奖地天台的精神财富。

"不须脂粉添颜色，最忆天台相见时。"驰念之情，借现代诗人邓拓的诗句在此表达颇为贴切。

2019 年 5 月作于墨庄

寄旅孤山苏曼殊

　　黄昏时分，一钩残月在朦胧的夜空中若隐若现，如黛的青山环绕着一湖春水；堤岸垂柳依依，像少女的秀发随风飘拂；湖畔古道上，一位头戴毡笠、身着蓝袍的高士骑着黑驴踽踽独行……如此唯美的意象从一幅国画里发散出来，典型的文人画笔法，以水墨小写意为主，局部淡青绿、赭黄设色，潇洒疏淡；画面留白较多，意境空灵清幽。

　　这是一幅日本回流的纸本花绫裱立轴国画，左上角有流畅潇洒的行书题款：杨柳岸晓风残月，乙卯暮春写奉耆卿世伯大人法家正之，曼殊；钤印为朱文、白文"曼殊"各一方；右下角有一方朱文收藏印"家在天下第一江山"。不用猜测，此画作者就是清末民初生命如烟花般璀璨而转瞬即逝的旷世奇才苏曼殊，创作之时应是1915年5月。时年32岁的他，距病逝倒计时只有1000余个日日夜夜。画作上款"耆卿"不知何许人，与北宋词人、婉约派最具代表性的人物柳永表字相同，可能正是这样的缘故，令苏曼殊萌生灵感，一挥而就，表达柳永名作《雨霖铃》的词意："今宵酒醒何处？杨柳岸，晓风残月。此去经年，应是良辰好景虚设。便纵有千种风情，更与何人说!"

那段经典词句反映了柳永在一个夜晚酒醒后的心境，以景写情，叙说对爱人的思念，充满离别的伤感，还有孑然一身漂泊江湖、流落天涯的孤独感。这何尝不是苏曼殊作画时的心境呢？苏曼殊一生放荡不羁，行过很多路，留过很多情，和柳永有着诸多相似之处，所不同的是他在乱世横冲直撞，身体和灵魂皆伤痕累累，反反复复出世、入世，来来回回游走在释、俗两界的边缘。世人冠以情僧、诗僧、画僧、革命僧等各种封号，却极少读懂他的灵魂为什么总是充满矛盾、焦虑、彷徨和绝望。

苏曼殊原名苏戬，字子谷，学名玄瑛。他出家后，长老赐其法号曼殊，梵文为"妙"的意思，世人尊其为"曼殊上人"。曼殊确实有大才，通晓日文、英文、法文、梵文等诸种文字，先后翻译了法国作家雨果的长篇小说《悲惨世界》及英国诗人拜伦、雪莱、彭斯、豪易特等代表作品，并在诗歌、小说、书画创作等多种艺术领域皆取得了突出的成就。他是革新派文学团体南社的重要成员，诗风清艳明秀，别具一格，充满一种言有尽但意无穷的境界，影响着当时的诗坛。他的小说《断鸿零雁记》《天涯红泪记》《绛纱记》等，以惆怅、感伤、忧郁之情细腻地叙述了一个个使人梦萦情牵的爱情故事，有人谓其为鸳鸯蝴蝶派的祖师爷。他一贯的书画风格是用笔淡雅，线条简单，除了画佛像、抄佛经的题材之外，擅长山水画，常借烟雨迷蒙的"米家山水"笔墨写"潇湘奇观""秋山萧寺"等，且喜以一位僧人观瀑、望云、泛舟、吹笛、踏月等形象入景，表现自己诗作中描述的"行云流水一孤僧"的清远意境。

然而，就是这样一位文艺大师，却身世坎坷，可谓生不逢时。他的出生之年（1884）以及此后20多年，正是积贫积弱、饱受列强欺凌的晚清时期，卒年（1918）仍是战乱纷飞、城头变幻大王旗的民国初期。曼殊是中国广东富商和日本贫女的私生子，从小被乡邻和家族歧视，童年时过早地感受了世态炎凉，长期压抑、充满不安全感的心理，逐步形成他孤僻、敏感的个性。这使得他在少年时期就对冷漠的家庭没有丝毫留恋，一度自投佛门，又因犯戒被逐，后随表兄东渡日本寻母，就读于华侨主办的横滨大同学校。次年，苏曼殊来到他的出生地逗子樱山村小住，那里背山面海，悠远宁静，樱花盛开时宛如仙境，他认识了年龄相仿的当地少女菊子，两情相悦，擦出了温馨甜蜜的火花。但是，由于长辈的极力反对，性情刚烈的菊子竟蹈海殉情而死，从此曼殊背负情殇，一生不得安宁。永远失去的爱往往是最美好、最刻骨铭心的，随着樱花树下的初恋幻灭，曼殊只剩下流浪的灵魂，精神里凝成一种根深蒂固的洁癖，以至于此后虽然和很多女子相爱过，但是爱到一定程度就执拗地止步，排斥肉欲，只谈柏拉图式爱情，追求心灵沟通，成为常人眼里的"怪物"。当他目送一个个恋人哀怨地离去，又禁不住肝肠寸断，写下"芒鞋破钵无人识，踏过樱花第几桥""一自美人和泪去，河山终古是天涯""九年面壁成空相，持锡归来悔唔卿"等爱恨缠绵的诗句。

面对列强肆虐，山河破碎，家国离乱，曼殊曾经一腔热血，积极投身革命的激流之中，成为反清志士、反袁斗士，迫切期望革命早日成功，中华民族复兴。然而，他目送着一批又一批英烈喋血疆场，慷慨赴死，不禁悲叹朋辈凋零；眼看着一个又一个同志反目成仇，分道扬镳，甚至投敌变节，倍感痛苦绝望。由于性格过于偏执、脆弱，他承受不住接踵而至的打击，常常陷入悲观、消沉、茫然、抑郁，屡次因愤世嫉俗遁入佛门，又终究未能摆脱红尘，以玩世不恭的姿态回到现实社会，就这样徘徊在释、俗之间，一生都在逃避。佛界，也许只是他的灵魂避难所，佛经是他一生中使用频率最高的"金疮药"，用来抚慰滴血的伤口；情爱，可能是他一生中剂量最大的"麻醉剂"，不断用以缓解内心的疼痛，每次药效过后，伤痛依然伤痛，孤独更加孤独。

几年前一个烟雨蒙蒙的春日，我行走于杭州西湖畔，在孤山北麓一处矮树林里找到苏曼殊墓遗址，当年由陈去病、柳亚子等友人合力营建的墓塔早已被毁，今人为他重竖的剑状六棱石塔以覆满青苔的样子耸立着，恰似曼殊孤傲的身躯遗世独立。从石塔外眺望烟雨西湖，曼殊笔下淡墨浅绛山水画般的意境就活生生地显现出来，那一派烟云掩映、风雨显晦的迷蒙景色，萧疏淡远，空灵幽寂。曼殊22岁那年秋天，为躲避清廷缉捕，他第一次来到杭州，立即被风月无边的西湖深深地吸引。他住在雷峰塔下的白云庵，白天去孤山写生作画，晚上回来禅房打坐，参悟佛法，从此与湖光山色结下难解难分之缘。短暂的余生尽管四海漂泊，却有十余次重游西湖，行吟孤山。有一日，曼殊在异域他乡魂牵梦萦西湖山水，情不自禁地画了一幅《水墨孤山图》，并在画上题诗："闻道孤山远，孤山却在斯。万方多难日，一坞独栖时。世远心无碍，云驰意未移。归途指邓尉，且喜夕阳迟。"

蓦然发现，这幅《杨柳岸晓风残月》描绘的风景无疑便是西湖了，高士骑驴踏行处不正是连接孤山的绿杨白堤古道吗？苏曼殊钟爱的倦游寄旅之所，终于得到友人的成全，成了魂魄的安息地，与南朝名妓苏小小墓南北相对，与北宋处士林和靖墓东西相邻，与同时代鉴湖女侠秋瑾墓隔水相望……这些孤傲清高的灵魂在此相聚，彼此不再寂寥。

据说苏曼殊葬于孤山后不久，人们惊奇地发现西湖边竟生长出一种非常奇特的花，每逢秋天，没有绿叶的衬托，绽放出诡异冷艳的血红色，朵朵像魔状变形而又纤细修长的手指，随风摇曳，仿佛朝人们打着哑语。不知是巧合还是宿命，这种名叫曼殊（珠）沙华的花，又名彼岸花，传说是开在冥界唯一的花，寓意无尽的思念、绝望的爱情、天堂的召唤。"彼岸花，开一千年，落一千年，花叶永不相见。情不为因果，缘注定生死。"曼殊临终留下"一切有情，都无挂碍"的八个字，简直就是浓缩了这句话相同的表词达意：一切事物原本都是有情的，不过现在已了无牵挂。一钩残月曾经映照过的那缕孤魂，从此安放在湖山故事里。

一个世纪以后，新的秋天来临，曼殊（珠）沙华早已遍布西湖畔，它们迎风盛开分外妖艳，吸引游人驻足停留。人们解读花语时，不再旧调重弹，纷纷赋予各种新的含义，有人说它象征优美纯洁，有人说它象征相互思念，也有人从中读出了禅意：纵有千般衷情，不如拈花一笑。

2021 年 3 月作于墨庄

旷世的爱恨情仇

　　谁曾想到，20世纪的一幅国画里藏着玄机，竟会使得一桩困扰将近90年、悬而未决的公案迎刃而解，牵出冰心、林徽因、陆小曼、唐瑛等20世纪名媛的前尘旧事。

　　前不久，我在整理书房时，无意间翻到辽宁建投拍卖公司寄赠的2014年春季艺术品拍卖会图册，旷世名媛、女画家陆小曼的一幅白描国画映入眼帘，画面中一位裸体女子双手捂着隐私部位，神情惊惶地站在一面落地镜子前，镜子里竟然映出一具与其动作一致的骷髅。尺寸仅为四尺四开的画芯，留白处是密密麻麻、工工整整的蝇头小楷题诗、跋文和落款。其中，跋文及落款为洋洋洒洒百余字：

　　唐瑛小妹转呈婉莹女史，以贺《吾们太太客厅》著报嘉礼；谢姊婉莹女撰文家以本心智慧妙明，照见欲界、色界、无色界三业之空，且以文章觉世人，真是菩提萨埵，余勉以此图并随记五题代仲其意，画书工拙不计也；岁在癸酉菊秋之月，小曼陆眉并识于沪上。

我细细品读，读懂了这段文字，读出了端倪，读出了因果。顿时，像侦探发现重要线索，顺藤摸瓜成功"破案"的感觉油然而生。于是，引出了"康桥诗人"徐志摩与林徽因、陆小曼等名媛的爱恨情仇。

一

事情还得从20世纪初的五四运动说起。

在暴风骤雨、疾风劲草似的新文化运动的影响下，中国出现了许多女性作家、诗人、书画家、音乐家、翻译家、演员等，她们大多生于20世纪初年，出身名门望族或大户人家，天生丽质，才华横溢，浸润书香韵味，骨子里流露出风华与高贵，举手投足间透散出涵养、聪慧与贤达。其中的冰心，原名谢婉莹，文采斐然，自1919年8月在《晨报》上发表第一篇散文《二十一日听审的感想》和第一篇小说《两个家庭》开始崭露头角，20多岁就先后出版诗集《繁星》、小说集《超人》、散文集《寄小读者》等极具影响力的作品，奠定和巩固了其在文坛的重要地位，傲立于众才女之中。

1933年9月，时年33岁的冰心创作了短篇小说《我们太太的客厅》，在天津《大公报·文艺副刊》第2期上开始以连载形式发表，至第10期结束。这篇小说可谓冰心先生别有意趣的上乘之作，几千字的篇幅，惜墨如金地描写了10多个社会名流，将这些人物的容貌、神情、衣着、姿态、语调、外貌特征描写得栩栩如生、鲜活传神；对情景的描写充满了咸酸辣味，弥漫着调侃与暗喻。小说中的主角"我们太太"是一位受男人环绕、爱出风头、工于心计的知识女性，能轻易地将身边的男人玩弄于股掌之间，而那些诗人、哲学家、画家、科学家、外国风流寡妇都有一种虚伪、虚荣与虚幻的鲜明色彩，对社会、对爱情弥漫着一股颓废情调和萎缩的浊流。这篇小说发表后，引起平津地区乃至全国文化界的高度关注，时人普遍猜测是影射林徽因，好事者还将文中其他人物一一对号入座。

林徽因何许人也？

她是中国现代著名建筑师、诗人和作家，人民英雄纪念碑和中华人民共和国国徽深化方案的设计者之一，著名建筑学家梁思成的原配妻子，颜值与才情兼备，一直是女神级的存在。不仅如此，林徽因个性独立，崇尚自由，行事风格十分张扬，与她过从甚密的作家、戏剧家李健吾曾这样描述她："绝顶聪明，又是一副赤热的心肠，口快，性子直，好强，几乎妇女全把她当作仇敌。"

无独有偶，与林徽因做过邻居的著名作家钱锺书发表过一篇短篇小说《猫》，堪称《我们太太的客厅》的姊妹篇。钱锺书先生的行文风格一向言辞辛辣，语意刻薄，比喻生动，他在《猫》中用幽默诙谐讽刺入骨的笔触写道："在一切有名的太太里，她长相最好看，她为人最风流豪爽，她客厅的陈设最讲究，她请客的次数最多，请客的菜和茶点最精致丰富，她的交友最广。最重要的是，她的丈夫最驯良，最不碍事。"这为人们的猜测进一步画上了等号。

林徽因与冰心原本有着不同寻常的友情，她们既是福建同乡，彼此的丈夫梁思成与吴文藻同为清华大学 1923 级毕业生，且是同一寝室的好友。1925 年暑期，冰心和吴文藻在美国康奈尔大学进修，梁思成和林徽因也到此访友，四人异国欢聚，一起游山玩水、谈天说地，还举行了几次野炊。冰心与林徽因在伊萨卡城的聚餐中留下一张合影，两人神情非常愉快。1930 年，梁思成、林徽因一家搬到北总布胡同 24 号的四合院后，很快汇聚了当时中国知识界的一批精英，有新文化运动领袖人物胡适、新月派代表诗人徐志摩、哲学家金岳霖、政治学家张奚若、经济学家陈岱孙、国际政治问题专家钱端升、物理学家周培源、社会学家陶孟和、考古学家李济、美学家朱光潜、作家沈从文和萧乾等。每当周末下午，这些名流大家纷纷成为梁家的座上宾，女主人优雅大方，谈古论今，旁征博引，思维敏捷，魅力无穷，像一束光照得整个厅堂熠熠生辉，成为众星捧月的中心人物。随着时间的推移，梁家的交往圈子影响越来越大，形成了 20 世纪 30 年代北平最有名的文化沙龙，时人称之为"太太的客厅"。冰心也参加过这个聚会，却因性格内敛，不太习惯这样的氛围。

据李健吾回忆，林徽因曾亲口讲起一个得意的趣事，说她与梁思成从山西调查古建筑及考察云冈石窟结束，带回一坛又陈又香的山西醋，恰好看到冰心发表小说《我们太太的客厅》讽刺她，立即差人送醋给冰心食用。结果不言而喻，从此以后"友谊的小船说翻就翻"，林徽因与冰心断了来往。据说抗战时期，流亡西南的林徽因与冰心同在昆明居住了三年多，两家一度相隔十几分钟路程，却从不走动。

对于此桩公案，无论大家怎么非议和猜测，冰心从不予表态和澄清。直到 1992 年 6 月 18 日，中国作协的张树英、舒乙登门拜访，93 岁的冰心在谈话中有意无意地说起："《我们太太的客厅》那篇，萧乾认为写的是林徽因，其实是陆小曼，客厅里挂的全是她的照片。"此话一出，听者认作冰心总算以当事人的身份给这桩沸沸扬扬的文坛公案画上句号，一时奔走相告，报刊纷纷转载。

然而，仍然有不少人认为冰心先生所说的话牵强附会，掩盖文饰。

二

与冰心、林徽因同时代的陆小曼出身北平望族，集美貌、气质、智慧、才情于一身，精琴棋书画，擅戏剧表演，通六国语言，写得一手好文章，又是各种舞会的主角。尤其在绘画方面天赋异禀，她先后师从刘海粟、陈半丁、贺天健等丹青圣手，晚年还被聘为上海中国画院专业画师，其国画分别入选新中国第一、二届全国美术作品展。关于民国名媛的逸闻旧事，陆小曼独占了较大篇幅，其中最为世人所津津乐道的，是她与新月派代表诗人徐志摩惊世骇俗的爱情故事，这使人极容易忽视她本身极高的艺术天分和艺术成就。

1926 年七夕，徐志摩与陆小曼在北京北海公园举行盛大的婚礼，又到浙江海宁硖石镇老家生活了一段时间，不久移居上海。陆小曼在"十里洋场"如鱼得水，频繁出入社交场所，很快便成为上海社交界的中心人物。在这里，陆小曼遇见了与自己并称为"南唐北陆"的名媛唐瑛，她们一见如故，惺惺相惜，多次同台出演昆曲名剧，还一起办过云裳服装公司。1927 年 8 月 7 日，"中国首创妇女服装专家"云裳公司在上海静安寺路开业，股东之一、鸳鸯蝴蝶派代表作家周瘦鹃在《申报》上发表《云想衣裳记》，文中有这样一段叙述：

云裳公司者专制妇女新装事业之新式衣肆也。创办者为名媛唐瑛、陆小曼二女士与徐志摩、宋春舫、江小鹣、张宇九、张景秋诸君子，而予与老友钱须弥、严独鹤、陈小蝶、蒋保厘、郑耀南、张珍侯诸子，亦附股做小股东焉。任总招待者为唐瑛、陆小曼二女士，交际社会中之南斗星、北斗星也。

开业那天，陆小曼、唐瑛邀约各自的闺蜜，身着云裳新装站台，大小报刊的记者蜂拥而至，场面火爆，一时成为引领上海时尚潮流的风向标。

当代书市，充斥着十几种不同作者、各式版本的《陆小曼传》，书中叙述徐志摩、陆小曼居住在上海静安区的新式里弄石库门四明邨，家中也经常举办文艺沙龙，以邵洵美、吴湖帆、陈定山、贺天健、刘海粟、钱瘦铁等书画家相聚丹青娱情居多，但《我们太太的客厅》明确指出地点是在北平，并非上海；小说中称"我们太太"有个女儿，而陆小曼一生没有生育，显然对不上号；小说发表之时，徐志摩不幸遇难已近两年，冰心也不太可能会刻意讽刺英年早逝的友人。1931 年 11 月 11 日，徐志摩最后一次离别北平前，曾到燕京大学向时任教授的冰心道别，冰心问起一些往事，徐志摩一时无言，挥笔写下了"说什么以往，骷髅的磷光"这两句残诗。仅仅时隔一个多星期，徐志摩遇难，天人永隔，冰心后来在给友人的信中提及此事颇为感伤。

本文开头提到的这幅国画，不仅藏着可以排除陆小曼是"我们太太"的证据，而且表明陆小曼颇有与冰心联手的味道。画中跋文开头一句"唐瑛小妹转呈婉莹女史，以贺《吾们太太客厅》著报嘉礼"，就说明陆小曼要通过唐瑛将此画转送给冰心，作为庆贺小说发表的特殊礼物；然后高度赞誉冰心"本心智慧妙明"，揭示了众生世界中的欲界、色界、无色界本性皆空，用文章警醒世人，"真是菩提萨埵（菩萨）"，表达了引以为知己的意思；并"随记五题代仲其意"，即随手创作了 5 首诗表达第二种意思：唱和。画中落款"癸酉菊秋之月"，指的正是 1933 年 9 月小说发表的当月。

在这幅四尺四开的小画，凸显了陆小曼国画造诣深厚，她的蝇头小楷书法非常娟秀，这 5 首 8 行古体诗也写得耐人寻味，居中的是一首五言诗，其余 4 首是七言诗，分别为：

记　壹

美人之秀贵在骨，镜里骷髅色可餐。

独惜世间多嗜肉，只从皮肉论媸妍。

白驹过隙欢浮尘，都是昙花一现身。

若谓苍客原是假，应知枯骨释非真。

记　贰

四大皆空原幻质，有何白骨与红颜。

且将镜里肮脏物，并作娇儿一例看。

是真空出静根尘，色相何当见吾人。

颠写此图无量数，一齐悟澈镜中身。

记　叁

何以是红粉，何以是骷髅。

形彰本一体，色相皆浮沤。

来生未悟澈，明镜能阐幽。

无人并无我，乃破正关头。

记　肆

镜里何人镜外谁，宜嗔宜喜任人为。

越而嗔喜皆空幻，对镜寻花意太痴。

已枯白骨刻堪怜，争似红颜分外妍。

白骨红颜休比拟，教人仔细认婵娟。

记　伍

以喻猎理理易得，以水洗水水更洁。

世人了此善缘机，镜前相照自相识。

镜外红粉未必真，镜中白骨聊效颦。

色即是空空即色，解脱凡尘有几人？

　　陆小曼创作的诗，是从《般若波罗蜜多心经》里获取了灵感，富有佛语禅理，表达一切只不过是执着于色、受、想、行、识之间的魔障，众生由此积集而成五蕴，而小说像一面照妖镜，透视美丑善恶等人世百相，照见真实的世界，照见藏匿在画皮里的妖孽原形，照出五蕴皆空，只可惜世上没有几个人能够真正超凡脱俗。

　　与冰心小说中看似温婉和调侃的语言，实则是讽刺和抨击的笔调相比，陆小曼诗中的语言显得更加犀利，含沙射影、指桑骂槐的火药味更为浓烈。细读这五首诗，能读懂陆小曼主动与冰心"结盟"，遥相呼应的旨趣，并有一种终于寻到机会撕下"女神"的画皮，体会到酣畅淋漓地出了郁结在心中那口恶气的快感。

三

没错，她们共同的敌人就是林徽因。尤其是对陆小曼来说，这个情敌若隐若现，介于她和徐志摩之间，挥之不去，驱之不散。

中国的新诗，可能没有哪一首比《再别康桥》更为著名了，这首诗就是徐志摩为林徽因而作的。1920 年 12 月，徐志摩在英国剑桥大学读书期间，慕名拜访旅欧的北洋政府司法总长林长民，邂逅其在伦敦读书的女儿林徽因，惊为天人，一见倾心，情窦初开的林徽因也被徐志摩渊博的知识、风雅的谈吐、英俊的外貌所吸引。两个才华横溢的年轻人在剑桥亲密地交往了，他们漫步在康河畔，将浓情寄托在金柳和柔波里；他们在星空下撑着长篙，随意地逆流而上放声歌唱；他们在古老的康桥上相依，憧憬着梦幻的未来。当时徐志摩已有家室，为了与林徽因相恋，他不惜承受世俗的压力，终于在 1922 年 3 月解除了包办婚姻。可事与愿违，林徽因还是选择了逃避，回国后在父辈的安排下与青梅竹马的梁启超大公子梁思成订婚。徐志摩百般无奈，因为梁启超是他极为崇敬的恩师，他在一封信中回应恩师对其草率离婚行为的批评："我将于茫茫人海中访我唯一灵魂之伴侣，得之我幸，不得我命，如此而已。"1928 年 8 月，徐志摩出国途中故地重游时，一种久违的孤寂、落寞情绪涌上心头，他借用康桥流动的景物、唯美的意境，真挚、浓郁、隽永地描写了留恋之情、惜别之情和理想幻灭后的感伤之情，诞生了这熠熠生辉的上乘之作，成就脍炙人口的经典诗篇。

1924 年年底，徐志摩遇见了另一位让他倾注热情的灵魂伴侣陆小曼，以暂时疗愈失恋之痛。他们冲破重重阻碍，历经千辛万苦，有情人终成眷属。但是，仍有人非议徐志摩与林徽因之间"藕断丝连"，因为他们一起组织新月社这个"五四"以来最大的文学社团活动，一起演出，也常有书信来往。1931 年 7 月 30 日，冰心在《北斗》杂志上发表了一首充满"说教"意味的新诗《我劝你》，规劝一个被诗人追求的已婚女人，称诗人"还有一个好女人"，被劝者也有"你的丈夫"，应该"只有永远的冷淡，是永远的亲密"。对此，圈内人想当然地联想到被劝者是林徽因，诗人指的是徐志摩。

陆小曼自然十分憎恨林徽因，私下言论颇有鄙薄。若干年后，与其至交的现代著名篆刻家陈巨来根据她的口述，将许多逸闻轶事写在回忆录《安持人物琐忆》里，爆出了林徽因的一些"内幕消息"。

陆小曼曾经在日记里觉得自己是一个受害者，怀疑自己是林徽因的替代品，她写道："在他心里寂寞失意的时候，正如打了败仗的兵，无所归宿，正碰着一个安慰的心，一时关关心亦好，将来她那边若一有希望，他不坐着飞艇去赶才怪呢。"

陆小曼一语成谶，所不同的是日记里写着飞艇，现实中却是飞机。

1931 年 11 月 19 日，徐志摩搭乘中国航空公司"济南号"邮政飞机由南京北上，准备参加当天晚上林徽因在北平协和小礼堂为外国使者做中国建筑艺术的讲座，中途遭遇大雾天气，飞机触济南开山坠毁，他和机上人员全部遇难。噩耗传来，林徽因当场情绪失控而昏倒。几天后，梁思成参与处理后事，在失事现场带回一块飞机残骸，林徽因将它留作永恒的纪念。

时隔 10 年，林徽因三弟林恒成为一名空军飞行员，在成都上空抗击日寇战斗中壮烈殉国，由此林徽因珍藏了第二块飞机残骸。后来有人争论林徽因究竟珍藏的是徐志摩还是林恒的遗物问题，都误以为飞机残骸只有一块，因而徒劳地打了无谓的笔墨官司。

时至今日，世人对徐志摩和林徽因的情感故事依然众说纷纭，而我认为他们之间存在最久的是一种超越世俗窠臼的知己之情。1931 年 12 月 7 日，林徽因在《晨报》上发表《悼志摩》，凄楚哀婉而又坦荡地道出刻骨铭心的怀念："志摩的最动人的特点，是他那不可信的纯净的天真，对他的理想的愚诚，对艺术欣赏的认真，体会情感的切实，全是难能可贵到极点。"徐志摩遇难 4 周年的忌日，林徽因又写了《纪念志摩去世四周年》，发表在 1935 年 12 月 8 日《大公报·文艺副刊》上，她对故人倾诉："你并不离我们太远。你的身影永远挂在这里那里，同你生前一样的飘忽，爱在人家不经意时苴止，带来勇气的笑声也总是那么嘹亮。还有，还有经过你热情或焦心苦吟过的那些诗，一首一首仍串着许多人的心旋转。"林徽因也忧愤俗世中"有的每发议论，必须牵涉到你的个人生活之合乎规矩方圆，或断言你是轻薄，或引证你是浮奢豪侈"，"眼看着你被误解、曲解、乃至于谩骂，有时真忍不住替你不平"。读之能感受到林徽因情真意切、光明磊落。

四

在 21 世纪来临前夕，备受后人尊敬和爱戴的文坛百岁老人冰心先生在北京与世长辞。那些与她同一时代的名流、名媛们魂归天国太久了，终于等到她姗姗来迟的团聚。如今，20 世纪已故文化精英的逸闻琐事之所以仍在广为传说，是因为他们在文学、艺术、建筑、科技等领域映亮着那些过去的时代，他们的名望、成就和人格魅力仍对当代人产生深远的影响。

斯人已逝，生者如斯。

当我们不经意间打开那段尘封在历史中的爱恨情仇时，看见的并非俗世中那些纷纷扰扰、是是非非、长长短短，而是流年染墨，岁月沉香。往事摇曳，一个个远去的身影，谤誉祸福任人评说，欢欣哀怨都随风飘散，天地间只留下一代又一代人倾情吟诵的诗句：

悄悄的我走了，
正如我悄悄的来；
我挥一挥衣袖，
不带走一片云彩。

2020 年 4 月作于墨庄

"孤岛"时期的一次雅会

2021 年深秋,上海街头的法桐落叶缤纷,我在瞻仰百年前的中共一大会址后,流连在石库门里弄的烟火气息中。穿过岁月沧桑,石库门建筑中西合璧的拱形堆塑花饰外观构成了这座大都市别具一格的海派韵味,里面蕴藏了无数老上海的往事,仿佛不经意间的触碰就能拨动心弦,引人怀旧。正如我顺道去参观"海上画派"书画秋拍预展时,在一幅多名女画家合作的《清供图》前驻足良久,不经意间品读出 80 多年前"孤岛"时期发生在石库门的一次雅会故事。

这还得从"孤岛"的由来说起。前些年热映的抗战影片《八佰》,讲述了 1937 年 10 月下旬淞沪战役进入尾声,抗日英雄谢晋元率领 400 多名官兵号称"八百壮士",孤守上海苏州河畔的四行仓库掩护主力撤退的悲壮故事。电影镜头中,苏州河将大上海分割为两个世界,北岸到处是残垣断壁,生灵涂炭;南岸依然笙歌曼舞,由于是英、法等国控制的公共租界,他们与侵华日军保持着互不干涉的默契,便成了在沪外国侨民和中国百姓的避难所。因上海别称"海上",是其土地"从海上来的"意思,时人将抗战时期上海租界比作大海中"孤岛"。

战乱时期，"孤岛"成为中外各方政治势力暗中角逐的场所。其中，位于法租界福煦路403号的绍敦电器公司就是中共地下党特科交通联络站，还有许多社会各界仁人志士藏身上海都市文明的象征之一的里弄住宅石库门，从事爱国主义活动。石库门以福煦路四明邨最具代表性，它是四明银行投资兴建的连接式小花园洋房，格局简洁紧凑，118幢混合结构、砖木结构的楼房呈几条鱼骨状排列，门框两边使用西方古典壁柱的样式作为装饰，有高高的过街楼和转弯的菱形天井，属于中西合璧的新式里弄民居，交通便利，又闹中取静。四明邨住过的名人颇多，有近代民主革命家、思想家、国学大师章太炎，爱国民族资本家虞洽卿，晚清翰林高振霄，电影明星胡蝶、严俊，文学家周建人，书画家来楚生、王福厂、吴待秋、高式熊、吴青霞、朱积诚，银行家周仰山、袁鎏等，而其中最被大家所熟知或津津乐道的当属新月派代表诗人徐志摩、陆小曼夫妇。

1940年寒冬腊月，距徐志摩意外离世已长达9年，曾经风华绝代的陆小曼时年37岁，她感念四明邨遗留着夫妻共同生活6年的甜蜜时光，深居简出，除了在家倾心整理《徐志摩全集》以外，就是不断创作国画，偶尔参加书画沙龙活动，一切归于平淡。陆小曼曾先后师从刘海粟、陈半丁、贺天健等名画家，用笔清健挺拔，淡远雅致，画得一手绝好丹青，孀居以后经济来源部分依赖亲朋资助，部分靠鬻画卖字自给。1934年以来，她和李秋君、杨雪玖、吴青霞、陈小翠、顾青瑶等一群才华横溢、情趣相投的上海名媛成立史上首个女性艺术家团体，名为"中国女子书画会"，得到华裔女性书画家的热烈响应，通过举办画展、发行特刊、定期集会、兴办美术学校，一度盛况空前。淞沪战役期间，中国女子书画会积极投身抗日救亡运动，举办书画义卖活动，也曾如火如荼。随着上海苏州河北岸沦为敌占区，大多数人举家往内地撤退，中国女子书画会星离雨散，风光不再。

这天清晨，陆小曼正在窗前凝望着法桐树最后一片叶子飘落于瑟瑟的寒风中，只剩下枯干的枝丫，感叹知交半零落时，电话铃响了，闺蜜吴青霞邀约她来家中小聚，同时受邀的还有李秋君、谢月眉、周炼霞等住在公共租界的"海上闺秀"画家。

四明邨 58 号，是来自江苏常州的资深书画家、收藏鉴赏家吴仲熙先生的公馆，温婉如玉的吴家六女吴青霞忙着准备水果、茶点，静候客人。吴仲熙是晚清书画大师黄山寿的入室弟子，兼书工画，良好的学养氛围使得年幼的吴青霞深受熏陶，她师从父亲临摹宋、元、明、清各派各家工笔画，并深得其精髓，举凡人物、山水、花鸟、走兽均挥洒自如、栩栩如生，鲤鱼、芦雁尤为精绝，少女时期就已成名，是一位全能型女画家。她性情孤傲，自号龙城女史、篆香阁主，时年 30 岁，尚未婚嫁，已经拒绝了无数上门求亲爱慕者。

同在四明邨，陆小曼拐过两条里弄就到了，她穿着蓝色旗袍，外搭白色毛呢大衣，身材婀娜娉婷，柳叶眉、丹凤眼顾盼生辉，只是原先的福圆脸消瘦成了瓜子脸，容颜略显憔悴，但依旧风姿绰约，高贵优雅。

没多久，另三位同样才貌双绝、名噪一时的"海上闺秀"画家也陆续来到吴公馆。黑色毛呢夹棉旗袍外搭酒红色缎质披肩的李秋君时年 41 岁，别署欧湘馆主，她出身宁波巨贾之家，琴棋书画皆通，并师从清末著名女画家吴淑娟，绘画功力相当深厚，早年与国画大师张大千一见倾心，却因对方已有妻室而升华为柏拉图式恋情，以兄妹相称，终身未嫁。此时，张大千因不屈从日本人威逼利诱而避走四川，李秋君受托毅然将张大千的两个女儿接到法租界马浪路家中，照顾她们读书。灰色毛呢夹棉旗袍外搭花色真丝披肩的谢月眉一直是不婚主义者，时年 34 岁，她自幼具有绘画天赋，无师自通，喜淡泊，善工笔花鸟，画风典丽清新，充满生趣，被誉为"花鸟圣手"，是江南词人谢玉岑的妹妹，也是海派著名画家谢稚柳的姐姐。自从谢稚柳与女画家陈佩秋结为伉俪后，谢月眉就长期随他们寓居，一辈子从未离开过上海。周炼霞烫着卷发，一身粉红色棉旗袍，外披紫色斗篷，像从月份牌里走出来的时髦女郎，她时年 32 岁，容貌姣好，气质优雅，擅长仕女人物和花鸟画，又工诗词，亦善交际，且性格活泼爽朗，在沪上文人墨客间颇得艳名，人称"炼师娘"，与陆小曼、吴青霞并称"海派三美"。值得一提的是，周炼霞丈夫徐晚苹出身名门望族，是有名的沪上才子，他利用担任邮政局要职之便，经常在凌晨时分戴上黑色礼帽出门，穿行于"孤岛"寂静得有些恐怖的街巷，秘密帮助出版社邮发进步宣传刊物。在这些担惊受怕的艰难时日，夫妻俩相互扶持，一次次化险为夷。

　　遭逢乱世，闺蜜情谊愈加珍贵。在咖啡和红茶氤氲的香气中，她们议论着日寇全面侵华几年来，大半个中国沦陷，租界外山河破碎，无数百姓家破人亡，处在包围圈内偏安一隅的"孤岛"歌照唱，舞照跳，酒照喝，马照跑，穷奢极侈，一派颓靡之象，心情非常沉重。这时，留声机里的黑胶唱片传来《八百壮士歌》："中国不会亡，中国不会亡，你看那民族英雄谢团长；中国不会亡，中国不会亡，你看那八百壮士孤军奋斗守战场……"铿锵高亢的歌声勾起了大家的回忆，她们也曾夹杂在苏州河南岸数以万计的人群中，为八百壮士奋战日寇呐喊助威，此刻聊到这支孤军自从退往英租界后，至今仍被强制缴械扣留，唏嘘不已。

　　她们不由得讨论起时局，周炼霞带来了"孤岛"时期的抗日进步报刊《上海周报》《文汇报》，上面分别刊登了八路军在华北战场发动百团大战，全面粉碎了日寇的"囚笼政策"，取得敌后斗争重大胜利的消息，这让大家感到十分振奋，眼神中满是神采。原本低落的情绪就这样被调动起来，娱情自然离不开丹青，不论是山水、人物、花鸟等题材，还是工笔、写意、白描、泼彩等技法，她们都无所不精。适逢春节临近，多人合作的吉祥题材莫过于《清供图》，她们一般以小写意技法，将各种香花蔬果、案头雅品、金石古玩等组合入画。

吴青霞在书画桌上铺开三尺竖幅的宣纸，笔墨颜料齐备，由谢月眉开笔，在宣纸上方画了一个筒形青花瓷瓶，瓶中插着一大捧墨绿色的枇杷枝叶，绽开一簇簇黄澄澄的小花，寓意家运兴旺；又画上几串红彤彤的樱桃，充满圆满、甜蜜的象征意义。

陆小曼略微沉思，随后在宣纸中间画了一棵大白菜，蕴意"百财"聚来。

周炼霞紧挨白菜画了一条大鲤鱼，鱼鳃穿着一根长长的柳条，鱼眼清澈明亮，似刚捕获般鲜活，寓意得利有余；意犹未尽，又在鱼尾旁画了一对荸荠，借其别名"地栗"谐音"地利"。

宣纸下方留下的空间已经较少，李秋君思索片刻，提笔画了诸多小蔬果：一对红柿子，象征事事如意；一对百合，寓意永远和合幸福；两根胡萝卜，俗名红菜头，祝愿好彩头；一堆蘑菇，寄意源源不断，取之不竭；三颗青梅点缀，象征女子青春年华。

吴青霞见宣纸上留白无多，遂以娟丽的行书在左上角落款：庚辰嘉平月李秋君、谢月眉、陆小曼、周炼霞合写，吴青霞于沪上并题。

众人在自己的绘画旁轮流盖上随身携带的钤印。

《清供图》整体典丽清新，静逸古淡，雅俗共赏，令人回味无穷。就这样，在"孤岛"的逆境下，她们以书画互相鼓劲，传递着积极乐观的艺术语言：冬天来了，春天还会远吗？

时隔一年，太平洋战争全面爆发，日寇侵入上海公共租界，唯有法租界因法国在开战不久即向德国投降，受到法西斯同盟"特殊关照"，阴差阳错成了最安全区域。滞留"孤岛"的"海上闺秀"画家们借机继续四处奔走，参加各种艺术家团体开展的爱国主义文艺运动。冬去春来，年复一年，她们在 1945 年迎来了抗战胜利，旋即重新恢复中国女子书画会活动，发展了更多志同道合的会员。

解放战争期间，吴青霞、李秋君、谢月眉、陆小曼、周炼霞都始终没有离沪，及至迎来了大上海真正的解放。红旗漫卷西风，她们在书画艺术上也获得了新生，新中国成立后除了谢月眉因各种原因淡出画坛外，其余 4 位"海上闺秀"画家均受聘为上海中国画院首批画师，她们重聚在一起，以满腔的热情紧跟时代潮流，创作了更多脍炙人口的"新国画"作品。

此后几十年，《清供图》一直被吴青霞珍藏。20 世纪末，吴青霞把自己的绘画精品及与丈夫吴蕴瑞先生共同收藏的名家书画 120 余幅捐赠给故乡常州，都没有舍得拿出这幅作品，只因随着一个个好姐妹先后离世，这便成了唯一念想之物。2008 年 6 月 8 日上午，一生专注于中国画艺术创作、创造了中国女画家画龄最长纪录的吴青霞先生，在上海武警医院平静地走完了 99 年的人生之旅。不久，随着这幅"海上闺秀"画家合作的《清供图》重新面世，尘封半个多世纪的故事才得以继续流传。

2021 年 12 月作于雅集楼

《寒梅图》里的近代史

多年前，我在嘉德在线网站举办的线上书画拍卖会购得一幅佚名绢本水墨《寒梅图》，整幅构图清朗疏旷，用笔劲逸，一棵老梅伸出虬曲如苍龙盘踞的老干，铁骨铮铮，斜出向下，新枝纵横舒展，朵朵梅花点缀其间，或绽蕊吐清芬，或含苞欲放，超尘脱俗。这是典型的文人画风格，梅花是国画中的"四君子"之一，因其代表孤傲高洁的品格历来是文人墨客托物言志、借物抒情的极佳题材。

《寒梅图》收到后，我细读题款、题识、题诗，考证出此件为近代史上颇有声名的瞿元霖、瞿鸿礼、瞿宣颖祖孙三代人诗、书、画合璧，前后时间跨度 70 年左右。

《寒梅图》作者是瞿元霖（1814—1882），字仲苍，号春陔，晚号天逸道人，出身于湖南善化（今长沙）学风与家风敦厚的名门望族，咸丰元年（1851）举人，官至刑部主事。1860 年，英法联军发动第二次鸦片战争，侵入京城，洗劫并火烧圆明园，咸丰皇帝避往热河，刑部官员也大多逃散，瞿元霖坚持留守北京，白天处理堆积如山的文案，晚上因忧愤时局而无法入睡，不幸肝病发作，导致双目视力减退仅留余光，只好辞官回乡。瞿元霖满腹经纶、胸怀大志，一心一意培养小儿子瞿鸿玑，由于望子成名心切，督责极严，天没亮便让儿子起床读书。功夫不负有心人，瞿鸿玑22岁中进士并进翰林院任职。《寒梅图》上，瞿元霖以草书题款：自读西湖处士诗，年年临水看幽姿；铁园，钤印：苍寒子。这句诗出自北宋陈与义《和张规臣水墨梅五绝》，意思是自从读了隐居西湖的林逋那首咏梅诗后便爱上了梅花，年年梅花开放时站在水边欣赏它的幽姿。右上角行书题识：此仲苍公真迹也，铁园、苍寒子皆公早岁之号，后皆弃去不用，宣儿得之于冷市，即付藏之；不肖鸿玑谨题，钤印：瞿子。显然是瞿元霖之子瞿鸿玑的墨迹，前半句说明父亲署的是早期名号，后来这些名号都扔掉不再使用，由此可推断作画时间在青年时期，应是第一次鸦片战争前后。

瞿鸿玑（1850—1918），字子玖，号止庵，晚号西岩老人，同治十年（1871）进士，光绪元年（1875）大考翰林、詹事、科、道各官中位列一等第二名，擢为四品侍讲学士。此后20余年，瞿鸿玑曾两充考官、四督学政，遍及5个省份，一心一意选拔人才，崇尚节俭，谢绝一切请客送礼，一生不吸鸦片，不纳小妾，其清正廉洁的官风被世人称颂，官职渐渐升到二品礼部右侍郎。中日甲午战争时，曾上四路进兵之策，未被采纳。光绪二十六年（1900），八国联军打进北京，帝后西奔，瞿鸿玑顶风冒雪追随，并于次年迎驾两宫回銮有功，先后任工部尚书、军机大臣，兼充政务处大臣，成为晚清重要的政治人物，人称"善化相国"。光绪三十三年（1907），瞿鸿玑在"丁未政潮"中落败，被开缺回籍，辛亥革命爆发后迁居上海，1918年病逝于上海私寓，葬杭州西湖永福寺侧。瞿鸿玑在《寒梅图》题识中的后半句"宣儿得之于冷市，即付藏之"，是瞿鸿机举家迁居上海后，其幼子瞿宣颖在旧货市场上发现此画后购买收藏。此时，瞿宣颖是 20 出头的青年，风华正茂。

瞿宣颖（1894—1973），别名益锴，字兑之，简署兑，号铢庵，晚号蜕厂、蜕园。他幼时在京读书，毕业于上海复旦大学，能诗擅画，精通文史掌故，与徐一士、黄濬并称民国掌故学三大家，与黄孝纾并称为民国骈文两大家，是深具国学功底的文学家和史学家，并掌握英、法、德、俄、意、希腊、拉丁等多种语言文字。他曾任北洋政府国务院秘书、国史编纂处处长、印铸局局长、湖北省政府秘书长等职，后在南开大学、燕京大学、清华大学、辅仁大学等校任教，新中国成立后任上海市政协委员，著有《汉代风俗制度史前编》《汉魏六朝赋选》《北平建置谈荟》《北平史表长编》《同光间燕都掌故辑略》《中国社会史料丛钞》《汪辉祖传述》《补书堂诗录》等，著作等身，声华盖代。在这幅画的右下角，瞿宣颖以《敬题先大父寒梅图》题诗：任经冻雨任严霜，物外闲情世外妆，王冕最痴思佐伴，三间茅屋作花房。冠世精神分外幽，不同翠羽共啁啾，芳如兰蕙清如菊，一半春温一半秋。宣颖时客海上，钤印：江上书情，湘西瞿氏。诗句分别摘自清代"扬州八怪"之一李方膺在两幅不同梅花图上的题画诗。只是，瞿宣颖题诗与其父瞿鸿机题识是否为同一时间，不得而知。

在这幅《寒梅图》创作、散佚与失而复得的 70 年左右过程中，正是中华民族饱经内忧外患，国力积贫积弱之时，仿佛遭遇世所罕见的漫长寒冬。

在这段屈辱的历史中，瞿元霖、瞿鸿机、瞿宣颖三代人与无数仁人志士一样，在动荡和混乱中踔厉奋发，为中华民族的复兴上下求索。梅花不畏严寒傲然独放，铁骨冰心、高风亮节的形象，激励着一代又一代的人坚韧不拔、百折不挠、自强不息，这既是瞿氏三代人的家国情怀的浓缩写照，也是近代中华民族顽强不屈之精神的写意。

2023 年 7 月作于墨庄

镜心亭的翰墨沉香

　　中国古典山水园林景观，最不可或缺的建筑是各式各样的亭子，亭子在纷繁的景物中能产生"点睛"的审美意蕴。亭子多了，难免出现同名，临水而建取名为镜心亭的就是较为典型的一例，然而东西南北中，最具文化品位的非黄岩九峰公园那座莫属。

　　九峰公园位于浙江台州市黄岩区城郊永宁山西麓，前身为北宋瑞隆感应院，俗称九峰寺，清代同治八年改建九峰书院，因灵台、文笔、华盖、接引、宝鼎、灵鹫、双阙、卧龙、翠屏等九座山峰环峙而得名。永宁山上风景秀丽，常年飞瀑流泉，草木青翠，野花烂漫；山下茂林修竹遮天蔽日，静幽清雅，亭台楼榭、塔庙坊桥掩映其中，人文气息浓厚。据《中国名胜辞典》及相关文献载，自古以来，此处是郊游佳地，也是士人潜心读书、雅集胜会之所。东晋山水诗人谢灵运，南宋状元王十朋、理学大师朱熹、田园诗人范成大，元末明初文学家陶宗仪，明末清初儒学大师黄道周，清末"海上画派"先驱人物赵之谦、蒲华，近代政治家康有为等都曾是这里的访客。九峰公园内有一处重要景点叫桃花潭，潭畔建有一个三面临水供游人小憩的攒尖顶单檐方凉亭，即为镜心亭，亭内独一无二的地方在于四根承重石柱的十六面阴刻八副对联，真、行、草、隶、篆和魏碑等书体皆备，布局和谐，书法功力深厚，笔格遒劲，细读联句对仗工整，构思精巧，别有韵味。这些对联作者是当地颇有名望的八位近现代大儒、名流、乡贤，其中近代"台州五才子"就占了三位，他们分别是：晚清榜眼喻长霖、进士朱文劭、举人柯璜。

这座镜心亭始建于 20 世纪 30 年代。1930 年，全真高道、道家南派张紫阳真人第 36 代嫡系传人伍止渊在桃花潭南边的荒坡山地一带兴建道观，栽桃树、植翠竹，引用唐代刘禹锡名诗《玄都观桃花》中道观、道士、桃花之意象，取名小玄都观。此后，伍止渊道长率弟子对久未疏浚的桃花潭进行清淤净源，让其变成碧水清流。1934 年，九峰学村（公益机构）首事王定一筹募资金在南岸水际建凉亭一座，因在此凭水临波，欣赏桃潭夜月，晚风轻送，心明如镜，遂取名镜心亭。亭子朝南正面的两根石柱立体化地勾勒出直牌匾，里面阴刻一副篆书五言联：

回勾一潭水，安排九子峰。

此联意为九座山峰环抱溪泉带流汇成桃花潭水，听任自然的变化之意（"勾"古同"抱"）。上联尾部留有行楷小字：民国念三年春，王定一募建；下联尾部行楷落款：徐佩华集句，毛训篆书。民国廿三年即 1934 年，旧时书写通常把二十写作廿，也可以写作"念"，比如辛亥烈士林觉民在《与妻书》的结尾处写道："辛未三月念六夜四鼓，意洞手书。"此联相当于众联的封面，撰写、镌刻时间最早，并将建亭时间准确记载下来。毛训（1862—1939），字乐遣，原黄岩县宁溪上郑毛家村人，精书法，工铁笔，善篆书，是光绪年间的台州庠生（秀才）、岁贡（即秀才出贡，在府、州、县学毕业，成了国子监的监生，俗称太学生，取得了出仕做官的资格），民国时期获过少将军衔，当时任职于黄岩县政府。至于徐佩华是何人，不得而知。

纵观八副对联的上款，可以发现撰联并镌刻是陆陆续续进行的，时间从建亭之年的 1934 年至 1946 年，前后整整跨越了 12 年。按照可辨认的时间排序，第二副是草书七言联：

潭水不逢洗耳客，桃花长笑问津人。

上款：戊寅之夏（1938），落款：定础柯璜。上联以上古时期许由"洗耳恭听"的典故借喻淡泊名利、品德高尚的人比较难得。传说尧想把帝位让给一代圣贤许由，许由逃进箕山隐居不出，尧帝感慨他淡泊明志，不慕浮华，再次请他出山做九州长，不料许由认为这些声名浮华弄脏了自己的耳朵，立刻跑到颍水边掬水洗耳。他的朋友巢父正巧牵着一条小牛饮水，批评他既然不慕名利，就应该从内容到形式上保持低调沉默。许由听了醍醐灌顶，又把头伸到颍河清洗。下联取材于东晋文学家陶渊明散文《桃花源记》中的"桃源问津"，借武陵渔人误入桃源仙境的奇异之旅，寓意对理想社会和精神家园的向往。

柯璜（1876—1963），字定础，号绿天野人，原黄岩县桐屿乡人，北京京师大学堂（北京大学前身）毕业，参与过近代史上著名的"公车上书"，历任山西大学美术教员、山西博物馆馆长、山西图书馆馆长、北京故宫博物院古物陈列所主任。在抗日战争期间，避居重庆，以书画自给；抗战胜利后曾任蜀中艺术专科学校校长；新中国成立后，被选为中国美术家协会理事、西南区美术工作者协会主席、重庆艺术专科学校校务委员会主任委员。他毕生从事文化教育事业，培养了不少人才，热爱艺术事业，钻研书画，留下较多作品，在书法界、美术界久负盛名。柯璜的书法造诣极高，学"二王"、怀素，风格清峻健朗、洒脱不俗，尤其是草书龙飞凤舞，酣畅淋漓。20世纪30年代，柯璜在北京故宫博物院任职期间，恰好齐璜（齐白石）也在北京居住，两人合作扇面，齐璜绘画，柯璜题诗并风趣地落款"二璜唱双簧"，这一趣闻一直在书画界传为佳话。

第三副是行书七言联：

何人会得春风意，载酒时作凌云游。

上款：庚辰中秋（1940）集东坡句，落款：喻长霖。此联是台州清代科举考试最高功名获得者榜眼喻长霖临终前（84岁）所作，当年深秋即驾鹤仙游，因此堪称绝笔，书法较之其旺盛时期的代表作品相对纤弱，但墨走游龙，用笔章法有度，气韵生动。这副对联属于集北宋苏轼诗句联，上联出自《再和杨公济梅花十绝》，形容在这里能够感受到春风得意；下联出自《送张嘉州》，意为携酒泛舟至此纵情游览山水不被世俗的事务羁绊，是一种人生至乐之事。

喻长霖（1857—1940），字志韶，一字淡宁，原黄岩县焦坑仙浦喻人，少时师从母舅、一代鸿儒王棻执教的九峰书院，清光绪二十一年（1895）榜眼及第，授翰林院编修，国史馆协修，武英殿和功臣馆纂修。戊戌变法前，他与康有为在朝堂上论变法，两人争辩不让。他先后任清宗室觉罗八旗第三学堂提调、八旗高等师范学堂国文教习、译学馆伦理教习、两浙师范学堂监督、京师女子师范总理等职。宣统二年（1910），清政府成立资政院，喻长霖被选为硕学通儒议员，授四品衔，复任资政院宪政会咨询，钦赐硕学通儒。辛亥革命后，喻长霖多次拒绝袁世凯出任要职之邀；1914年，受聘任浙江通志局提调，参与通志编修；军阀孙传芳盘踞浙江期间，三次到杭州吴山寓所请他出仕，均被终身不事二君为由辞谢。1926年，喻榜眼主修《台州府志》，成书140卷。他毕生著有《清儒学案》《古今中外交涉考》《清大事记》《九通会纂》《经义骈枝》《两浙文征》等18部经史著作，并整理王棻《台学统》；他的书法大度厚实，丰腴圆润，雍容华贵，为世所重，也曾获得慈禧太后的赏识。1937年初，喻长霖应邀为位于北平陶然亭公园的一代名妓赛金花墓撰篆书额，其墓虽然后来被毁，但是墓碑至今仍保存在公园的慈悲庵内。喻长霖晚年和大批进士、举人出身的晚清遗老客居上海，融入20世纪中国画最大的流派——海上画派，经常参加雅集诗酒唱和，同时为了生计卖文鬻字、课徒教学，直至1940年深秋逝于公共租界寓所。可见，喻榜眼在镜心亭上的对联是乡人上门求字时撰写的。

第四副是行书七言联：

水深不碍蓬莱浅，桃熟频闻方朔过。

上款：辛巳夏月（1941），落款：王念劬。行书略带魏碑味道，苍郁宛然、深沉古雅，充满晚清时期碑学兴起、碑帖融合的书风。上联引用了"蓬莱水浅"的典故，称赞镜心亭犹如海上蓬莱仙岛。晋代葛洪《神仙传》记载，从前有王方平和麻姑两位仙人，曾相约五百年后到台州括苍山人蔡经家去饮酒。王方平坐着五条龙拉的车如期而至，麻姑因奉命巡视蓬莱仙岛姗姗来迟。蔡经准备的宴席非常丰盛，用具全是用金和玉制成的，珍贵而又精巧；菜肴大多是奇花异果，香气扑鼻。席间，麻姑对王方平说："自从得了道接受天命以来，我已经亲眼见到东海三次变成桑田。刚才到蓬莱，又看到海水比前一时期浅了一半，难道它又要变成陆地了吗?"王方平叹息道："是啊，圣人们都说，大海的水在下降，不久那里又将扬起尘土了。"这个典故同时产生"沧海桑田""东海扬尘"等成语。下联则采用了"东方朔偷桃"的故事，将桃花潭誉为仙界蟠桃园，听说东方朔经常来光顾。东方朔是汉武帝的近臣，他学识渊博，说话风趣，可以自由出入宫廷。传说天上的神女西王母曾在汉武帝寿辰之日降临宫殿，汉武帝设宴款待她，吩咐其他人一律不许入内。西王母品尝了人间的珍馐佳肴后，取出七枚仙桃，自己吃两枚，其余都给了汉武帝。汉武帝吃着仙桃，只觉得甘甜无比，齿颊生香，桃子吃完，他把核全留起来。西王母问："留桃核干什么用?"汉武帝说："这桃子味道甜美，想留核来种。"西王母笑着说："仙桃非比凡间桃子，三千年才结一回果呢!"说话间，西王母发现东方朔在大殿南厢的窗外向内窥视，她对汉武帝说："窗外的小家伙曾三次偷吃我的桃子。"汉武帝非常惊讶，这才知道东方朔原是西王母身边的一位神仙，因一而再、再而三地溜进天宫蟠桃园偷吃仙桃，惹怒西王母，遭贬下凡。因此，东方朔被人们奉为寿星，后世无论帝王贵胄还是平民百姓，每逢寿辰常以东方朔偷桃为图，作为吉祥题材广为应用，表达了人们祈盼健康长寿的美好愿望，逐渐成为中国传统文化的元素之一。

王念劬（1877—1951），字松渠，原黄岩县城东禅巷人，少时求学于九峰书院，1898年中秀才，1903年参加清代最后一科乡试中举，1904年入京师大学堂，毕业后任湖州师范学校校长，任内赴日本考察教育，并任教杭州政法学校；1922年转任黄岩县立中学校长。王念劬一生中有两段时期过得十分惬意，第一段时期是1930至1933年，任杭州西湖博物馆（即浙江省博物馆前身）馆长，"一事足自豪，三载西湖住"，经常与杭州名士诗酒往还，与经亨颐、张宗祥、黄宾虹、余绍宋等知名书画家作品相贻；第二段时期是抗战胜利后，他花甲之年回归故里出任九峰图书馆馆长一职，并参与重修黄岩县志，书斋曾经悬挂一联："不管阴晴圆缺夜，尽欢三万六千回。"晚年作诗、写字，不问外事，不务虚名，生活过得闲适自在。

第五副是真书七言联：

　　胜境九峰两文笔，仙源千古一桃花。

上款：民国卅五年春月（1946），落款：心尹任重。当代书法界普遍认为真书即楷书，但在古时有严格的区分，真书是指从汉魏到隋唐以前的过渡性楷体，又称为"正书"，其特征是楷中有隶，笔画刚柔并济，内敛、庄重，透着书卷的雅致及力量感。对联以先描写远景后拉近特写的方式，咏赞文笔峰、华盖峰上分别耸立的古塔像两支竖插的毛笔，使九峰成为风水宝地；这个神仙府邸般的地方之所以久远闻名，皆因桃之夭夭，灼灼其华。

任重（1876—1951），字心尹，原黄岩县璜山头人，与王念劬一样参加清代末科乡试（1903）中举，曾任广东临高知县、山西岢岚知事、浙江永康县长。他能诗擅书，有抗战时期日记体诗歌稿本传世，书法笔力刚劲，舒展洒脱，透露一种高洁、刚正、自信的正气。他的从孙任政幼时从其精研诗文书法，青箱家学，终成当代海内外极有声望的书法家，现在所用的华文电脑字库里通用行楷字体七千余个字模均出自任政之手。

第六副是行书七言联：

欲把深情比潭水，莫将迷路问渔人。

上款和落款均模糊，根据《黄岩县志》等记载为朱文劭手迹。上联化用了唐朝大诗人李白《赠汪伦》的经典诗句，下联引用了东晋文学家陶渊明《桃花源记》里的故事。

朱文劭（1880—1956），字劫成，原黄岩县城双桂巷人，清光绪三十年（1904）进士，同科者有沈钧儒、谭延闿等后来中国近现代史上的名流。他的人生跨越晚清、民国与新中国三个时代，经历晚清科举取士、民国从政与新中国参政的辉煌。辛亥革命后，他任浙江省参议会副议长；1912 年，任浙江省提法司长；1913 年 12 月又被选为政治会议议员，次年被选为约法会议议员，袁世凯亲颁其任参政院参政令。朱文劭坚守"须顺应世界潮流"的主张，与蔡锷等民主人士多有函电往来。1935 年，主政福建的蒋鼎文邀请朱文劭担任顾问，他无意出山，写下了"江郎已老空携笔，冯妇无心却下车""倦鸟投林仍未稳，幽兰出谷不成妍"等诗句表明自己的心迹。1943 年 10 月，黄岩在忠烈祠举行盛大的抗战阵亡将士入祠仪式，他代表社会各界撰写祭文。1949 年 5 月，朱文劭积极斡旋，为家乡黄岩和平解放发挥重要作用。值得一提的是，朱文劭家的祖宅是一幢三层畚箕楼，又叫西八楼，楼房两边临水，其建筑高低错落，虚实结合，轮廓线处理等极具特色，1927 年朱文劭挂冠归里后对其进行修葺，自署其庐为"桂桥别业"，居室取名"东恒轩"。1986 年，邮电部发行普 23《民居》邮票，展示了 21 个省市的最具代表性的民间建筑，其中第 14 枚《浙江民居》邮票就取材于朱文劭故居。另外，朱文劭之孙朱道平是国内知名山水画家，被誉为"新金陵画派"的代表人物，曾任南京书画院院长、江苏省美协副主席、南京市美协主席、南京市文联副主席，现为中国美术家协会理事、中国画学会常务理事、江苏省美术家协会顾问等。

第七副是魏碑七言联：

此地偶题认影句，前身我亦住山人。

上款、落款皆模糊，有文字记载为周济撰写。上、下联看似直白，实则充满回味，意思为偶然在这里题写虚幻的诗句，感觉自己前生是生活在永宁山中的人，与古代文人诗句"前身多半是梅花""恐我前身是明月"等异曲同工，清高孤傲中含有特殊的山水情结。据考据，周济，生卒不详，字印心，号慕庵，黄岩县城山亭街人，是台州近现代的主要书法家，以龙门二十品参以张猛龙、爨龙颜法，茂密雄强，尤擅书联及榜书。

第八副是隶书七言联：

好将击水三千意，来问濯缨一点心。

上款、落款皆模糊，有文字记载为朱笑鸿撰写。击水三千，出处为战国时期庄子《逍遥游》，描绘鲲鹏奋飞时激起水花达三千里，隐喻大展宏图之意。濯缨一点，即用沧浪之水洗濯冠缨，语出《孟子·离娄上》："沧浪之水清兮，可以濯我缨。"后喻洗心涤虑，超脱世俗，操守高洁。

朱笑鸿（1900—1991），原名朱荣燕，原黄岩县城人，出身书香门第，精通中医、文史、书法，是黄岩中学最早语文教员之一，曾任黄岩国医公会会长，对黄岩博物馆的藏品征集有重要贡献。九峰公园原门联上的"橘乡峰生九子抱谷，山麓泉映古木参天"为其手迹，黄岩东晋时期的灵石寺塔、始建于南朝的委羽山大有宫、北宋沙埠青瓷窑遗址、明代茅畲水口石塔等文物古迹旁都有他的勒石题字。值得一提的是，朱笑鸿长孙朱幼棣（1950—2015）是中国作家协会会员，曾为新华社高级记者，担任过国务院研究室社会发展司司长、教科文卫司巡视员，首届地球奖、中国新闻荣誉奖获得者，出版长篇报告文学《裂谷雪崩》《市场背后的世界》《后望书》《大国医改》等，中短篇小说集《沉默的高原》，散文集《淡出九峰》等著作十余部。

曾经人间四月天，九峰山麓桃花竞相盛开，桃花潭、小玄都观笼罩在蒙蒙烟雨中，伍止渊道长端坐镜心亭里，弹奏自己毕生珍藏的明代开国元勋刘伯温传世的蕉叶式古琴（槽腹书"大元至元五年，青田伯温氏置"），仙风道骨，超凡脱俗，三五知己倚着美人靠，品着绿茗聆听雅乐，林间鸟雀无声，水中游鱼寂静……构成一幅古典山水园林中文人雅集的画卷。然而，多年以后，道长仙逝，道观被毁，镜心亭颓圮，桃花潭淤塞，桃花不再笑春风，国宝级古琴几经辗转流徙在全真派祖庭北京白云观找到归宿。20世纪80年代以来，镜心亭重获修葺，桃花潭得到数次疏浚，小玄都观旧址建起了茶楼和露天舞坪，只是激越的流行音乐取代了如鸣佩环的太古之音。所幸镜心亭四根承重石柱仍在，八副对联历经岁月沧桑，原汁原味地伫立着。

　　我每次来到九峰公园，都会从茶楼穿过短回廊，去镜心亭小坐。特别是晴朗的日子，阳光透过竹林的缝隙，泻下一缕缕斑驳光影，投射在碧绿的潭水中，一尾尾红鲤鱼推波逐浪，鳞光闪耀，能让人勾起零碎的思绪，怀念那逝去了的旧时光。回眸间，细细默读石柱上的对联，我的内心就会愈来愈清澈，更能领悟到活在当下，珍惜眼前。

2021 年 10 月作于雅集楼

兰香添墨写春联

　　庚子新年近，妻舅乔迁新宅，免不了在前门后院大门上贴春联，增添喜气，寄托美好愿望。但他不喜欢千篇一律的印刷体春联，特嘱我为其手书两副，营造书香门第之气息。这既是一道难题，也是一道信任题，我硬着头皮应允下来。

　　周末，我在书房的书画桌上铺开万年红对联纸，取出一块松烟墨在砚台上慢慢研磨，思忖着要多写几副春联供妻舅备选，联句怎样才能体现寓意美好、语义深婉，还要对仗工整、格调高雅。架势虽已摆开，狼毫笔却久久悬在半空，真是"书到用时方恨少，事非经过不知难"，两眼朝天花板乱搜，好不容易忆起一副非常经典的八言联，遂以楷书试笔写之：

　　　　积善之家必有余庆，资富能训惟以永年。

　　此联在明清时期流传颇广，很多深宅大院的堂前都有悬挂，意思是修善积德的人家，必然有更多的吉庆；资财富足而且能够接受教训，才是保持长寿安康的道理。

在书写中，我闻到空气中弥漫开来的墨香，还夹着一缕沁脾的清香，发现是窗前寒兰开花了，兰和墨交融的芳馨竟让人有些陶醉。眺望窗外，那株蜡梅已经绽蕾，宫黄点点，催生了一丝灵感，信笔写下行书六言联：

一室春风兰叶，半窗明月梅花。

习书弄字好比练气功，一番运笔之后顿感额头微微出汗，只是我久未书写，出现了眼高手低的状况。我轻叹一口气，往笔架上搁了笔，在书房与客厅间踱来踱去，目光触及中堂上挂着的晚清进士、京师大学堂（北京大学前身）监督（校长）李家驹行书七言对联，见其用笔秀劲而矩度森然，意态潇洒超逸，禁不住逐字逐笔临写：

美酒倾于微醉后，好花须看半开时。

酒喝到微醺属于最佳状态，鲜花含苞初放的姿态是最诱人的，这是儒家的中庸哲学，为人处世妙在不偏不倚，无过之亦无不及，进退有度。

正写着，上高一的儿子从学校回来，一放下书包就饶有兴致地凑过来。我从书画图册中翻出他临写过的清末榜眼朱汝珍的行楷八言联，铺好纸，添好墨，将笔递给他。多年来，父子俩在这方面十分默契，每次听我在对书法要领念念有词，他就会写得特别沉稳。此刻，他接过毛笔一丝不苟地临写：

修竹崇兰静观其趣，和风朗日足畅斯怀。

这是王羲之《兰亭序》集联，几乎是近代书法家的必修课，联意描述人们在庭院里静静地观赏细长的竹子和丛生的兰草，能够发现它们充满雅趣；天气晴朗，惠风和畅，大家的心情也非常舒畅。

借此机会，我对儿子就如何更好地传承书法、对联等国粹文化加以引导，审美情趣、书写水平往往是在这般潜移默化中提升。父子俩一边聊得起劲，一边愉快地书写横批"吉祥如意""紫气东来""福喜盈门"等。妻回家看到此情景，露出灿烂的笑容，她读着我们写的春联，点评为内容雅致有余，新年氛围略显不足。

我欣然接受意见，打算再写一副年味浓郁、喜气充盈的对联。想起半年前与当代楹联大师常江先生一起出席天台山雅集时受教颇多，又想到先生连续几年受邀参与中国邮政发行的拜年邮票设计，邮票上的春联均出自其手，遂发微信询求新的联句。须臾工夫，常老回复，拜年邮票发行已告一段落，但是他最近为庚子鼠年创作了一副七言联，特予以分享：

跃上九天春放眼，收藏五谷梦开心。

品读着鼠年特色鲜明、回味无穷的联句，我与儿子继续挥毫，在平仄韵律中学着追求豪迈遒劲的风骨，翰逸神飞的意韵。我想，若干年后，时光仍会定格此刻的画面。

2020 年 1 月作于雅集楼

竹林七贤：道不尽魏晋风度

在我国古代，博学多才、品行高尚、超脱世俗之人通常被称为高士，为世人所景仰，也是历代画家们非常青睐的创作题材，占据了中国绘画史的重要位置，"竹林七贤"就是《高士图》中出场频率较高的人物。

"竹林七贤"是魏晋时期嵇康、阮籍、山涛、向秀、刘伶、王戎、阮咸等七位高士的合称，他们崇奉老庄学派，讲求养生之道，推行玄学之风，曾聚在山阳县（今河南省焦作市东）竹林之下，喝酒、弹琴、纵歌、肆意酣畅。他们所处的时代背景是社会动荡的三国晚期，魏少帝曹芳年幼，曹魏宗室、大将军曹爽与太傅司马懿互相倾轧，"山雨欲来风满楼"。由于不愿参与曹马之争，七贤急流勇退，纷纷选择遨游山水，共度一段隐逸的时光。魏正始十年（249），司马懿发动高平陵之变，将曹爽灭族，完全控制魏国政权，为之后"三国归晋"彻底扫清障碍。当时七贤的平均年龄不过28岁，最大的是44岁的山涛，最小的是15岁的王戎，26岁的嵇康是这个群体的精神领袖，他风姿特秀，擅诗文书画，通晓音律，以善弹千古名曲《广陵散》著称。

　　"竹林七贤"避世的态度终究不为司马氏所容，乱世逼迫他们做出选择，奔赴各自的人生沙场，遭逢截然不同的命运。已娶曹操曾孙女为妻的嵇康始终不与司马氏集团合作，被诬陷杀害；阮籍当了武官，却以佯狂避祸；刘伶整日与酒为伴，放浪形骸；阮咸因与官场格格不入，被人排挤出京城任地方官，一生寄情于音律；向秀出仕后装糊涂，政绩平平；只有山涛、王戎主动求仕，山涛是司马氏的姑表亲，当过吏部尚书、太子少傅、左仆射等，尽心尽力为朝廷选贤任能；王戎参与晋灭吴之战，因功进封安丰县侯，之后平步青云，位列三公，并在"八王之乱"中像不倒翁一样安然无恙。

　　"竹林七贤"不仅仅是文学家、音乐家，也是中国历史上少有的哲学思想家。作为魏晋风度的代表人物，他们所表现出来的闲适的生活情趣，充满文人意蕴的"竹"之风韵、"琴"之雅逸，以及"酒"之逍遥，有一种独特的文化美学，深深影响着后世的文人墨客，诸如李白、王维、苏轼、唐寅等都是他们忠实的追慕者。因此，后世相继出现了许多脍炙人口的隐逸故事或雅集活动，较为有名的是东晋谢安、王羲之、支遁、孙绰等名士的"兰亭雅集"，唐代李白、孔巢父、韩准等六名士曾隐徂徕山而称"竹溪六逸"，北宋苏东坡、王诜、黄庭坚、米芾等十六名士的"西园雅集"。历代关于吟咏"竹林七贤"的诗词和国画作品更是多不胜数。

　　以"竹林七贤"为题材的国画，考古发现最早的是南京西善桥南朝古墓中的一幅刻砖壁画，图上人物广袖长衫，衣领敞开，跣足袒胸坐于树林中，嵇康抚琴，阮籍啸歌、阮咸弹阮（古代琵琶），王戎手执如意，山涛斟酒，刘伶恋杯，向秀静思，各具风采。画面多出一位鼓琴而歌的人物，是春秋时期的隐士荣启期，因他的道教玄学思想与七贤有一脉相承之感，故将他们同框。古往今来，最著名的《竹林七贤图》当属晚唐画家孙位的绢本设色作品，现藏于上海博物馆，但画上只留下山涛、王戎、刘伶、阮籍四人，遗失了嵇康、向秀、阮咸三人。这四个主体人物分别坐在华丽的毡毯上，旁边各有一名小童侍候，画面蕉石树木点缀，环境静穆幽雅。第一人是山涛，他赤祖上身披衣抱膝而坐，流露出傲慢神色；第二人是王戎，右手执长柄如意，左腕懒洋洋地搁在右手上，两目凝神静观，若有所思；第三人是刘伶，一副爱酒如命的神态；第四人是阮籍，手持便面（古代用以遮面的扇），惬意地斜倚而坐。作品将不同人物的个性特色和精神状态都刻画得恰如其分。

唐代以来，中国画审美分逸、神、妙、能四格品评，宋代黄休复《益州名画录》认为逸格是绘画艺术最难达到的境界，只有独出心裁、造诣精深的杰出画家才能胜任，并将孙位推崇为唯一的"逸格"画家；宋代邓椿《画继·杂说》也评价"画之逸格，至孙位极矣，后人往往益为狂肆"。从历朝历代乃至当代名家的同题作品来看，确实无人能超越孙位，由于一些画家自身学识、修养、审美的问题，出现败笔的作品屡见不鲜，有的对人物年龄了解不够，画成七个仙风道骨的中老年人边饮酒边思索人生，沧桑感十足；有的人物个性把握不准，画成七个汉子袒胸露腹坐在竹林里狂饮，气氛过于热烈，像在农家乐……虽然各个时代、各个画派的《竹林七贤图》表现形式五花八门，但是无一不作为文人画的题材面世，表达别具一格的文人雅趣，清静、恬淡的东方哲学思想，让魏晋时期这个短暂的隐逸群体定格成永恒，也将"竹林七贤"所代表的魏晋风度推上中国经典美学的殿堂。

2019 年 1 月作于雅集楼

笔阵书谱：矫若龙蛇妙趣生

　　浩瀚五千年的中华文明史，汉字是传承的重要载体，由其衍生出来的书法艺术，是古代文人学子的必修课，更是中华文明的瑰宝。然而，随着现代书写工具、书写方式的根本性改变，毛笔书法逐渐淡出国人生活，特别是进入网络时代以来，书法的实用功能更趋弱化，以至于全民书写能力和鉴赏水平大为降低。

　　鉴赏书法作品，应当追溯源头，找到传统审美的脉络。史前至先秦时期，书法从陶器刻符产生的陶文、兽骨龟甲刻卜辞形成的甲骨文、青铜器上铸刻的钟鼎文、大篆刻石名世的石鼓文等不断演变，其构成和使用方式逐步具备象形、指示、会意、假借、形声、转注等"六书"。东汉时期是书法走向鼎盛的开始，已形成甲骨文、大篆、小篆、隶书、楷书、草书、行书等"七体"，后归类为5种主要书体，即楷书（包含魏碑、正楷）、行书（包含行楷、行草）、草书（包含章草、小草、大草、标准草书）、隶书（包含古隶、今隶）、篆书（包含大篆、小篆），表现形态异彩纷呈，审美意趣不尽相同。秦汉以来，中国出现了灿若星汉的书法家，他们创作了大量经典作品，也为后人留下许多书论著作，其深入传统的审美观念、取向、风尚、标准，始终引领书法艺术发展。

被后世称为"中国书法鼻祖"的秦朝丞相李斯在《用笔法》中阐述了书法要"道合自然""信之自然"，强调从大自然的美中悟出用笔的规律，指出作书用笔要像老鹰先在空中盘旋，看到目标之后疾速扑食那样阳刚、雄健；像游鱼得水般自然舒畅、阴柔圆曲；像景山上升起的云朵一样飘然、悠闲、自在。

东汉蔡邕传世的书论著作，如武功秘籍般令后人梦寐以求，三国时期的钟繇因苦寻不得而急得捶胸吐血。蔡邕在《笔论》中指出，字体结构纵横分布，广为汲取自然现象的美妙风姿，方能称得上优秀的书法艺术作品；在《九势》中提出关于书法线条"力""势"和"藏"三个美学概念，强调"力"是结字、用笔、布局的基础，下笔用力方能使字体具有"肌肤之丽"的美感；"势"则常用以创作过程中具有一定方向的运笔，是谓势来不可止，势去不可遏；"藏"源于"君子藏器"的哲学思想，强调书法创作要沉着含蓄，突出书法线条的张力。

东晋"书圣"王羲之的启蒙老师卫铄在《笔阵图》指出，用笔有六种方法，如篆书是"飘扬洒落"，章草为"凶险可畏"，八分书为"窈窕出入"，飞白书为"耿介特立"，倘能"每为一字，各象其形"，则"斯超妙矣，书道毕矣"，主张书法家要把握不同字体书写的风格。

王羲之在《书论》中直言，书法是种深奥微妙的技艺，如果不是学识渊博通达且有大志之人，是学不到手的。"凡书贵乎沉静，令意在笔前，字居心后，未作之始，结思成矣。""意"和"心"

指的是意会、意趣、情韵、情致，以"意"评书，是书法艺术走向独立、自觉在理论上的反映。

唐朝"草圣"张旭在《自言帖》中介绍创作经验，是听说公主与挑大争道的故事悟出草书笔法的意境，观看了舞蹈明星公孙大娘的舞剑表演而悟得草书笔法的神韵。在大唐盛世一生不得志的孙过庭，却留下中国书学史上影响巨大的书法论著《书谱》，全书3500多字，由六篇文辞优美的书论组成，以草书写就，纵横洒脱的笔势、活泼圆转的笔法、清秀雅致的气息深得王羲之的意韵，令人叹为观止，并在书法发展的规律，书体的特点，书家风格的论述，创作的条件和方法，批评的方法等方面都有超越前人的论述。譬如，他概括高超的用笔技法，像悬针垂露的变异，奔雷坠石般的雄奇，鸿飞兽散间的殊姿，鸾舞蛇惊似的体态，断崖险峰状的气势，临危据枯中的情景；有的重得像层云崩飞，有的轻得若金蝉薄翼；笔势导来如同泉水流注，顿笔直下类似山岳稳重；纤细时像新月升上天涯，疏落时若群星布列银河……精湛的书法好比大自然形成的神奇壮观，似乎进入决非人力所能成就的妙有境界。尽管孙过庭之后，历代书法家面世的书论文章不计其数，但均没有超越，《书谱》一直被后世奉为阅读和临写的教科书。

20世纪90年代以来，一股注重表现形式、追求视觉冲击力的现代书风大行其道，相当多的人本身传统文化底蕴浅薄，却纷纷打出反传统、创新突破的旗号，轻视笔法，用墨单一，气韵缺失，内涵不足，实际上将书法写成了美术字。更有甚者，借鉴行为艺术，沉迷于各种畸形的审丑之风。在市场经济条件下，书法界、拍卖行、收藏界一度联袂炒作，将不少缺乏功力的"江湖书法"炒成天价，也误导了大众的审美标准。所幸的是，近 10 余年间，随着人们对优秀传统文化的认知度越来越高，多数虚炒的书法作品价值逐渐被打回原形，《笔阵图》《书谱》等经典理论著作重回越来越多人的视野，学习、鉴赏书法艺术正在回归传统之路。

2019 年 2 月作于雅集楼

永和九年：断甓犹传晋禊帖

　　"永和九年，岁在癸丑，暮春之初，会于会稽山阴之兰亭，修禊事也。群贤毕至，少长咸集。此地有崇山峻岭，茂林修竹，又有清流激湍，映带左右，引以为流觞曲水，列坐其次。虽无丝竹管弦之盛，一觞一咏，亦足以畅叙幽情……"东晋穆帝永和九年（353）三月初三，时任会稽内史的王羲之与友人谢安、孙绰等 41 位当朝名流会聚兰亭，曲水流觞，兴会赋诗，汇编成《兰亭集》，王羲之应大家推举所作《兰亭集序》，书法艺术价值和文学价值均堪称巅峰之作，被誉为"天下第一行书"，也成为序言文体的楷模。

　　千百年来，历朝历代上至帝王将相，下至平民百姓，无不珍爱《兰亭集序》翰逸神飞、潇洒峻朗的书法，文人墨客更是将其作为必临字帖。爱屋及乌，与兰亭雅集相关联的题材、器物成了世人追捧的"文创产品"，各种版本的《兰亭集序》字帖拓本、各种描写曲水流觞的国画作品、各种浅浮雕修禊故事的"兰亭砚"……其中，模印"永和九年"文字的东晋纪年砖名声大噪，深为收藏家所钟爱，若有"永和九年，岁在癸丑"八字更被文人墨客视为瑰宝。

　　宋代赵明诚所著《金石录》，开金石学先河，亦有少量砖录，研究汉晋六朝之间的古砖。清代金石考据学的中兴带动古砖收藏的热潮，对藏砖者而言，传世较少的永和九年砖是古砖中之名品，无不梦寐以求，其价值远超其他文字砖、画像砖的数倍、几十倍。从现存的砖拓来看，清代至今，江浙一带将近20种"永和九年"文字砖出土，分别为楷、隶、篆、行书等诸体，有的清朗典雅，有的恣肆奔放，有的秀气内敛，有的朴茂古拙。

"永和九年"文字砖难得，其砖砚更弥足珍贵。清代以阮元、吴昌硕、张廷济等为代表的金石、书画名家开始将这些古砖制成砚台，苍老古雅，集研究、实用和收藏价值于一体。清代四大书法家之一的梁同书曾因得了一块"永和九年"砖砚而喜出望外，专门为之题刻砚铭："顽物千年遂不磨，不知荡蹋几沧波。昭陵玉匣今安在，断甓犹传晋永和。"即便是"永和九年"的残砖，如今依然被藏家热捧，用来作瓷器摆件底座、茶承、杯托等，增添文化品位。

"永和九年"砖为世所重，从侧面反映人们对"天下第一行书"的顶礼膜拜，对中华优秀传统文化的景仰之情。

2023年6月作于雅集楼

风尘三侠：英雄美人家国梦

收到上海一家艺术品拍卖公司的画册，封面赫然印着现代"海上画派"著名画家程十发的《风尘三侠图》，画面以浓墨设色写意刻画隋末唐初李靖、红拂女、虬髯客骑马佩剑浪迹江湖的情景，多变的笔墨意趣强烈而和谐，具有浑厚、古朴、生机盎然的艺术效果，将三侠潇洒出风尘、豪迈入神韵表现得淋漓尽致。

《风尘三侠图》脱胎于古代武侠小说《虬髯客传》。自古以来，武侠小说在中国文学史上长期占有一席之地，汉代司马迁《史记》中的游侠、刺客列传可称为武侠小说的源头，至唐代迎来空前繁荣，《红线女》《聂隐娘》《昆仑奴》《虬髯客传》等异彩纷呈。其中，红线女能施展"嫦娥奔月"般飞腾绝技，还会点穴神功；聂隐娘擅长轻功剑术，会飞剑斩敌；昆仑奴能背着两个成年人飞跃十多道围墙……诸多高超的武术描写令人咋舌。《虬髯客传》没有描写绝世武功，却有佳人慧眼识英雄、青年才俊功成名就、有情人终成眷属的完美故事，人物形象刻画尤为鲜明突出。

《虬髯客传》是唐末至五代十国杜光庭所著，讲述隋朝末年，胸怀大志的英俊青年李靖来到长安，拜见权倾一时的楚国公司空杨素，献上治国谋略。杨素身边一位手执红拂的绝色侍女阅人无数，唯独对李靖一见倾心，毅然在夜半时分女扮男装来到馆舍，表白愿和他私奔。两人情投意合，在逃离途中遇见一代枭雄虬髯客张仲坚，遂义结金兰，成为"风尘三侠"。他们经过太原，结识了器宇轩昂的少年李世民，原本筹划逐鹿中原的虬髯客顿感自愧不如，产生退隐江湖之心。不久，杨素离世，三侠回到长安，虬髯客将万贯家财和收藏的兵书全部赠给李靖夫妇，嘱咐他们将来辅佐李世民成就功业，然后携妻绝尘而去。几年后，天下大乱，李渊、李世民父子趁势起兵攻占长安建立唐朝，李靖前来投奔，开启了无敌战神模式，在统一全国、抗击外族战争中发挥重要作用，先后平定江南、诛剿叛乱、安抚岭南、灭亡东突厥、征服吐谷浑，战功赫赫，被封为卫国公，红拂女也成了一品夫人，夫妻感情笃厚，白首不相离。贞观十年，李靖夫妇听到虬髯客率部攻入海外扶余国自立为王的消息，便在家穿上礼服，面朝东南方祝祷叩拜。

《虬髯客传》诞生后，为历代文人广为传播，入编《太平广记》《说郛》等多种版本的小说集。在《红楼梦》第六十四回，曹雪芹借林黛玉之手创作《五美吟》，以五首诗分别吟咏了历史上五位有名的美丽女性，其中"长揖雄谈态自殊，美人巨眼识穷途"就是描写红拂女初见李靖慧眼识英雄的情景。这个题材也深受历代画家青睐，并冠以"风尘三侠"之名创作，迄今传世最早的作品为明代唐寅手笔，以工笔人物手法描写三人在客栈初遇时的情景。清代、民国时期，工笔加小写意的"风尘三侠"国画作品就更多了，改琦、苏六朋、黄慎、钱慧安、任伯年、黄山寿、潘振镛、冯超然、费丹旭、沈心海、陈少梅等一大批著名画家均有相关传世之作，画面上李靖清疏俊朗，大多是朝虬髯客作揖的侧面像；虬髯客一身草莽英豪之气，在画中最为醒目；红拂女站在李靖旁，是一位瓜子脸、丹凤眼、樱桃小口的标准古典美人。其中，晚清"海上画派"领军人物任伯年特别钟爱画《风尘三侠图》，现存传世作品就多达十几幅，多数描绘李靖夫妇各骑白马、黄鬃马，虬髯客骑黑驴，谈笑风生、浪迹天涯的场景，将三侠"处江湖之远而心怀庙堂之高"的侠骨柔肠生动地表达出来，实际上是其自身希冀改变当时颓废的社会心境的写照。现代著名画家除了程十发以外，刘旦宅、黄胄、范曾、施大畏、韩硕等也擅长画"风尘三侠"，他们在用墨、着色、写意等方面各显神通。

从古到今，除了国画、小说，表现"风尘三侠"的艺术表现形式还有瓷艺、评书、戏剧、话剧、影视剧等，它诞生了上千年，早已成了侠肝义胆的代名词。在古典审美意识正在回归的今天，"风尘三侠"的故事仍将和着大唐盛世的恢宏气象，延续演绎着千古传奇。

2022 年 5 月作于雅集楼

米家山水：烟岚云岫隐碧霞

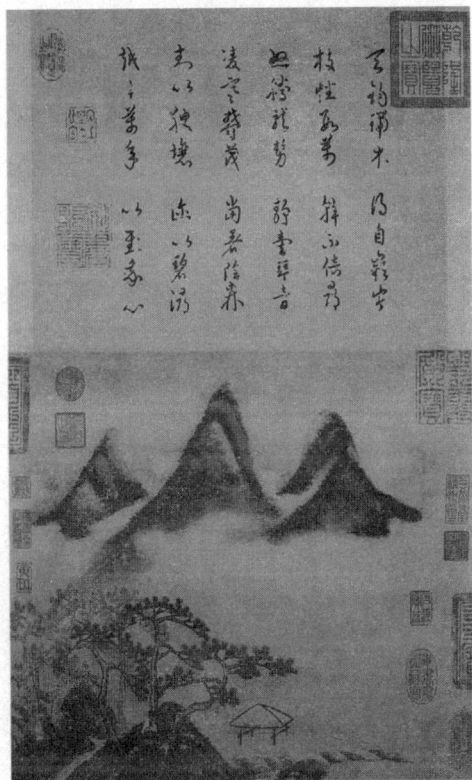

当前，推溯宋韵文化的热潮方兴未艾，宋代文化元素最具代表性的莫过于书画艺术。北宋初期，中国山水画形成南北两大流派，北方是以荆浩、关仝、李成、范宽为代表的雄壮浑厚风格，江南是以董源、巨然为代表的明秀清雅风格，达到了前所未有的巅峰，使中国水墨山水画形成耀古开今的局面。经过上千年传承，绵延至今，虽然细分出更多的书画流派，但是南北的脉络仍然比较清晰。

江南山水画派中，有一种在意境方面更趋于抽象化、意向化的小流派，给国画赋予了别样风雅的含义，即文人画，泛指文人、士大夫的绘画。文人画始于唐代王维，在宋代受苏轼的大力推动，多取材于山水、花木，讲求笔墨情趣，强调神韵、意境，倡导融诗词书画为一体，格调高雅，是人品、学问、才情和思想四个要素的充分展现。两宋时期米芾、米友仁父子创立的"米家山水"就是其中的代表。

米芾是宋徽宗钦定的书画学博士，集书画家、鉴定家、收藏家于一身，与苏轼、黄庭坚、蔡襄合称"宋四家"；米友仁承继并发展米芾的山水技法，深得宋高宗的赏识，担任敷文阁直学士。"米家山水"突破运用线条表现峰峦、树木、云水的传统，一改青绿山水、金碧山水、浅绛山水、没骨山水等着色技法，趋于水墨化、晕染化，并纯粹以黑、白、灰三色作画，如同书法白纸黑字的本源一样，主要描绘江南水乡烟云掩映、风雨显晦的迷蒙景色，以表现雨后山水的烟雨蒙蒙、变幻空灵而见称，回归祥和宁静的情趣。在中国山水画的巅峰时期，米芾以彻底的文人姿态独辟蹊径，在山水画领域创造了"落茄点"（或称"米点皴"）的笔墨语言，画法强调用墨，以泼墨、水墨渲染、淡墨轻岚和点子皴，参以破墨、积墨、焦墨，通过墨的深浅浓淡和笔的横点排比，来表现烟岚云岫、风雨微茫、虚无缥缈、宛若仙境的景象，墨色酣畅淋漓中见意趣，形神兼备，情境超然物外。这种别具一格的画风表现江南烟雨景色的山水，不求修饰，不落俗套，崇尚天真，用文人的眼光主动审视世界，以"自适其志"的情怀为主旨，抒写"胸中盘郁"，使绘画变得更加纯粹和自我，充分表达了文人士大夫的审美情趣。

　　由于"米家山水"独树一帜，风格鲜明，作为中国山水画史上具有革新与创格意义的经典样式，对后世文人画的推进与发展具有深远的影响。自宋以后，对"米家山水"啧啧称道、临仿玩味者不在少数，元代高克恭，明代董其昌，清代王原祁、吴石仙，现代吴湖帆、启功等一批书画家不断将"米家山水"发扬光大，留下了大量传世作品。最令人震撼的莫过于明宫廷院画四屏巨幅作品《十八学士图》，其描写宫廷贵族、士大夫园林雅集的场景，庭园内湖石盆景纵横错陈，几榻、桌案、墩椅、画屏、雕漆、瓷器、文房等日常用物摆设，其中画屏内就绘着米家山水图。细品这幅画中画，画面云漫山腰，有流动之态，丛树朦胧，茅舍隐现，于简逸中含深邃，朦胧中富变幻，在格调、意趣、气氛、风格及表现手法、笔墨形式诸方面深得"米家山水"之法，也为我们传承"二米"笔墨意韵提供了极大的参考价值。

2022 年 6 月作于雅集楼

海屋添筹：雅俗共赏传经典

中国画的主基调是表现自然之美、人文之美、艺术之美、和谐之美，通常分为山水、人物、花鸟三科，山水画表现的是人与自然融为一体，人物画表现的是人与人的关系，花鸟画则表现自然界与人和谐相处的各种生命。纵观历代中国画坛，三科俱为精湛的画家并不多见，如能将山水、人物、花鸟情景交融在同一幅画中，布局繁而不杂、笔墨气韵生动、整体形神兼备的更为凤毛麟角。然而，自古丹青名家总是不断挑战巅峰，留下经典之作，《海屋添筹图》就是一个极具检验性的国画题材。

"海屋添筹"典出北宋苏轼的《东坡志林·三老语》，讲述三位老人相遇，互问年岁，一位老人说："我忘了自己多少岁，只记得小时候认识一个叫盘古的人。"另一位老人说："每逢沧海变成桑田时，我就拿竹筹（计算用具）记录一次，至今竹筹装了十余间房屋。"第三位老人说："我曾经吃了一个蟠桃，把桃核丢在昆仑山下，长出的树现在和山一样高了。"苏轼借这个寓言讽刺那些爱吹牛皮的人，表达生命在宇宙里显得非常渺小，应该珍惜短暂的人生之意。"海屋添筹"这一成语随之诞生，后来逐渐演变为长寿无疆的吉祥寓意，出现另一版本：传说东海中漂浮着一座楼宇，内贮记录世间每个人寿数的竹筹，如果托仙鹤再衔一筹添入，可增寿百年。因而后人贺寿常以"海屋添筹"为祝颂词。

最早将"海屋添筹"创作成国画的，有据可考是从南宋宫廷画家李嵩开始；明代有唐寅、仇英、文伯仁、尤求、陈继儒等一批名家作品问世，深得贵族士大夫阶层青睐，不少文人专为《海屋添筹图》题咏诗词。《海屋添筹图》大多是青绿设色的工笔加小写意，画面寿山高耸，峰峦凝翠，危崖嶙峋，碧海波澄，布局疏朗有致，层次分明；一座楼阁隐于山海之间，朱栏画栋，松梧苍寒，挺拔秀逸，仙鹤翔集，其中一鹤口衔竹筹，飞往楼阁投放；数位神仙在松间论道，抬手指点着山川，有超然出世的气概。及至清代，"海屋添筹"题材备受皇室钟爱，禹之鼎、杨晋、屈兆麟、李荷生等一批宫廷画家先后有作品传世，北京故宫中现仍存有此类壁画，慈禧太后娘家桂公府的房梁上也有相关图画。清代皇室还从"海屋添筹"衍生出一系列吉祥图纹，频频出现在刺绣、挂屏、玉器、瓷器、漆器、砚台及鼻烟壶中，对民间艺术也产生了极大的影响，成为百姓日常生活的一部分。

回到绘画艺术层面而论，画家如果没有扎实的功底、驾轻就熟的把握，是轻易不敢触碰这个题材的，否则容易出现败笔，变丑变俗。我们常见象征吉祥美好寓意的中国画题材极其丰富，有旭日东升、福山寿海、蓬莱图等山水画，麻姑献寿、福禄寿三星、八仙过海等人物画，花开富贵（牡丹）、竹报平安、三阳（羊）开泰、耄耋（猫蝶）、一路（鹭）连（莲）科、安（鹌鹑）居（菊花）等花鸟画，但与《海屋添筹图》相比，无论从构图、技法还是内涵的丰富程度上，都会显得逊色不少。近20多年间，全国各地艺术品拍卖中出现的《海屋添筹图》，主要是清代、民国时期的万寿棋、胡锡珪、黄山寿、程璋、赵叔孺、冯超然、朱梅邨、吴青霞等名家力作，画面于严谨中不乏古朴浑厚之意趣，秀润华彩中不失风姿雅逸之格调，可谓精彩纷呈，雅俗共赏。

现当代以来，中国画三科之外被细分成若干小画科，比如花鸟分花卉、瓜果、翎毛、走兽、虫鱼等，按表现方法有工笔、写意、勾勒、设色、水墨等技法形式，其中设色又可分为金碧、大小青绿、没骨、泼彩、淡彩、浅绛等多种，造成专攻分支画科者越来越多，全能画家越来越稀缺的态势，乃至近半个世纪未见《海屋添筹图》新作。随着中国传统审美文化的复兴，《海屋添筹图》也许会成为新一代国画家攀越的艺术高峰。

2022 年 6 月作于雅集楼

富贵寿考：中兴名将写传奇

　　近代以来，钱慧安、吴昌硕、齐白石、蒲华、陈半丁等国画名家大师非常喜欢创作"富贵亦寿"题材，一类为花鸟画，以牡丹寓意富贵，寿石、寿桃或松菊寓意长寿；另一类是人物画，一位头戴红缨盔、身披银色铠甲的武士牵着骏马，面向半空中的仙女行拱手礼，仙女左右各有一位执扇侍女，周围祥云缭绕。这一题材的国画作品寓意财富显贵又享有高龄，典出《旧唐书·郭子仪传》："富贵寿考，繁衍安泰，哀荣终始，人道之盛，此无缺焉。"

　　相传唐朝中期，郭子仪从军多年，屡立战功却不被重用。一次，他奉命去催运粮草，不觉天色已暗，一阵狂风卷着沙石呼啸而来。郭子仪只好投宿在一间小破屋，半夜在睡意蒙眬中发现一片红光，把漆黑的小屋照得通亮，他赶紧冲出屋去，看到一位美丽的仙女由两侍女陪护着正驾七彩祥云飘在半空。郭子仪连忙双手抱拳望向仙女拜到："今日正是七月初七，想必是织女娘娘降临世间，请赐我富贵和长寿吧。"仙女听罢说道："若你努力，将来一定会得到富贵和长寿的。"说完冉冉升天，不见踪影。这时风停了，天也亮了。郭子仪记住织女娘娘的话，从此做任何事情更加谦虚谨慎，努力进取，精于谋略，获得步步高升，尤其在平定"安史之乱"、击退吐蕃侵扰战中力挽狂澜，扶唐朝大厦之将倾，功勋卓著，受封汾阳郡王，进位太尉兼中书令等。最令人津津乐道的是郭子仪权倾天下而朝廷不忌，功盖一代而君王不疑，他有八子七婿都是朝廷重要官员。郭子仪及至85岁无疾寿终，富贵与长寿是真的都得到了，是非常完美的一生，不愧是千古一人。

"富贵寿考"这一题材在我国民族各类艺术中也广泛应用，无外乎人们用以寄托对美好生活的向往，无论对人对己，都是表达一种具有最高含量的吉祥如意的祝福。此外，与郭子仪有关的故事衍生出诸多脍炙人口的传统戏剧代表剧目，如《郭子仪拜寿》《满床笏》《长生殿·酒楼》《打金枝》等，戏剧中的郭子仪都是一个文武双全、忧国忧民、拯救天下的英雄形象。其中，《打金枝》讲述汾阳王郭子仪花甲寿辰，众子婿前来拜寿，唯独三子郭暧之妻升平公主自恃尊贵不往，引起议论，郭暧怒而回府，在争吵中打了公主，公主向唐皇哭诉，郭子仪将郭暧五花大绑上殿请罪，但唐皇明事理、顾大局，劝解小夫妻消除前嫌，和好如初。一直以来，各地方戏曲几乎都有郭子仪相关的剧目广为流传，戏迷们津津乐道，耳熟能详。

2022 年 7 月作于雅集楼

二十四孝：尊亲美德永流芳

儒家思想是中华传统文化的主流意识形态，自汉代以来，儒家文化经典《十三经》的地位之尊崇，影响之深广，为其他典籍所无法比拟。其中，《孝经》以"孝"为中心，奉孝道为天经地义，是人类最为根本首要的品行，也是全社会都必须谨遵的伦理。随着对孝道广为宣扬的需要，通俗易懂的中国画《二十四孝图》非常深入人心。

中国画对社会具有"成教化、助人伦"的审美功用，也寄托着画家崇高的道德情操与人格理想。《二十四孝图》起初作为普及读物，由历代24个孝子从不同角度、不同环境、不同行孝的故事集组成，印本均配以简图。南宋画家赵子固的《二十四孝书画合璧图》是迄今为止发现最早的国画作品，其后的国画册页、绘本、屏风乃至木版年画、漆画、瓷板画、木雕、砖雕、瓷雕、玉雕、刻砚、刺绣等各种艺术表现形式缤彩纷呈，是中国传统文化中极具代表性的一套视觉图像，将虞舜"孝感动天"、汉文帝"亲尝汤药"、剡子"鹿乳奉亲"、杨香"扼虎救父"、蔡顺"拾葚供亲"等经典故事情景再现，作为仁孝教育的标准典范，融入世俗生活。两千多年来，"孝"作为一种衡量人的尺度及教化社会的理念，已深深地融入中国人的血脉。

新文化运动以来，随着新青年们"反传统、反孔教、反文言"的革新思潮爆发，有人提出了"非孝论"，并非反对子女对父母的敬爱，而是反对不平等的"孝道"，主张平等的"爱"，认为传统孝道造成了中国家族本位，不利于培养公民的国家意识，在中国近代的社会转型中起到了解放思想的作用。鲁迅先生在他的杂文中，表达了对《二十四孝图》中"老莱娱亲"和"郭巨埋儿"两个故事的强烈反感，辛辣地批判了宣扬封建的愚孝。站在客观的角度看，无论是新文化，还是老明经，他们对"孝道"皆非常看重，只是主张的方法、表达的手法不同而已，在救国救民、宣扬美德、劝人向善的精神层面上殊途同归。当新旧文化观念不断冲突之时，现代国画大师陈少梅在20世纪30年代创作了20米的长卷《二十四孝图》，鲜明地表达了自己既坚守传统，又融合时代潮流的态度。画面注重营造诗意化氛围和情境，用清灵舒畅的笔墨，细腻鲜明地刻画人物神情，恰当地表现出他们的不同身份、性格和心理活动，生动地展示了一个个古代生活图景。人物主体与背景和谐相处，村舍、田间、山野、竹林、庭院……及四时不同之景各展其情，使其情节性、故事性含蓄在时空的境域之中，谨严精整之中透出隽秀和灵逸，将文人学士所崇尚的雅趣成分凸显出来，大大淡化了"说教"成分。除此之外，画家还邀请28位甲榜进士出身的晚清遗老为24帧画作题字、题跋，书画合璧装裱，既精妙又壮观，成为近代以来同题材最具代表性的书画作品。

当前，国家文化软实力、中华民族伟大复兴的"中国梦"、中国特色社会主义理论、社会主义核心价值观及中华传统美德有机融合在一起，形成了新时代传统文化观。从这一文化观去看待《二十四孝图》，我们继承和弘扬的应该是孝道文化的精华，剔除其中某些封建糟粕成分，深入挖掘根植于中华民族基因中的孝文化特质，对其进行创造性转化、创新性发展，能够进一步彰显其当代价值。随着社会新型孝文化的建设，新《二十四孝图》已在一些地方应运而生，起到积极的宣传教育效果。由此可见，这一题材必然会吸引愈来愈多的当代画家投入创作，不久的将来一定会诞生出优秀的作品。

2021 年 3 月作于雅集楼

劝农诗画：安定社稷意蕴深

　　我国自古就是一个农业大国，将"国家"别称为代表土神与谷神的"社稷"，历代帝王都把农业看作国家的根本。时至今日，中央对我国国情、农情、粮情深刻把握，每年发布以"三农"为主题的"中央一号文件"，彰显了"三农"在现代化建设中重中之重的地位，充分体现了确保国家粮食安全的坚定决心。

　　追溯中国传统农政思想的核心，即政绩观和勤农观，政绩观是朝廷把农业收成的丰歉，作为考察国计民生的好坏和自身施政得失的一个标准；勤农观是指确立以农为本的原则和制订一套劝勉农事的治国方略，多数朝代还专门设置劝农官吏。根据史书记载，最早是从伏羲时期开始，每年农历的二月二，朝廷都要举行"劝民农桑"的仪式，宣传农业对国家的重要性，天子经常当表率，行亲耕之礼，百姓欢欣鼓舞，处处呈现一派春耕忙碌的景象。

　　历朝历代，以"劝农"为题材的书画作品并不鲜见，除了故宫博物院及各大博物馆珍藏难得一见以外，近十几年来屡有名家力作出现在艺术品拍卖会，其中乾隆皇帝亲笔御书诗 62 首装裱成 2 本 38 开册页，王杰、刘墉、董诰、彭元瑞等一批重臣题写跋文的

《劝农纪典》，在 2004 年北京翰海秋拍中，以 572 万元成交，创同类题材书画拍卖纪录。明代书画大师文征明、清代宫廷画家沈庆兰、王云等相关作品也有陆续登场，其中王云的设色绢本手卷《劝农图》绘写精工，敷彩明丽，人物、车马、山水、树石均细致周到，情景亦十分生动。此卷长 3.45 米，宽 0.31 米，作于雍正七年（1729），画家时年 78 岁，根据历史记载和民间传说再现远在清朝之前的古代帝王春郊劝农的场景。画面大体分为前、后两个部分，前半部分近景是村舍田畴，远景是河岸陂塘，村舍掩映在山坡和树丛之中，田间纤细的麦苗已经返青，村前大路上有两个公人骑马驰过，向村中和田塍上的村民招呼，其中一人以马鞭向后指，村民根据示意纷纷聚拢，向同一方向行走；画卷的后半部分场面开阔，大路上有一大队人马，前卫执旒旌华盖，后卫则是高车驷马，羽旗林立，前呼后拥，左、右卫簇拥一位骑着白马、气宇轩昂的王者缓缓行进，前方已有众多村民极恭谨地跪迎在大路两旁。前后两部分之间为一片丛树，巧妙地起着分段和承接的作用。

　　在历代统治阶级的重视和鼓励下，"劝农"题材的诗词文赋也非常多，晁错、陶渊明、苏轼、王安石、杨万里、吴芾、陆游、朱熹、文天祥等名流大家均有传世之作，有的还以选入通俗教育读本的形式教导民众，最著名的当属陶渊明的《劝农》六章，全诗环环相扣，突出地表现了诗人的农本思想，强调农耕对生计的重要意义，即便舜、禹那样的贤君，贤达的人士，都躬耕自足，更何况是普通的老百姓，旨在劝勤勉而戒懒惰。同时，诗人描述"卉木繁荣，和风清穆"的上古气象，"傲然自足，抱朴含真"的淳朴民风，写景观物，情致高远，无不体现出旷远的性情。

　　读古代"劝农"书画诗文，发掘其思想内涵对当代农业发展仍有借鉴意义，对社会主义和谐新农村建设也具有重要的现实意义。时下，文艺创作强调坚持"二为方向"和"双百方针"，不断推出更好更多的精神文化产品的大环境下，"劝农"题材非但不能缺位，还要在继承传统的基础上不断推陈出新。

2021 年 1 月作于雅集楼

卷三

青色风雅

一件件宋代青瓷花瓶摆于案上，犹如一簇青袂绿裳的古典美人，身姿婀娜柔美，气质超凡脱俗。

——《青袂绿裳流宋韵》

在成长的历程中，我们就像这些青瓷酒杯，刚出窑时火气过重，表层泛着浮躁的光泽，随着岁月的抚摸，空气和美酒的滋养，渐渐有了一层包浆，变得温润深沉。

——《琴瑟诗酒趁年华》

我凝视着它，想它用来饮茶也好，斟酒也罢，在古代文人的心目中，都引以为人生重要的事情，因为壶里似乎浓缩了日月星辰、天地山水及人生境界，衬托着人生的得意辉煌与失意暗淡。无论道家还是法家，智者还是仁者，他们秉持执壶，可以在恬淡闲适中获得心灵的彻悟。

——《壶里乾坤心自在》

真正的艺术，从来都是曲高和寡的，常常矗立在俗流遥不可及的高度，等待矢志者去攀越，知音人去赏读，决不刻意迎合大众的口味。

——《暗香浮动月黄昏》

千峰翠色萦梦中

2002 年金秋，适逢杭州清河坊历史文化街区正式开街，我穿行在熙熙攘攘的人流中，一路寻访南宋人文古迹和明清老字号，准备逛逛古玩店练练眼力。那时的我，初涉艺术品收藏江湖，读了几本入门书籍就按图索骥，每逢出差到一个城市，总会抽空乐此不疲地逛逛古玩市场，鲜有捡漏，却常交"学费"。但自从踏入清河坊开始，我的收藏生涯风生水起。

慕名参观了"江南药王"胡庆余堂，我无意中发现正对的小巷口有一座两层的老宅院，门口挂着名为"浙江古陶瓷博物馆（筹）"的竖直牌匾。于是，好奇地迈进门槛，只见天井已被搭了一间办公室，摆设有床铺、圆桌、椅子、方凳、茶几。再往里，墙角布满了博古架、橱柜，古陶瓷像兵马俑一样密密麻麻排列，连橱柜顶上也挨挨挤挤的。

一位年过半百、身材魁梧的先生身穿白衬衫，正摇着蒲扇坐在藤椅上看报纸，听见脚步声抬头往鼻尖拉了下眼镜，瞄我一眼，问："找谁呀？"

我连忙说："我就随便看看，来观摩学习的。"

他摘了眼镜，招呼我坐，递来茶水，开门见山地自我介绍是考古学专家吕献珍，并指着满屋子的文物古董同我海聊起来。

正聊着，楼梯上走下来一位戴着黑框眼镜、穿着一套灰色西装的瘦高个花甲老者，和善地微笑着，一声不吭坐在旁边。吕老师向我介绍，这位是从杭州园林文物局退休的良渚文化研究专家李加林先生，他俩耳闻目睹城市建设规模越来越大，出土文物越来越多，由于国家文物保护专项资金有限，长期以精神奖励为主的机制滞后，难以遏制文物流散现象，就一起筹建了这个民办博物馆，倾尽毕生积蓄去抢救文化遗产，尤其是防止长江中下游地区历史文化价值巨大的国宝流散。

跟着他们踏上会发出吱吱叫声的木楼梯，令我惊叹的是二楼玻璃展柜里全是代表长江流域史前文明的河姆渡文化、良渚文化陶器，还有汉晋唐宋时期的青瓷，其中国家二级以上文物多达上百件。原本不善言辞的李老师此刻变得滔滔不绝，指着刻有日月流星纹、天地山水纹的陶罐说，这是人类最早的历象风水学依据，在上面仿佛看得见文明的曙光初照；指着黑陶鬹说，这是世界上最早的母亲抽象雕塑，上半身健硕丰乳的形象源于母系氏族时期对女性的崇拜；指着镂空陶豆上像蛇或藤缠绕，如迷宫般玄妙的编织纹饰图案说，这是"源极图"，也就是中国结的始祖……我的目光最后流连在造型传神、釉色青翠欲滴的越窑青瓷上，有的庄严，有的古朴，有的典雅，有的精致，有的秀韵，有的温润，有的冰清，有的简约，有的脱俗……百看不厌，我还第一次触摸到传说中晚唐、五代时期皇家专用的秘色瓷。

缘分很神奇，那天我们仨在谈笑风生中确认了师生关系。两位老师在这只有 150 平方米的宅院里，打开所有的珍藏，讲述起江南古陶瓷的演变历史，让我明白了瓷器源于新石器时期陶器的进化，取其神韵而精于外形；商周时期出现的原始青瓷是中国瓷器的鼻祖；浙江越窑青瓷是中国瓷器之母，宋代是单色釉青瓷的登峰造极时期……不知不觉，天色已晚，我们又到附近小酒馆边吃边聊，兴致盎然，直到打烊时分。

此后，每当出差杭州，我总要去两位老师的博物馆取经，通过他们的言传身教，每次都有理念的更新、鉴赏眼力的长进、审美水平的提升。

渐渐地，我找准了自己的定位，不再舍近求远满世界"寻宝"了，领悟家门口的古代青瓷就是顶级艺术品，只要专题收藏研究有所成就便可足慰平生。20余年来，我的足迹遍及杭州乌龟山、慈溪上林湖、余姚前溪湖、龙泉上垟、临海梅浦、黄岩沙埠等古窑遗址，拍摄资料、研究标本，乐此不疲。每当我置身青山绿水间，望着"文明的碎片"漫山遍野撒落的情景，唐代诗人陆龟蒙"九秋风露越窑开，夺得千峰翠色来"的经典诗句就从脑海里浮现出来。

我常常情不自禁地捡起瓷片，以其青绿的单色釉去对照天空、远山、树林、竹园、田野、草地、湖水，都能够惊喜地找到相近的色彩。特别是在明媚的春光里，走在古趣盎然的龙泉青瓷小镇，从一排排土墙镶嵌的瓷片中辨别哥窑的釉面网状开片，或重叠如冰裂纹，或纵横交错如金丝铁线；弟窑的釉面纯粹无瑕，青莹如玉；龙泉官窑的釉面层叠莹澈，细密如片片龙鳞。那些瓷片中，青绿得像梅子一样浓翠的，称梅子青；青绿中显粉白的，称粉青；青绿中偏灰的，称灰青；青绿色类似青蟹外壳的，称蟹青；纯净得像雨过天晴之色的，称天青；如绿叶华滋芳草萋萋之色的，称翠青；似一汪纯净湖水的，称湖绿；黄中泛绿，色泽有如暖玉的，称米黄；青中带黄，黄得深邃透亮的，称蜜蜡黄；嫩绿如春茶的，称茶叶绿；乳白带有蓝色，近似月光之色的，称月白……在梦里，也常常会出现鉴赏古代青瓷的情景。

我终于明白，西方把中国称为与瓷器同名的"China"，不仅仅是因为中国人创造了瓷器，更在于他们惊叹瓷器神秘又恒久的魅力。我们祖先的哲学思想中，天地万物由金、木、水、火、土五种元素构成，五行相生相克，形成和谐共融的大千世界。第一件青瓷的诞生，何尝不是五行完美融合的艺术结晶？土，是制作瓷器的主要原料；水，与瓷土调和，成为瓷坯；金，长石、石英、硼砂等金属矿物质经过提炼研磨成釉浆，再给瓷坯上釉；木，瓷坯入窑后，松柴是不可或缺的燃料；火，升腾起上千度窑温，瓷坯浴火重生，变成一件件精美的青瓷。

吕老师曾说，东汉辞书《释名》中有"青，生也，象物生时之色也"这句话，意思为青是大自然朴拙之色，是生命活力之色，也是赏心悦目之色，青瓷融汇着中华民族崇尚自然的内在精神。这让我进一步领悟到，"母亲瓷"素雅、恬淡、纯净、含蓄、和谐之美，凝聚了中华传统文化中儒家、道家、禅宗的思想精髓，呈现了独具魅力的极简主义美学思想，抒发着古人追求雅致质朴的情趣，和今人钟情翡翠、欣赏青绿山水画、品绿茶、养兰、赏竹的审美意识异曲同工。

多年以后，吕献珍老师入选文化部艺术品鉴定委员会委员，自此忙于在全国各地参加学术交流活动。老宅院正式挂牌为"浙江吴越古陶瓷博物馆"，只剩下李加林老师孤零零地坚守，平日里由我的师妹陆玲玲帮衬着打理。我每次来馆里，都能闻到一股浓浓的中药味，才得知长期患有胃病的李加林老师拖着羸弱的身躯，在那么狭小的空间里，每天熬着中药，看护着不计其数的文物瑰宝，常为支付房屋租金捉襟见肘，却满怀希望地接待一拨又一拨慕名而来的专家、记者，传递重视文化传承的声音，也吸引着一个又一个官员亲临现场，纷纷表态要支持硬件建设，落实场馆用地，最后都没了下文。有几位爱好艺术品收藏的企业老总曾先后来找李加林老师，提出收购、入股或以资金赞助形式换取文物等五花八门的方案，均被婉言谢绝。李老师坦然说，我不卖文物，我只想和有志于公益事业的团体合作，把老祖宗留下的宝贵遗产守护好，让历史文脉更好地传承下去。多年过去了，在清河坊曾与其比邻的近十家民间博物馆都因入不敷出而纷纷搬离，只剩下他初心不改，继续艰难维持。

　　李老师的博物馆里有一件良渚文化双耳夹砂黑陶药钵，可能是迄今发现存世最早的药钵了，我从李老师和陆玲玲合著的《从良渚文化实物求证中国 5000 年文明》中读到一段文字："药钵的出现，有力地证明了远古人类已经开始寻求治疗疾病的方法。这类具有代表意义的器物，在以往国内的史前考古中极少发现。此件药钵出土于南湖，属良渚文化早期遗物……"更为神奇的是，药钵里面竟然原封不动置有一棵野生平盖灵芝，与胡庆余堂国药号专柜出售的同类灵芝一对照，分毫不差，佐证人们奉灵芝为仙草的历史非常悠久。这棵 5000 多岁的古老灵物，引来人们争相观赏，坊间风传它堪比白素贞从王母娘娘处盗取而来的灵芝仙草，具有延年益寿、长生不老的功效。但在李老师的眼里，它始终是一件不可亵渎的珍贵文物，无论自己病有多重，都不曾动过将其当"仙草"服用的心思。

　　2017 年初秋，距我们师生相识整整 15 年之际，师妹陆玲玲在微信朋友圈发出噩耗……李老师余生的梦想戛然终止，抱憾离世。我赶紧坐动车赶到杭州，在极为简陋的灵堂里跪拜，望着李老师慈祥的遗像，便想起他生前曾感叹，人生短暂，不过百年，过眼云烟而已，而文物保存了几百年、几千年，经历了多少盛衰兴亡的王朝，阅览了多少悲欢离合的故事，究竟是我们在收藏文物，还是文物在收藏我们呢？

我理解，李老师甘愿过清贫的生活，精神上却超级富有，建了这个纯公益性的博物馆，抢救长江流域先民创造的文化遗产并精心保护起来，再和大众分享自己研究的成果，就是他此生最有意义的事。

如今，李加林老师之子李元继承了古陶瓷博物馆，继续走适度开放、服务社会的公益之路，陆玲玲放弃了珠宝鉴定师的职业，全力支持，无怨无悔。近年来，随着良渚古城遗址申报世界文化遗产成功，杭州不断深入挖掘良渚文化的当代价值，还提出实施宋韵文化传世工程，系统开展宋韵文化研究传承和南宋文化品牌塑造，民间博物馆从某种程度上迎来了新的发展机遇。

至于吕献珍老师，我与他已有数年未见，想到我们仿佛不同班次的列车行色匆匆奔忙在各自的人生轨迹，禁不住感慨世间所有的相遇，都是一种久别重逢。不过，我还能在自媒体上看到吕老师作为国家级专家参与文物保护活动的报道，得悉他如意安康而倍感欣慰。在大多数业余时光里，我将两位老师传授的理念铭记于心，致力于古陶瓷的传统文化研究、鉴赏审美，并触类旁通收藏书画，研习茶道，撰写出一系列文章，在诸多国家级、省级报刊发表，还受聘为市级文博专家库成员。殊途同归，我紧随他们将研究、传承、弘扬中华民族传统文化作为毕生的追求。

2018 年 9 月作于墨庄

2023 年 6 月改之

青藤论茶悟妙道

　　癸巳年初秋的一抹夕阳下，偷得浮生半日闲，我信步踏进西湖边的青藤茶馆。里面，是温风徐徐、流水潺潺、炉烟袅袅、琴声悠悠的清雅小筑；窗外，是云水迢迢、波光粼粼、杨柳青青、荷叶田田的湖山美景。独享如此别样的景致实在太奢侈，于是招呼客居杭州的友人们前来聚会。

　　等待是个美好的过程。摆上青翠如玉的龙泉青瓷茶具，提来清纯甘冽的虎跑泉水，沏着清浅甘醇的龙井雀舌，品着滑软酥香的芙蓉糕，想起了东坡居士在杭州美好时光中吟出的诗句：未成小隐聊中隐，可得长闲胜暂闲。

　　黄昏，好友们分别从城市的各方围拢而来。我喜得连连斟茶、敬茶。十大名茶，龙井为首；西湖之泉，虎跑为最；茶水交融，相得益彰。龙井雀舌的香气优雅飘逸，上等的茶汤色清澈，粉青的龙泉青瓷卧足杯不会被映染成梅子青、蜜蜡黄。启唇呷茶，含在嘴里回旋，顿觉口舌生香，啜饮轻咽中带有爽滑、清新、温和、甘甜的滋味。正如明代茶人许次纾评述："龙井茶真者，甘香如兰，幽而不冽，啜之淡然，似乎无味。饮过之后，觉有一种太和之气，弥沦齿颊之间，此无味之味，乃至味也。"

　　馆内美中不足的是缺少传统书画可赏、茶道的书籍可读。我忆起多年前的夏季，在唐代"茶圣"陆羽隐居过的余杭双溪参加笔会的情景，那天夜宿山庄，半夜被此起彼伏的群蛙声吵醒，就起床坐在窗前，一边品味明月清风，一边津津有味地读着主办方赠送的《茶经》。读完以后，大汗淋漓，心情畅快，抬头可见漫山遍野翠竹摇曳的影子，已是黎明。

　　"茶圣"最为推崇的是与他同时代的越窑青瓷茶具，有玉璧底碗、海棠式杯、莲花形托盏等，胎质细腻，釉层均匀，浑厚滋润，具有"千峰翠色"之美。越窑中最优质的当属宫廷御用的秘色瓷，晚唐徐夤诗赞为"巧剜明月染春水，轻旋薄冰盛绿云"。人们对秘色瓷真正的认识，是从 1987 年陕西法门寺塔地宫惊世出土开始，无论是五瓣葵口盘、五瓣葵口圈足瓷碗还是八棱净瓶，釉色都青中泛黄，纯净无瑕，令人赏心悦目，传说是玛瑙碾成粉末入釉。晚唐名画《宫乐图》描绘的是宫廷茶筵风尚，正值《茶经》成书之时，从画中可以发现，陆羽一改过去粗放式煮饮法，极力提倡的煎茶法在宫廷里得到了应用，茶汤是煮好后放在一张大方桌上的，而之前的备茶、炙茶、碾茶、煎水、投茶、煮茶等过程由侍女们在画外的场景完成；饮茶时，长柄茶杓将茶汤从茶釜盛出，舀入越窑青瓷玉璧底碗，并佐以核桃仁等点心；10 位丰腴的嫔妃围坐桌前，有的持碗啜茗，有的演奏琵琶、古筝、筚篥与笙助兴，每个人脸上充满陶醉的神情。

　　"茶圣"身后，以茶叶与马匹交易为纽带的茶马古道蔓延了整个大西南，又经西域等地向西亚、北亚和阿拉伯等国输送，西湖龙井、黄山毛峰、洞庭碧螺春、庐山云雾、六安瓜片等绿茶，安溪铁观音、武夷大红袍等乌龙茶，祁红、滇红等红茶最终源源不断地抵达俄罗斯及欧洲各国。也许更令"茶圣"始料不及的，越窑青瓷茶具至南宋被如冰似玉的龙泉青瓷完全取代。

越窑也好，龙泉窑也罢，甚至两宋宫廷所用的汝窑、官窑，均为青绿主题，浓缩地折射了大汉民族崇尚青绿山水、青瓷意韵、青碧绿茶、兰竹长青、翡翠滴绿的色彩，素雅、简朴、含蓄、明净、纯真、淡泊而又高贵，凝聚了中华传统文化中儒家、道家、禅宗的思想精髓，呈现了独具魅力的极简主义美学思想，文人雅士的道、情、理、趣、神、韵、意、度等包含在里面，因而为之倾倒、迷醉。

我一直认为，宋代诗词、歌赋、曲艺、书画、陶瓷等各方面文化艺术达到登峰造极，与统治者审美品位高息息相关，全民审美情趣因此被带动起来，造就群星荟萃、名家辈出的时代。茶文化，自然在那个年代被推向极致。南宋画家刘松年的《斗茶图》中描述四人斗茶的情景：山前苍松下，两人捧茶在手，一人正在提壶倒茶，另一人正扇炉烹茶，画面工写兼备，细致与豪逸并存，生动传神。斗茶，又称茗战，"二三人聚集一起，煮水烹茶，对斗品论长道短，决出品次"。由于茶色尚白，故以黑釉茶碗为最佳。宋代定窑、吉州窑、建窑、遇林亭窑、西坝窑等烧制出黑釉的鹧鸪斑碗、剪纸贴花碗，以及斗笠型的兔毫盏、油滴盏、玳瑁盏、木叶盏等茶具珍品，推动上至宫廷，下至民间，盛行斗茶习俗。后来，斗茶借鉴行酒令，改良为行茶令，"饮茶时以一人令官，饮者皆听其号令，令官出难题，要求人解答或执行，做不到者以茶为赏罚"，雅趣至极。南宋时期的龙泉窑斗笠盏，可能更适用于行茶令，它们釉面光洁，釉色或如满目青梅苍翠欲滴，或冰裂如金丝铁线一般迷魂夺魄，或一汪湖水那样清澈安静……也有釉下刻划白描莲花、牡丹、篦纹花、写意游鱼、月影梅花等，风雅无边。

再后来，紫砂壶横空出世，其工艺与书画、篆刻、雕塑结合，糅合了儒家文化的精髓，制作过程的趣味性激发了文人雅士的参与热情，进一步推动了茶艺的普及，给茶道增添了无数大众化的情趣。

说到紫砂壶，医家允志即兴唤来一壶铁观音，表演功夫茶法泡茶技艺。他先将铁观音投入紫砂壶中，用初沸的泉水高冲、低洒、刮沫、淋盖、烧杯热罐、澄清，再把几个茶杯并围一起，施以"关公巡城""韩信点兵"，然后请我们闻香、品茶。乌龙茶系，属半发酵茶，铁观音汤色橙黄，清澈明亮，滋味浓醇清活，生津回甘，浓饮却不见苦涩，品尝后齿颊留香，回味甘鲜。

"有一千个读者，就有一千个哈姆雷特。"那么，一百位茶客，就有一百种口味。允志还在滔滔不绝地介绍乌龙茶的药理作用突出表现在分解脂肪、减肥健美等方面，女士们终究受不了花茶的诱惑，一方面是花茶泡在玻璃壶里好似鲜花仍在生长，煞是好看，充满小资情调；另一方面花茶的确香甜美味，恰似我们追求的生活状态。作家陈娓点了薄荷柚子茶，一壶的灿烂金黄，上淡下浓，很是养眼。她抿了一口，赞这味道又酸又甜又透心清凉，是开心茶。金石家文君点了一壶枸杞桂花茶，红红的枸杞泡在沸水里十分惊艳，银桂漂浮在壶中，吸收了水分后缓缓下沉，以优雅的姿态纷纷舒张开来，铺在壶底一层落英，未喝已知清新迷人。

画家谢雯说，好怀念第一次在西湖南山满觉陇赏桂的情景。她特地取了一盏金桂花，往青瓷卧足杯里撒上一些，金桂与龙井互相映衬，顿时活色生香。我眼前浮现出几千棵桂花树一齐盛放花朵，香满空山，落英缤纷的景象，"满陇尽是桂花雨，一路芬芳入杭城"，那个时节人们在树下摆了桌椅品龙井，谈笑间，任桂花自由洒落在杯子里，在头肩上，在衣袂间，满世界是无尽的馥郁。

邻座有高谈阔论声席卷过来，一茶客大谈特谈专喝顶级普洱茶的心得，并口口声声称其为红茶。我摇头苦笑，轻声对诸友说，在绿茶之都对时髦饮茶唱高调，似乎班门弄斧了，普洱其实是黑茶，称其为红茶的，必然是品茶未入门者。只不过"越陈越香"和没有保质期的优势，留下了巨大的商业炒作空间，有人大肆囤积待价而沽，有人跟风喝茶，上了流行文化的瘾。

一时无语。

我想，茶如知己，只有懂它的人，才能品出它的芳馨，它的香郁，它的淳甘。茶回报知己者，除了茶多酚抗病解毒的功效，更多的是生命的感悟。

佛家说：茶禅一味。意即品茶如参禅，茶道即禅道，禅道即人道。

道家说：人化自然。意为化自然的品格为自己的品格，才能从茶壶水沸声中听到自然的呼吸，才能以自己的"天性自然"去接近品茶雅趣，契合客体的自然，彻悟茶道、天道、人道。

儒家说：和睦清心。主张在饮茶中沟通思想，洗涤心灵，创造和谐气氛，增进彼此的友谊。

暮色苍茫，夜晚祥和。窗外，月儿爬上柳梢，倒映在灵动的湖水中，产生幻影幢幢。时间在不知不觉中流淌而走，让人在愉悦的气氛里猝不及防。

忽然，心头涌上一丝莫名的孤独。也许是原本藏着的孤独感被茶浇开了封泥，随茶香氤氲散发在空气中。也许原本独自享受的孤独，随着与友人的清谈渐入佳境，而不自觉地取出分享，一起享受一种超然于尘世之上的心境，在远离俗世浮华中找到一片精神家园。

茶，可能也会醉人的。

脑海浮现出现代艺术大师丰子恺的一幅画，名为《人散后，一钩新月天如水》，画面寥寥数笔勾画出小茶楼的一角，竹帘高高卷起，一张方桌上随意地放着一把茶壶和几只茶杯，一弯明月定格在大量空白之上，成为主角，好像还在回味茶客们散去之前倾心交流的话。"新月"和"天如水"所表达的是一种宁静致远，君子之交淡如水的境界。

是的，无论多么热闹欢愉的聚会终将曲终人散，故人终将消失在灯火阑珊处，我们终将重新踏上孤独的旅程。

唯有青藤茶馆依旧，"你见，或者不见我，我就在那里，不悲不喜"。

2015 年 10 月作于墨庄

2020 年 7 月改于雅集楼

壶里乾坤心自在

丁酉年夏至的午后，我和郑涛来到台州博物馆观赏浙江越窑青瓷收藏展，只见玻璃展柜柔和的灯光下，错落有致地摆放着造型典雅、青釉莹翠的六朝至北宋的越窑青瓷精品，有碗、盘、瓶、罐、钵、灯、盒、砚、壶、杯、炉、樽、罂、盂等器物 108 件，产生"巧剜明月染春水，轻施薄冰盛绿云"的意境。

我经常出席文博部门的各种会议、活动，与博物馆里的工作人员熟稔了，被他们习惯性地称为"老师"。这时，年轻的讲解员方琳萍一瞧见我就迎上来说，此次展出的并非博物馆藏品，而是市收藏文化研究会提供的，因生怕自己讲解出现失误，指望我能给她划重点，圈要点。

我欣然答应。浏览了全场，发现主角是壶，贯穿各个朝代近千年的盘口壶、鸡首壶、执壶多达 40 余件，俨然将青瓷壶的演变过程清晰地勾勒出来，也将被誉为"母亲瓷"的越窑发展史有条不紊地续接起来。

由于是午休时间，来参观者寥寥无几，我们三人组便在现场朗声讨论起来。

先是鉴赏创烧于东汉时期、流行于晋唐时期的青瓷盘口壶，因口形似盘而得名，它粗颈、鼓腹、平底，肩部置有对称的环形或桥形双系、四系、六系甚至八系不等，是一种储酒器具。青瓷自诞生以来就以素雅著称，因而盘口壶通体施青釉，肩腹之际常见刻划纤细的弦纹、鸟纹，模印网格花纹、连珠纹装饰，造型复杂些的则是吸收了青铜器装饰的元素，多了贴塑佛像纹、辅首衔环纹等。

丁酉年俗称鸡年，鸡首壶因带有生肖鸡属性成为全场最亮丽的"明星"。鸡首壶又名天鸡壶，作为青瓷壶中极具代表性的精品，它最早诞生于东吴晚期至西晋初，在普通盘口壶肩部两头对称贴饰实心鸡首与鸡尾，作为贵族殉葬的明器。鸡首壶的出现与我国古时的崇鸡文化现象密切相关，鸡谐音是"吉"，特别是在中国历史上非常动荡的六朝乱世，其寄托了人们对吉祥安宁生活的祈望。

西晋王朝在接踵而至的"八王之乱""永嘉之乱"中毁灭，晋室仓皇南渡，在建康（南京）建立东晋政权。而北方，"五胡入华"接踵而来，使得黄河中下游地区的百姓纷纷渡过淮河、长江逃亡，掀起了中国历史上第一次人口大迁徙浪潮，给原本人烟稀少、生产技术落后的江南地区增强了生产力，带来了相对先进的生产技术，也推动了制瓷工艺的提高。就在东晋初期，北伐名将祖逖与挚友刘琨正在闻鸡起舞、立志收复失地之际，鸡首壶风格大变，由明器改为盛茶酒器，器形规整，制作严谨，胎质坚实，气韵古拙；壶身明显增大，鸡首加冠有颈，嘴形也由尖形改为圆形，流口疏通，由装饰性转为实用性，开始出现鸡尾形壶柄。

眼见有志者纵有经天纬地之才，依然报国无门，文人士子长吁短叹之余逃避现实，纷纷热衷探究《老子》《庄子》和《周易》，蔑视礼法，狂放不羁。他们笑傲江湖，纵情山水，追求自然、玄妙、超脱的人生境界，形成道家和儒家融合共生的一种哲学、文化思潮，名为玄学。江南吴越文化因此日趋成熟，琴棋书画、诗词歌赋、钟鼎陶瓷等艺术相辅相成，共同将吴越文化发展推向高峰。这个时期，风流蕴藉的士族子弟不断改良鸡首壶工艺，在窑场定制时要求在青釉基础上添加褐色点彩、双弦纹装饰，追求釉色青翠莹润，极少数者还演变为龙柄、双龙头双柄鸡首壶及羊头壶（寓意吉祥）等。也有别出心裁者，定制全身密集点彩的青釉褐彩鸡首壶，以及满身褐釉、酱釉的鸡首壶。艺术都是相通的，东晋青瓷精品与同时期王羲之的书法《兰亭序》、顾恺之的国画《洛神赋图》、孙绰的美文《游天台山赋》、陶渊明的诗歌《归园田居》等经典作品异曲同工，呈现了绝俗、简约、高逸、灵趣的艺术风格，表达了一种纯净玄远之美。

我不由得忆起多年前的某个春日，曾专程赴绍兴兰亭追慕永和遗风的往事。只见茂林修竹的掩映下，蜿蜒的溪水缓缓流淌，两侧叠石错落参差，游人散坐其间，几位少女身穿东晋时期极为流行的广袖襦裙，正捧着釉光翠绿的鸡首壶复制品，往青瓷耳杯里倒酒，然后轻轻地将一个个耳杯放在水中任其漂浮，演绎当年兰亭雅集曲水流觞的情境。我第一次见到鸡首壶在宏大背景下作为演出道具，顿时浮想联翩，从中品味东晋名士风流，以及那个时代闲适、雅趣的生活艺术，仿佛触摸到"书圣"抒发山水之美和雅集之乐，对于生死无常的感慨之情。

"南朝四百八十寺，多少楼台烟雨中。"东晋以后，佛教成为南朝宋、齐、梁、陈时期安慰人心的一剂良药，尤其是梁武帝笃信佛教几近痴迷，带动整个朝野香烟缭绕，因而在瓷器上浮雕或刻划莲纹成为时尚，鸡首壶也披上了圣洁的"莲花衣"，留下佛法兴盛的烙印。同时，鸡首壶的颈部与壶身拉长增高，肩部贴塑两个长方形的桥形系，壶柄高于壶口，也有龙形柄的精品、双龙头双柄的极品出现。

时光又过了 160 多年，文功武治的隋文帝杨坚平息各方割据力量，征服各个异族部落，结束了南北分裂的时代，重新开创盛世，瓷器生产也在南北文化交流中再次融合与发展。此时的鸡首壶身更加修长，颈部增高，鸡头做昂首曲脖打鸣状，栩栩如生，意趣盎然；柄有更具象的龙形贴饰，垂直微弯曲；釉色青绿而透明，釉面有细碎的自然片纹，产生出玻璃质感。

情不自禁地想起小时候看过的连环画《说唐演义》，隋朝末年，秦叔宝、程咬金等英雄豪杰在瓦岗寨聚义喝酒，画面中只出现几把执壶，却没有鸡首壶，这才发现是当代画家的常识性错误所致。

李唐王朝建立以后，青瓷鸡首壶依然存在了近百年，只是在造型上越来越趋向简洁，特别是鸡首的装饰变得越来越小，仅具象征意义，直至渐渐简化为执壶的造型。

执壶取而代之，意味着青瓷制品不再注重装饰工艺，更注重线条与釉色。唐人的审美以胖为美，《宫乐图》《簪花仕女图》《虢国夫人游春图》等唐代传世名画中的美人都丰腴成熟、珠圆玉润、热烈放姿，因此当时的越窑执壶造型特征为撇口、短颈、溜肩、鼓腹、浅圈足，颈部一侧置短流，另一侧置曲柄，整器浑圆饱满，内外施釉，釉层均匀，色如山峦之翠，滋润而不透明，隐露青光，开自然细小的纹片。

我和郑涛在现场探讨，唐代无疑是越窑的顶峰时期，"南青北白"是时人对浙江越窑青瓷和河北邢窑白瓷分别代表一南一北最高制瓷水平的定论；皇家专用的越窑秘色瓷，就是在釉料上加了玛瑙碾成的粉末，烧成后颜色变得青中泛黄，晶莹润泽；"茶圣"陆羽在《茶经》中称"越瓷类玉"，能完美地烘托出茶汤的碧绿色，将其推举为茶具第一……

五代、北宋时期，点茶法非常流行，不像之前直接煮茶，而是先将饼茶碾碎成末置于盏或碗中，再以釜烧水，微沸初漾时即灌入执壶。此时的越窑执壶大多制成瓜棱形，长流，曲柄，便于往盏、碗里点水，使水与茶末交融成一体。执壶身、颈变得修长，部分壶口还配有盖子，上釉前，有的两肩缀以模印宝相花装饰，有的壶身刻划牡丹、莲花、芍药、鹦鹉、仙鹤、飞龙、双凤、对蝶、摩羯、卷草、人物、山水等纹样，纯熟洗练，精美雅致，顺应了当时以妩媚窈窕为美的潮流。宋徽宗的《文会图》描绘了当时一群人在雅集中饮茶谈艺的情景，一把青瓷执壶就出现在画面中。

至于五代、北宋时期贵族、文人饮酒，并非动辄像《水浒传》里的梁山好汉那样海吃狂喝。特别是在寒冬时节，人们将执壶置于相配套的温碗中，注热水用于温酒，以求慢饮，其间行酒令、诗词唱和、琴瑟在御，风行一时。"注壶能留天上酿，人间得闻几许香。"如此情致在五代时期南唐画家顾闳中的名画《韩熙载夜宴图》中淋漓呈现。

那么，北宋以后呢？方琳萍忍不住问。

《岳飞传》里描写"靖康之乱"生灵涂炭的场景在我脑海里浮现，我稍作停顿，向她描述，王朝又一次偏安江南，大批中原人再次涌进江南，传说原先长期属于越窑系的龙泉窑，获得逃亡而来的北宋汝窑、官窑窑工传授秘技，它摒弃了刻划花为主的理念，而是紧跟赵家王室崇尚的极简主义美学，追求线条流畅简洁，突出釉面丰厚，釉色的玉质感，烧成后整体既有布满冰裂细纹，又有光洁无瑕的器型。光是我们可以想得到的青瓷釉色，天青、粉青、梅子青、灰青、豆青、翠青、橄榄青、月白、湖水绿、茶叶绿、米黄、蜜蜡黄等多达几十种，龙泉窑都能成功烧制。随着越窑的盛极而衰，龙泉窑成功蜕变，青出于蓝而胜于蓝，它在南宋的舞台隆重登场，开启了另一个无比辉煌的青瓷时代。

郑涛接着说，龙泉窑执壶的釉色更加温润清纯，真的是美若翠玉，如果放在此次展览中，肯定会锦上添花的。

方琳萍拊掌说，下次举办古代龙泉窑青瓷主题展一定更美不胜收。

展厅里，排在最后的是一把北宋越窑大执壶，翠青色的釉下有着写意的刻划花，大家闺秀般优雅、宁静。我凝视着它，想它用来饮茶也好，斟酒也罢，在古代文人的心目中，都引以为人生重要的事情，因为壶里似乎浓缩了日月星辰、天地山水及人生境界，衬托着人生的得意辉煌与失意暗淡。无论道家还是法家，智者还是仁者，他们秉持执壶，可以在恬淡闲适中获得心灵的彻悟。

2017 年 9 月作于雅集楼

2022 年 5 月改之

沐手焚香读经典

　　好友瓯山居士是资深收藏家，尤其钟爱近代书画，常邀我上他家阁楼欣赏藏品。有一次我刚落座，就见他洗净了手，点燃一支线香，插在一鼎式铜炉上，然后毕恭毕敬地捧出一卷立轴，展挂于墙上，是晚清翰林、草书名家章梫抄写的《般若波罗蜜多心经》全文。

　　翰逸神飞的书法让我产生联想，仿佛看见一位身穿袍褂的长者，沐手、焚香后，取出胡开文松烟墨块，放在端砚上细细研磨，再铺开洁白的玉版宣，手握紫毫笔，怀着最虔诚的心，一丝不苟地书写。这是一种充满仪式感的艺术创作，我们理所当然也要以一种仪式感去欣赏这幅作品。

　　除了焚香抄经，古诗词中常有"焚香读《周易》""焚香诵《黄庭》""焚香终日袖携烟"等句子，说明焚香并非礼佛、供祀的专利。古人将闻香品香列为人生一大雅事，也将其作为增添风雅、安神静气的必备之宝。翻阅近代海上画派名家作品图册，偶尔会欣赏到古装书生或仕女坐在花窗前读书，旁有香烟缭绕的画面，充满古典韵味。

有香必有炉。焚香起源于远古时期，出土于上海青浦区福泉山的良渚文化时期陶质竹节纹带盖熏炉，有 5000 多年的历史，是迄今发现中国最早的焚香完整器，现珍藏于上海博物馆。远古先民最初的焚香方式，是搜集一些带有特殊香味的植物烟熏火燎，不仅驱逐了毒虫蛇蚊，而且祛除了浊气，给生活环境带来怡人的芳香。久而久之，信奉巫术的部落首领认为焚香是神的恩赐，能够辟瘟驱邪，是一件既庄严又神圣的事，于是熏炉应运而生。

熏炉，也名香熏，镂空雕刻，在汉代最为盛行，用香以兰蕙椒桂为主，成为中国上流阶层家庭的标配。汉武帝时期，张骞开辟"丝绸之路"，将大批香料从西域传入中原，并移植了龙脑香、迷迭香、乳香、安息香、苏合香、沉香、丁香等芳香植物，一改过去用香单调的习俗，极大丰富了贵族的生活。明代李时珍的《本草纲目》对近百种香药的功效、特点都有详尽的论述，其中记载龙脑香用纸卷起，烧烟熏鼻，吐出痰涎，就可以治愈头痛病；乳香、安息香、樟木并烧烟熏之，可治卒厥；沉香、蜜香、檀香、降真香、苏合香、安息香、樟脑、皂荚等并烧之可辟瘟疫等。

汉代博山炉在熏炉中最为著名，采用青铜铸成，炉体形似高足盘，上有镂孔盖，盖以重叠的山峦为饰，象征蓬莱仙山，有的炉身及炉盖还装饰着神山、异兽、珍禽和仙人。在里面点燃炭火，烟从镂孔盖的洞孔中飘出，氤氲缥缈如仙气，给人以置身仙境的感觉。人们在燃香过程中，时时添点散香，让熏香衣物、消除疲劳的作用发挥得更佳。但是，我在江南的大小博物馆里，发现青铜博山炉极为少见，与之形制类同的原始青瓷博山炉却相对常见。由于当时的江南仍处在百越蛮夷之地，金属资源紧缺，且优先应用于兵器、战车铸造，因此礼器、乐器大多数仿青铜烧制成原始青瓷。

原始青瓷最早出现于商周时期，是在制陶技术基础上发展而来，选用瓷土制胎且表面施釉，有别于采用陶土制胎且不施釉的陶器。汉代400多年间，江南人利用山坡地纷纷建起隧道形的龙窑，封闭式作业，从窑顶的投柴孔不断加量，烧成最高温度可达1500℃，远超烧陶平均800~900℃的温度，青瓷烧成后瓷化充分，致密度极高，经久耐用。原始青瓷博山炉就是在这种情形下诞生的，"纨扇风轻，熏炉烟断""红袖添香伴读书""旋暖熏炉温斗帐"正是当时的江南贵族子弟的小资情调。

到了两晋时期，由于瓷器的成型工艺得到不断改进和提高，江南逐渐烧制出更具艺术性的青瓷珍品，越窑、瓯窑、洪州窑、婺州窑、德清窑等独立的窑场先后诞生。在"魏晋风度"的影响下，青瓷融合了名流雅士们率真脱俗的行为风格，熏炉开始变繁为简，更重视釉色的青翠纯正，晋瓷中的熏炉大多数敛口，上身镂空，下有三足，底有托盘，散发着古朴、优雅的神韵。江苏宜兴周处墓出土的熏炉，当属同类最有名的一个，炉的主体圆球形熏笼，上镂三层三角形孔，顶部塑一鸟形钮，炉底及承盘下各装熊形足三个，造型端巧玲珑，釉色葱翠，熏笼下方有个椭圆形的进香口，可以让空气更好地进入炉内，能使香料充分燃烧，当袅袅青烟飘起，那只小鸟便似穿越在云雾中栩栩如生，振翅欲飞。它陪葬在经典历史故事《除三害》中威猛无比的男主角身边，将这位曾经横行乡里，后来杀虎斩蛟为民除害，经陆机、陆云等名师指点改过自新，最终炼成一代忠臣的奇男子，衬托出风雅的另一面。晋瓷除了熏炉以外，还有敞口、不镂空的三足盘托炉，下部常有熊形或狻猊形的三足，底有托盘，在炉中点燃盘香，无需盖子，缕缕香烟情境一炉。

历史车轮进入"南朝四百八十寺，多少楼台烟雨中"的现场，随着佛教鼎盛，青瓷三足盘托炉供奉佛前较多，部分炉身多了一道莲花纹，仍以烧盘香为主。也是南朝开始，一种造型上部为圆形口沿、中为圆形直腹、下为喇叭状高足、体态修长的香炉出现了，名为行炉，专为礼佛所制，既可以放置在原地，又可以手执行走使用。朝廷每年都会举办行香法会，正月初一清晨，皇帝率领文武官员到寺庙行香，手捧行炉围着佛像绕行数圈，祈祷风调雨顺，国泰民安。

而社会高度开放的唐代，焚香风行到全民普及的地步，朝野都有焚香净气、焚香熏衣、焚香抚琴、焚香读书、焚香静坐等习俗。不但庙宇寺观、庭院住宅里香气弥漫，而且连朝堂衙门里都芳香袭人。焚香如此狂热的朝代，香具自然产生了变化，香炉的造型趋向多元化，外观更华美，制作上极尽奢华，质地从铜器、瓷器到金银器、玉器都有。熏炉的制式由直接点燃草木香料的浅膛炉，演变为隔火熏香的深膛炉，其中多足的炉上加以覆钵形盖，并在炉盖上装饰莲花的形制，蔚成风气。

焚香之外，唐代贵族之间盛行斗香，《清异录·薰燎》记载："中宗朝，宗（楚客）纪（处讷）韦（温）武（三思）间为雅会，各携名香，比试优劣，名曰斗香。惟韦温挟椒涂所赐，常获魁。"还有一些品香"发烧友"，无论男女，腰间分别系佩着金银质香囊，所到之处，幽香扑鼻。至于唐代青瓷香炉达到怎样的艺术水平，从晚唐吴越王钱镠之母水邱氏墓中出土的越窑秘色青瓷褐彩如意云纹镂孔熏炉上，便可以窥一斑见全豹。此炉形体硕大，造型独特，全器由盖、炉、座三部分组成，盖呈镂空头盔形，釉色青碧无比；整个炉身绘釉上褐彩如意云纹，外折宽平沿、筒腹、平底；炉身下设五个兽头支足，炉座为环形须弥座状，是一件不可多得的国宝。

作为古代青瓷熏炉的代表性之作，不能不提千年古塔黄岩灵石寺塔出土的北宋越窑青瓷刻花卷草莲瓣熏炉，整器呈球形，镂空、刻划、浮雕等手法并施，纯熟精巧，熏盖以三瓣卷叶缠枝花为主纹；器身子母口，弧腹，高圈足外卷；下腹刻重瓣仰莲，内外施青绿色釉，晶莹温润。更为难得的是炉体内壁有墨书款两周，纪年为咸平元年戊戌（998），正是宋真宗赵恒登基之年。重文抑武、崇儒尊道的赵宋王朝，文化艺术空前繁荣，流行着"似淡而实美"（苏轼语），"道尚取乎反本，理何求于外饰"（欧阳修语）的审美风尚，充满雅致、含蓄、和谐、宁静、纯净、平淡的内涵，与青瓷的美学思想不谋而合。因此，青瓷在宋代制瓷业的大发展中被推向顶峰，就连耀州窑等北方青瓷都异军突起。

北宋晚期，汝、官、哥、钧、定等"五大名窑"诞生，其中除了定窑是白瓷外，其余四者都属于青瓷，标志着越窑的千年霸主地位已被更优秀的后来者取代。汝窑，乃"文艺皇帝"宋徽宗的最爱，如雨后天空一般纯美的天青釉，细小的开片特征，有着"纵有家财万贯，不如汝瓷一片"的美誉，是北宋覆灭前昙花一现的顶级瓷器。官窑，宋徽宗时创烧，南宋建都杭州后延续，釉色上既有模仿汝窑的天青色，又有粉青、米黄、油灰等多种色泽，釉上呈现大开片，胎色呈紫口铁足；哥窑，出自宋代六大窑系之一龙泉窑的主要产区，胎色同样紫口铁足，釉色比官窑偏淡，器物通体布满开片，有的浅白断纹，号百圾碎；还有的开片粗细深浅不一，粗者呈黑色，细者显金黄色，称"金丝铁线"。钧瓷，以绚丽的窑变名世，使用同一种釉，入窑却能烧造出月白、天青、天蓝、葱翠青、玫瑰紫、海棠红、胭脂红、茄色紫、丁香紫、火焰红等色彩缤纷、千变万化的釉色，有着"入窑一色，出窑万彩"之美称。

宋徽宗的名画《听琴图》里，他自己端坐在古松下抚瑶琴，宠臣蔡京、童贯是陶醉其中的知音，身旁的几案上，有一个定窑高足尊式薰炉，香烟正在袅袅升起。在统治者雅玩过度的影响下，宋代品香的审美水平比任何朝代都有过之而无不及。更具划时代意义的是，现代人常用的线香就独创于这个朝代。线香即无竹芯的香，最初使用白芷、甘松、独活、丁香、藿香、角茴香、大黄、黄芩、柏木等香末，加入榆皮面做黏合剂制成直条型。随着线香的出现，敞口型为主的瓷炉精品迭出。朝廷以《宣和博古图》为模本，率先在"五大名窑"仿商周时期的青铜礼器款式定制，提供给宫廷、官府使用，于是规整大气的鼎式炉、簋式炉、鬲式炉、樽式炉、奁式炉、钵式炉千姿百态地呈现在世人面前，引起其他窑系竞相模仿。这股潮流曾因"靖康之耻"而一度中断，又因南宋局势稳定后重启。当时窑口分布最广的六大窑系中，随着位于北方的定窑、钧窑、磁州窑、耀州窑相继被金朝侵吞，剩下南方的龙泉窑、景德镇窑是分别烧制青瓷、青白瓷的窑系，一时迎来飞速繁盛时期。其中，龙泉窑青瓷鬲式炉被后人奉为经典，它圆口，平折沿，短颈，圆肩，鼓腹，腹下承三足，底与足间各有一小孔，除了足底露胎外，通体施青釉；腹、足部凸起三条竖棱，通称"出筋"；肩部饰一道凸弦纹，整体造型古拙典雅，曲线流畅有致，釉质纯净柔和，釉色以梅子青、粉青为上品，灰青、翠青、豆青、蟹青、月白、茶绿、米黄、蜜蜡黄等次之，将实用性与艺术性完美结合。

世人常形容南宋龙泉窑青瓷"如冰似玉"，鬲式炉就是最好不过的例证，每例标本都可以看到薄胎厚釉，釉料是在原来常用的石灰釉基础上，添加了碱金属氧化物，降低氧化钙含量，使之变成黏度高、凝厚如脂的石灰碱釉，由于不惜成本多次上釉、多次素烧，最后入窑正烧而成。出窑的鬲式炉，釉内含有大量细密气泡和未完全熔化的石英颗粒，时人赋予"沧海浮珠""聚沫攒珠"等优美的称谓，当光线射入厚釉层时，釉面会使光线发生强烈散射，透散着宁谧的光辉，别有一番含蓄柔和之美。鬲式炉的胎质特征是坚硬密实，只因其从原料开采、煅烧、粉碎、淘洗、压滤、陈腐、练泥、成型、阴干、修坯、装饰、素烧、施釉、装匣、装窑及至烧成，逐渐有了一整套严格、精细的工序，各窑口区别在于就地取材选用的瓷土不同而呈色各异，被称为香灰胎、年糕胎、糯米胎、红砖胎、朱砂胎、铁胎等，字如其意，十分形象。

无论南宋龙泉窑系中的哥窑还是弟窑烧造，大窑、金村、溪口还是小梅窑出品，鬲式炉造型始终统一，只是釉色各有区别，大小差异明显，最大者迄今发现达33厘米，最小者不足5厘米。不同的规格自有不同用处，大型鬲式炉主要用于礼佛、供祀，可以同时容纳许多香火；中型鬲式炉则配上定制的纯银或纯铜镂空炉盖，便是书房、卧室中的熏炉；小型鬲式炉方便携带，做琴炉最佳，一缕青烟随着琴声悠悠，袅袅婷婷，幻化作千种情愫、万般思绪。

龙泉窑鬲式炉的造型至元、明两代还一直存在，由于时代迥异，器型有了不同程度的变化，元代炉式一般为直壁盘式口，颈部略高；明代炉为直口，口部立有对称绳索形耳，短束颈，硕大袋形腹。元、明经久不衰的焚香习俗，加上国家祭祀制度的强化，使得一些器型厚重的龙泉窑兽足炉、贴花炉、通天炉、盆式炉、鼓钉炉、弦纹炉、八卦炉等络绎出品，常用于江南及东南沿海的庙宇、祠堂、书院。

在江南，与龙泉窑系长期并存、生产青白瓷的景德镇窑系，随着崇尚蓝天白云、绿草红衣的蒙古人建立元王朝，以及以蓝白绿为崇拜色彩的伊斯兰教在中原大地兴起，景德镇窑系迎来其真正的鼎盛时期。朝廷在景德镇设置全国唯一为皇室服务的官窑机构浮梁瓷局，从此开创了青花、釉里红异军突起的制瓷业版图。明代初期，朝廷在龙泉窑、景德镇窑均设置过官窑机构，两大窑系分支非常庞大，横跨浙江、江西、福建、广东、江苏等省，先后建造千余座窑场，烧造的瓷器满足宫廷、官府、民间生活所需。永乐至宣德年间，郑和七下西洋，海外贸易促进青瓷生产。明代中后期，中国航海事业走向衰落，海上贸易之路逐渐变为西方殖民者、海盗的侵略之路，沿海地区又经常遭受倭寇洗劫，朝廷几度实行"海禁"，在剿海盗、抗倭之后，又数次开禁，使海外出口量一度居于制瓷业首位的龙泉窑系经历反复折腾，渐渐收紧，青瓷外销量锐减。为了降低运输成本，龙泉窑中心逐步由浙江向福建沿海迁移；为了降低烧造成本，此后基本上不再出现多次素烧、多次上釉的青瓷，品质随之大幅度下降，因此，我们收藏的明代中后期的龙泉窑香炉系列，几乎都属于叠烧、相对薄釉的产品。而同一时期，景德镇窑系非常注重青花、釉里红的装饰技法，又创烧五彩、斗彩，迎合上至王公贵族，下至平民百姓开始追求世俗化、人情化的审美情趣，进一步成为国内市场的主流。于是，当景德镇窑系处于不断扩张之势，却是龙泉窑系逐渐萎缩之时。

就在景德镇窑与龙泉窑争奇斗艳之时，明代香炉倏地出现一段"小插曲"，并诞生了众多香炉中最为出众的宣德炉。这是中国历史上第一次运用黄铜铸成的铜炉，整个制作过程由明宣宗朱瞻基亲自督促完成，可谓空前绝后。宣德三年，工书善画、艺术造诣堪比宋徽宗的朱瞻基，亲自从《宣和博古图》《考古图》等典籍及内府秘藏的数百件宋元名窑中精选造型，指导绘成图样，铸成实物样品，满意后方准开铸。一般炉料要经四炼，而宣德炉却要经十二炼，除铜之外，加入金、银等贵重材料，因此呈暗紫色或黑褐色，炉质显得特别纯细，如同婴儿的肌肤。宣德炉色泽内融，最多可呈现 40余种，从黯淡中发奇光，给人一种华贵不凡的感觉。其中，紫带青黑似茄皮的，叫茄皮色；黑黄像藏经纸的，叫藏经色；黑白带红淡黄色的，叫褐色；如旧玉之土沁色的，叫土古色；白黄带红似棠梨之色的，叫棠梨色。由于存世量极为稀少，我们目前见到的"宣德炉"绝大多数是清代及现当代仿造的，要想见识真正的宣德炉，只能从明末清初文人冒襄的《宣德铜炉歌为方坦庵年伯赋》中品味："有炉光怪真异绝，肌腻肉好神清和；窄边蚰耳藏经色，黄云隐跃穷雕磨……"

到了清朝，统治阶级的审美发生了更大的变化，追求富丽堂皇、雍容华贵、繁复冗杂，无论清代宫廷、官员服饰还是皇家建筑、木雕家具都可见一斑。此时的香道文化尚未式微，然而世人紧跟统治阶级的潮流走，满工的青花、粉彩成了香炉瓷器的绝对主角，工艺繁杂的景泰蓝、珐琅彩也来争奇斗艳，色彩丰富的图案密集地装饰在器物上，几乎不留一丝空白。

坚守单色釉的青瓷从此繁华落幕，悄然退出世俗化狂欢的舞台，只留下一条微弱的气脉仍在青瓷世家薪火相传。

可是，在海的另一边，崇尚汉文化正统的日本人依然对青瓷爱得迷情夺魂，特别是发现龙泉窑鬲式炉造型、颜色酷似其传统戏剧中人物所穿服装，因而称之为"裤腰香炉"，备受钟爱。日本收藏家们更是达到了几近癫狂的地步，将得到一件龙泉窑鬲式炉作为毕生的追求目标，甚至由制瓷工匠专门仿造来获得自我满足。

晚清民国时期，乱世之中时局动荡，中国文物艺术品被列强明抢暗夺者不计其数，令人扼腕叹息。蜂拥而来搜罗龙泉青瓷的文物贩子，他们雇佣民工在龙泉当地疯狂盗掘古窑址和古墓，甚至连青瓷碎片都不放过，成箱成箱运往海外，竭泽而渔到令人发指的程度……

斗转星移，天行有常。

进入 21 世纪以来，越来越多的日本中青年人摒弃传统文化，追求西化，全社会的文化价值观产生了严重的改变，又逢经济持续衰退，无数拍卖行、古玩店对库存艺术品产生强烈的出售愿望，给具有旺盛购买力的中国藏家提供了千载难逢的机遇。十几年来，中国收藏家、古董商争相渡海寻宝，一批又一批书画、古陶瓷、玉器、青铜器被海关打上火漆印回流，其中，就有龙泉窑鬲式炉的身影。

每当有雨的周末，我在墨庄里捧出珍藏的南宋龙泉窑粉青鬲式炉，置于晚清大红酸枝八仙桌上，燃一支奇楠香，沏一壶龙井茶，捧一卷好书，然后正襟危坐于铁力木禅凳上，仿佛面对一位气质高雅的古代闺秀，在静谧中，与她意念交流。阴雨天是最佳的焚香环境，灰白色的轻烟氤氲在潮湿的空气中，香气变得柔润无比，层次也愈加丰富。

"语君白日飞升法，正在焚香听雨中。"南宋文学家陆游的诗句恰好描述了这种无可言喻的妙境。

2021 年 3 月作于雅集楼

天圆地方且融通

　　每次经过浙江省博物馆孤山馆门口，总能一眼望见几座良渚文化玉琮造型的花岗石雕，上面刻划着的兽面羽人隐约露出神秘的微笑。所谓兽面羽人纹，非常典型的是一对椭圆形且重圈、膨鼓的眼，配上扁平的鼻，阔而直的嘴，整体像冲人神秘微笑的卡通人物头像，有的两侧还刻有形体抽象的"神鸟"图案。类似的"笑脸"与"神鸟"图案，在同属长江流域的四川广汉三星堆文化的青铜雕像、成都金沙文化玉器中均有出现。

　　良渚文化玉琮的众多珍品就藏在此博物馆里，内圆外方，是距今四五千年前长江流域新石器时代神圣的礼器之一，材质为江浙一带的软玉，以青色、青赭色为主。玉琮分为扁圆筒形和方柱形两种，前者外壁突出四块对称的凸面，每一凸面上各以阴线琢刻兽面羽人纹，琮身低矮如镯状，故又称镯式琮；后者外表呈长方形柱体，似规整方正的笔筒，四面正中各琢刻有一道竖向的凹槽，同时又多在竖槽两侧凸面上刻出等距的横向凹槽，琮身被分成若干节，每节以四角为中轴的凸面上对称琢刻兽面羽人纹。

　　已故的恩师李加林先生是毕生研究良渚文化的资深专家，他生前曾在授课中讲解到，玉琮是良渚文化部落首领、祭礼巫师的重要法器，体现了远古先民"天圆地方"的宇宙观，方象征着地，圆象征着天，玉石具有灵性，中间的穿孔表示天地之间的相通，象征人们通天贯地，与神灵信息沟通的愿望。古人其实是想借助玉琮的"灵气"沟通天地，让自己成为天地的一部分，做到"天地人"的完美融合。

那么，羽人是谁？其最早的记载出现于《山海经·海外南经》："羽民国在其东南，其为人长头，身生羽。"但是，对照书中画像那凶神恶煞似的模样，显然与玉琮上的面目不太对路。三星堆遗址出土的青铜大立人则可以看成迄今为止最为具象的羽人雕塑，通高262厘米，重约180公斤，是迄今为止具有3000多年历史的青铜器，也是世界上同期最高、最完整的青铜立人像。人像头戴高冠，衣上纹饰繁复精丽，以龙纹为主，辅配鸟虫纹等，身佩方格纹带饰，双手环握中空，两臂略呈环抱状构势于胸前，脚戴足镯，赤足站立于方形怪兽座上，整体形象典重庄严，似乎是一个具有通天异禀、神威赫赫的大人物正在施行法术。近年来，三星堆遗址3号坑还发掘出一件刻有两棵神树的玉琮，其形制与三星堆青铜神树存在诸多共通之处。《山海经·海外东经》载："汤谷上有扶桑，十日所浴，在黑齿北。"扶桑树是由两棵相互扶持、高大无比的桑树组成，传说太阳女神羲和的儿子金乌（三足乌鸦，太阳之灵）从此处驾车升起，这里是神界、人间、冥界的连通大门。无论是刻有羽人的玉琮，还是刻有神树的玉琮，均寄托着先民沟通天地的心愿。

有时候，我越看越觉得羽人像天外来客，遂大胆联想外星人类当时借助飞行器降临过地球，驻留一段时间后升空离去，被尚未开化的先民当作天神下凡来顶礼膜拜了。仅21世纪以来，在我国广东、宁夏、新疆乃至印度、秘鲁、意大利、澳大利亚等地区陆续考古发现了诸多疑似外星人和飞碟图案的岩画，也证明我的猜测并非空穴来风。这个猜测得到过李加林老师的赞同，因为在他的吴越古陶瓷博物馆里，良渚文化黑陶上有着日月星辰的元素，说明人类早在远古时期就仰望过辽阔而深邃的星空，不断在探究宇宙的奥秘。当代有"中国天眼"之称的500米口径球面射电望远镜，不正是延续祖先的梦想吗？

玉琮在商周乃至春秋战国时期仍然存在，《周礼》曾有"以苍璧礼天，以黄琮礼地"的记载。这时的玉琮，比新石器时代略薄，器表没了兽面羽人纹，四面以凸起的横竖线纹来装饰，中孔较大。秦汉时期，却再也找不到玉琮的文字记载。

汉代至六朝，神秘的羽人则是画像砖、青铜器、陶瓷器上出现频率较高的图案，或人首鸟身，或鸟首人身，或人首兽身并生羽翼，神态各异，常见羽人飞翔、舞蹈、跳跃、戏龙、驭虎、持嘉禾、吹洞箫等画面。在我看来，这个时期玉琮逐步走下神坛，开始以另一种艺术化的形象融入生活。

俗语云：乱世饥馑，盛世收藏。当历史定格在经济、科技和文化高度繁荣的宋王朝时，中国历史上出现了第一次盛况空前的全民"收藏热"，无论庙堂之高还是江湖之远都流行着一股文艺复古风，雅好前朝的书画、陶瓷器，钟情商周青铜器、玉器。宋徽宗绝对是帝王中的大收藏家，在位期间广收历代文物，并为自己的藏品编写了《宣和书谱》《宣和画谱》和《宣和博古图》，仅《宣和画谱》就记录了花鸟画2700多件。著名女词人李清照和其丈夫赵明诚收藏、整理金石书画，足足堆满了10间房屋。宋人还大量制作仿古器物，其中王族权贵、文人雅士对仿古玉琮青眼有加。由于玉琮以青玉居多，自然成为青瓷艺术鼎盛时期的时尚造型，在熊熊窑火中，一件件被赋予新的艺术内涵的青瓷琮式瓶应运而生。央视《国宝档案》栏目曾专门介绍一对收藏于中国国家博物馆的南宋龙泉窑梅子青釉琮式瓶，其外形特征与商周玉琮一致，内圆外方，高25厘米，瓶口与瓶底的口径均为7厘米，瓶身整齐划一，器型端庄，瓶体釉色莹润光亮，简直可媲美翡翠。

宋代生产琮式瓶的窑系目前仅发现于北宋官窑、南宋郊坛下官窑和南宋龙泉窑，均为中国历史上极具代表性的青瓷窑，其中前两者存世量稀少，现存的完整器大多数是龙泉窑出品。《国宝档案》中的南宋龙泉窑琮式瓶，属于陈设观赏器，也就没有玉琮那样贯通神灵的功能了。

在古代瓷器中，分等定级往往以雅俗来论贵贱，明器等丧葬用瓷级别最低，碗、盘、碟等普通的日用品级别也不高，壶、盏、杯、罐等茶具酒器略高，砚台、水盂、笔洗、镇纸等文房，以及放置内室的粉盒再高些，香炉、香薰、鼎等礼器更高一层；各类花瓶则属于更上层的等级，其中琮式瓶作为独立的观赏器，级别当之无愧是瓶中之王，仅次于最高等级、被人们供奉于壁龛中的瓷塑神佛像。

数年前，我在丽水市博物馆的龙泉窑精品展上，近距离观赏到一个南宋梅子青琮式瓶，隔着玻璃，仍然感受得到这个尤物釉面晶莹剔透，油润光滑，层次分明。丁酉年孟夏，我参加龙泉青瓷民间收藏展会，亲手触摸过一个琮式瓶标准件，两面釉色以粉青为主，另两面则是蜜蜡黄色调，那是在烧制时，火候不均产生的色差；瓶的底部还黏着垫饼，并堆积着一层厚厚的流釉，美妙得像九寨沟寒冬的冰瀑；整体没有一丝土沁，光洁如新，是出自古窑址的典型器。展会上，还观赏到一对远看像方塔，近看口部略小、底部略大并连着底座的粉青琮式瓶，座身四壁装饰线条流畅的卷曲纹和草叶纹，年代在宋元之间，属于罕见的器型。

追根溯源，"天圆地方"的理念首先诞生了伏羲先天六十四卦方圆图，在阴阳的变化中，阐述哲学思想，并经过推演变化出各个后天易，即《重坎易》《连山易》《归藏易》《周易》《通海易》等。在历史长河中，中华民族一直坚信方圆是事物的基本形态，使得这种理念逐步演变为处世之道，天人合一、道法自然等很多思想、文化都贯穿了这样的精神，绵延至今。而将这种高深莫测的理念真正删繁就简，深入浅出，雅俗共通的，恐怕唯有宋代。

若要问宋代的科技究竟发达到什么程度，中国古代的四大发明中，这个王朝就占了火药、指南针、印刷术等三个，另外天文学、数学、医药、生物学、建筑技术等领域都遥遥领先世界。

至于宋代的文化究竟发达到什么程度，明初文坛领袖宋濂评价："自秦以下，文莫盛于宋。"诗词、歌赋、书画、曲艺、陶瓷、玉雕、茶艺等都已登峰造极。

当我一次次面对青釉琮式瓶时，不禁深深佩服宋人通过高超的制瓷技艺，将中华传统文化"天圆地方"的理念融入生活，植入内心，也将审美情趣发挥到了极致。近千年后的我们，在叹为观止之余，面对如何传承优秀文化基因的问题，除了乐此不疲地展示"民俗秀"，热热闹闹地举办"风情节"以外，是不是应该进行更深层次的思考，可以选择更优化的途径？

2022 年 5 月作于雅集楼

汉韵晋风塑灵趣

乙未年盛夏，我偕妻儿在北京度假，专门利用一天时间参观汇集全国文物精粹的中国国家博物馆。站在玻璃展柜前，凝视聚光灯下史前陶器的彩绘上，商周青铜鼎的饕餮纹里，汉画像砖的线条内，盛唐人物塑像的神韵间，宋画含蓄隽永的意境中……时光似乎已经停滞，我们完全沉迷在国粹的无穷魅力中，静静地享受着精神世界的极度愉悦。意犹未尽之际，一件堪称越窑青瓷完美之作的羊形烛台呈现在眼前，令我叹为观止。

因适逢传统羊年，国博举办"羊"主题文物展。"羊"与"祥"相通，古人取羊之形，寓意为吉祥如意，因而集中展出的文物琳琅满目，著名的商代青铜器四羊方樽、汉代大吉羊鱼鹤铜洗等国宝也在其中。这件三国（吴）时期的青瓷羊形烛台长30余厘米，高25厘米，整体塑造简练，线条流畅精巧，装饰手法夸张，只见羊身躯肥壮，四足蜷曲于腹下做跪伏之状，双角绕耳弯曲，双目炯炯，昂首引颈微微张口，好似正在咩咩而鸣，形态安详，温驯乖巧；脊背雕饰长毛分披，臀部贴短尾，四肢蜷曲；全身装饰划纹、圆点纹、卷曲纹，其中腰两侧刻有阴线羽翼纹；额上有一圆孔，可用于插烛。其胎质灰白，釉色青绿中微微泛黄，是古代青瓷中不可多得的上乘之作，在众多国宝中毫不逊色。

在此之前，我在南京博物院、上海博物馆、浙江博物馆都曾见过两晋时期的青瓷羊形烛台，有的颌下有短须，有的身上带有点彩，每一件都让我恋恋不舍，鉴赏良久。相比之下，国博这件最为古老，最为传神，品相也最佳，当属精品中的极品。我总想亲手触摸一下青瓷羊形烛台，却一直不能如愿，因其存世量极其稀少，在古玩市场见到的全是赝品，工艺、釉色、神韵都与馆藏真品相去甚远。青瓷羊形烛台带着吉祥与光明的意象，在陪伴人们驱走黑暗，度过漫漫长夜的同时，也反映了六朝时期在烧造青瓷方面极高的艺术化追求。

六朝青瓷取动物形象为造型的种类较多，各种动物形象或整体，或局部地装饰在器物上，简练而传神，妙趣横生，充满了鲜活的生活气息。博物馆里常见的是六畜造型，呈栅栏式圆筒形状的牛厩开一扇门，内有 4 头大小水牛，一牛倌佣正推门入内牵牛，一牛仰脖昂首似有不情愿之态（广州文物考古所藏）；同样是栅栏式圆筒形状的猪栏，正中央站立着的一头肥猪正在津津有味地吃食，模样惟妙惟肖（浙江省博物馆藏）；有钵形并饰有篱笆纹的狗圈，一犬侧卧于圈中，侧首挠耳，形态活泼生动（金华市博物馆藏）；有镂空的卷棚型鸡笼，母鸡立于棚上低头下望，雄鸡立于平台呼唤母鸡进笼，生动别致（镇江博物馆藏）。不过，这些青瓷动物并非生活中的摆件、玩偶，而是随葬明器，由于汉代以来厚葬之风盛行，六朝仍然得以广泛延续，究其原因，一方面是灵魂不灭的世俗观念，迷信人死之后有另一个世界，鬼神和活人一样需要饮食起居，因此，把生活中需要的一切都带到坟墓里去，以便死后继续享用；

另一方面，在儒家思想中，孝道占有重要地位，而厚葬又是获得孝顺口碑的捷径，故"世以厚葬为德，薄终为鄙"（《后汉书·光武帝纪》）。

当然，两汉、六朝的随葬品远远不只如此。从西汉中山靖王刘胜墓出土的金缕玉衣、错金博山炉、长信宫灯、朱雀衔环杯等国宝，到海昏侯刘贺墓出土的编钟、鎏金铜车马、竹简典籍、马蹄金、麟趾金等各类珍贵文物不计其数，奢华程度完全超乎想象。对此，大多数处于中下等的贵族地主自然望尘莫及，但是有一套玉器、陶瓷器陪葬恐怕已成为当时流行的标配。其中，较为常见的是汉玉蝉，蝉在古人的心目中地位很高，向来被视为纯洁、清高、通灵的象征，它既是主人生前随身的玉佩，又是主人死后护身的玉琀，即含于口中，成为阴阳两界之间的通灵之物，亦表示肉身的逝去只是外壳脱离尘世，灵魂尚在，不过是作为一种蜕变而已，就像蝉蛹从土中爬出，蜕壳羽化，重启生命历程，有死而复生、生死往复的象征意义。汉玉蝉也被称为"汉八刀"，是指工匠雕刻一只线条简洁的玉蝉，刀功纯熟、矫健，锋芒有力，只用八刀即可完成，凸显了当时精湛的雕刻技艺。另一种较为常见的是滑石猪，即用名叫滑石的类玉硅酸盐质矿石雕刻成猪的形状，猪呈俯卧状，身体肥胖，尖耳圆嘴，腹背丰满，四肢和尾线条刻划清晰。由于猪在古人心目中是财富的象征，亲属让逝者双手紧握一对滑石猪，寄托在阴间仍能过上富裕生活的愿望。

汉代厚葬潮流中比较典型的还有一系列陶俑，种类为兵马俑、仆人俑、庖厨俑、舞蹈俑、说唱俑、奏乐俑、听琴俑、杂技俑等，姿态优美生动。在制作技法上，运用模制与捏塑相结合，并在人物的神韵上加以刻划，描绘出人物的精神、气质及鲜明的个性，有素烧的，也有彩绘的。除人物俑外，汉墓中大量出土陶制动物俑和楼阁、炊具等模型，马、牛、羊、狗、猪、鸡、鸭、鸟、鱼、镇墓兽等形象生动、活泼，各种神态刻划得非常细腻，栩栩如生，达到极高的艺术境界。

从中国陶瓷发展史来看，商周时期是陶器向原始青瓷过渡的渐进阶段，两汉时期正值原始青瓷向成熟青瓷过渡的重要时期，加上汉代雕塑技术已达到炉火纯青的地步，为六朝时期青瓷典雅秀逸的造型，浓翠莹润的釉色，极具自然美感、生活情趣的艺术风格奠定基础。东汉晚期至三国初期，许多瓷窑已在浙江、江苏、江西、福建、湖南、四川等地如雨后春笋般冒出，成为一个南方青瓷系统的产区，其中，越窑、瓯窑、洪州窑、德清窑、婺州窑、岳州窑等驰名天下。六朝367年间，青瓷得到了突飞猛进的发展，在中国陶瓷史上占有十分特殊的地位，上承两汉原始青瓷，下接唐宋青瓷鼎盛期，发挥了承前启后的重要作用。

六朝青瓷表现在动物造型的艺术追求上，有别于汉代陶瓷的质朴浑厚，流露出江南风物的灵秀、柔美之气，清雅、精致的格调。三国两晋时期最为典型的随葬器皿名叫青瓷谷仓罐，体积硕大，由东汉时期的原始青瓷五联罐演变而来，是当时堆塑、贴塑、捏塑、浮雕艺术在青瓷上最为集中的体现。自东吴晚期开始，越窑青瓷谷仓罐频繁亮相，盘口鼓腹形状，上面装饰亭台、楼阁、门阙、飞鸟、走兽、人物等繁缛造型，布局井然，层层叠叠，气势壮观，规格华贵，主要反映安乐欢庆的场景，是士族地主庄园生活的真实写照，亦从侧面反映了当时贵族生活的骄奢淫逸。每当在博物馆见到青瓷谷仓罐，我都会不由自主地想起西晋晚期门阀士族阶层石崇与王恺争豪斗富的闹剧；看见罐上衣袂翩跹的舞蹈俑，不禁追怀善吹笛又善舞《明君》的绝世美女绿珠"百年离恨在高楼，一代容颜为君尽"的悲剧，对那个时代道不完、说不尽的盛衰与沧桑感慨不已。

"一种风流吾最爱，六朝人物晚唐诗。"这是一个社会动荡、政权更迭频繁的时代，亦是一个艺术绮丽、名家辈出的时代，造就出越窑青瓷羊形烛台这样的艺术极品并不偶然。

与青瓷羊形烛台同时期的青瓷辟邪，也具有较高的文物价值，辟邪是传说中可挡煞避凶、聚财守财的古代神兽，模样像长了翅膀的狮子，当今南京的城市标志就是南朝时期那尊威武神气的石刻辟邪，充满六朝古都的历史厚重感。青瓷辟邪以合模印制法成型，呈俯卧仰首状，身躯圆硕，羽翼纹、胡须鬃毛、嘴啮及尾巴等模印都很清晰，背有一管状竖孔，同样是用作插蜡烛。还有一种造型奇特之物，名为青瓷虎子，究竟属于盛酒器还是尿壶，一直令考古界争论不休，此器以老虎形象为原型进行艺术加工，自然存在驱灾除凶的寓意，主体模仿虎匍匐时的躯干姿态，下方由弯曲的四足作为底座，肋下也刻有羽翼纹，颈背间有圆条半环形提梁，虎头部堆塑鼻、眼、眉、耳，夸张地张开圆柱体的空心大嘴，整体圆润饱满。虎子还有长形和圆形之分，吴、西晋时期多为长形虎子，东晋时期则以圆形居多，南朝又恢复长形为主，虎形略有变瘦。另有一种盛酒器名为蛙形樽，敞口、直颈，口沿下有对称方形系，扁圆形鼓腹，平底，整体有数条弦纹，最精彩的是腹部前后左右分别贴塑蛙首、蛙尾和四肢，蛙身施褐色点彩，有些也刻有对称的羽翼纹；蛙首双唇紧闭，双眼炯炯有神；四肢粗壮，呈弓形蓄力之态，极富张力，呈现出跃跃欲跳、呼之欲出之感。

无论青瓷羊形烛台，还是辟邪、虎子、蛙形樽等，它们有着较多的共同点，均是通体施青釉，线条流畅，形体饱满，灵趣自然，更引人注目的是器物两侧大多刻划或模印着羽翼纹，充满神秘之感。纵观六朝时期，人们饱经战乱与血腥杀戮，感慨生命无常，老庄学说主张的"清静无为"引发世人广泛共鸣，其中庄子名篇《逍遥游》希望一切顺乎自然，超脱于现实，提倡不滞于物，追求无条件的精神自由，各任其性，不受任何束缚，优游自得的生活形态。六朝的士族文人宽衣博带，孤傲清高，放纵不羁，竭力摆脱尘世的羁绊，寄寓于"授我神药，自生羽翼"（嵇康《琴赋》）的理想，对"羽翼"的渴望也成为他们精神上的具象体现。因此，反映在这一时期动物造型的青瓷装饰艺术中，较具代表性的就是羽翼纹，显然是迎合人们向往求仙得道、羽化飞升的心理需求，似乎只要拥有了羽翼，就被赋予了升天的能力，形成物与人、人与神的一种互动的作用。

诚然，世上的美都是相通的，只是表现形式不同而已。六朝青瓷千姿百态的动物造型，仿佛都是灵动的生命，默默地向我们诠释着古人的艺术情感和智慧。当代人在欣赏这些文物时，不一定都会读懂其中深奥的文化元素，然而一旦邂逅，可能就会情不自禁地被吸引。

就像王菲演唱的流行歌曲《传奇》中的那一句"只因为在人群中多看了你一眼，再也没能忘掉你的容颜"，真的不需要任何的理由。

2020 年 3 月作于雅集楼

略施粉黛点绛唇

　　长夜未央，一间闺房，一把椅子，一个古装美人手握一面铜镜，在古琴、琵琶弹奏的背景音乐中，她略施粉黛，淡扫蛾眉，轻点绛唇，顾盼生辉，一忽儿娴静地端坐椅子上，一忽儿娇羞地倚门偷觑，一忽儿忧愁地临窗翘首，交织着欢愉、欣喜、期盼、紧张、

寂寞、哀怨的情绪，随着琴声的婉约，她在悲欣交集中翩然独舞，辗转腾挪皆是柔媚飘逸……这是舞蹈艺术家华宵一在古典舞《点绛唇》里表现出的诗情画意，将深闺女子对郎君的相思之情演绎得淋漓尽致。多年前，我在第十届"桃李杯"舞蹈比赛电视节目中惊鸿一瞥，至今百看不厌。

爱美之心，人皆有之。远古时期开始，人们头戴鲜花、身挂贝饰，就是追求美化自己的起源。"女为悦己者容"，古代女子为自己心仪的人精心描眉画黛，擦脂涂粉，貌美如花只为懂得欣赏自己的人盛放。历代诗词中常见对女子化妆的描写，如"当窗理云鬓，对镜贴花黄"（北朝《木兰辞》），"芙蓉如面柳如眉"（唐·白居易），"独倚玉栏，无语点檀唇"（南宋·秦观）等。在《簪花仕女图》（唐·周昉）、《妆靓仕女图》（宋·苏汉臣）、《孟蜀宫妓图》（明·唐寅）等古代名画中，我们都能一睹古代佳人淡妆浓抹的绝代风华。

既有化妆品，必有化妆盒，它是闺房中不可或缺的日常用品。自春秋战国时期诞生并流行开来的妆奁，像一个小型的柜子，分别可装铜镜、镜刷、梳篦、镊子、粉扑、首饰等梳妆打扮用品，无论做工精美绝伦还是简陋粗糙，每个古代女人一生都会拥有一个，摆在梳妆台上，简直就是一个百宝箱。每当晨起，女人静坐梳妆台旁，对着镜子里的容颜嫣然一笑，一天的美丽就从此刻精心装扮开始。妆奁里有一个存放脂粉的小盒子，名为粉盒，是古代女子最爱不释手的化妆用具，2000多年间光材质就五花八门，有黄金、白银、青铜、白玉、翡翠、玛瑙、水晶、宝石、陶器、瓷器、玳瑁、琥珀、漆器、红木、料器、竹器、石质等，比起现代各种名牌粉底炫丽的包装有过之而无不及，而且更多了些文化品位和吉祥元素。

瓷器的国度，传世粉盒最具代表性的自然是瓷器烧制的，迄今为止存世最早的是战国时期的原始青瓷粉盒。它由器盖与盒身组成，盖面平整，母口；盒身子口，壁略斜，平底。粉盒通体仅是质朴无华的造型，没有多余的堆砌，淡雅的青釉因分布不均匀，似麻辣烫底料，被业内行家称为"麻辣釉"。由于粉盒整体小巧，盈手可握，触摸中能感受到一种沧桑之美。《楚辞》里描写楚国人对女性五官的审美标准是：眉毛又细又弯又长，有一双秋波般炯炯有神又脉脉含情的眼睛；面容饱满有福相，耳朵匀称；牙齿洁白整齐，嘴唇红润，最好有迷人的小酒窝，巧笑嫣然，摄人心魄；皮肤要白、细腻光滑有弹性。当时的女性化妆"粉白黛黑，施芳泽只"，即以白粉敷面，让面庞变得更加白净细嫩；还要用一种名叫石黛的矿物质画眉；再把一层香膏涂在发上。

汉代人讲究礼仪，注重仪表，化妆品种类繁多，不但脂、泽、粉、黛、香一应俱全，还加入了西域引进的胭脂等新的品种。我在国内许多博物馆观赏粉盒时，发现汉代粉盒制作材质已非常丰富，有金、银、铜、玉、木、漆器等，纹饰的精巧程度丝毫不输同时期的瓦当、铜镜、画像砖，但遗憾的是尚未见到陶瓷器制作的实物。

六朝时期，随着江南青瓷烧制技术炉火纯青，釉色青翠莹润的瓷器精品迭出，唯独不见粉盒。我很诧异，经过反复求证，发现那种形似现代的国画调色盘，通体施青釉，被收藏界称之为"格子盘"的青瓷槅，就是当时的化妆盒。青瓷槅流行于三国、两晋及南北朝时期，时代特征明显，其中三国、西晋时期多呈长方形，内分一大格八小格，初期是平底，稍后变为方圈足；东晋开始出现圆形槅，内圈三格，外圈七格；南朝以后，圆形槅内格数减少，大致相同的是小格子内都是为了分别存放粉、黛、胭脂等化妆品。六朝时期虽然政治比较混乱，朝代更迭频繁，社会动荡不安，但是文化兴盛，思想活跃，人们对美的追求非常执着，女性注重以形形色色的妆容来展现自己脸上的美丽，每当呈现一种新的妆容时，就会争相效仿，于是有了魏文帝宫女薛夜来"晓霞妆"、南朝寿阳公主"落梅妆"等典故。这个时期，也是贵族男子疯狂爱妆扮的时代，有"胡粉饰貌，搔头弄姿""熏衣剃面，傅粉施朱"的潮流，皮肤白皙如玉、容貌清俊秀丽、气质丰神俊朗、谈吐举止优雅的"花样美男"潘安、嵇康、卫玠、兰陵王、韩子高、慕容冲等就生活在这样的时代，无论走到哪里都是人们争相围观的对象。

　　一统江山的隋代画风突变，这个只存在了38年的王朝，由于隋文帝杨坚倡导节俭，全社会开始崇尚简约之美，不仅男子爱美妆的风俗大为收敛，而且妇女妆扮也变得淡雅、朴素。接踵而来的唐代却是一个国力强盛、开放程度高、崇尚富丽华美的朝代，男人追求洒脱阳刚，要么琴棋书画诗酒花才艺高超，给自己创造一个好前程，要么跟随文韬武略的李靖、李绩、薛仁贵、刘仁轨、郭子仪等将军征高丽、攻百济、败倭国、破突厥、伏吐谷浑、灭高昌、平内乱，轰轰烈烈，建功立业；女人则努力当好如花美眷，盛行浓妆艳抹，活得丰腴美艳。唐代诗人元稹《恨妆成》中"敷粉贵重重，施朱怜冉冉"等诗句就生动地描写大家闺秀敷铅粉、抹胭脂、画黛眉、点额黄、化面靥、描斜红、点口脂等烦琐的化妆过程，粉盒的用途也就变得更加广泛。当时的陶瓷烧制技术已经炉火纯青，除了名闻天下的低温釉陶器唐三彩以外，代表唐代瓷器最高水平的"南青北白"，即南方越窑和北方邢窑，还有以青釉名世的长沙窑、相州窑、洪州窑等，都纷纷烧造出凝聚匠人智慧，堪称经典之作的粉盒。特别是越窑青瓷在唐、五代时期处于鼎盛时期，倍受世人的赞赏和青睐，其特点是胎骨薄，施釉均匀，釉质温润青翠，釉色静雅。这时期的粉盒呈扁圆形，子母口，直壁，盖与盒上下深浅相均，有的圈足外撇似压扁了的青瓷豆，有的平足、卧足，通体满施青釉，精华部分主要集中在盖面上，大抵是赋予各种吉祥寓意和哲理理念的花卉、飞禽、走兽、虫鱼等，常见有牡丹、芍药、莲花、梅花、菊花、凤凰、摩羯、蝴蝶、鹦鹉、鸳鸯、鸿雁、龟、鹤、鲤鱼、婴戏等，通过釉下线条流畅的刻划花、形神俱足的模印纹为主。也有盒盖干脆素净无纹，粉盒整体造型大方，不加任何装饰，仅以优美的造型和淡雅的釉色，足以让人回味无穷，浮想联翩。

小巧精致的粉盒浓缩了古代精英阶层的审美取向、趣味及艺术追求，也足以诠释大家闺秀、小家碧玉们的爱美之心。在某种程度上，青瓷粉盒除向世人展示装饰性效果以外，其超凡脱俗的工艺水平才是彰显其存在的真正意义。

北宋时期，面部妆容虽有多变，却无唐时的浓艳，偏向淡雅幽柔。各大瓷窑均生产过粉盒，大多工艺精湛，造型多样，纹饰也极其丰富，其中又以越窑青瓷粉盒最为著名，圆形以外还有长方形、正方形、扁圆形、椭圆形、多角形、菱形等，工艺主要为刻、剔花、雕花、划花、印花、堆塑、堆贴等装饰手法，赏玩与实用兼具，浓缩了当时上流社会、中产阶级的审美情趣与时尚追求，寓富丽于清雅之中。经典的越窑粉盒有刻划的凤穿牡丹纹，凤凰与牡丹花的线条十分流畅，有着行云流水般的美感，在釉色衬托之下，更显古雅精致；剔地刻划荷叶莲花纹，四片荷叶分别向四面舒卷，呵护着中心一朵含娇带露的荷花，极富艺术美感；刻划龙首鱼身的摩羯戏珠纹，指的是印度神话中的河水之精摩羯，在西晋时期随佛教的东进而传入中国，唐宋时期被赋予了吉祥的含义，常应用于玉器、瓷器、金银器上，细腻传神，充满艺术魅力；刻划的鸿雁纹饰，两头雁踩于莲叶之上，昂首对视而立，口衔宝石，羽态丰蕴，欲展翅高飞，寓意"恩爱与相随"，四周是象征"生生永不息"的唐草纹缠绕相连……同一时期，南方湖田窑、北方耀州窑也烧制出不少经典的粉盒，其中湖田窑南瓜形粉盒采用捏塑工艺仿生南瓜，棱线分明，转角圆润，外施青白釉，色呈湖水绿，整体设计精巧，造型、釉色皆十分雅致；耀州窑产地在陕西，它的釉色与越窑、龙泉窑接近，但纹饰明显有别，剔花、刻划花刀刀见功，图案异常生动、清晰，线条刚劲有力，如同西北人做刀削面一般纯熟。

到了南宋，鼎盛时期的龙泉窑青瓷传承剔花、刻划花工艺以外，薄胎厚釉的造型使粉盒更显温润柔和。我翻开西泠印社拍卖公司 2017 年秋拍的画册，看见一个南宋晚期的龙泉窑莲瓣纹粉盒，其盖上刻划着一朵写意莲纹，盒身内置 3 个小杯托，可以区分香粉、黛粉与胭脂，杯托间以花朵枝叶相连，构思精巧，制作精致，通体施粉青釉，釉质滋润肥腴如脂，莹润如玉，达到青瓷釉色之美的顶峰。

顶峰之后，盛极必衰，这是自然规律。虽然元、明时期女子涂脂抹粉、画眉、点绛唇等化妆方式与宋代异曲同工，但是随着人们审美情趣、市场需求的多元化，青瓷渐走下坡路，并在继续坚守百余年后被青白瓷、青花瓷等取代，最好的青瓷粉盒已停留在两宋那个风雅的时代。

宋代的粉盒之所以如此精美，是因为除了用来梳妆打扮以外，还是朝廷对外交往的重要礼品，也是文人士子的雅赏文玩，以至于后来还被慧心独具地发掘了另一功能——兼具印泥盒的作用。在民间，人们还将粉盒作为定情信物、合卺见证，男方请媒人到女方家里提亲，聘礼除了茶叶和点心，还会用粉盒装了脂粉作为信物，女家若是欣然接受，会把茶叶、点心分送亲友，借以通告吉期，粉盒及脂粉则由待嫁闺女留着丰润面容、妆饰美丽。

美好的事物总是在互相影响。800 年前，一艘福建商船从泉州港启航，经"海上丝绸之路"南下，在西沙华光礁不幸触礁沉没。800 年后，中国国家博物馆水下考古中心会同海南省开展抢救性打捞发掘，出水南宋瓷器一万多件，其中青瓷、青白瓷粉盒数量达到上千件。由此可见，宋代女子的珍爱之物，早已走出闺阁，跨越重洋，向全世界传播东方的艺术与审美。

我想象着 800 年前，一位大洋彼岸的金发贵妇坐在梳妆台前，取出精美的龙泉窑青瓷粉盒，用手指蘸了蘸那深红色的胭脂，在上、下唇中间各点一下，只见镜子里那厚大的嘴唇似乎霎时成了樱桃小口，就在这一刻，她抿嘴一笑，白皙的面颊上浮起一丝羞赧的红晕，像东方古国的大家闺秀。

2020 年 4 月作于雅集楼

暗香浮动月黄昏

丁酉年末，浙江临海博物馆新馆开放，游人络绎不绝。陈引奭馆长神采奕奕地向我们介绍北宋大晟应钟等 5 件镇馆之宝，他尤其偏爱其中的南宋晚期龙泉窑青瓷划花月影梅花斗笠碗，其胎质薄而坚致，釉色天青，匀净滋润，碗内壁釉下写意地刻划梅花三两枝，枝头上有一个淡淡的月牙痕，碗口沿还刻有水波纹，妙笔清姿，生动洗练。

引奭说："梅纹斗笠碗所体现的艺术之感带有浓浓的文人情怀，只消静静看它一眼，你便会被它的色泽与典雅之感所吸引，如果在碗里倒上茶水轻轻晃荡，能看到梅花月影在水里摇曳生姿的状态，非常雅致。"我非常赞同他的审美观，但是对"斗笠碗"的名称存有不同意见，觉得作为宋人的茶艺用具应用"斗笠盏"相称更为贴切，不仅因为盏符合口大底小的斗笠形特征，而且盏壁是直的，适合观茶斗茶之用；碗则为了增大容量并使饭不易粘，碗壁多做成圆弧形。

此时，如潮涌来的参观者纷纷掏出手机朝心仪的文物拍摄，但是大多数人对这个体形不大的斗笠盏视若不见，正好给我腾出空间可以细细观赏。我久久凝望着它，想起多年前一个月色朦胧的冬夜，和友人专程造访西湖孤山的情景，我们静坐在放鹤亭中，望着月影梅花倒映在湖水中，闻着沁人心脾的芳香，情景交融，吟诵着北宋高士林逋的经典诗句"疏影横斜水清浅，暗香浮动月黄昏"，真正品味其中渲染梅花疏澹、高洁、清绝、香逸的风骨，也读出了他借喻自己内心的孤傲、清高、散淡、闲适。这口斗笠盏上刻划的月影梅花正是表达了这样的意境，耐人寻味。

在网络上常会遇见一个问题：如果给你一次穿越的机会，你会选择去哪个朝代？我总是不假思索，当然是最想去北宋初期，归隐于杭州西湖的孤山，与超然物外、种梅养鹤的林和靖为邻。其时，吴越国国王钱弘俶纳土归宋，盛世太平，赵家王朝优待天下读书人，三吴都会、参差十万人家的杭州更是文人学士真正的天堂。不过，我只想建小筑于湖中孤岛，做悠游山水的隐者，因为行将进入知天命之年，回归本真，无为而已，最主要的是有机会与和靖先生引为知己。这位遗世独立的高士终身不娶不仕，在孤山遍植梅花，以梅为妻，养鹤为子，在梅林中读书、吟诗、作词、绘画、写字、焚香、弹琴、访友、品茶、煮酒、踏雪、赏花、听泉……清高、孤傲到极致，极致到不食人间烟火。我浮想与他在春天里、杨柳树下品龙井；夏日，泛舟碧波赏风荷；秋季，东篱把酒咏菊花；寒冬，骑驴踏访香雪海……如此生活情致，真是超凡脱俗，忘却了似水流年。

对林和靖的敬仰，千年来上至皇族士大夫，下至渔樵耕读者都不乏其人，犹以南宋为甚。建炎年间，在战乱中惊惶失措的南宋君臣，被渡过长江的金国完颜宗弼大军一路追杀，从陆地亡命海上，饱尝颠沛流离之苦，经中兴名将岳飞鏖战牛头山、韩世忠威震黄天荡之后，反败为胜，终于在钱塘江岸、西子湖畔安顿下来的，方有机会追求闲情逸致，渐渐地"直把杭州作汴州"。此后几十年，无论前线战事纷纷还是和谈频仍，以文官政治为核心的南宋朝廷搞经济、兴文化倒是颇为拿手，在江南与东南沿海，建成许多市井繁华、商贸发达、人文荟萃的城市，老百姓的小日子过得还算舒坦。然而，偏安一隅的宋高宗终归骨子里"缺钙"，所有的至亲在北方受尽凌辱生不如死，自己却心安理得地醉生梦死，千古以来能摘取"衰帝"桂冠的非他莫属了。特别是赵构和秦桧密谋自毁长城，丧心病狂地杀害岳飞父子，甘愿以割地、纳贡、称臣等屈辱条件向金人乞降，让天下无数有识之士寒心不已，由此不仕、致仕、避世、出世者众多，隐逸之风一时盛行。南宋的隐逸诗词中，常会隐露出生不逢时、壮志未酬的幽怨、苦闷、怅惘之情，隐士们在万般无奈下看透凡尘，最终选择与世无争的生活，他们时常祭扫孤山下和靖先生的冢园，追慕先贤卓尔不群的风范，充满孤傲的风骨。

后来，南宋朝廷选择在孤山建皇家寺庙，将岛上原有的宅田墓地尽数迁出，可唯独保留了林逋坟墓，足见就连帝王对他也是高山仰止。后世以林和靖为题材的书画作品、吟咏林和靖的诗词较多，南宋宫廷画师马远有《高士携鹤图》《林和靖梅花图》等作品传世；一生笑傲江湖的南宋著名词人姜夔以《暗香》《疏影》为词牌名，谱写了情感真挚、格律严密、语言华美、风格幽韵冷香、曲调婉约媚意的咏梅词，经歌者广泛传唱，梅花疏影横斜的风韵顿时成了一种审美标准，梅与月从此结合为文人情趣的一组特定意象。南宋至元朝，作为制瓷业非常发达的时代，自然在瓷器上不甘落后，表现林和靖高雅情趣之意象最多的便是"月影梅花"，常见在吉州窑、景德镇窑、龙泉窑乃至存世量极少的元青花的梅瓶、粉盒、茶盏、笔洗、盘、碗、罐、杯上，出现一枝梅和一轮蛾眉月的图案，有的画面会增加一块太湖石。其中，著名的斗茶"神器"吉州窑黑釉茶盏上，"月影梅花"的画工是潇洒大写意，呈黄褐色；吉州窑白釉粉盒上，"月影梅花"则是剔花工艺，具有浅浮雕感；景德镇窑影青盘、盏、碗上，"月影梅花"有釉下刻划花，也有模印花工艺，非常淡雅；至于元青花碗、罐、杯等器物上出现的"月影梅花"，分别在江西、河北、江苏等省级博物馆珍藏，是青花钴料在白胎上绘画，再浸涂青白釉、卵白釉后烧制，疏朗有致。

纵观"月影梅花"题材，在瓷器上表现得淋漓尽致的，仍然非龙泉窑莫属。除了南宋龙泉窑划花斗笠盏以外，元代龙泉窑露胎盘所表达出的意境可能更臻完美。宋末元初，龙泉窑创烧的露胎印花和模印贴花（别称"贴骨泥"）技法独步天下，在瓷器局部装饰浮雕状纹样，其表面涂一层用水调和成薄薄泥浆状的护胎釉，使烧成后的露胎处凸显灰、白或红色立体纹饰，与平面部分的青绿釉色对比鲜明，相映成趣。元代初期的龙泉窑非常流行浅腹、圈足矮小的圆盘，呈葵口型，厚胎厚釉，特别是在设计"月影梅花"盘时，首先在坯胎上刻划水纹及梅月倒影；其次是上完青釉后晾干；再次是采用堆塑工艺在盘子釉上左侧贴饰梅树、弯月图案，右下侧贴饰奇石图案，并施护胎釉；最后入窑烧制。由于胎土中含有一定分量的氧化铁，在烧成冷却阶段经过两次氧化，露胎纹饰表面大多数呈现紫红色、赭红色或褐红色，在青釉的衬托下，色彩鲜艳，取得绝佳的修饰效果，那梅树造型古拙优雅，肥不臃肿，瘦不枯槁，枝有偃仰，花分疏密，枝相依，花相向，势体自在；其余釉面青绿如玉恰似一顷碧水，釉下所刻月影梅花则淡雅清秀，有一种若有若无的朦胧感，恰似暗香浮动，含蓄内敛，似淡又浓；浅浅的水纹似动又静，似乎漫溢梅的幽香，牵引出一个意蕴悠远的时空，别具临水照花的古典之美，颇有文人画的气质韵味。画面整体造型上布局合理匀称，各元素刚柔相济，阴阳相应，虚实相生，形、神、意、韵俱佳，是诗画艺术与龙泉青瓷这一载体的完美结合。其中，最佳者自然属梅子青色，青翠欲滴，温润如玉，令人爱不释手。

与"入窑一色，出窑万彩"的钧窑相比，龙泉窑青瓷虽然不能在烧制中呈现色彩斑斓、变幻无穷的玫瑰紫、海棠红、胭脂红、丁香紫等窑变效果，但是常见同一窑中烧出的青色系列多达二三十种，已然足够丰富。龙泉窑烧制过程常会有小插曲，"月影梅花"盘有时出现釉色不够均匀的现象，比如梅子青、粉青局部留下蜜蜡黄、鳝鱼黄的色差，本属窑中次品，价值本应大打折扣，但是从审美的角度去欣赏，意外地发现其恰似月亮产生的光影，戏剧性地成了难得的窑变，令人惊喜。

元代龙泉窑"月影梅花"盘能够表达得如此出神入化，绝非偶然。在蒙古人统治的近百年间，文人志士出山接受朝廷征召者寥寥无几，耐不住寂寞的艺术大师赵孟頫出任蒙元高官的经历背负了丧失气节的骂名，就连其弟赵孟坚都愤然与之绝交。无数轻禄傲贵的文人隐逸市井乡野，深藏逸林幽谷，浪迹天涯海角，以琴棋书画诗词曲艺自娱，在山水、江湖中寄托生命意识，追求疏朗散淡、宁静幽深的人生境界，涌现了黄公望、吴镇、张雨、倪瓒、王冕、王实甫、关汉卿等一大批既出世又入世的高人，推动文人书画、戏曲艺术达到前所未有的高峰。静静的日子里，当我们欣赏黄公望《富春山居图》、吴镇《渔父图》、倪瓒《六君子图》、王冕《墨梅图》等一系列代表作品，可以发现这些山水草木都被赋予空灵、高逸、冷淡、简约的气质，又不失美感，从中读到了不问人间烟火般的超脱，没有丝毫的市侩气、庸俗性，画面浮现"或棹孤舟或杖藜，寻常适意钓长溪""斗笠为帆扇作舟，五湖四海任遨游"的诗意感。

有时，我收听着抖音歌曲，会想起 2200 多年前的一个典故，一位楚国歌唱家在郢都吟唱当时非常流行的通俗歌曲《下里巴人》时，跟唱者有数千人，但当他吟唱高雅歌曲《阳春白雪》时，跟唱者却寥寥无几。由此可见，真正的艺术，从来都是曲高和寡的，常常矗立在俗流遥不可及的高度，等待矢志者去攀越，知音人去赏读，决不刻意迎合大众的口味。

某一日，我细细回味"雅致"这个词，顾名思义，豁然开朗：雅致，不就是风雅到极致吗？

2020 年 9 月作于雅集楼

琴瑟诗酒趁年华

己亥年的清明节，三亲六眷祭扫祖墓后聚于酒馆，血浓于水的亲情让大家一年一度从四面八方赶回故乡，见面总有说不完的话，喝不厌的酒。酒过三巡，菜过五味，席间气氛变得愈来愈浓烈。

小舅公喜欢喝葡萄酒，举着玻璃高脚杯抛出"葡萄酒是洋酒还是中国酒"的问题，有人答是洋酒，有人答中国酒，争论不休。小舅公卖个关子，讲了个小故事：20世纪90年代初，四川农学院的李华博士成功酿造出本土优质葡萄酒并打入国外市场，从尚未回归祖国的香港转口时，港方海关视为洋酒过境，要求征收300%的关税，李博士引用了一句唐诗"葡萄美酒夜光杯，欲饮琵琶马上催"，证明一千多年前中国就有葡萄酒了，海关人员无言以对，只好同意按本土酒80%收税。

大家盛赞这是酒文化，纷纷举起玻璃高脚杯畅饮。

我乘兴接着提问：这高脚杯最早是哪个国家制造的？有人答英国，有人说法国，也有人瞎猜为美国。我公布答案，是中国，长江流域的良渚文化和黄河流域的龙山文化遗址都出土过陶制的高脚杯，距今有5000多年了。

众人皆惊呼，原来如此。

记得在李加林老师的吴越古陶瓷博物馆里第一次听到此题时，我也意想不到竟会是这个答案。李老师是良渚文化研究权威专家，他和蔼地笑着，从玻璃柜里取出良渚文化灰陶高脚杯，任我小心翼翼地捧在手心观赏，那杯体小巧玲珑，杯壁薄得像蛋壳，轻盈得恍若无物。同时，我见识了与高脚杯搭配的灰陶盉，抽象的乌龟形状，背有一个把柄，是典型的盛酒器；还有黑陶鬶，三只空心袋足和一个把柄，上有像鸟嘴一样的流，主要用于炖煮羹汤和温酒，炊、饮两用。

每每想到如今李老师与我天人永隔，便是一阵感伤，不禁多喝了几杯。回到家，我在书房找出几个元明时期的龙泉窑青瓷高足杯作为怀旧替代品，这种上部为杯或碗形，下部为弦纹高柄当足的器物，厚胎厚釉，有釉下刻划花或印花的，有点彩褐斑的，有内外贴塑露胎的，把玩之间逐渐沉浸在酒杯的"王朝"中。

高足杯成为普及的饮酒器是从元代开始，"马背上的民族"住在蒙古包里，宴饮时席地而坐，不仅喜欢手抓大块牛羊肉畅享，而且习惯以五指抓握酒杯的豪饮方式，因而高足杯兼具审美与实用功能而大量生产，其中以龙泉窑青瓷产品数量最多。后来，随着景德镇窑的蓬勃发展，卵白、青花、釉里红高足杯也陆续出现，使这类产品愈加丰富。明清两代，高足杯继承了元代的器型，工艺上斗彩、五彩、粉彩、珐琅彩、青花冰梅纹等应有尽有，风行于世，成为雅俗共赏的酒器。

实际上，自南北朝以来，各瓷窑也常有高足杯生产，但杯足长度明显比元代短，称"高足碗"或"矮足杯"可能更为妥帖。往上追溯到春秋战国时期，由于漆器流行，漆制高足杯也频频出现；

秦汉时期，玉质高足杯风靡一时，与当时青铜的爵、觥、卮等饮酒器共存，非常奢华。酒杯材质、工艺的优劣，体现饮酒人不同的身份，古代贵族的铺张享乐程度可见一斑。

　　青瓷的诞生不仅大大节省了生活用品的成本，而且让平民百姓共享了许多原先可望而不可即的资源。战国时期江南一带的原始青瓷器中，就常见一种旋纹无把酒杯和另一种带如意形弯曲把柄的酒杯，坚硬的胎表施着一层薄薄的青黄釉，取代了春秋时期流行的印文硬陶麻布纹酒杯。青瓷釉料以石英、长石、硼砂、黏土等为原料混合研碎，加水制成，涂在陶胎的表面，高温烧达1000℃以上制成类似玻璃光泽的原始青瓷。

　　可能是地域差别，西汉时期，司马相如、卓文君在蜀地为爱情轰轰烈烈地私奔，不得已当垆卖酒时，使用的酒壶、酒杯是1000℃以下烧的低温铅釉陶制品，后人称之为"汉绿釉"，釉色除了深绿色，还包括黄色、褐色和赭红等，种类繁多，其中椭圆形、浅腹、两侧有扁耳的杯，名为耳杯，也称羽觞；还有钟式杯，即后来的酒盅。同一时期，远在万里之外的江南会稽郡和东瓯国，由于陶土烧制的窑温高达1200℃，相近的酒器都有了半瓷半陶的青釉特征，釉面玻璃质感更强。西晋至唐代，陶瓷土原料的开采、青瓷的制造手法越来越走向精细化，使得青瓷胎骨更加致密坚硬，釉色更显翠色欲滴。魏晋时期，嵇康、阮籍、山涛、刘伶等名士手握青瓷钟式杯，在竹林里一边狂饮杜康，一边弹琴纵歌，肆意酣畅；东晋名士王羲之、谢安、支遁、孙绰等在会稽兰亭雅集以青瓷羽觞盛酒，曲水流觞，即兴赋诗，引为千古佳话。

　　晋代确实是越窑青瓷创新发展的重要节点，匠师们擅长以简练的装饰表现高超的工艺水平和审美情趣，且不说鸡头壶、镂空香薰、辟邪烛台、蛙形水盂、羊形樽、熊形樽、虎子等如何经典,单以一种构思别致的飞鸟形酒杯就足以证明,它以半圆形圈足的杯体为腹,前贴鸟头、双翼和爪,后装鸟尾,遍体青釉,酷似一只灵动飞翔的鸽子,为饮酒赏乐的场景增添无穷雅趣。因鸟形杯造型风雅优美,直到隋唐五代时期仍然非常流行,长沙窑还受其启发生产出点彩鸟形壶,经"丝绸之路"远销欧亚各国。

每当与文友、藏友讨论古诗时,我常对唐代"诗仙"兼"酒仙"李白使用的酒杯感到好奇,他除了传世诗歌《襄阳歌》里写过鹦鹉杯(鹦鹉螺制成的酒杯)外,再也没有其他明确的表述。按照唐代烧造瓷器的窑场"南青北白"分布格局来猜想,李白除了出席锦衣玉食的王室盛宴中使用过金银玉器杯以外,生活在北方时,与友人饮酒使用的具有代表性的酒杯应是"类银似雪"的邢窑白瓷马蹄杯、折沿杯等;游历南方后,则应是以"如冰似玉"的越窑青瓷鸟形杯、海棠式杯等为主。"李白斗酒诗百篇",精致的酒杯对激发灵感必定功不可没。

比李白晚生336年的北宋文坛巨星苏轼,是诗书画词文等方面的全才、奇才,却是政治舞台的失意者,常因"满肚子不合时宜"的意见得罪当朝权贵,在备受皇恩与屡遭贬谪之间浮浮沉沉。他品过御赐的美酒,饮过边远山区、海岛的土酒,捧过汝、官、定、哥、钧等五大名窑及耀州窑、磁州窑、龙泉窑、景德镇窑等六大窑系的酒杯,写过200多首与饮酒有关的诗词,一生从踌躇满志走向绚烂之极,而又逐步归于平淡。我想象东坡先生在杭州西湖的画舫上吟出"欲把西湖比西子,淡妆浓抹总相宜"等诗句时,必然少不了"巧剜明月染春水"的越窑青瓷执壶与花口酒杯,斟着芳香醇厚的竹叶青酒带来的灵感;他在担任密州太守的时光里,写下"诗酒

趁年华""明月几时有，把酒问青天"等千古名句时，怎么会少了
钧窑玫瑰紫色窑变的酒碗中那浓香的密州春酒呢？就算苏轼遭受
"乌台诗案"打击贬谪黄州时，续娶的夫人王闰之琴瑟在御，铁杆
"粉丝"马梦得千里追随，当他饮着釉色青白淡雅的景德镇窑高足
杯里的屠苏酒，感叹"人间如梦，一樽还酹江月"时，何来失意寡
欢？他不愧是宋词豪放派的代表人物，字里行间透散出豁达、恢
宏、乐观、深沉、高远的气度，上至当朝太后，下至平民百姓都是
他的"追星族"，无论身处天涯还是海角，总会遇见诗词唱和、把
酒言欢的知音同道。

　　直到品读了东坡贬谪在岭南惠州岁月里的诗词，我才真正读出
他的苦涩、悲伤和孤寂。此时先生已年逾花甲，红颜知己、第三任
妻子王朝云又不幸病逝。孤灯下，先生望见朝云临终诵过的《金刚
六如偈》，还有她随身携带 22 年的一张古筝，不禁感怀佳人常坐在
碧纱笼前弹奏自己创作的新词的情景。他默念偈语"一切有为法，
如梦幻泡影，如露亦如电，应作如是观"，不由自主地捧起黑釉酒
坛，将白玉色的荔枝酒注入同安窑珠光青瓷碗，荡漾的酒水映着青
黄釉下写意的蓖纹划花，像昏黄夜色中的细雨落花，又如往日一抹
日渐湮没的残梦遗痕。此刻，先生百感交集，泪眼模糊，端起酒杯
一饮而尽，忘情地以词牌名"雨中花慢"为题，一边低吟，一边提
笔疾书，吟到最后"一自醉中忘了，奈何酒后思量。算应负你，枕
前珠泪，万点千行"时，几度哽咽，久久难以收笔。如今，我在吟
诵之时，仍然触摸得到先生的千年孤寂。

　　几十年后，另一位名为辛弃疾的豪放派代表人物横空出世，他
上马是冲锋陷阵的铁血战将，下马是善解风情的翩翩书生，这样豪
迈的人物，怎么可能离得开诗词和酒杯呢？他出生在"靖康之变"

后的乱世，虽然身在沦陷区，基因里继承了齐鲁好汉的血性，从小崇文习武，21岁就拉起队伍参加抗金义军，立志恢复中原，转战山东、河北，"金戈铁马，气吞万里如虎"。当义军惨遭金军镇压，首领被叛徒谋杀后，他饮尽磁州窑剔花杯里的丛台酒，冲天一怒，带领小分队奇袭金军大营，囊中探物般生擒叛徒、投奔南宋，受到宋高宗的褒奖。赏赐的御酒必然斟在南宋官窑花口杯里，极致的青釉如冰似玉、青翠欲滴，隐约露胎处紫口铁足，仿佛昭示着他在南宋的仕宦生涯紫气东来，将会一片璀璨。他总是梦想成为北伐的开路先锋，继承岳飞元帅的遗志直捣黄龙，遂满腔热忱呈上奏疏，陈述抗金主张和复国计策，但皇帝偏安一隅，收复失地的雄心早已被消磨，只把他频繁调动到江西、湖北、湖南等地担任地方官，去治理荒政、整顿治安。辛弃疾"风流总被雨打风吹去"，他"望尽天涯路""栏杆拍遍，无人会"，壮志难酬，常寄情于烈酒、宝剑和诗词，排遣满腹的辛酸、郁闷。不仅如此，辛弃疾清正、耿直、刚毅的个性触动了某些特权阶层的利益，因此他备受猜忌和打压。淳熙八年（1181）冬，42岁的他被人罗织罪名，弹劾免职，多年后虽一度重新启用，但很快再次蒙受不白之冤被罢官。

这么多年来，我看过不少国产古装电视剧，不仅剧情戏说居多，而且场景、建筑、服装、道具与所处时代风马牛不相及的比比皆是。有一次，我在横店影视城文化交流中碰见一位正在拍武侠片的导演，因推杯换盏之间较为开心，就拽着人家建议拍一部辛弃疾的人物剧，并要精心设计好他的酒杯、宝剑和服饰等，刻画好他的人物形象，严谨地还原时代的背景，等等。导演微醺，拍手称好，随口说有机会请我当编剧，却害得我一度沉浸在"单相思"中不可自拔，寻思将稼轩先生归居江西铅山带湖庄园长达18年的赋闲时光作为重头戏，头脑里常会浮想出这样一些特写镜头：在烈烈秋风中，辛弃疾穿着宽松的素纱长袍，佩着一把弯形宝刀或青铜越剑，衣袂飘飘地傲立，虎背熊腰更添英武豪迈。面对林泉高致，他无法平复心中的波澜，鲸饮了很多烈酒，摔破了很多青瓷杯子，感慨"却将万字平戎策，换得东家种树书""身世酒杯中，万事皆空""而今识尽愁滋味"。

值得庆幸的是辛弃疾一生结交了不少同道知己，其中铅山县尉吴子似常来造访，他们在秋水长廊共听水在石间潺潺流淌，手握情趣盎然的龙泉窑粉青釉蝴蝶把杯（杯把形似蝴蝶），斟满低度佳酿的封缸酒，尽情畅饮，高声唱和。半醺中，辛弃疾以《鹧鸪天》为词牌，悠悠唱出"穷自乐，懒方闲，人间路窄酒杯宽"的词句，梦已隐，心已碎，无限委屈只有知己能懂。一个冬天，远在浙江永康的挚友陈亮冒着漫天飞雪，专程骑马来铅山造访辛弃疾，一连逗留10天，两位文学名家憩鹅湖之清阴，摆出湖田窑影青刻划花执壶和梅花形酒杯，共饮四特酒，长歌相答，极论世事，拔剑共舞，壮怀激烈。送别之后，辛弃疾踏着雪地上的落花，追忆自己的沙场生涯，坚定的杀敌报国之志和英雄迟暮的悲愤心情交织在一起，吟出"醉里挑灯看剑，梦回吹角连营"等词句，将满腔激情化作一曲慷慨悲歌。

宝剑蒙尘太久了，辛弃疾从少年英雄熬到白头老翁。64岁那年，朝廷终于要起兵北伐，重新起用他任知绍兴府兼浙东安抚使，翌年调任知镇江府守卫京口要塞。他依然热血沸腾，奔走于战备第一线。谁知朝廷只是利用他这块主战派元老的招牌而已，战争一打响，他即被闲置。由于朝廷仓促用兵，出现叛徒投敌和内部失和的状况，交兵不久宋军就溃败如潮，只好重启求和暂缓劣势。3年后的仲秋，朝廷筹划再战，身患重病的辛弃疾在病榻前接到枢密院都承旨的委任状，此刻已心有余而力不足了，含泪上奏请求致仕。半个多月后的午夜，他弥留之际回光返照，独自起身往龙泉窑青瓷卧足杯里斟满淡黄色的菊花酒，酒水映出杯心一个贴塑点彩的乌龟图案，象征"归心"之意。他最后一次深情地北望故土的方向，颤巍巍地将酒杯举过头顶，然后尽数洒在地上，憔悴的脸上渐渐有了一些神采，仿佛自己骑着白马重又驰骋沙场，剑锋所指，所向披靡。

"杀贼！杀贼！杀贼！"家人听得辛弃疾的大声叫喊，从门外蜂拥而至，只见一身傲骨的他仰躺在床榻，已经停止了呼吸，但怒目圆睁，死不瞑目。

在帝王政治昏聩、偏安求荣，士大夫碌碌无为的时代，充满抱负的英雄注定要以悲剧落幕。人世间的悲剧也给器物带来悲惨命运，南宋景炎二年（1277），状元丞相文天祥坚持勤王抗元，率领义军转战在家乡江西吉州一带，被击溃后败退广东，而创烧于晚唐、鼎盛于南宋，以剪纸贴花、彩绘、剔花、刻花、划花、窑变黑釉瓷名世的吉州窑，在元军铁蹄的蹂躏下几近灰飞烟灭，从此走向衰败。600多年后，在另一个积贫积弱的晚清民国时期，宋代吉州窑、建窑、越窑与龙泉窑瓷器成为日本人特别偏爱的文物，遭到大肆搜刮掠夺。至今，在日本京都博物馆、东京国立博物馆、大阪藤田美术馆等场所，这几个窑系的许多精品仍堂而皇之地陈设在玻璃展柜里，其中就有与苏轼、辛弃疾、文天祥同时期的精美酒杯、酒壶。

然而，青瓷酒杯及它们的故事何止这些呢？

当每一只酒杯斟满酒水时，就代表着"美满一辈子"的寓意。它们从诞生开始，就注定跟随各自的主人，被赋予各种情感，喜悦也好，悲伤也罢，幸福也好，苦难也罢，人生滋味百感交集，尽在其中。

在成长的历程中，我们就像这些青瓷酒杯，刚出窑时火气过重，表层泛着浮躁的光泽，随着岁月的抚摸，空气和美酒的滋养，渐渐有了一层包浆，变得温润深沉。悟透人生的我们，不再苦苦泅渡于茫茫人海，能在雅俗之间进退自如，无数豪情寄予诗酒里，琴瑟声起，面对紫陌红尘放声歌，放声笑。

2020 年 10 月作于墨庄

梅子初青荫游鱼

丁酉上巳节前的周末，我信步踏进阮光明先生那竹影摇窗的太和学馆，在古装童子扮相的学生引导下，沿着鹅卵石铺就的小径步入小筑，来当古琴雅集中的听众。

抚琴时间未到，陆续而至的宾客们就着蒲团席地而坐，品茗清谈。男士大多身穿棉麻宽松唐装，只是颜色不尽相同；女士则以素色汉服、旗袍、披肩外套为主，佩戴珍珠、蜜蜡、水晶、玛瑙等饰品以点缀，举手投足尽显优雅。

一位着淡青色长裙的妙龄女子穿梭在席间沏茶，胸前晃荡着一个四圈镶银的椭圆形挂件，翠色欲滴如梅子初青，中间凸显着一条跃动的鲤鱼图案，在暖色灯影下冰玉般晶莹耀眼，引发了女人们的好奇，纷纷猜想：

翡翠？不是。

绿碧玺？不是。

橄榄石？不是。

祖母绿？也不是。

"这其实是一枚青瓷片。"妙龄女子莞尔一笑说。

　　"瓷片？"众人疑惑，"为什么会美得像玉？"

　　光明让我向大家解答。我简略地说，世上存在比真玉还要美，还要昂贵的极品假玉，名叫龙泉窑青瓷，它在南宋时期是除了官窑以外品位最高的青瓷，这枚瓷片的釉色像春天里浓翠莹润的青梅，所以称之为梅子青，是其中最具代表性的；这个挂件就是由当时的龙泉窑双鱼洗残件改制的，巧妙地切割出一条鱼的图案，就像艺术的再创作，赋予新的美感和内涵。

　　"双鱼洗是做什么的？"有人继续发问。

　　是文房用品。除了我们熟悉的笔墨纸砚以外，还有笔洗、水盂、砚滴、砚屏、镇纸、笔架等文房用品。我继续与之交流，笔洗顾名思义就是盛水洗毛笔的盆子，通体施青釉，晋代青瓷中就已有出现。南宋创烧的双鱼洗大不盈手，板沿口，浅腹，圈足，背面刻划若隐若现的莲瓣纹，最精华之处是洗心有贴饰两条鲤鱼头尾反向的图案，因此得名。

　　南宋龙泉窑双鱼洗的前身可追溯到北宋时期，龙泉窑青釉洗中除了刻划牡丹纹、莲花纹、篦纹等，就有双鱼纹，体积更显小巧玲珑，形状为敞口、折颈、斜直腹、平底，洗心青釉下线条流畅地阴刻着头尾同向或反向摇头摆尾的双鱼，十分写意，甚至出现比较稀缺的单鱼图案。南宋的双鱼洗在此基础上改进形制，并将鲤鱼图案从刻划变贴饰、模印，从平面变立体后，延续至明代中期，从未间断，元代出现过露胎贴塑的双鱼，更突出立体感；明代的双鱼洗既有凸印又有凹印，双鱼慢慢演变成三条鱼、四条鱼、六条鱼等，形制也越来越大，有的甚至扩大数倍，直径达到45厘米，但万变不离其宗。略感可惜的是，明代超大的双鱼洗可能是窑场根据市场需求而定制的，用作贵族家庭的盥手之器，少了一些雅趣。

光明说："我也有双鱼洗，是当代龙泉窑大师制作的。"

他差人从书画室取来一个小木箱子，小心翼翼地捧到我面前，打开后只见一件梅子青笔洗，釉水油光发亮，满身布满细密的冰裂纹，比南宋双鱼洗足足大了好几倍，洗心果然也有两条鲤鱼反向游动的图案，只是形状像钵，敛口深腹，与古代的有所区别。

"这是梅子初青的季节，一片浓翠映在水中，两条鲤鱼欢快地嬉戏的意境。"我轻抚着笔洗说，"作为文房用品，情趣和意韵真不错。"

"我也这样觉得，自己常常欣赏把玩，越看越喜欢。"光明说着往笔洗里注入一半清水，春水微澜中两条鲤鱼顿时有了灵动感。他又手握一支墨汁未洗的毛笔轻轻浸蘸，墨晕在水里渐渐散开，顿时产生"洗砚鱼吞墨"的意境。

有人问，鲤鱼表示"年年有余"吗？

光明摆了摆手说，文房器物品位高雅，当然更加注重寓意贴切了，自古以来读书是人生修炼的重要途径，也是改变命运的主要出路，堪比鲤鱼跳龙门。

我点头认同。我见过龙泉窑双鱼洗中除了鲤鱼以外的图案，有鳜鱼，如果按谐音理解寓意为"富贵有余"就太俗气了，倒不如理解为"读书使人高贵"的深意；还有龙头鱼身的"鱼化龙"图案，更直接地表达了金榜题名的美好愿望。

众人听了，深以为然。

继续品茶，我不由得细细打量着充满书卷气的太和学馆，蓦然发觉，在这依托雅致的艺术境教和传统文化熏陶的氛围里，品鉴青瓷艺术品，比其他环境更为合适，格调更为高雅，心境也更为惬意。

此时，花艺师已在现场展示了一系列插花作品，淡雅明秀的色彩点缀场景；红木条案上，熏炉飘出缕缕檀香，弥散在空气中，使人神清气爽；墙角风炉上，提梁铁壶新煮的红茶溢出醇厚幽香，似有桂圆香又似玫瑰香；琴台上，韵味绵长、和静清远的丝弦之音缥缈而来，一曲《春晓吟》如行云流水般注入心坎，将人带进怀古酌今的意境。

几片桃花的花瓣不知被谁撒在笔洗里，漂浮在水面上，映衬得梅子青色更具深邃之美，两条鱼儿也愈发鲜活起来，让人赏心悦目。

是的，古琴雅集只是个引子，令人始料不及的是，一枚青瓷片不经意间引发的话题，却演绎为现场感受古人雅致的审美情趣，使我们从中获得了更多参悟。

2017 年 3 月作于雅集楼
2020 年 5 月改之

青袂绿裳流宋韵

即将告别住了 24 年的老房子，搬进有个大露台的新居，我和妻子似乎忘却了断断续续装修的疲惫。在露台种养各种植物，四季次第花开留香是我们的生活理想，然后效仿宋人风雅，坐在书房、客厅里插花、焚香、品茶、研书、赏画、鉴瓷，丰富业余生活。收藏多年具有宋式极简风韵的青瓷花瓶，兴许能起到插花、鉴瓷的点睛作用。

自从人类有了审美感知，花卉就以最美的生命形态出现在生活中。中国原始社会晚期的陶器上，呈现了各式各样的刻划纹、镂刻纹、彩绘纹花卉；先秦的《诗经》《楚辞》也记载了青年男女互赠鲜花和折取花枝赠友以表思念的雅事风尚。两汉以来，插花艺术在社会的上层阶级和文人士大夫的推动下产生。及至宋代，插花与点茶、焚香、挂画被合称为"四艺"，是当时文人墨客追求风雅、时尚的生活美学，并普及至全社会，宅邸院落、茶楼酒肆均可见陈设花枝，这成为人们社交的礼仪元素。

宋人追求清雅、隽永、韵致、素淡之美，喜爱以梅、莲、菊、竹、兰、桂、萱草、水仙等花材营造意境，从而使插花艺术进入精雅期。这时期，许多关于花卉的文学作品问世，如林逋《梅花》中"疏影横斜水清浅，暗香浮动月黄昏"，陆游《咏梅》的"无意苦争春，一任群芳妒"，周敦颐《爱莲说》歌颂莲花洁身自爱的君子品格。插花艺术的深入发展，使得宋人对花器也极为讲究，更具文化内涵。花器材料上，精美者有金、玉、水晶、玛瑙、大食玻璃、铜器、瓷器等；花器形状多样，有瓶、盆、篮、钵、筒、盘等，就连本非专用花器的壶、樽、炉、鼎，也常用以插花，营造高雅古朴的氛围。当然，最常用的花器还是瓷器花瓶，价格实惠，造形丰富，雅俗共赏。两宋是清丽明秀、细腻典雅的青绿山水画的巅峰时期，也是去繁存简、返璞归真、禅意清雅的单色釉瓷器艺术登峰造极的时代，汝、官、哥、钧、定等"五大名窑"除了定窑生产白瓷以外，皆为青瓷；龙泉窑、景德镇窑、建窑、越窑、定窑、钧窑、磁州窑、耀州窑等"八大窑系"青瓷占五席，因此青瓷瓶成为最具代表性的花器。

宋代青瓷花瓶，最珍贵的当属汝窑玉壶春瓶。玉壶春瓶有着喇叭形张开的小瓶口，细长的颈部，梨形硕鼓的腹部及至底部圈足，左右匀称，凹凸有致，呈现出一种变化柔和、流畅自然的弧线，婀娜多姿，被誉为瓶中美人。唐宋时人们多称酒为"春"，唐《国史补》称：酒有郢之"富水春"，乌程之"若下春"，荥阳之"上窟春"，富平之"石东春"，剑南之"烧春"；南宋周密《武林旧事·诸色酒名》中有"秦淮春""蓬莱春""留都春""丰和春""十洲春""半和春""海岳春"等。玉壶春瓶最初是唐宋时期装"玉壶春酒"的实用器具，由于造型太优美，逐渐演变为赏瓶和花瓶。汝窑，宋代五大名窑之首，因窑址位于河南汝州而得名，始烧于唐朝中期，盛名于北宋，为宫廷垄断，制器不计成本，以名贵玛瑙入釉，烧成后具有"青如天、面如玉、蝉翼纹、晨星稀、芝麻支钉釉满足"典型特征青瓷，简约素雅。现存的北宋汝窑玉壶春瓶，仅见于北京故宫博物院及大英博物馆，均为纯正的天青釉，幽淡隽永，矜贵端庄，迎合宋徽宗"雨过天青云破处，这般颜色作将来"的审美标准，也寄托着中国文人的审美与追求。"靖康之乱"后，北宋灭亡，汝窑黯淡落幕，部分工匠跟着逃亡的人潮南迁，将汝窑技艺传于南宋官窑、龙泉窑，使得青瓷玉壶春瓶造型依旧流行于各大窑场。同一时期，金朝占据长江以北中原地区，开始全面学习汉文化，同为五大名窑之一的钧窑（位于河南禹州）、定窑（位于河北定州）窑火未断，其间出产过精美的钧窑窑变玫瑰紫青瓷玉壶春瓶、定窑象牙白釉划花玉壶春瓶。

　　无独有偶。由酒瓶演变成花瓶的还有一种经典瓶式——梅瓶，小口、短颈、丰肩、瘦底、圈足，整体重心偏上，往下渐渐收缩，典雅匀净，亭亭玉立，颇有"窈窕淑女"之美姿。梅瓶器型始见于隋唐，宋代开始流行，原称经瓶，由于宋代建立包含政治、经济、文化等多重意味的经筵制度，皇帝带领大臣接受经、史和宝训（先帝谟训）再教育，提高自身治国能力和文化素养，他们课后聚餐时常用这种瓶子装酒宴饮，受到民间瓦舍酒肆的效仿。宋人特别青睐梅花，因其高洁、孤傲、坚贞及吉祥寓意，文人雅士冬季有赏寒梅、饮暖酒的雅兴，"小帘沽酒看梅花，梦到林逋山下"。据说有位文学名人，醉眼赏梅时，随手折下一枝插于经瓶中，置于案上，百赏不厌，成为梅瓶之滥觞。

宋代各瓷窑之间本是相辅相成、共存共荣、互衬其美的关系，设计理念相通相融，花瓶以小口大肚居多，寓意让瑞气只进不出，具有辟邪藏宝，聚集运气、人气、财气的美好含义。因此，鉴赏宋代各窑系的瓷瓶并不难，先看器型的标准程度，再看釉面质感、露胎干湿状态，就有了七八成把握。至于甄别真伪，一件器物的神韵与气韵成了关键性的审美特征。

譬如鹅颈瓶，其轮廓线条出自玉壶春瓶，但颈部、口部比玉壶春瓶细长、饱满，而中正的球形腹也与玉壶春瓶梨形硕鼓的腹部有差异，最著名的是河南博物馆镇馆之宝北宋汝窑天蓝釉刻花鹅颈瓶，通体清明澄澈，仿佛雨后初晴的天空，釉面下若隐若现刻划写意的折枝莲花纹饰，给宛若天成的素雅瓶身平添了一缕盎然春意。

譬如八棱瓶，始于唐代的一种典型器皿，圆口，直长颈，颈下部至腹体有八条凸线出筋，溜肩鼓腹，腹以下渐收至底，圈足。同类中最具典型性的是陕西扶风法门寺塔地宫出土的唐代越窑秘色瓷八棱瓶，釉面明亮，釉色青绿，犹如一汪湖水，瓶体出筋部位釉色浅淡，更增加了器形的美感。由于八棱瓶造型庄重典雅，宋代五大名窑均有烧制，尤其是汝窑、官窑、哥窑的八棱瓶周身满布开片，纹片如层叠冰裂，纹理布局规则有致，极富立体感。

譬如弦纹瓶，盘口、长颈、斜肩、扁圆垂腹，高圈足，有的圈足两侧各有一长方形扁孔可供穿带，仿汉代弦纹铜瓶烧制，颈至腹部环绕七道弦纹做装饰，在视觉上产生层次变化和韵律感，常见龙泉窑粉青釉弦纹瓶，釉色莹润、匀净，弦纹处积釉层产生的玉质感非常强烈。

譬如胆瓶，唇口，筒形颈，圆鼓腹，因形如悬胆而得名，也称箸瓶、觯式瓶，是宋代花事中使用最广的器物，宋词有"冰盆荔子堪尝，胆瓶茉莉尤香""彝鼎烧异香，胆瓶插嫩菊"等句；亦可作香道用具，通常搭配一对箸及一把匙，其中宋代传世哥窑米黄釉胆瓶，釉质莹润而内敛，瓶身密布"金丝铁线"，线条纤细，色泽柔和雅然。

再譬如瓜棱瓶，造型是撇口，直颈，腹部由竖向的凸凹弧线组成南瓜棱似的形体，底部的圈足外撇，形状有如花瓣，整体风格秀美灵巧，南方和北方的窑口都有烧制。

更为特别的是葫芦瓶，瓶体似葫芦，与"福禄"谐音，蕴含着福泽绵延、俸禄丰厚的寓意。葫芦瓶原是道家常用的法宝，也是中医装丹药的瓶子，行医时总会在腰间悬挂，称之为悬壶济世，"壶"字在此处为象形字，特指葫芦。医道相通，葫芦瓶作为一种吉祥物，深受人们喜爱，宋人制瓷时将其放大数倍，作为赏瓶、花瓶，承载着对于美好生活的向往与期待。中国国家博物馆所藏的一个南宋官窑黑胎青釉葫芦瓶，通体翠青釉，端庄沉静，线条流畅，釉面冰裂纹莹澈剔透、温润玉泽，传达着宋代简约素雅的美学。

宋代还有一种遗世独立的青瓷花瓶，名为纸槌瓶，亦称直颈瓶，形制犹如造纸打浆时所用的槌具，与公元 9～10 世纪波斯传入中国的玻璃瓶也极为相似，浅盘口、长直颈、斜肩、直筒腹样式，近足处微敛。据文献记载，北宋汝窑、定窑和南宋杭州老虎洞官窑曾烧造御制纸槌瓶。当下在博物馆、收藏圈见到的纸槌瓶绝大多数是南宋龙泉窑烧造的，但也弥足珍贵，佳士得香港 2018 年秋拍"不凡——宋代美学一千年晚拍"中，一件南宋龙泉窑粉青釉纸槌瓶以 3600 万港币落槌。南宋龙泉窑总是在不断创新中精益求精，竟在纸槌瓶的基础上衍生出凤耳瓶、摩羯鱼耳瓶、灵芝耳瓶等更多精美造型。凤耳瓶，即纸槌瓶颈部两侧贴塑了对称的凤凰形装饰，精细柔美，端庄优雅。因凤凰是一种代表祥瑞的神鸟，此瓶有着吉祥和谐的寄寓；摩羯鱼耳瓶也称鱼龙瓶，即纸槌瓶颈部两侧贴塑一对摩羯鱼造型，龙首鱼身，凸目圆睁，张口露齿，龙须飘动，表面有细致鳞纹，似鲤鱼正在化身蛟龙，身形婉转柔卷，鱼尾与器颈相连接，形成优雅的 S 形上翘，凸显婀娜曲线，寓意吉祥辟邪。灵芝耳瓶，则在纸槌瓶颈部中间堆饰灵芝状双耳，上腹部饰两条弦纹，为南宋晚期至元初产品，由于灵芝有着独特的养生功效，自古以来被誉为延年益寿的"仙草"，此瓶含义不言而喻。纸槌瓶及其衍生品通体施青釉，釉层肥厚，釉面光洁莹润，釉色有粉青、梅子青、翠青、灰青、米黄、月白釉等，纤巧隽永，清雅婉约，全是龙泉窑鼎盛时期的精品。

在瓶口稍大的宋代瓷器花瓶中，花觚与贯耳瓶极为典型。宋代崇古、慕古、博古之风盛行，影响到了艺术审美、学术研究、社会生活等各个方面，商周时期的青铜花觚是一种喇叭口、长身、细腰的饮酒器、礼器，造型别致，器形俊秀，符合文人的审美雅趣，于是各大瓷窑争相仿制，也称花觚或出戟樽，变成插花瓷瓶。其中，故宫博物院所藏多件北宋钧窑花觚，造型规范一致，工艺相同，釉质晶莹玉润，釉色有月白、天蓝、玫瑰紫等，经自然窑变而艳丽绝伦，釉彩流淌如云如霓，如梦如幻。古典名著《红楼梦》里，王夫人房内便提到过"右边几上摆着汝窑美人觚——觚内插着时鲜花卉"。至于贯耳瓶,乃是仿汉代投壶式样,直颈较长,腹部扁圆,圈足,颈部两侧对称,贴有竖直的管状贯耳,器型有胖有瘦。投壶亦称射壶,是秦汉以来由射礼演化的一种投掷性游艺项目,贵族每逢宴饮,设特制之青铜贯耳壶,宾主站在一定距离以外,轮流将箭投掷其中,中多者为胜,负者罚酒,其深受文人士大夫的喜爱,至清代历经 2000 多年经久不衰。北宋大儒欧阳修《醉翁亭记》中"射者中,弈者胜"的"射"就是指"投壶"游戏。贯耳瓶在宋瓷中流行,据说与宋代朝廷重视广开言路有关,瓶颈部两只直管状耳朵,在某种程度上有劝诫君王善于纳谏的含义。贯耳瓶在汝窑、官窑、钧窑、定窑、哥窑、龙泉窑、湖田窑等多有烧制,釉色厚润,端庄典雅,几乎被上流社会所垄断,一直是贵族阶层特别青睐的器物。

一件件宋代青瓷花瓶摆于案上,犹如一簇青袂绿裳的古典美人,身姿婀娜柔美,气质超凡脱俗。南宋诗僧释宝昙的诗作《花瓶》云:"辘轳声中井花满,亦有口腹如许清。百花丛中度朝夕,一点不关流俗情。"描述瓷瓶插花是当时一种流行的社会风尚,也折射出宋人极简、自然、质朴、雅致的审美追求。当下,传承宋韵文化之风渐渐盛行,但以附庸风雅者居多,我们仍须不断品读宋人生活美学与人文情怀,熔古铸新,潜移默化,得其真味,才能使艺术更生活化,生活更艺术化。

2023 年 8 月作于墨庄

卷四　品读与对话

我是谁，从哪里来，到哪里去？这是一道永恒的哲学命题。

——《谁非过客　花是主人》

清代中后期，随着碑学的兴起，碑帖相融推动书法百花齐放，盛况空前，楹联与之完美结合，直达艺术巅峰。

——《赓续楹联文化　弘扬国粹艺术》

行书好似一丛静吐幽香的蕙兰、一片静谧清雅的竹林，清俊朗逸；草书如同袅袅清风间的空谷幽兰、风动婆娑的竹影，酣畅淋漓。细看线条纵横开阖，铁线银钩，凝练劲拔；笔法高古厚重，翰逸神飞。

——《澄怀观道　翰逸神飞》

它就像通往中华文化复兴之路上的一块青石板，为大众奉献平坦、稳健、坚实的一步，看似微小，实则宏大。

——《经典的助读与传承》

赓续楹联文化 弘扬国粹艺术

——《常江文集》有关对联专著读感

纵览中国文学史，每一个时代或朝代都有其最高文学成就或文学代表形式，如上古神话、诗经、楚辞、先秦散文、汉赋、六朝骈文、唐诗、宋词、元曲、明清小说等，却唯独缺了对联（亦称楹联）席位。2018 年出版的《常江文集》为我们解开了疑惑，也为我们敞开了楹联世界的大门。

文集中有一段话叙述得比较透彻："对联是有独立意义的对偶句，是我国一种独特的文学形式。既是作家文学（纯文学），又是民间文学（俗文学）；既是文字文学，又是口头文学；既有辉煌力作，又有游戏文章；既以文学为主体，又与艺术相结合。也许它太'独特'了，中国文学史这位'母亲'把它这个'好孩子'看成'怪胎'，轰出了家门。"

《常江文集》全套 12 卷，凝聚了中国自然资源作协名誉主席、中国当代楹联大师、中国楹联学会创始人常江先生 50 多年文学创作的精华，其中《两栖轩联语》《中国对联谭概》《对联知识手册》《芸楼联目》等 4 卷是有关对联的专著，足见对联所占比重之高。

先生认为，对联句式自由，长短不拘，词语精练，寓意深长，对仗工稳，音韵和谐，文采激扬，趣理盎然，是祖国民族文化园地中的一朵奇葩，是当之无愧的国粹，其受到冷遇是历史性的"错案"。几十年来，先生不遗余力地为对联正名，力推其填补中国文学史的空白，在传承与弘扬这一传统文化遗产的同时，不断地研究它的当代价值。

中国自然资源作协主席陈国栋、中国楹联学会副会长刘太品分别在《常江文集》的总序里叙述，先生深受清末著名诗人、书法家、"吉林三杰"之一的曾祖父成多禄影响，为文治学有其深厚的家学渊源；20 世纪 80 年代，已获"帐篷诗人"之誉的先生读到楹联学鼻祖、清代晚期梁章钜撰写的《楹联丛话》《巧对录》等系列著作后，激发了久蓄于心中的传统文化情结，另辟蹊径开展楹联研究，并倡导组建中国楹联学会，协助创办《对联》杂志，撰写论文，著书立说……先生 50 多年来的文化之旅中，楹联创作、研究的时间跨度最长，花费的心血也最多。

《中国对联谭概》可作为对联入门来读，从中能知晓对联的沿革，萌芽于西晋，发展于五代，成熟于明清，延续于当代；自对联诞生以来，就与我国人民文化生活密不可分，并与书法、建筑、民俗相结合深入到社会生活的各个方面，其适应性达到惊人的程度：可以书之宅门，也可以悬之厅堂；可以使古迹生辉，也可以使山水增色；可以做立身之格言，也可以做讽刺之利器；可以出自口传，两相吟答，也可以诉诸笔墨，投赠征对；可以是文人骚客的益智游戏，更可以成为普通百姓的民间文艺活动形式，为广大群众喜闻乐见，特别是春联，更是和千家万户、百业千行密切相关。该书借鉴了清代、近代和当代的联书、联语，进行系统性论述，将上千年对联的方方面面按学科建设的要求，梳理成一个体系，使得清代梁章钜之后百余年断层的楹联学研究得以续接，不失为一部呕心沥血、功德无量之著作。

《两栖轩联语》收录先生 30 多年来具有代表性的各类联语近千副，分名胜、题赞、行业、酬赠、桃符、庆贺、婚寿、哀挽、广电、谐趣等十章，是他学问、胸襟、见识、文学造诣的集中体现，上乘之作俯拾皆是。例如先生题山西五台地矿中心对联："乘山谷风，还宝藏愿；居清凉界，生欢喜心。"惜墨如金却生动地描写了地矿行业特点和地质人乐观向上的处世态度，可见先生的功力之深厚，思想之深邃。再如先生题北京陶然亭公园对联："耕耘未必学陶令；伴侣何妨上吹台。"上联说世人未必都学陶渊明归隐田园，借喻新时代"耕耘"有广阔天地；下联称情侣不一定都要相约在热门的景点吹台，因为公园里处处是佳境，都是游春的好去处，其情景交融，立意高远。又如先生题山东东明庄子文化公园牌坊对联："三千年道典，无非逍遥快乐；九万里江山，尽可梦蝶观鱼。"淡墨写意的寥寥几笔，就将道家学说的主要创始人庄子传神的形象跃然纸上。一年伊始，辞旧迎新，家家户户贴春联是中华民族特有的传统，先生创作的春联不落窠臼，语义充盈，格调高雅，意境绵邈，如"一夜春风三海绿，百年长梦九州圆"（为迎接香港回归而作）被媒体和联界多次引用；还有"龙蛇又走新笔意，鸡犬相闻好邻居""鲤跃龙门知海阔，羊食脆乳感恩深""一路马蹄声入梦，万家春色柳闻莺""楼高但比南山寿，心静堪平北海波"等，一扫常见的印刷体春联直白、空泛、媚俗之气。2016 年以来，中国邮政局每年发行一枚精美的拜年邮票，都特邀先生为邮票中喜庆图案的两侧配上一副春联，起到引领大众春联创作的导向作用。书名中的

"两栖轩",是先生的书斋名,意指一生栖身于地质文学与对联文化两项事业,彰显其坚韧、执着、求实、专注的人生态度和为文态度。

《对联知识手册》中,先生将对联的艺术特性、笔调、源流细细阐述,对仗、平仄、修辞、作法、格式分类讲解,深入浅出地传道解惑。他总结出对联创作的"六要素",即"工、稳、贴、切、新、奇",先生尤为注重"新"字,立意、思想、语言等方面追求新鲜别致,有独创性,不因循守旧。例如先生题青岛寓园三桥聚翠对联:"凭烟雨三桥,仗三花酒醉,分将春去;截风丝百丈,趁百里月明,钓个秋来。"语言仿佛跳跃的音符一般,从景点的名字入手,"烟雨三桥"体现诗情画意的景致,受到这种意境的感染,游客禁不住多喝几杯,故有"三花酒醉"之语;下联"风丝百丈"是古代经典诗句,细致入微又平添风雅,"百里月明"则推开一笔,飘逸潇洒。此联重复使用"三""百"两个数字,让全联活了起来,而更妙之处在于上、下联分别收尾的四字活泼轻快,浑若不着力,却将前面的两个分句拢于一处,一"春"一"秋",引人遐思,意趣横生。

《芸楼联目》是一本关于楹联学科的图书简目,凝结先生楹联藏书研究的心血。有媒体报道:"迄今为止,自明代开始面世的2700多种对联书籍,有60%以上成为常江个人书库的架上客,他当之无愧为海内外对联藏书第一人。"十几年前,先生就在考虑这些藏书的最终归宿问题,为了保证藏书今后不再散失,他谋划了一个美好的蓝图——建一个属于对联人自己的图书馆,并发表长文《走向对联图书馆》,倡导志同道合者一起参与。为了将构想付诸行动,先生与另两位楹联藏书家签订"生死议定书",约定所有与对联有关的图书等藏品，都将无偿捐献给对联图书馆，他力推楹联事业发展的赤诚之心，令人肃然起敬。

自 2006 年楹联被列入国家级非物质文化遗产名录以来，楹联文化迎来前所未有的发展契机，"诗中之诗""联绵成双"的审美基因与时俱进，历久弥新，深受社会各界关注，广大群众对其喜闻乐见。学术界先后有人提出，清代文学，除了小说延续了明代繁荣以外，主流主体具有无可替代地位的是楹联，无论是从思想内容到艺术形式，从质量到数量，还是从姿、香、韵、色到风格气质，均可谓集历代之大成。特别是清代中后期，随着碑学的兴起，碑帖相融推动书法百花齐放，盛况空前，楹联与之完美结合，直达艺术巅峰。近几年来，清代书法名家、翰林进士书写的对联在国内艺术品拍卖中备受青睐，成交价屡创新高，这就是收藏界对于楹联书法认知上不断提升的有力佐证。这些现象，都反映出楹联距离填补中国文学史空白的时间点越来越近了。

显而易见，在坚定文化自信的新时代背景下，优秀传统文化继承与发展面临前所未有的新机遇。不言而喻，楹联文化成为"全民文化"的基础条件已经形成，先生的《两栖轩联语》《中国对联谭概》等专著必将继续发挥当代价值，影响更多人寄情抒怀，激扬文字，创作一大批讴歌新时代、追逐中国梦、咏赞美好生活的作品，推动对联这一国粹艺术迎来繁花似锦的春天。

2021 年 2 月作于墨庄

经典的助读与传承

——读张传玖《君子不器》

热情似火的仲夏,张传玖先生的《君子不器——半部论语品一生》新鲜出炉,适逢五四运动百年华诞,其意义非凡。

100 年前,这场伟大的爱国救亡运动、思想启蒙运动和新文化运动,掀起西学东渐的高潮,激发了全民族追求真理、追求进步的伟大觉醒。在波澜壮阔的潮流中,一批知识精英由于当时看待问题的局限性,将传统文化视为近代中国积贫积弱的根源,举起"打倒孔家店"的旗号,以至于一个时期以来出现了"抑中扬西"的文化现象。100 年后的今天,孔子学院遍布全球,中华文化远播四方,与当时的情景形成了强烈的反差,中西文化的高度融合得益于改革开放,更得益于国家"一带一路"倡议的实施,大有复兴西汉以来千余年东学西渐之势。这是中国人民坚持解放思想、实事求是、与时俱进、求真务实,坚持实践是检验真理的唯一标准,不断研究探索新情况、解决新问题彰显的强大力量。事实证明,中华优秀传统文化非但没有妨碍中国社会主义现代化建设,反而成为中华民族屹立于世界民族之林的精神支柱、重要根基。党的十九大报告更为深刻地提出，文化是一个国家、一个民族的灵魂；没有高度的文化自信，没有文化的繁荣兴盛，就没有中华民族的伟大复兴。

由此易见，强化国家意识、坚守传统文化是大国崛起的必要前提。在复兴之路上，全民崇尚国学，学习经典，重拾传统智慧，推进国民文化自信与国家软实力提升，是大势所趋。要实现中国梦，就必须深深扎根于中华优秀传统文化的沃土之中，充分汲取优秀传统文化的正能量，不断挖掘中华优秀传统文化的宝贵资源，发扬"国家兴亡、匹夫有责"的爱国精神，"与时偕行"的进取精神，"先天下之忧而忧"的忧患意识，"仁者爱人""为政以德"的仁政文化，"厚德载物""和而不同"的宽容品格，"出淤泥而不染"的高洁品质等，切实把优秀传统文化转化为追逐梦想的强大意志。

就是在这样的大时代背景下，传玖先生捧出这本读书笔记形式的散文集，致力于解读儒家学派的经典著作《论语》，精选出孔夫子的 73 句名言，作为 73 个篇目，笔触在释义阐理、说文解字、咬文嚼字的同时，行云流水，化繁为简，深入浅出，极具助读经典的意义。写作的过程，也是传玖先生思想境界循序渐进、步步登高的过程，他在自序中坦言，一开始以自己家庭传统文化教育为出发点，体现一个父亲对儿子的循循善诱，熏陶渐染，潜移默化；随着研究的不断深入，自己进一步得以正心、修身、悟道、解惑、提炼，逐步演变成系列写作，并与大众广泛交流、分享，赢得更多的共鸣，获得更多的受众面，凸显了中华优秀传统文化的当代价值，也彰显了中华优秀传统文化传承的力量。

我关注到这本书中出现最多的词是"君子"两字。在儒家思想里，"君子"一词具有德性上的意义，是指品格高尚的人，是孔子的理想人格模式、做人标准。比如，君子以行仁、行义为己任；君子也尚勇，但勇的前提必须是仁义，是事业的正当性；君子处事要恰到好处，做到中庸；等等。《论语》中君子、小人对举的句子甚多，正是为了通过对照，彰显君子的品质。这些都集中体现了孔子的政治主张、伦理思想、道德观念及教育原则等。君子之道，在时代发展中，逐渐从古代象征中华民族的贵族精神与道德典范，演变为当代象征新时代中国特色社会主义建设中的广大知识分子与道德规范。其中，"君子不器"意即君子不应该像器具那样只有有限的用途，囿于一技之长，一才一艺，须广泛涉猎各种知识，博学多闻，具多方面才干，是学贯古今的通才，如此才能担负起治国安邦之重任……传玖先生将"君子不器"作为本书的书名，隐喻"士志于道"的内涵，即我们无论从事什么工作，都要有远大的理想，有高度的社会责任感，充分代表了中国知识分子"以天下为己任"的深厚情结。

文化的终极成果，就是人格的塑造。复兴中华文化，也就是寻找和优化中国人的集体人格。在经济全球化的大格局下，中华文化走向世界，世界文化进入中国，这是一种不可逆转的趋势。中华文化将在与世界文化的交融中，与时俱进，不断丰富和发展，自身充分自信和繁荣兴盛才能被世界瞩目，被世界认同，被世界学习。我们在继承中华优秀传统文化的同时，理应让孔孟之道服务于我们当代文化，将博大精深的文化内涵展现给世人，发挥当代的价值——这就是《君子不器——半部论语品一生》正在不懈努力的行为，它就像通往中华文化复兴之路上的一块青石板，为大众奉献平坦、稳健、坚实的一步，看似微小，实则宏大。

2019 年 8 月作于墨庄

诗书联璧　意气相投

——陈叔亮石鼓文集字对联赏析

秋季，纪念陈叔亮 120 周年诞辰专题诗词书画展在台州市黄岩区举行。陈叔亮（1901—1991），名寿颐，浙江台州人，中国现代著名书法家、美术家、美术教育家，曾出席延安文艺座谈会，速写画集《西行漫画》得到领袖的亲笔题签；系原中央工艺美术学院（今清华大学美术学院）创始人之一，中国书法家协会创始人之一、首届副主席，1986 版电视连续剧《西游记》片名题字者。

此次书画展中，出现了陈叔亮先生传世作品中极其少见的一副石鼓文集字对联，上联"鲤鱼出水荇鲜硕"，下联"天鹿鸣囿乐康平"，分别长 146 厘米，宽 25 厘米；上款：章三同志正腕；落款：一九七三年岁暮叔亮；钤印：叔亮，不倒翁。

石鼓文，为先秦时期的刻石文字，因文字刻在 10 个鼓形花岗石上而得名，是我国最早的石刻文字，世称"石刻之祖"。在中国书法史上，石鼓文具有独特的地位，它上承西周金文，下启秦代小篆，是由大篆向小篆衍变而又尚未定型的过渡性字体，起着承前启后的作用。自古以来，擅长篆书的书法家寥寥无几，擅写石鼓文者更是凤毛麟角，石鼓文从某种程度上是体现书法造诣深厚的标志物。陈叔亮这副对联书法，主体结构整肃，笔力稳健，风骨峭峻，古朴雄浑，存金石气、书卷气，深得石鼓文的笔法、笔势和笔意，且上款、落款配以清逸超隽的行草，相得益彰。再从格律上来细品联语，对仗工整，平仄和谐，节奏有致，词性相近，能让人浮想出这样一个画卷：古代王公贵族在繁衍着珍禽异兽的苑囿骑射，在生长着奇花异卉的园林里游乐，看见肥大而又鲜活的鲤鱼跃出水面，听见灵兽天鹿在林间呦呦鸣叫，情景交融，栩栩如生，充满了吉祥如意、喜乐安康的气氛。

石鼓文最早是在唐代初期被发现于陕西凤翔野外，石刻文字内容为描述秦国国君游猎的 10 首四言诗，共计 718 字，亦称"猎碣"或"雍邑刻石"。由于石上文字多残，北宋欧阳修录时存 465 字，明代范氏天一阁藏本仅 462 字，原石现藏于故宫博物院。石鼓文被历代书家视为习篆书的重要范本，秦代丞相李斯是第一位受石鼓文影响的书法大家，他把秦以前的大量异体字加以删改，使文字进一步简易、整齐、规范化，成为全国通用的标准文字，为秦始皇统一文字做出了巨大的贡献。唐代张怀瓘在《书断》中称赞石鼓文"体象卓然，殊今异古；落落珠玉，飘飘缨组；仓颉之嗣，小篆之祖；以名称书，遗迹石鼓"。唐代文学家韩愈作七言长诗《石鼓歌》，从石鼓的起源到论述它的价值，呼吁朝廷予以重视与保护，他描述石鼓文笔力刚健果断，就像利剑斩断蛟鼍一样；笔势舒展生动，有如鸾凤翔飞，或飘逸似众仙下凡；笔画瘦硬劲健，纵横交错，就像枝条交叉重叠的珊瑚和玉树；苍劲钩连好比金绳铁索穿过锁钮，浑然又像织梭化龙九鼎沦没。清代康有为《广艺舟双楫》称石鼓文为"中国第一古物""书家第一法则"。石鼓文对书坛的影响以清代最盛，著名书法家杨沂孙、吴昌硕就是主要得力于石鼓文而自成一体，独树一帜。2013 年 1 月 1 日，《国家人文历史》杂志将石鼓文评为中国九大镇国之宝之一。

再细细品味陈叔亮先生这副对联，其形与神俱，意与气合，充分提炼出石鼓文书法和诗歌的精华，是一件难得的书法精品和楹联佳作。

2021 年 11 月作于墨庄

澄怀观道　翰逸神飞

——张斌书法欣赏

每一次走进书法展厅，我总是先以"书画同源"的传统审美观，将一幅幅书法作品当成国画远远地打量一番，整体疏密有致还是布局无度，章法严密还是结构混乱，气韵生动还是笔力呆板，一目了然。然后，近观笔墨，顺着书法的起笔、行笔、收笔的脉络，细究书家下笔流畅自如还是局促无措，阅读出创作时的情感是凝神静气还是恣意放纵，优劣高下立判。

每一次，张斌都会给我带来惊喜，他的作品始终不事张扬，不动辄以巨幅示人，也不以花哨的纸张博眼球，白纸黑字在质朴内敛中彰显传统功力，整体有一种兰竹般的灵秀感、一股浓郁的书卷气。其中，他的行书好似一丛静吐幽香的蕙兰、一片静谧清雅的竹林，清俊朗逸；草书如同袅袅清风间的空谷幽兰、风动婆娑的竹影，酣畅淋漓。细看线条纵横开阖，铁线银钩，凝练劲拔；笔法高古厚重，翰逸神飞。

冰冻三尺，非一日之寒；水滴石穿，非一日之功。

　　张斌自幼习字，除了经名师指点以外，更多的是坚持传统，以古人为师，悉心临帖日课，迈上纯正的书法之路，通过对历代行草名家墨迹的反复研习、比较，梳理出先贤作品各类风格特征，在传统书风中找到自己的切入点和表达方式，选取和吸收其中适合自身的审美价值取向的元素和风格，融而化之。

　　然而，真正使张斌入古为新的，是他多年来走过的一段不平凡的心路历程。书法实践如同太极练功，除了具备天赋之外，靠的是耐心，他不受外界某些浮躁的现代书风所干扰，对盲目追求新、奇、特、怪等视觉冲击艺术一笑置之，静下心来，去除杂念，让自己的情怀、意念变得非常清澄，从专注研习经典，到不断探究古代大师的精神内核，长期忍受着孤独、清苦。习书在耐心之外，更重要的是悟性，张斌常常手捧晋代卫铄《笔阵图》、王羲之《书论》和唐代孙过庭《书谱》等书法经典理论，反复揣摩，把握不同字体书写的风格、意趣、神韵。"书为心画"，书法是书法家抒情达意的特殊语言，书法的线条流动，无不隐含着书家的个性气息，流淌着书家生命的旋律，张斌从传承"二王"书法的精髓，深入到米芾的艺术世界，为之品读，与之对话，渐入佳境，并从观察天地万物的自然和变幻中领悟书法的真谛，每每心有所会，达到忘我境界。他经过长期的融会贯通，沉积提炼，师古却不泥古，出新而不弃根本，逐步形成自己的艺术风格。

　　书法界自古有一种说法为"字如其人"，张斌书法作品超凡脱俗、潇洒流落、妙趣天成，像传世的古董，表面滋养出一层温润柔和的包浆，消除了烟火气，给人以美感和享受，陶冶和共鸣。这些都离不开其自身儒雅谦逊的外在形象，以及内在的道德、文化和艺术修养，人与字相辅相成，相得益彰。而今，张斌刚刚步入中年，孜孜不倦追求艺术的路还有很长，只要不断修炼内功，提升内涵，学古化古，汲古常新，假以时日便可以独出机杼，自成格调，开一派书风。

2020 年 9 月作于墨庄

谁非过客　花是主人

——《藏着的中国》漫读有悟

　　我是谁，从哪里来，到哪里去？这是一道永恒的哲学命题。

　　在人生的历程中，我目睹了越来越多的生命出世，越来越多的生命离世，有时心里会突然冒出这一连串的自我追问，以致漫漫长夜辗转反侧。直到数年前，我在书海中发现了余秋雨主编的《藏着的中国》，以散文的笔触介绍国内 100 个各具魅力、特色纷呈的博物馆，图文并茂、厚重深沉，从此有了安眠的枕边书。

　　总觉得一口气读完太奢侈，便习惯于每晚睡前专注地翻阅其中的一小篇，以致不经意间常梦见自己穿越到书中，近距离触摸各类艺术珍宝，试图以考古的心态寻找生命的密码，去破解那道哲学命题。

　　神游在天津自然博物馆，我看见 4 亿年前的鹦鹉螺，2 亿多年前的恐龙骨化石，1 亿多年前的昆虫标本，3600 多年前的始祖马骨架……周口店遗址博物馆里，距今 50 万年的"北京人"头盖骨化石，佐证了原始社会人类进化的历程；河姆渡遗址博物馆保存着 7000 年前的稻谷、陶器、新石器、干栏式建筑遗址，记载着舜帝故乡的传说；辽宁博物馆珍藏着五六千年前的红山文化玉猪龙和女神形象的陶器，表达了中华民族的图腾崇拜和母系氏族对女性的崇拜；三星堆博物馆里造型夸张的青铜、黄金面具上，突兀的眼睛，扁长的嘴巴，定格了三四千年前的微笑，充斥着神与巫的诡异色彩；在河南博物院，商周时期精工良琢的玉器、青铜器独领风骚，透散着中原古拙苍劲的气韵；曲阜孔子博物馆是一座法度森严、高大壮丽的文庙，似有一个洪亮的声音在我耳畔回荡："天不生仲尼，万古如长夜。"

　　回味着这些零零散散的梦，不知不觉地引申到恢宏壮丽的"中国梦"，文运与国运相牵，文脉同国脉相连，要实现中华民族的伟大复兴，首先是中华传统文化的复兴。《藏着的中国》无疑非常契合当代主流文化的精神内核，凸显中华传统文化的正统性，增强文化自信的软实力，确是一股夯实"中国梦"文化根基的正能量。

　　因此，我逐渐把《藏着的中国》奉为半部活脱脱的中国文化艺术史来读，这本枕边书能够唤醒沉睡的历史人文记忆，也成了我在现实生活中汲取中华传统文化精髓的指引者，书中气势磅礴的秦始皇兵马俑方阵、大汉王朝的华彩霓裳、隋唐的敦煌飞天壁画、宋代如冰似玉的青瓷、明清风雅的江南园林等，无不彰显着文明古国的辉煌，古典艺术的璀璨，审美情趣的高雅，能工巧匠的智慧。每当我行旅在大大小小的城市，只要时间充裕，必去的地方就是当地的博物馆。2015年夏天，我与家人在北京度假时，专程参观了汇集全国文物精粹的中国国家博物馆，那是最意味悠长的一天，站在玻璃展柜前，目光凝视聚光灯下，在史前文明祭天礼地的玉琮上，在商周青铜鼎的饕餮纹里，在汉画像砖的线条内，在盛唐人物塑像的神韵间，在宋画含蓄隽永的意境中……时光似乎已经停滞，我完全沉浸在国粹的无穷魅力中，静静地享受着精神世界的极度愉悦，从上午开馆一直待到傍晚闭馆，乐此不疲，意犹未尽。

我在深刻理解《藏着的中国》内涵的时候，终于渐渐明白，那道哲学命题原本就是没有标准答案的。最令我茅塞顿开的当数那篇《花是主人》，文中介绍了民国时期，洛阳的一座私家花园被辟建成窑洞式建筑，名为千唐志斋，内藏1400多块唐朝为主的墓志石刻。在那些碑上，精湛的书法，哀伤和华美的词句，使一个个故去了很久的人物穿透历史的风烟，浮现出各自的轮廓：封疆裂土的皇族贵戚，位极人臣的宰相平章，雄踞一方的藩镇经略，职司守土的刺史太守，官卑职微的尉丞参曹，悠游山水的处士名流……常人本以为这些古人的功过是非、旧闻轶事都是过眼云烟，然而镌刻在这青石上，精雕细琢成艺术品，就真的变成千年不朽，永远昭示于后人了。跨过时间的藩篱，80多年前，这座花园的主人张钫在千唐志斋落成后，面对草长莺飞的情景，曾经自问自答："谁非过客？花是主人。"前句深深地感叹人生短暂，后句则道出了世间万物生生不息，形成一副工整的楹联，并挥毫勒石，分别镶嵌在斋院两侧。而今，物是人非，千唐志斋早已成为我国独一无二的墓志铭博物馆，这对楹联也随之闻名于世。

我每当在此掩卷冥想，都会产生醍醐灌顶之感。是啊，在人类历史的长河中，谁不是行色匆匆的过客呢？我们是谁已经并不重要，而且这一生注定在尘世中不停跋涉，并最终归于尘土，重要的是能够给人间留下什么。我们的躯体会因生命的离去而消逝，而充满智慧和艺术结晶的文化遗产与文化精神却会永存，只有这些深植于中华民族土壤里的"根"和"魂"，才能和生生不息的万物一样，世世代代传承下去，不断激励后人准确把握自我的定位，感悟过去，启迪当下，展望未来。

2018年10月作于墨庄

文化版的文字缘

在黄岩报社工作的五年，对我此后的人生影响极为深远，最难忘的是在《文化之窗》当编辑的日子。

1995 年，我刚接手每周一期的《文化之窗》时，将它作为文化新闻版来经营，为了开辟稿源，常和记者跑区文化局、体育局、教育局、文联等部门约稿，进各个社区、学校、团体、协会采访，忙得不亦乐乎。直到陈顺利、尤伯翔等老先生的来稿出现，才改进了我的编辑思路，将新闻与文史结合，丰富了版面的内涵。

陈顺利先生时为黄岩博物馆退休的研究员，对黄岩人文历史研究有很深的造诣。我在审阅稿件中，发现他邮寄来的一沓厚厚的手写稿，题目为《黄岩柑橘史话》，顿时被考据严谨的文字所吸引，决定以四分之一版面连载方式分章节刊出。于是编辑成《橘文化漫谈》，从橘的传说到三国种橘起源，从唐宋时期成为贡品到历代咏橘诗词传诵，从民国天台山农上海滩打响黄岩蜜橘品牌到当代黄岩荣获"中国蜜橘之乡"称号……内容丰富，刊出后获得各种好评。

无独有偶，地方民俗学者尤伯翔先生也陆续来稿，写的是黄岩清末至解放初期大量的社会历史、风土人情，很多内容填补了地方文史资料空白。我如获至宝，将稿件编辑成《黄岩忆旧》系列进行连载。由于尤先生的文字流畅清新，通俗易懂，可读性较强，展现了《清明上河图》般的地方历史民俗场景，一度成为剪报者的首选，使文化版受关注度不断提升。

作为第一读者，我从老先生们的字里行间获得不少启迪，对非物质文化遗产研究产生了浓厚兴趣。二十多年来，我利用业余时间拜师交友，谈艺论美，生活情趣、艺术修养不断提升，逐步驾轻就熟，形成一些独立观点，常和一批同好鉴赏交流台州历代乡贤书画作品。曾因读到清代黄岩籍榜眼喻长霖为历史名人赛金花墓碑题额的文字记载，我便利用去北京出差间隙专程去陶然亭拜谒赛氏陵寝，发现名家题刻的石碑满地散落的情景，现场考究成文《被遗忘的赛金花》，发表于国家级刊物《收藏》。也因痴迷中华传统文化，我在文学写作上专攻文化散文，近几年先后特约为《美术报》《中国国土资源报》、雅昌艺术网撰稿，出版了散文集《无梦到江南》，并连连斩获全国性文学大赛奖项，其中《回首九峰天际碧》获"大好河山"中华全国诗文联赋大赛散文奖银奖。

从事文化版编辑的经历，不能不说是一种机缘，一种接力，一种修为。虽然那两位老先生早已驾鹤西游，但我仍然珍惜这段文字缘，并将一直延续下去。

2016 年 11 月作于雅集楼

一个文人的回归之旅

近期，正在撰写"不忘初心，牢记使命"心得体会文章的我，接到古羊兄的电话，托我为他的硬笔书法集写序。我随口问，你的初心是什么？古羊兄说，你知道的，当一个诗人，在自己的花园里写诗。

出身于知识分子家庭的古羊兄，家学渊源，爱好广泛，曾经将热情奔放的青春年华献给国企这个"大熔炉"。青年工人是20世纪80年代末文艺活动最活跃的群体，古羊兄在这个群体中如鱼得水，凸显出才华横溢的一面，写诗、朗诵、唱歌、跳舞、弹吉他……他说，最希望自己写出很多深深打动人的诗歌，让世界上最美丽的姑娘读着他的诗热泪盈眶。

20世纪90年代，国企改制的浪潮席卷而来，古羊兄没有悬念地成了下岗工人。他"下海"从商，白天在私企当管理员，晚上在夜市摆摊卖书，周末去杭州书市进货，每天工作12小时以上，几年下来，不仅收获了相濡以沫的爱情，而且积累了自主创业的"第一桶金"。

跨入21世纪，古羊兄华丽转型，办了一家小型生产企业，穿着光鲜，谈吐高调，整天打了鸡血似的忙忙碌碌，凭着聪明才智和勤勉经营，过上富足的日子。全球金融危机发生后，触角敏锐的古羊兄以守为攻，规避风险，压缩了一定的生产规模，不再当大忙人。每当年末来临，他走访外省客户，一是拜年，二是为了收账，三是游览一路风光。每当他坐在火车上出神地望着窗外的天空、高山、原野、河流，一种前所未有的孤独感涌上心头，一个声音在耳畔反复地问：我是谁，我从哪里来，要去哪里？

随着闲暇时光持续增多，古羊兄习惯于每隔一段时间就独自驾车来到山水之间，登高望远，思索人生。他突然悲伤地发现，买得起花园别墅，但是绞尽脑汁也找不到过去的诗情画意了。

直到一天，古羊兄在家里清理久违的书籍报刊时，看见一本厚厚的硬皮书，擦拭灰尘后定睛一看是《书法辞典》。他被中国历代书法名家大师的书法吸引了，情不自禁地照着练写毛笔字，也写硬笔字，渐渐痴迷其中的翰逸神飞、洒脱雄浑、铁线银钩、方正圆润。艺术都是相通的，关上诗歌这扇窗，却打开了书法这扇门。他潜藏多年的传统审美天赋被激发出来，日日刻苦临摹"二王"、颜柳、宋四家、赵董等帖子，孜孜不倦，凭着超强的悟性，突飞猛进。半路出家的他，经过 5 年的习字，逐步将硬笔与毛笔优势结合，独辟蹊径，写出了章法谨严、秀润清朗、具有鲜明"古羊风格"的硬笔书法。

微信时代，使得古羊兄在朋友圈传播自己的硬笔书法如虎添翼，极短时间内全国各地的"古粉"占据了几十个微信群，群聊应接不暇之际，便有了定期的微信视频授课。更令人欣喜的是，古羊兄心中的诗意回来了，他的诗稿配上认真创作的书法，相得益彰。

不忘初心，方得始终。初心易得，始终难守。人生一路走来，走过很远的路，看过很多的风景，经历过种种曲折，或许太多的事物已然改变，我们还能不能记得自己当初为什么出发，自己最想要的是什么，自己最想要守护的是什么，也曾犹豫还要不要再坚持下去。如果还坚守着初心，那么这一路的风雨也就不算什么了吧？

几十年来，古羊兄在工人、商人、企业主、书法老师、诗人等角色中不停转换，或兼而有之，丰富的人生经历，使他进入知天命的年龄却保持而立之年的精神状态。或许，是中国传统文人骨子里典型的清高、孤独、韧性、执着等气质一直存在古羊兄的灵魂中，当大多数人在原地踏步啃吃老本时，他每天都在求知求索，步步提高，不断修正自我，在度过半生之时仍然找回了出发时那份清澈的心态。

愿你出走半生，归来仍是少年！

这句话送给古羊兄，也送给正在翻阅硬笔书法集的你，共勉！

2019 年 9 月作于墨庄

融合之美

——文旅、地学、文学在台州

　　文化是一种软实力，能发挥特殊的力量，深深熔铸在民族的生命力、创造力和凝聚力之中。中国特色社会主义进入新时代以来，各行业积极弘扬优秀的思想和价值观，助推国家文化发展，各自形成了独特的文化。自然资源文化以践行"绿水青山就是金山银山""山水林田湖草是生命共同体"的理念，助推生态文明建设为主旨，地学文学是其不可或缺的重要组成部分。地学文学，也称文学地理学，是以文学、地理环境以及社会科学之关系为研究对象的一门新兴学科。中国自然资源作家协会、中国徐霞客研究会作为自然资源部的行业协会，通过描绘中华大地的自然之美和人文之美，开辟地理学上系统观察自然、描述自然的新方向，并发掘其当代价值，以地理文学、地质文学、生态文学、海洋文学、旅游文学、自然遗产文学等为集大成者，极力推动"文学、地学、自然、文化、科普、旅游、生活"的交相辉映，充分展现自然资源领域文化的特殊魅力，推动绿色发展，促进人与自然和谐共生。

　　近几年来，地学文学在文旅融合的时代背景下，积极搭建强有力的现实平台，进一步转化其中的研究和实践成果。文旅融合，指的是文化、旅游产业及相关要素之间相互渗透、交叉汇合重组，逐步突破原有的产业边界或要素领域，彼此交融共生共赢而形成新的文旅产品业态和产业体系，成为当前文化研究和实践的一种热点。山川秀丽、人文荟萃的浙江全面构建文旅融合产业体系，建设全国文化高地、中国最佳旅游目的地、全国文化和旅游融合发展样板地，彰显诗画浙江之美，与中国自然资源作家协会、中国徐霞客研究会探索实践的地学文学的理念不谋而合。地处浙东地区的台州市所辖的天台山风景区（位于天台县）、神仙居景区（位于仙居县）、台州府城文化旅游区（位于临海市）均为国家 5A 级旅游景区，在台州市自然资源和规划局、台州市徐霞客研究会的沟通下，各方联合成功举行了一系列和合共生、特色鲜明的文学大赛、笔会等交流活动，成为文旅融合下展现地学"百花齐放满园春"的成功样板。

一、凸显天台山徐霞客文化，设立中国徐霞客诗歌散文奖

浙江省台州市天台山是佛教天台宗发源地、道教南宗创立地、和合文化发祥地、浙东唐诗之路目的地、《徐霞客游记》开篇地、首批浙江文化印记之一。2011 年，国务院将《徐霞客游记》开篇之作《游天台山日记》记载的第一个日子即 5 月 19 日"开篇日"确定为中国旅游日，使得"游圣"徐霞客成为天台山事实上的文化旅游代言人。如何进一步广泛深入宣传推广，让这座自然秀美的绿水青山、人文滋养的金山银山的知名度、美誉度不断提高，是多年来摆在台州市和天台县政府及有关部门面前的一个重大课题。

2017 年，中国自然资源作家协会、中国徐霞客研究会、浙江省徐霞客研究会应邀组织人员对天台县的地理、旅游、人文资源等进行实地考察，结合该地域文化特点，进一步提炼"徐霞客文化"的

第一元素，决定设立"中国徐霞客诗歌散文奖"，两年一届举办征文评选活动，评比、颁奖等活动固定在天台县举行。中国自然资源作家协会、中国徐霞客研究会担任主办单位，浙江省徐霞客研究会、台州市自然资源和规划局、天台县人民政府为承办单位，由相关人员组成中国徐霞客诗歌散文奖大赛组委会。在运作过程中，主承办方分工明确，各尽其责，分别落实征文、宣传、组织评选、通联、后勤保障等任务。

"中国徐霞客诗歌散文奖"活动迄今已经举办四届，大赛征文以海内外华文、汉诗作者和徐霞客研究学者为主要对象，体裁限于诗歌、散文两大类，参赛作品以地理、自然、生态、旅游、地学科普、文化研究、乡村振兴等为创作题材，描写徐霞客毕生游历、考察过的山川河流、风景名胜、沿途城乡以及各地弘扬徐霞客精神取得的显著成果，诠释人文与自然相融的情怀。每届启动以来，均受到海内外媒体和文学界空前的关注，经《中国文化报》《中国自然资源报》《两岸好报》《中华时报》《大地文学》《鸭绿江》《中国校园文学》《诗歌月刊》和中国作家网、腾讯网、凤凰网、新浪网、搜狐网、知乎网、中诗网、征文网、今日头条等几十家海内外媒体的大力宣传，吸引全国各地的作家、诗人和文学爱好者参赛，其中不乏中国作家协会、省部级作家协会会员和在校大学生的作品，还有来自美国、法国、德国、荷兰、西班牙、加拿大、澳大利亚、新西兰、奥地利、缅甸、新加坡、菲律宾、泰国等国家，以及中国香港、澳门、台湾地区的知名华文作家的来稿。参赛作品涉及以地理、自然、生态、旅游、考古、地学科普等为创作题材的诗歌、散文原创作品，在一定程度上代表了中国当代地学诗歌、散文的总体水平。经国内著名作家、诗人、评论家、学者、教授、编辑组成的评委会认真评审，每届分别评出诗歌奖、散文奖各 30 篇（首），以及优秀组织工作奖若干名。每届获奖作品和部分入围作品，均汇编成册公开发行。

为了体现文旅融合效果的最大化，组委会将每届中国徐霞客诗歌散文奖颁奖典礼合并在天台县"中国旅游日·首游天台山"系列活动中，与文艺晚会、徒步登山、融媒体采风、师生游学等活动结合，多点开花，造足声势。与此同时，作为中国徐霞客诗歌散文奖颁奖典礼的配套活动，组委会特邀诗坛泰斗叶延滨、军旅作家吴传玖少将、小说名家和著名编剧鲍十等一批徐学专家、文化艺术家先后举办了三届徐霞客文化名家论坛。围绕"坚持绿色发展理念，传承中华优秀传统文化，弘扬徐霞客精神，提升自然资源文化软实力"主题，通过深入浅出、言简意赅的发言，畅所欲言，各抒己见，百花齐放，百家争鸣，进一步给中国徐霞客诗歌散文奖的长期举办提供了许多值得采纳、借鉴的经验参考，并对继续坚持文化自信，不断创新、拓展徐学研究，在诗歌散文奖征集、评选中不断坚持主流思想、传统美学，打响徐霞客文化、自然资源文化的品牌给予有力支撑。

在"中国徐霞客诗歌散文奖"的推动下，经台州市、天台县各方不懈努力，徐霞客《游天台山日记》在 2019 年被编入全国高中语文教材，进一步彰显了天台山的深厚文化底蕴和独特魅力。

二、挖掘"自然资源成语之乡"文化内涵，举办中国青少年自然资源成语主题征文大赛

台州市神仙居景区位于浙东山地丘陵区，是世界上最大的火山流纹岩地貌集群，景观资源丰富，自然风光旖旎；历史悠久，早在新石器时代就有先民繁衍生息，是距今 9000 年前中华下汤文化发源地。21 世纪伊始，仙居县政府加速文旅融合，以山水、人文和乡村资源为依托，积极打造集全域旅游服务、康体养生、休闲度假等功能于一体的国家级旅游度假区，连续四年入选全国县域旅游综合实力百强县，获评国家全域旅游示范区、全省文化和旅游消费试点城市。在仙居县向更高目标迈进的过程中，中国自然资源作家协会应邀为他们出谋划策，指出仙居除了自然资源和人文资源优势之外，还是一个名副其实的"成语之乡"，历史上仙居诞生众多带有浓厚神话和地理色彩、劝人从德向善、脍炙人口的成语典故，如"沧海桑田""东海扬尘""逢人说项""一人得道，鸡犬升天""宵旰忧劳"等。汉语成语是中华传统文化最为优秀的文化瑰宝之一，坚定文化自信，是中国特色社会主义文化强国建设的内在动力，通过赋予地学文学以崭新的时代精神和人本主义精神，强化对年轻一代自然资源科学素养的培育，推动"两山"理念落地和自然资源生态的可持续发展成为策划一个主题文化活动的初衷。

2021年8月底，中国自然资源作家协会、中国徐霞客研究会、中国地质大学与中国矿业报社牵手作为主办单位，浙江省徐霞客研究会、台州市自然资源和规划局、浙江省仙居县人民政府作为承办单位，在《中国校园文学》、《生态文化》、广州文艺报刊社（《广州文艺》杂志、《诗词》报）等主流报刊媒体鼎力支持下，成立组委会，明确两年一届举办中国青少年自然资源成语主题征文大赛。大赛以"自然资源"成语为主题，涵盖地质学、地理学、海洋学、大气物理、古生物学等学科内容，如"他山之石，可以攻玉""高山仰止""滴水穿石""安如磐石""风生水起""沧海桑田""海枯石烂""众木成林""襟江带湖""草长莺飞"等，力求将文化、地学、自然、生态、旅游、资源、青少年教育等融于一体，让参赛者围绕涵盖山水林田湖草等自然、地理、生态内容的成语开展深入思考，透彻理解，撰写出能将传统文化植入新的文化理念元素，提炼产生当代价值的原创作品。

首届中国青少年自然资源成语主题征文大赛自启动以来，新华社客户端、腾讯网、征文网等 50 多家媒体予以报道，引起社会各界的关注。根据参赛作者年龄在 14~35 周岁的要求，全国各级作家协会的青年会员、高校和中学师生广泛参与，也吸引了美国、新加坡、马来西亚等国家的华人华侨投稿，经过 9 个月的征集，共收到有效来稿近千篇。其中，参赛者不乏中国人民大学、浙江大学、北京师范大学、上海交通大学、同济大学、中国地质大学等名校师生，作品分别从生态保护、绿色发展、传统审美、亲情友情等不同的视角，以小见大，见微知著，提炼思想，抒发情感，感悟人生，亮点纷呈。2022 年 7 月，经国内著名作家、诗人、评论家、学者、教授、编辑组成的评委会认真评审，分别评出青年组获奖作品 20 篇，少年组获奖作品 15 篇，组织工作奖 2 名，由"自然资源文学"公众号予以公布。在此基础上，组委会也会编辑出版获奖作品集，组织开展暑期游学夏令营活动。

随着首届中国青少年自然资源成语主题征文大赛的成功举办，组委会将在今后融入更多形式、更丰富元素进行探索实践。业内权威人士评价，神仙居景区旅游资源丰富，旅游元素多样，不依赖"网红"短视行为，具有谋划旅游业发展的战略眼光，特别是通过"自然资源成语"这条主线，能将文旅融合贯穿长远，起到画龙点睛的效果。

三、提炼中国历史文化名城代表人物，确立台州府城文化的"领衔主演"

位于临海市的台州府城，始建于东晋年间，是国家级历史文化名城。台州府城文化旅游区总面积共计 3.12 平方公里，囊括了江南长城、紫阳古街、东湖夜月、巾山塔影等名优景点，旅游资源丰富、层次多样。其中，江南长城是长江中下游地区现存规模最大、保存最完好的古代海防和城防工程典范，台州府城墙和千佛塔是国家级文物保护单位，紫阳街则是中国历史文化名街。在 2023 年春节旅游县级城市排行榜，临海高居第二，仅次于云南丽江。

历史上，众多的文化名流与临海结缘甚深，较具代表性的有：三国著名高道、道教灵宝派祖师葛玄曾在临海盖竹山修仙植茗；唐初台州刺史尉迟恭指挥兵士修筑城墙抵御海盗；"初唐四杰"之一的骆宾王曾任临海县丞；被唐玄宗誉为诗书画"三绝"的一代通儒郑虔晚年获贬台州，大力发展当地文教；北宋著名高道、紫阳真人张伯端曾长期居临海，晚年创立全真教南宗；明代民族英雄戚继光以临海为抗击倭寇的主战场，创下九战九捷的辉煌战绩……临海市在深化文旅融合中集思广益，有关专家、学者对于台州府城文化的代表人物群体中谁是"领衔主演"的问题展开讨论，最终聚焦在我国人文地理学开创者、成就堪与徐霞客并驾齐驱的临海乡贤王士性。王士性（1547—1598）字恒叔，号太初，又号元白道人，出自一门五进士、父子三巡抚的临海沿江王氏家族，明万历五年（1577）进士，历官确山知县、礼科给事中、吏科给事中，出为四川参议，广西布政司参议、澜沧兵备副使，历太仆少卿。其一生宦迹河南、北京、四川、广西、云南、山东、南京等地，足迹踏遍当时全国版图两都十三省中的两都十二省，有《五岳游草》《广游志》《广志绎》等著作。研究表明，王士性是当时世界上最杰出的人文地理学家，王士性开创出新时代的人文地理学，对世界地理学的开拓和发展具有深远的历史意义。在对全国行政区域划分的界定中，王士性把全国分成东南、华中（中州、楚地）、西南、华北、华南、西北等几个基本大区域。此外还提出江南、江北、海南、塞北等区域概念，并及于川、贵、黔、粤等更小一级的区域地名，以自然地理为基础，描述了它们之间的人文地理差异。1983 年，我国著名的历史地理学家谭其骧教授首次提出："王士性是我国人文地理学的开创者，比他以后 40 年的徐霞客对自然地理的贡献，至少在伯仲之间，甚至说有过之而无不及。"20 世纪 90 年代初，台州成立了王士性研究课题组，多次举办过专题学术研讨会，研究出版多部王士性研究文集，但由于平台构架不够完善、学术经费缺乏保障等因素，处于松散型研究状态。

按照中国徐霞客研究会扩大徐霞客研究，挖掘霞客延伸文化的要求，浙江省和台州市徐霞客研究会提议成立王士性研究会，引起临海市委主要领导的重视，责成临海市文广体旅局、自然资源和规划局牵头落实筹备工作，并明确落实经费保障。目前，王士性研究会筹备工作紧锣密鼓进行，以中国徐霞客研究会、中国自然资源作协为指导单位的全国性王士性学术研讨会也已准备就绪。我们期待王士性学术研究新平台构建以后，将组织一系列文化和旅游优势互补的相关活动，在融合过程中通过功能重组和价值创新，形成涵盖文旅产业核心价值的新价值链，产生"1+1>2"的产业叠加效应，为台州府城文化旅游区锦上添花。

总而言之，地学文学的发展之所以在浙江台州获得成功样板，是因为地学文学紧扣时代脉搏，坚定文化自信，准确把握生态文明建设的核心理念，与时代同步，与时代共舞，从而在文旅融合的新浪潮中激发出文化创新创造的新活力。

2023 年 3 月作于墨庄

江南追梦人

——散文作家王楚健访谈录

对话者：主持人蒙叶（以下简称"问"）

　　　　作家王楚健（以下简称"答"）

时间：2019 年 4 月 22 日首播，4 月 24 日重播。

地点：台州人民广播电台《朗读台州》栏目演播室

引子：

秋风有点凉意，拂过树林发出"沙沙"的声响，仿佛远年的孤魂，飞天一般游荡在这爱恨悲欢的孤山。

久久地倚在西泠桥头，眼前"疏影横斜水清浅，暗香浮动月黄昏"，我们念出这句诗，不由得想起其作者林和靖。这位北宋隐逸诗人独居于孤山，埋骨于孤山，终身不娶不仕，广植梅花，以梅为妻，养鹤为子，心如止水地读书、吟诗、作词、绘画、写字、焚香、弹琴、品茶、煮酒、踏雪、赏花、听泉……清高、孤傲到极致，极致到不食人间烟火，以至于我们在遥不可及的感慨中仰视。

蓦然明白，孤山这个名字原来如此贴切——它孤零零地处在西湖边的诸峰之外，被湖水包围，以白堤、西泠桥分别连接两头陆地，显得那样独立不群。"孤"源自王者的自称，象征高贵，那么孤独就是高贵而独立之意。正因为如此，孤山与孤独的人是那样般配，那样惺惺相惜，那样默契相守。

开场白：本期朗读的文字，是我市作家王楚健散文《西湖散记·孤山夜游》的片段。本期嘉宾介绍：王楚健，曾用笔名吴越江南，中国自然资源作家协会散文委员会副主任，历届中国徐霞客诗歌散文奖初评委。作品主要发表于《中华文学》《收藏》《新华文学》《鸭绿江》《大地文学》《中国自然资源报》《浙江日报》《美术报》等报刊；十几次荣获全国性文学大赛奖项；出版散文集《无梦到江南》，被浙江图书馆收藏。接下来，让我们请王老师讲一讲文学追梦的故事。

问：王老师，最近拜读了您的散文集《无梦到江南》，文字清新自然，优美洗练，请问您是从什么时候开始写作的呢？

答：20 世纪 80 年代末，我在读高中的时候就开始文学写作，在全国"春风杯"青少年文学大赛获过奖，也在当时比较热门的《女友》《少男少女》杂志有小说和诗歌发表、获奖；在武警边防部队服役期间也经常在省、市级报刊发表作品。但是回到地方工作以后忙碌于主业，文学写作有相当长的停顿期，直到近十余年才逐渐回归，再续文学梦。

问：写作时您会给自己一些要求吗？比如说多长时间要写出多少作品，还是相对比较随性？有感觉了就会提笔？

答：我是一个业余的、三流的、低产的作家，写作对我来说像喝茶一样重要，但它不是我的"饭碗"，所以平均每月只写散文一篇左右，素材积累、打腹稿的时间比较长，一方面自己把关严谨，另一方面生怕敷衍创作对不起阅读者。

问：王老师这么谦虚。我发现您以写文化散文为主，偏向有一定文化底蕴的小众读者，而不是迎合大众口味，这和您的经历有什么联系吗？

答：我当过工人、武警、记者、编辑、秘书、纪检干部，生活阅历越多，越是有话想讲，就越追求非虚构写作，越要表达真情实感，这很契合散文的要求。之所以写文化散文，是因为一直喜欢书法、国画、篆刻、陶瓷、茶道、戏曲等国粹，它们和写作相辅相成。十九大报告提出坚定文化自信，直接表明中华优秀传统文化是需要我们世代传承的文化根脉、文化基因，不要再去崇尚洋文化，追捧西方的"舶来品"。所以，我不太走大众路线，只满足于同道小众的共鸣。真正的艺术就是阳春白雪，就是高级审美，并非哗众取宠，追求者只有努力攀越才能登上她的高雅殿堂。

问：王老师是黄岩人，您的作品《回首九峰天际碧》充满家乡情怀，获得"大好河山"中华全国诗文联赋大赛散文奖银奖，在当地传播很广，可以朗读一下其中的选段吗？

答：尝试一下，用"彩色"普通话读一读结尾。

我仍然喜欢穿行于九峰公园的老大门，不仅仅是想再看一眼门楣上现代文学大师郭沫若爽劲洒脱的书法，或为了春季欣赏灿烂耀眼的迎春花，夏季在百年大樟树下纳个凉，秋季品闻满径的丹桂香，冬季踩着满地金黄的落叶沙沙响……其实，最喜欢的还是门里门外这段路给人幽静深邃的感觉。

只是，当年远眺九峰的黄岩中学操场，早已被鳞次栉比的高楼取代。我偶尔借得楼顶高处，出神地回望如洗的碧空下，黛翠欲滴，依然仰躺在大地上的"女神"，为生活在这般诗情画意的山水中而欣慰。

问：台州晚报记者陈剑曾以《一场品味国粹的盛宴》为题给您写了书评，称您"谈艺论美驾轻就熟，观点独立文笔新颖，怀古之情喷薄而出""文风严谨，语言优美，充满主流文化和正统艺术色彩"，您可以概括下自己的写作特点和作品风格吗？

答：散文也称美文，是语言最为优美凝练、清新隽永、生动活泼的文学体裁，它易写而难工。我不敢妄称形成独家风格，主要喜欢在赏景抒怀、谈艺论美、读画吟诗、品茶论道方面，突出营造文化意境、生活情趣，在思想上获得深邃的感悟，表现出鲜明的传统文化意识和理性思考色彩。我从不主张埋头苦写，手指的勤奋远远不如眼光的敏锐、头脑的艺术思维重要。比写作过程更重要的三点值得把握：一是提高艺术性。功夫在写作之外，广泛涉猎，据展知识面，不断提高艺术审美眼光，避免讲外行话。二是强调文学性。写作好比盖大楼，无论外形如何时尚美观，建筑内部构造都是严密的，所以要先有设计图纸，适当学会列提纲，选好符合自身的文体结构，不要搞成不伦不类的"四不像"。三是体现思想性。成稿以后反复修改，善于提炼精华，大刀阔斧删减无关紧要的文字，透过就事论事的表面挖掘深刻的内涵，追求高层次的境界。

问：去年您的作品《被遗忘的赛金花》入选了《2017年度浙江散文精选》，今年《无边风月楼外楼》入选了《2018年度浙江散文精选》，请挑选其中的点睛之笔为大家朗读一下好吗？

答：我的写作习惯，点睛之笔一般放在结尾。

《被遗忘的赛金花》：悲凉的曲调与哀怨的唱词，像一支利箭射穿了我的心房，在我打了一个寒战之时，它似乎又掠过树梢，掠过屋顶，射向晚霞绚烂的天际，可能要去穿越过往的时空。

《无边风月楼外楼》：走出即将打烊的楼外楼，意犹未尽的我们正好搭上末班小游船。艄公摇着橹，将船慢悠悠地驶向明月辉映的西湖心脏。清风徐徐，送来丝丝凉爽，耳畔不时传来鱼跃出水面又自由落体的声音，飘来男女青年纵情欢唱的歌声。在这深情的夜色中，回望依然灯火耀眼的楼外楼，刚才还是我欣赏西湖的地方，现在成了我在西湖里流连的璀璨风景。

问：王老师，祝您更多精品力作入选。您最近有什么写作计划？

答：大多数作家都有着很强的地域性，作为梦里水乡、人文天府的江南是我永远写不完的题材，目前我在写《青色风雅》系列和江南文化散文系列，为下一本散文集做准备。

问：期待王老师更多的作品发表。您对喜欢写散文的青年有什么建议？

答：一家之言，仅供参考。写散文建议"五要五不要"：一要多阅读古代惜墨如金、字字珠玑的经典散文，博采众长，吸收精华；不要盲目受当代自由写作的影响，当代不少散文主题散乱，没有任何铺垫作用的话多，似乎删去几段文字也丝毫不影响整篇文章。二要点面结合，注重文字结构，开合有度，收放自如；不要摊大饼似的写成流水账、日记体、博客体或导游词，美文如美人，是有黄金分割比例的，而不应该是头重脚轻、膀阔腰粗的模样。三要把第一人称的"我"当成记录者、调查者、见证者；不要轻易把自己写成主角，作品成型之后终极目标是共鸣，而不是自娱自乐，自恋自大。四要富有文采，虚实相间，运用好写作技巧，诸如渲染、铺垫、倒叙、象征、伏笔、照应、悬念、衬托、过渡甚至蒙太奇等手法，可读性强，有画面感……作者好比面包师，烤出的"面包"

吃起来要有香甜软糯的味道；不要通篇平铺直叙，就事论事，干巴巴毫无技巧性，好比烘焙火候掌握不好，把面包制成苦涩硬糙的板糕，根本嚼不动。五要有独立观点，善于思想提炼和情感升华，把散文托物言志、借物抒情的特点尽情发挥出来，对先辈留下的智慧与文明的结晶融会贯通，学会吃透、消化、转化；不要鹦鹉学舌，拾人牙慧，盲目照搬照抄、重复别人的语言，以及无节制地摘引文献资料和名言、诗词。

问：王老师，您是历届中国徐霞客诗歌散文奖初评委，面对雪花似的参赛稿件，您是如何筛选入围作品的？有没有能让参赛作者扬长避短的建议？

答：初选入围的作品十不存一，获奖作品百里挑一，必须避免出现以下四个问题：首先，题目取得不佳，吸引力就减去两成；其次，开头三百字写得没什么新意，文字拖泥带水的，更加大打折扣；第三，文学性、艺术性、思想性如果不强，必定不够入选条件；第四，通篇老生常谈或用"老瓶"（写作手法、语言结构）装"新酒"，入围更无可能。入围作品最有可能获奖的，要突出有背景、有文采、有观点、有提炼、有深度、有情怀。我不方便以当代作品为例，就以古文来论，王勃的《滕王阁序》、范仲淹《岳阳楼记》为什么能成为千年经典，而别的名楼名阁赋文却不太有名呢？这是因为《滕王阁序》除了辞藻华丽、气势恢宏之外，引经据典、借古喻今、借景抒情、托物言志、情景交融，已达极致；《岳阳楼记》布局谋篇新颖别致，状物言情浑然一体，格调与境界非常高，影响着一代又一代读书人的价值观念和行为取向。因此，同题材的参赛作品放在一起，哪些酣畅淋漓、入木三分，哪些轻描淡写、浮光掠影，一比较就高下立判。

问：时间关系，不能展开探讨，以后有相关的读书活动，再安排与王老师进行互动。节目的收尾，请您再朗读一段有代表性的文字好吗？

答：那就选《伏羲会馆赏昆曲》，主题词"寻梦"，因为我们都是追梦人。

唱《寻梦》，赏《寻梦》，试问究竟是谁在寻梦，为谁寻梦？

其实，进了伏羲会馆的，人人都是寻梦者，无论演员还是观众，这里是一群寻梦者的沙龙。昆曲的美就美在似幻似真，如诗如画，像雾像雨，仿佛人的潜意识被催眠师引导，明知虚无缥缈却又舍不得早些醒来，就这样润物细无声，渐入佳境，不知不觉地已经入了它的门，踏进它的艺术殿堂，流连忘返。

而音乐停歇，掌声再次响起，就是那梦醒时分。我喝了最后一口碧螺春，意犹未尽地起身。推开门，只见灯火通明的平江路依然人声鼎沸，车水马龙。我回头望望，突然发现风雅与流俗，梦想与现实，清静与喧嚣在此泾渭分明，它们之间只隔着伏羲会馆这道没有槛的门。

跋

三重缘

胡红拴

楚健即将出版新书，请我写篇跋文。欣喜之余，也郑重地翻开书稿，研读楚健的心血新作。这本《墨庄问素》，一册4卷，收录了楚健近60篇散文、随笔、小品。文路之行记，也成了我们认识8年来他所创作的力作于文山心路崖壁上所按下的枚枚钤印凭信。4卷分别按文化散文、生态散文、生活散文等文路"前行"，文风严谨，文字优美洗练，虚实结合，开合有度，收放自如，突出了"梦里水乡、人文天府"的江南地域性文化，充满了传统文化的主流意识和中华美学精神，从文章里可以看出楚健善于思想提炼和情感升华。可以这么说，《墨庄问素》的确是一本内涵丰富、境界高远、可读性强、充满正能量的散文佳作。

说起来，我与楚健有着同行缘、同道缘、师生缘的三重缘。

第一重缘肯定是同行缘。多年来，我与楚健都在中国自然资源作家协会共同致力于为地学文学、自然生态文化做着各自的分内事，也在各级领导和作家们的支持下做着自然生态地学文学、特别是自然生态地学诗歌散文的创作、推广和发展工作，也算是为自然生态地学文学的枝繁叶茂和锦上添花尽了一些微薄之力。中国自然资源作协作为中国作家协会团体会员和国家一级文学团体，大多数会员是工作在自然资源系统的"笔杆子"，我有幸担任了四届、近二十年的作协副主席兼诗歌委主任，并由此结识他们。相对来说，也由于受邀出席各种文学活动较多一点，这就为我与楚健的见面创造了机会。记得第一次与楚健见面是在2016年5月，我作为"大好河山"中华全国诗文联赋大赛的颁奖嘉宾来到浙江台州，楚健则是散文奖银奖的获奖代表，我们一见如故，相谈甚欢。楚健当时担任台州市局纪委副书记，行事低调、沉稳、严谨，自谦业余爱好文学，不成气候。由于他干本职工作获过省部级、市厅级等的诸多荣誉，个人事迹被各种媒体报道，入选过台州市委宣传部编辑的《暖流2013——"最美台州人"的故事》，为防别人吐槽其"不务正业"，因此文学创作不事张扬。实际上，楚健文学创作在中学生时期就崭露头角，有小说、诗歌公开发表，获过全国性大赛奖项，参加工作后因就业业忙于主业停顿过十几年，直到加入自然资源作协后重续文学梦，以写散文为主，产量不高但篇篇拿得出手。

第二重缘则是同道缘。生活中，楚健为人散淡，喜欢清净。他爱好广泛，尤其钟情中华传统文化，经名师指点，在鉴赏书画、古陶瓷等方面颇有造诣，《美术报》曾特约他撰稿，他多次不吝以整版篇幅发表他的文章。这些佳作，也相继被中国文物网、雅昌艺术网、新浪网、搜狐网等转载。他多年前出版的散文集《无梦到江南》，涉及很多国粹艺术，谈艺论美驾轻就熟，观点独立文笔新颖，反响相当不错。近几年，他还受聘为台州市文博专家库成员。而这些方面，我又颇为偏爱，故共同语言较多，我们每次聊起海上画派、岭南画派、金陵画派、近现代书法艺术，似有"如数家珍"之乐，交流中也能相互带来灵感。我与当代岭南画坛诸多名家交情深厚，参加各种雅集、沙龙活动多有诗书画频频唱酬，特别是近几年与紫砂壶制壶名师、书画名家合作过"壶说八道"等系列诗书画紫砂艺术创作，每一把名家合作的新壶诞生，都有我配诗、题句的诗行，紫砂壶与结集成册出版的图书又颇受业界喜爱。我对中国传统文化、地质遗迹研究、自然生态地学诗歌颇为喜爱，退休后又当选为广东省观赏石协会的会长，写过《石话诗说》等天下名石的系列鉴赏诗和《地球语汇——地球科学的诗意记述》《山道》《山野碎语》等诗集，也出版过《南粤大地上的书画家们》等76部书籍，当然，将诗文融入中国传统文化儒、释、道等诸多文化元素，是我的赏石、读画、自然生态地学诗歌、散文、评论的必备内容。我主张文学创作"优游于艺"，即畅游于艺术殿堂如同鱼儿自由自在游于水中，通过熟练掌握各类知识、技艺，使自然、艺术与人文相互融合，不断提高审美水平，陶冶性情，开阔眼界，获得精神上的自由和快乐，进而追求生命的意义与价值。这个观点与楚健提倡文学创作"功夫在写作之外"不谋而合。文路，重在借鉴各种文化、艺术，相互贯通，相辅相成。"天人合一"，文章定能大开大合，张弛有度。

　　第三重缘是浓厚的师生缘。我性格直率、豪爽，反对文人相轻，偏重"文人相亲"，因而形成了一个和谐的文艺朋友圈。在一次聚会中，楚健表示为人为文要以我为师，诚愿当"胡门弟子"，我感到非常欣慰，与同座者一起举杯相庆，完成了简易的收徒仪式。楚健性情刚直，在纪检监察工作中难免得罪一些人，使得他仕途并非一帆风顺，原地踏步十几年，自从与我这位"天马行空潇洒客"相处以后，似也深受感染，放下执念，凡事"不再强求"，便有了"关上一扇门，打开另一扇窗"的气魄，业余时间写作越来越勤奋，还参加了鲁迅文学院首届国土班学习，在我牵头组织的中国徐霞客诗歌散文奖、中国青少年自然资源成语主题大赛等组委会担任重要成员，视野变得更加开阔，文笔更为精湛。他在写散文之外，还加入我发起的生态地学诗歌群体，创作了许多生态地学新诗。2019 年政府部门机构改革时，组织上没有忘记楚健，任命他为副调研员，协助分管党建、宣传等工作，东风徐来，恰好迎来了他厚积薄发的时刻。近几年来，他在全国性文学大赛中年年获奖，作品在《人民文学》《北方文学》《中华文学》《上海文学》《广州文艺》《鸭绿江》《牡丹》等名刊频频亮相，还五次入选《浙江散文精选》，着实令人刮目相看。

散文集《墨庄问素》充满江南文化印记，尤其突出山海映和的家乡台州自然之美、人文之韵。开篇之作《游龙飞凤》，曾发表于《广州文艺》，编辑评语："浙东南的黄岩老城，作为江南首屈一指的水乡古镇，这里历史悠久，护城河的西桥尤为让人畅想古风遗韵；散文细腻婉约，辞藻精致，故乡的景与自己的人生历程水乳交融，颇为动人。"《俯瞰沧海桑田》发表于《人民文学》（第九届"观音山杯·美丽中国"海内外游记获奖专号），描写仙居县利用世界最大的火山流纹岩地貌集群资源，致力于发展旅游经济，从地质文化、生态保护、传统文化、休闲康养等角度解开当地二十多年接力建设、沧桑巨变的"密码"，提炼出锲而不舍、开拓进取的精神。《诗路巅峰的芳菲》发表于《大地文学》，入选浙江省作协浙东唐诗之路采访作品集《诗路新咏》，曲尽其妙写出天台山华顶峰自然之美和深厚的人文精神的交相辉映。《访梅记》《无边风月楼外楼》《牛场头里的越剧》《夕阳下的鉴洋湖》《古井乾坤》《芥子园探幽》等作品以及卷三"青色风雅"系列散文，以深厚的文化底蕴将艺术审美与生活情趣融为一体，文字流畅，精练准确，不留一丝空泛之言。而不少生活散文将结构、语言、风格、手法等多样性、灵活性运用得炉火纯青，其中发表于《北方文学》的《大陈岛之恋》，运用第三人称和大量对话、倒叙的手法，描写一对新时代绿岛开拓者、蓝色经济追梦人，传承大陈岛垦荒精神，双向奔赴的爱情，清新明快，生动感人；发表于《新华文学》的《守望这片海》则是回忆自己当边防武警守护国门的不凡经历，独特的东海海岛风情和忠诚卫士的铁骨丹心跃然纸上，令人感奋。

关于书名的由来，楚健说，墨庄是他的书房名，是他存放古籍图书、文房雅器的地方，更是他精神的家园。他坐在疏影入窗的墨庄，枕风听雨，望窗外云卷云舒、花开花落，常会想起战国楚大夫屈原的名句"路漫漫其修远兮，吾将上下而求索"，会想起明代东林党领袖顾宪成的名联"风声雨声读书声声声入耳，家事国事天下事事事关心"，心路，心径，心境，便心如止水，静若安澜。独坐久了，不由得去探寻生命的本义，那是一种不离世俗却又带有奇幻深邃的玄思，心里总是会冒出自然的、本色的、质朴无华的、澹淡无极的东西，显化的模样宛若未经加工的纯白丝织品，宛若如冰似玉素雅无比的青瓷，仿佛静静地开放的空谷幽兰……有一天，脑海里蓦然冒出"问素"两字。

我非常理解，这就是深悟笃行。真正的文学艺术都是在探索生命的本真、灵魂的归属，从事文学艺术的同道之人不妨时常"墨庄问素"，褪去表象繁华，回归初心，倾听自己真实的声音，唯有灵魂通透才能看淡过往，优游于艺，淡然若海，宁静致远。

寥寥数笔，是为跋。

原载《北极光》（文学双月刊）2023年第五期

（跋作者系中国作家协会会员，中国自然资源作家协会副主席，《新华文学》主编，中国地质图书馆客座研究馆员，曾任香港中文大学访问学者，中山大学兼职教授、研究生导师等）